Der Preis dieses Bandes versteht sich einschließlich
der gesetzlichen Mehrwertsteuer.

Umwelthinweis:
Dieses Buch wurde auf chlor- und säurefreiem Papier gedruckt.

Ungekürzte Lizenzausgabe 2007 der
Cora Verlag GmbH & Co. KG, Hamburg

Konzeption & Herstellung: fredebold & partner gmbh, Köln
Umschlaggestaltung: pecher & soiron, Köln
Umschlagmotiv: Getty Images, München
Autorenfoto: © Peter von Felbert
Satz: Ventura Publisher im Verlag
D.I.E. Grafikpartner, Köln
Druck und Bindearbeiten: GGP Media GmbH, Pößneck

Printed in Germany
ISBN 978-3-89941-445-5

Sabine Kornbichler

Majas Buch

Roman

Bild der Frau BESTSELLER

1

Manchmal muss man an einen Ort zurückkehren, damit ein Kreis sich schließen kann und Frieden einkehrt. Diese Weisheit stammt nicht von mir, sondern von meiner Freundin Lilly. Sie meinte, ich müsse die widerstreitenden Bilder, die ich mit mir herumschleppe, endlich einmal in Einklang bringen. Es mache keinen Sinn, sie länger als Ballast mit mir herumzuschleppen, damit sei niemandem gedient, am wenigsten mir selbst. Deshalb sollte ich dorthin zurückkehren, wo alles begann. Sie hatte mich überzeugt.

Als sich das schmiedeeiserne Tor vor mir öffnete und ich langsam die Auffahrt zwischen den hohen Hecken hindurchfuhr, war mir, als wäre es gestern gewesen, dass ich zum ersten Mal hierher kam. Dabei war ein Jahr vergangen. Hier hatte es jedoch keine Spuren hinterlassen. Alles war so, wie ich es in Erinnerung hatte, sogar die Junihitze mit ihren fast dreißig Grad. Nur das Zimmer war neu für mich. Die Tür zum Garten stand offen. Ich zog mir eine der Liegen in den Schatten und streckte mich der Länge nach darauf aus. Die lange Fahrt hatte mich ebenso erschöpft wie aufgekratzt. Da ich zum Lesen zu müde war, lag ich einfach nur da, während sich meine Blicke auf Wanderschaft begaben, hinauf zu den Baumkronen über mir. Das von leisem Rauschen begleitete Spiel der Blätter hatte etwas Beruhigendes, sodass mir langsam die Augen zufielen. Vor meinem inneren Auge spulten die Geschehnisse wie auf einer Filmrolle zum Anfang zurück.

Ich hatte endlich die Festschrift zum fünfundzwanzigjährigen Firmenjubiläum eines Kunden fertiggestellt und den Text für meine regelmäßige Kolumne in der *Isabelle* abgeschickt. Die nächsten Aufträge hatten noch so viel Zeit, dass ich guten Gewissens zwei Wochen Urlaub einschieben konnte. Was ich mir so lange vorgenommen hatte, sollte endlich wahr werden: Ich würde meine Seele baumeln lassen, und zwar an der Mecklenburgischen Seenplatte. Als ich vor drei Jahren, rechtzeitig zu meinem fünfunddreißigsten Geburtstag, meinem Freiheitsdrang nachgegeben und bei der Zeitung gekündigt hatte, um mich fortan als freie Journalistin zu versuchen, war es notorischer Geldmangel gewesen, der sämtliche Reisepläne torpediert hatte. Inzwischen war die Durststrecke überwunden und ich so gut im Geschäft, dass aus dem Mangel an Geld ein Mangel an Zeit geworden war. Aber dieses Mal, hatte ich mir vorgenommen, würde nichts dazwischenkommen.

Alles lief nach Plan: Mein Koffer war gepackt, meinen Kunden hatte ich E-Mails geschickt, damit sie nicht vergebens versuchten, mich zu erreichen, und mein Auto stand vollgetankt vor der Tür. Sogar das Wetter spielte mit: An diesem Tag war das Thermometer bereits um acht Uhr morgens über die Zwanzig-Grad-Marke geklettert. Durch die geöffneten Fenster wehte eine angenehm milde Morgenluft in meine Wohnung. Anfangs war es ungewohnt gewesen, meinen Arbeitsplatz aus den belebten Redaktionsräumen in meine ruhige Zwei-Zimmer-Altbauwohnung zu verlegen. Aber schon nach kurzer Zeit hätte ich nicht mehr tauschen wollen. Das Gefühl von Freiheit und Unabhängigkeit wog vieles auf, was auch bei dieser Arbeitsform nicht ideal war: die Ungewissheit von Folgeaufträgen, die manchmal sehr zähe Akquisition von Neukunden oder das Eintreiben der Rechnungen. Bei alldem war ich jedoch mein eigener Herr und musste niemandem Rechenschaft ablegen.

Meinem Schreibtisch würde ich nun für zwei Wochen den Rücken kehren. Er sah so aufgeräumt aus wie schon lange nicht mehr. Diesmal würde auch mein Laptop zu Hause bleiben, damit ich gar nicht erst in Versuchung kam. Ich hatte ihn gerade in einer Schublade verstaut, als es an der Tür klingelte. Das musste Lilly sein. Wir wollten noch zusammen frühstücken, bevor ich mich auf den Weg gen Norden machte.

Kurz nachdem ich vor fünf Jahren meine Wohnung in Frankfurts beliebtem Stadtteil Sachsenhausen bezogen hatte, fand Lilly gleich um die Ecke Räume für ihre lange geplante Physiotherapiepraxis und ließ sich dort nieder. An manchen Tagen bestellte sie die Patienten erst später, um vorher noch bei mir zum Frühstück einzukehren. Zum Aufwärmen für den Tag, wie sie es nannte. So auch an diesem Tag. Als ich den Hörer der Sprechanlage ans Ohr hielt, tönte mir schon ihr fröhliches *Guten Morgen* entgegen.

Lilly ist im Gegensatz zu mir ein Morgenmensch, was unserer Freundschaft jedoch keinen Abbruch tut. Seit dem Tag, an dem wir uns im Gymnasium zum ersten Mal gegenüberstanden und beschlossen, unsere Pause gemeinsam mit Gummitwist zu verbringen, ist sie meine beste Freundin. Und umgekehrt. Ich freute mich sehr, sie vor meiner Fahrt noch kurz zu sehen. Die Wohnungstür hatte ich angelehnt, Lilly würde einen Moment brauchen bis zu mir in den zweiten Stock. In der Zwischenzeit füllte ich schon einmal unseren Kaffee und die geschäumte Milch in Tassen und streute noch ein wenig Kakaopulver darüber. Den Tisch hatte ich bereits auf meinem zu dieser Zeit noch sonnenbeschienenen Minibalkon gedeckt.

»Hallo, Ellen«, hörte ich Lillys Stimme hinter mir und drehte mich zu ihr um.

Sie stand samt Henriette und Brötchentüte im Türrahmen meiner Küche und strahlte mir entgegen.

»Guten Morgen.« Gegen die Spüle gelehnt, schaute ich die

beiden an. Seitdem Lilly zwei Jahre zuvor Henriette von ihrem Nachbarn, der nach England versetzt wurde und dem Hund die endlose Quarantäne nicht zumuten wollte, übernommen hatte, erschienen die beiden nur noch im Doppelpack.

Henriette ist eine fast siebzig Zentimeter große und vier Jahre alte große Schweizer Sennenhund-Dame mit einem überaus wachen Blick. Insgeheim nenne ich sie nur *das Kalb*. Lilly gegenüber würde ich Derartiges jedoch nie verlauten lassen, sie liebt Henriette und lässt nichts auf sie kommen. Zum Glück hat Lilly ein unglaublich gutes Gespür für Hunde, sodass ihre ständige Begleiterin erstklassig erzogen ist. Nach einer kurzen Begrüßung verzog sie sich auch an diesem Morgen auf ihren gewohnten Platz neben meinem Sofa und beschränkte sich darauf, uns zu beobachten.

Lilly leerte die Brötchentüte in einen Korb und ging mir Richtung Balkon voraus. Ich folgte vorsichtig mit den randvoll gefüllten Cappuccino-Tassen. Unsere kleine Prozession führte an meinem alten Spiegel im Flur vorbei. Ein kurzer Blick reichte aus, um mich wieder einmal in Staunen zu versetzen. Innerlich empfinde ich Lilly fast wie eine Schwester, äußerlich könnten wir unterschiedlicher nicht sein, lässt sie doch jedes gängige Schönheitsideal vergessen. Über eine Länge von einhundertundachtzig Zentimetern hat sich ein Körper entwickelt, der sich sehen lassen kann und den auch niemand übersieht, vor allem kein Mann. Ihre fast barocken Formen, deren Konturen sie mit ihrer eng anliegenden Kleidung noch unterstreicht, wiegt sie ebenso gelassen wie sinnlich durch die Gegend. »Alles Natur«, pflegt sie zufrieden zu betonen, wenn sich ein Blick etwas länger in ihnen verfängt. Ihr flachsblondes Haar, das meist in einem dicken Knoten endet, bedeckt zudem einen überaus eigenwilligen Kopf. Neben ihr wirke ich wie ein Hänfling, obwohl ich nur fünf Zentimeter kleiner bin als sie. Der entscheidende Unterschied liegt jedoch nicht in der Größe, eher in der Breite, obwohl ich nie auf die Idee käme, Lilly als mollig zu bezeichnen. Sie hat einfach von allem ein bisschen mehr.

Auf dem Balkon zwängte sie sich an dem runden Bistrotisch vorbei und ließ sich in ihrem Stuhl nieder. So großzügig meine Wohnung auch sonst geschnitten ist, am Balkon wurde eindeutig gespart. Für mehr als einen kleinen Tisch und zwei Stühle ist dort kein Platz, und selbst das ist schon ein Wunder. Aber bei diesem Wetter hätten mich keine zehn Pferde am Küchentisch gehalten.

»Meinst du wirklich, die haben bei der Statik dieses Balkons Menschen wie mich berücksichtigt?« Lilly sah mich zweifelnd an.

Ich kannte die Frage bereits, sie kommt immer wieder. Lilly fühlt sich am wohlsten, wenn sie soliden Boden unter ihren Füßen spürt. Ein Balkon im zweiten Stock zählt in ihren Augen eher zu den windigen Angelegenheiten.

»Ganz sicher«, brachte ich kauend heraus. Am besten war es, nicht weiter darauf einzugehen. Waren wir erst einmal in eine derartige Diskussion verstrickt, schlug Lilly mich regelmäßig mit Beispielen, die bewiesen, dass es immer wieder Ausnahmen gibt. Was hieß, dass irgendein Bauingenieur gerade bei meinem Balkon gepfuscht haben könnte. Durch Lilly habe ich überhaupt erst eine Vorstellung davon bekommen, was einem im Leben alles widerfahren könnte. Mir wird heute jedoch gar nichts widerfahren, dachte ich übermütig. Nichts außer Urlaub.

»Freust du dich?« Lilly hatte sich mit beiden Ellenbogen auf den kleinen Tisch gelehnt und ihr Kinn in die Hände gestützt und ahnte allem Anschein nach nicht, dass die Statik des Tisches in diesem Moment viel eher gefährdet war als die des Balkons.

»Und wie.« Mit der Vorstellung, in den nächsten zwei

Wochen nichts anderes zu tun, hielt ich mein Gesicht in die Sonne. »In den letzten Tagen habe ich gebetet, dass keiner meiner Kunden auf die Idee kommt, mir noch ganz schnell einen brandeiligen Auftrag unterzujubeln. Hätte mir das jemand vor drei Jahren prophezeit ...«

Lilly biss gerade ein beachtliches Stück von ihrem Brötchen ab, was ihre zustimmenden Laute etwas verzerrte. Ich sah in ihr Gesicht, in dem ich einmal mehr die Eigenschaften erkannte, die ich an ihr so schätze. Lilly ist geradlinig und unverfälscht. Und sie hat ein großes Herz mit vielen Kammern. Davon ist allerdings kaum eine für die Vertreterinnen des weiblichen Geschlechts über achtzehn vorgesehen. Lilly ist äußerst kommunikativ, wenn es um Männer, Tiere und Kinder geht. Bei Frauen hört der Spaß auf, wie sie selbst sagt. Ich bin eine der wenigen Ausnahmen. Den großen Rest ignoriert sie geflissentlich. Das war nicht immer so. Seit sie sich jedoch unübersehbar zu einem Vollweib entwickelt hat, ist sie meist unverhohlen abgeschossenen Giftpfeilen ihrer Geschlechtsgenossinnen ausgesetzt gewesen. Gleiches mit Gleichem zu vergelten liegt ihr jedoch fern. Sie will nicht einmal den nahe liegenden Vergleich mit Ziegen und Schnepfen anstrengen. Das sei ungerecht – den Tieren gegenüber, versteht sich.

Und da Lilly einer der wenigen Menschen ist, die nie versucht haben, meine Unabhängigkeit und mein Bedürfnis nach Freiheit einzuschränken, nimmt auch sie mit wenigen Ausnahmen eine Art Sonderstellung in meinem Leben ein.

»Schade, dass du nicht mitkommen kannst«, seufzte ich aus tiefster Seele. »Dir würde es da oben bestimmt auch gefallen – und Henriette erst.« Als diese ihren Namen hörte, robbte sie etwas näher zu uns heran. »Stell dir vor, wie es da jetzt ...«

»Lieber nicht, Ellen«, unterbrach sie mich entschieden. »Du weißt doch, ich reise nicht gern.« Lilly muss man zu einer Urlaubsreise über die Grenzen von Hessen hinweg mehr oder weniger zwingen. Am liebsten bleibt sie in der Nähe ihres Hutzelhäuschens in Falkenstein, das sie von ihrer Großmutter geerbt und zu einem kleinen Schmuckstück ausgebaut hat.

»Wie lange warst du jetzt nicht mehr weg?«

Zum Zeichen, dass sie es selbst nicht wusste, zog sie ihre Schultern hoch. Es interessierte sie auch nicht weiter. Sie hatte mir oft genug von der Weisheit ihrer inneren Stimme erzählt. Die warne sie angeblich davor, sich allzu weit von ihren Wurzeln zu entfernen. Sie ist der festen Überzeugung, dass ein Mensch, der nicht einem Nomadenvolk angehört, nur dann sein inneres Gleichgewicht bewahren kann, wenn er sein Leben in der Nähe seiner Geburtsstätte verbringt. Lilly ist der einzige Mensch, den ich kenne, der glaubt, durch einen Urlaub aus dem Gleichgewicht zu geraten.

»Keine Lust auf etwas Neues?« Ich hatte in all den Jahren den Versuch nicht aufgegeben, Lilly doch noch einmal über die hessischen Grenzen hinauszulocken.

»Dazu muss ich nicht verreisen. In meinem Mikrokosmos lässt sich genauso viel erleben wie in deinem Makrokosmos.«

Ich war aufgestanden, um uns in der Küche noch einen Cappuccino zu holen. »Und was, bitte?«, rief ich in Richtung Balkon.

»Ellen, kannst du nie mit diesem blöden Fragespiel aufhören?«, fragte sie mich unwillig, als ich mit vollen Tassen zurückkam.

»Schon, aber nicht mittendrin. Wenn ich so schnell aufgeben würde, könnte ich meinen Job an den Nagel hängen.« Ohne meine Hartnäckigkeit, die Lilly gern als Terriermanier bezeichnet, wäre ich nicht so weit gekommen. »Sieh mal, der Zeitpunkt könnte idealer nicht sein: Du könntest sozusagen als unbemanntes Raumschiff meinen Begleitschutz übernehmen.« Lilly war gerade mal wieder Single, was bei ihr nie lange anhält, da ihr die Männer die Tür einrennen. Wobei *einrennen* vielleicht das falsche Wort ist, denn dazu müsste die Tür geschlossen sein.

Sie grinste, als hätte ich ihr einen hintergründigen Witz erzählt. »Seit wann brauchst du Schutz?« Lilly findet, ich sei eine Mogelpackung. Ich sähe so zerbrechlich aus: von außen nichts als Knochen – dazu Rehaugen, eingerahmt von kurzen dunkelbraunen Locken. Da erwarte doch jeder ein Reh und keinen Terrier. Aber ich verzeihe ihr, schließlich weiß ich, wie sehr sie Terrier mag. Sie hält sie für außergewöhnlich kluge und vor allem treue Hunde.

»Die Betonung liegt eher auf Begleitung«, stellte ich fest.

»Ich werde dich mit E-Mails virtuell begleiten.« Virtuell ist für Lilly alles, was mit dem Computer zusammenhängt. Nachdem sie es jahrelang abgelehnt hatte, ihr Umfeld mit Elektronik zu vergiften, war sie vor einiger Zeit den Segnungen der elektronischen Datenverarbeitung mit Haut und Haaren erlegen. In Bezug auf Mikrowelle und Handy ist sie sich allerdings bis heute treu geblieben.

»Geht nicht«, sagte ich fest, »ich lasse meinen Laptop hier, diesmal mache ich wirklich Ferien.« Würde ich den Reisecomputer mitnehmen, konnte mir nicht nur Lilly ihre E-Mails schicken, sondern auch alle anderen. Und so diszipliniert, sie nicht zu öffnen, war selbst ich nicht. »Und nach meinem Urlaub wird sich einiges ändern«, verkündete ich stolz. »Ich werde nicht mehr jeden Auftrag annehmen, sondern mal wieder ein bisschen mehr leben.«

»Bravo!« Lilly schien zufrieden mit mir. Sie hatte oft genug auf meinen Ehrgeiz geschimpft, der ihrer Ansicht nach all meine anderen Bedürfnisse niederwalze.

Und irgendwie hatte sie Recht. Ich hatte mir zwar in den vergangenen drei Jahren ein stabiles berufliches Fundament geschaffen, dafür jedoch viele andere Dinge schleifen lassen. Außer für das tägliche Joggen, regelmäßige Treffen mit Lilly und sporadische Besuche bei meinen Eltern hatte ich mir selbst keinerlei Freiräume gelassen. Das musste anders werden, schließlich wollte ich beides: arbeiten und leben.

»Bei mir«, holte Lilly mich aus meinen Gedanken, »gibt es demnächst auch eine kleine Veränderung.«

»Wie heißt er?« Ich sah sie über meine Tasse hinweg neugierig an.

»Kein Mann«, kam ihre Antwort wie aus der Pistole geschossen. »Was du immer denkst, Ellen!«

»Das hat weniger mit Denken als mit einem reichhaltigen Erfahrungsschatz zu tun. Also sag schon, wenn es kein Mann ist, was dann?«

Lilly ist ein Vollweib ohne die typisch weiblichen Zicken, zu denen ohne Zweifel das rasant schnelle Einschnappen zählt. Deshalb antwortete sie gelassen: »Ich werde nur noch halbtags in die Praxis gehen und an den Nachmittagen Hausbesuche machen.«

»Aber das wolltest du doch nie.« Lilly litt schon so genug unter dem Elend, das sie teilweise in ihrer Praxis zu sehen bekam. Die war für sie jedoch neutraler Boden, auf dem sie die nötige innere Distanz wahren konnte.

»Ich mache ja auch nicht *die* Art von Hausbesuchen«, warf sie ein. »Ich probiere etwas ganz Neues, eine Herausforderung gewissermaßen.«

»Was?« Ich war gespannt wie der viel zitierte Flitzebogen. Auf Lilly ist absolut Verlass, wenn es um Ortswechsel geht – die finden nicht statt –, aber in ihrem *Mikrokosmos* ist sie unberechenbar. Für eine Weile vergaß sie, dass sie von irgendetwas leben muss, und behandelte notleidende Patienten umsonst, was sich wie ein Lauffeuer herumsprach. Oder sie ignorierte die humane Ausrichtung ihrer Praxis und kurierte so ganz nebenbei auch das Rückenleiden von Nachbars Hund. Auch hier entwickelte die Mund-zu-Mund-Propaganda ein Eigenleben.

»Wird nicht verraten, erst wenn es so klappt, wie ich es mir vorstelle. Im Moment ist es eher noch so eine Art Versuchsballon, und den würdest du mir mit ein paar gezielten Pfeilen abschießen.«

»Würde ich nicht«, verteidigte ich mich vehement, obwohl ich mir da insgeheim nicht so sicher war.

»O doch, ich kenne deine Fragen, die so harmlos beginnen.«

»Lilly, das ist unfair.«

»Ich weiß«, sagte sie unbeeindruckt.

»Umschreibe es mir wenigstens«, bettelte ich. Irgendjemand musste doch auf sie aufpassen und sie vor neuem Unheil in Form von bösen Briefen der Konkurrenz bewahren.

»Ellen! Hab doch einmal in deinem Leben Geduld. Du wirst es schon noch erfahren.«

»Wann?«

»Wenn die Zeit reif ist.«

Meine Phantasie ist überschäumend und bisweilen skurril, aber ganz bestimmt nicht geduldig, deshalb machte sie sich selbstständig und entwarf in Windeseile mögliche Lösungen für das Rätsel, vor das Lilly mich stellte. Da sie sich ganz sicher nicht entschlossen hatte, Tupperware an den Hausmann zu bringen oder Kindern das rückengerechte Sitzen vor dem Fernseher zu demonstrieren, blieb nicht viel übrig als Inhalt für *Hausbesuche*.

»Lilly, du machst doch nichts Schweinisches, oder?«

»Ich würde es eher animalisch nennen.« Dabei richtete sie sich auf ihrem Stuhl zu voller Größe auf und lächelte vieldeutig.

So gucken Gewerbetreibende, überlegte ich. »Du weißt, ich

habe keine Vorurteile.« Irgendwie musste ich ihr den Boden bereiten.

»Genauso wenig wie ich«, sagte sie ungerührt.

Ich gab auf. »Lilly, wie soll ich herausfinden, was du tust, wenn du mir wie ein Aal durch die Hände glitschst?«

Sie lachte schallend. »Mit einem so stromlinienförmigen Wesen hat mich noch nie jemand verglichen.«

»Ich meinte auch weniger die Form als die Konsistenz. Und ebenjene hast du gerade wieder bewiesen. Du weichst mir aus.«

»Nur auf der Zeitachse.«

Ich hätte zu gerne noch etwas weitergebohrt, doch wurden wir in diesem Augenblick vom Läuten des Telefons unterbrochen.

»Henriette, bring das Telefon!« Lillys auffordernder Ton brachte das Kalb dazu, sich suchend im Raum umzusehen, mit den Vorderpfoten auf meinem Schreibtisch zu landen und dann das Telefon zwischen seinen Zähnen zu platzieren.

»Wie hast du das geschafft?«, fragte ich staunend in Lillys Richtung, als Henriette zum Glück ihr und nicht mir das vor Hundespucke triefende Telefon in den Schoß fallen ließ.

»Geduld«, verriet sie mir stolz, während sie gleichzeitig dem Kalb lobend über den Kopf strich. Nachdem sie das Telefon mit ihrer Papierserviette trockengerieben hatte, hielt sie mir das immer noch klingelnde Teil hin. Allem Anschein nach war die Verbindung weder durch Henriettes Zähne noch durch Lillys Finger unterbrochen worden.

Ich hatte jedoch nicht vor dranzugehen, was ich mit einem definitiven Kopfschütteln und vor der Brust verschränkten Armen mehr als deutlich machte. »Ich bin im Urlaub!«

»Ich habe aber einem Patienten gesagt, dass er mich hier erreichen kann.«

»Dann geh du auch dran«, forderte ich Lilly auf.

»Lilly Vogler bei Bertram«, meldete sie sich denn auch prompt, wobei ein erwartungsvolles Fragezeichen in ihrem Tonfall mitschwang. »Ja … mhm … aha … nein … mhm … verstehe … mhm … ich reiche Sie mal weiter, Frau Bertram sitzt neben mir.«

Ich schoss meiner besten Freundin drohende Blicke entgegen und zeigte in überdeutlichen Gesten erst auf meine Uhr und dann über die Balkonbrüstung hinweg auf mein Auto.

»Da ist jemand von der *Roberta* dran.« Lilly reichte mir den Hörer.

»Ellen Bertram«, sagte ich mit fester Stimme. Seit drei Jahren versuchte ich, bei meiner Lieblingszeitschrift einen Fuß in die Tür zu bekommen. Bislang vergeblich. Sie waren dort ausreichend versorgt mit freien Mitarbeitern.

»Guten Morgen, Frau Bertram«, hörte ich am anderen Ende eine mir unbekannte Stimme. »Hier ist Michaela Mohr, eine Kollegin hat mir Ihre Nummer gegeben. Wir haben hier ein kleines Problem, bei dem Sie uns vielleicht helfen können.«

»Wenn ich kann, gerne.« Ich wartete gespannt.

»Eine unserer freien Autorinnen ist heute Nacht mit einer Blinddarmentzündung ins Krankenhaus gekommen, sie wird erst einmal ausfallen. Deshalb kann sie auch die Geschichte nicht schreiben, mit der wir sie beauftragt haben. In den Unterlagen, die wir hier von Ihnen haben, steht, dass eines Ihrer Spezialgebiete Personenporträts sind. Trifft das nach wie vor zu?«

»Ja.« Mehr denn je, hätte ich am liebsten hinterhergeschickt. Soweit ich zurückdenken kann, habe ich wissen wollen, was die Menschen bewegt und warum. Darüber zu schreiben macht mir einfach Spaß.

»Dann könnten Sie einspringen und die Story übernehmen?«

»Sehr gerne«, erwiderte ich freudig.

»Prima. Ihre Arbeitsproben haben mir nämlich gut gefallen.« Für Michaela Mohr schien das erste Problem des Tages gelöst zu sein. »Es geht um Philip Sanden, den Maler«, klärte sie mich auf.

»Aha.« Das Einzige, was ich zufällig über ihn wusste, war, dass er in Wiesbaden wohnte. »Bevor Sie weiterreden, Frau Mohr«, hakte ich ein, »ich verstehe nicht sehr viel von Kunst. Eigentlich nicht mehr als ein Laie.«

»Das brauchen Sie auch nicht. Unsere Leser sollen etwas über den Menschen Philip Sanden erfahren, die Bilder lassen wir für sich sprechen.«

»Okay.« Innerlich atmete ich auf.

Lilly verfolgte das Ganze voller Spannung. Ich sah ihr an, dass sie am liebsten mitgehört hätte. Sie wusste, was die *Roberta* für mich bedeutete.

»Sie können mir dann ja alle Daten, wie Umfang, Kontaktanschrift etc. schicken«, schlug ich vor. »Meine E-Mail-Adresse müsste in den Unterlagen stehen.« Was für ein schönes Urlaubsgeschenk, dachte ich aufgekratzt.

»Ja«, bestätigte sie. »Ich schicke Ihnen heute noch alles zu.« Ich hörte, wie sie in ihren Unterlagen blätterte. »Den Interviewtermin hat die Kollegin übrigens bereits vereinbart. Das Ganze soll in Obermais stattfinden, wo Philip Sanden den Sommer verbringt. Kennen Sie Obermais?«

»Nein«, gab ich ehrlich zu.

»Das liegt oberhalb von Meran, in Südtirol. Sehr hübsch. Na, Sie werden es ja kennen lernen. Wenn sich das Wetter hält, lernen Sie die Gegend von ihrer besten Seite kennen.«

Beim Stichwort Wetter wurde ich noch wacher, als ich es ohnehin schon war. Ich verstand eigentlich genauso wenig davon wie von Kunst, ich wusste nur, dass es sich täglich ändern konnte. »Für wann ist denn der Interviewtermin mit Philip

Sanden ausgemacht?« Ich hatte meine Frage bewusst vorsichtig formuliert.

»Für den Zwölften, vormittags um elf Uhr. Sie müssten also bereits am Elften anreisen.«

»Juli?«

»Juni«, korrigierte mich Frau Mohr, als sei es das Selbstverständlichste von der Welt.

»Ah so.« Ich überlegte blitzschnell. »Der zwölfte Juni also.«

»Gibt es da ein Problem?«

»Nein«, log ich. Der Tag, der mein erster Urlaubstag hätte sein sollen, war der zehnte Juni. Am nächsten Tag würde ich mich bereits Richtung Südtirol aufmachen und damit der Mecklenburgischen Seenplatte den Rücken kehren müssen. »Ich freue mich über den Auftrag.« Und das war die Wahrheit.

»Na, dann ist ja alles in Ordnung.« Sie atmete erleichtert auf. »Die Unterlagen gehen in der nächsten Stunde an Sie ab.« Damit verabschiedete sie sich und legte auf.

Ich hob den Kopf und begegnete Lillys ungläubigem Blick.

»Du hast doch nicht etwa …?«

»Der *Roberta* sagt man nicht ab«, hielt ich Lillys berechtigtem Einspruch kategorisch entgegen. Mir war gleichzeitig zum Lachen und zum Heulen zumute. Ich hatte mich so sehr auf den Urlaub gefreut, hatte so gute Vorsätze gehabt, alles so genau geplant. Aber wenn ein Wunschtraum schon erfüllt wird, dachte ich, ist es vielleicht ein bisschen undankbar, auch noch das richtige Timing zu erwarten. »Hattest du nicht gerade von der *Zeitachse* gesprochen, als das Telefon läutete?« Ich lächelte sie schief an.

»Ja.« Lilly hüllte mich in ihren mitfühlenden Blick. »Offensichtlich haben sich dort zwei deiner sehnlichsten Wünsche ein Rennen geliefert.«

»Und die *Roberta* hat mit zwei Längen Vorsprung gewonnen. Mein Urlaub ist Zweiter geworden.«

»Wäre ich nur nicht drangegangen«, sagte sie ernst. Sie hätte es lieber gesehen, wenn mein Urlaub den Sieg davongetragen hätte.

»Das hätte ich dir nie verziehen.« Über diese Unlogik mussten wir beide lachen.

Mit einem Blick auf ihre Uhr gab Lilly mir zu verstehen, dass es Zeit für sie war aufzubrechen. »Mein erster Patient kommt in zehn Minuten.« Sie zwängte sich vorsichtig wieder zwischen Stuhl und Tisch hervor. Das Kalb reckte und streckte sich und nahm dann startbereit neben seiner Herrin Aufstellung. »Deinen Koffer kannst du ja wenigstens gepackt lassen«, stellte Lilly trocken fest, nachdem ich ihr ganz kurz skizziert hatte, worum es ging.

»Das finde ich ein wenig übertrieben«, stellte ich ebenso trocken fest, »da drin steckt die Hoffnung auf einen zweiwöchigen Urlaub. In Südtirol werde ich kaum länger als zwei Tage bleiben. Aber E-Mails kannst du mir schicken, mein Laptop kommt ja nun doch mit.«

»Wenigstens etwas.«

Ich brachte Lilly und Henriette zur Tür.

»Pass auf dich auf.« Sie nahm mich in ihre Arme, in denen ich wie immer fast verschwand. Als sie mich aus ihren weichen Fängen entließ, wuschelte sie mir liebevoll durch meinen kurzen Lockenkopf. »Das ist zwar auch nicht ohne Reiz, aber gib ihnen doch bei Gelegenheit mal wieder eine Chance. Du hattest so herrliche lange Haare.«

»Ich werde darüber nachdenken«, versprach ich, »aber nicht jetzt.« In meinem Kopf überschlugen sich die Dinge, die ich vor meiner Abreise noch tun wollte. Dazu zählte jedoch ganz bestimmt nicht das Nachdenken über meine Frisur. »Ich melde mich bei dir von unterwegs.«

Als die Tür hinter den beiden zugefallen war, ging ich zum Schreibtisch und schaltete meinen Computer ein. Bis die Informationen von Michaela Mohr eintrafen, konnte ich mich schon einmal im Internet auf die Suche nach Philip Sanden machen. Das eine oder andere würde dort bestimmt über ihn stehen. Tatsächlich wurde ich ziemlich schnell fündig. Seine Kurzbiografie und eine Übersicht über sein künstlerisches Schaffen sollte zunächst einmal reichen, entschied ich und ließ mir beides ausdrucken.

Aus der Kurzbiografie erfuhr ich, dass Philip Sanden in Wiesbaden geboren wurde, in Düsseldorf zur Kunstakademie gegangen war und es ihn im Anschluss daran nach Wiesbaden zurückgezogen hatte. Es folgten Erfolge über Erfolge, ein fast kometenhafter Aufstieg, der offensichtlich durch keinerlei Rückschläge gebremst worden war. Der Dreiundsechzigjährige war verheiratet und hatte eine Tochter.

Inzwischen waren auch die Informationen von der *Roberta* eingetroffen. Der Abgabetermin für das Porträt war in zwei Wochen. Vom Umfang her würde das durchaus zu schaffen sein. Offenbar war über das Büro von Philip Sanden nicht nur der Interviewtermin zustande gekommen, man hatte von dort sogar gleich ein Zimmer in dem Hotel gebucht, in dem er selbst auch abgestiegen war. *Schloss Rubein*, las ich und dachte: Wie nobel. Ein ausgiebiger Blick in meinen Straßenatlas verriet mir, dass ich den kommenden Tag im Auto verbringen würde. Sieben bis acht Stunden würde ich bestimmt bis Meran brauchen. Das war jedoch immer noch besser als die elf Stunden, die die Bahn laut Bahnhofsauskunft brauchte.

Während ich den Frühstückstisch abräumte, überlegte ich, was noch zu tun war. Es war gerade erst zwölf Uhr, vielleicht konnte ich mir am Nachmittag zum Einstimmen noch einige seiner Bilder ansehen. Auf halbem Weg in die Küche stellte ich das Geschirr auf meinem Schreibtisch ab und wählte die Nummer von Philip Sandens Büro.

»Atelier Philip Sanden – Frohwein«, meldete sich eine weibliche Stimme.

»Guten Tag«, begann ich. »Mein Name ist Ellen Bertram, ich bin bei der *Roberta* für das geplante Interview mit Herrn Sanden eingesprungen.«

»Ah, ja, stimmt, ich hatte auch einen anderen Namen in Erinnerung.« Dem Geräusch am anderen Ende der Leitung nach zu urteilen, blätterte sie in einem Kalender.

»Die Kollegin ist leider krank geworden«, klärte ich sie kurz auf.

»Ich werde es Herrn Sanden ausrichten. Frau Bertram, ist das richtig?« Ich versuchte, mir die Frau vorzustellen, deren Ton eine Mischung aus Geschäftsmäßigkeit und freundlichem Entgegenkommen verriet.

»Ja«, antwortete ich und holte gleichzeitig Luft, um mein eigentliches Anliegen loszuwerden, bevor sie wieder auflegte. »Wenn möglich, würde ich mir gerne heute Nachmittag noch ein paar Bilder von Herrn Sanden ansehen.«

»Das ist kein Problem. Am besten kommen Sie hier ins Atelier. Passt Ihnen fünfzehn Uhr?«

»Sehr gut.«

Sie gab mir die Adresse in Wiesbaden und eine kurze Wegbeschreibung. Das Haus könne ich gar nicht übersehen, es habe ein Glasdach. Als das Gespräch beendet war, legte ich zufrieden meine Beine auf den Schreibtisch: Das ließ sich ja alles sehr gut an.

2

Als ich in mein Auto stieg, traf mich fast der Hitzschlag. Der Wagen hatte in der prallen Sonne gestanden und war aufgeheizt wie ein Backofen. Da ich es immer noch nicht geschafft hatte, eine Klimaanlage einbauen zu lassen, klebten mir im Nu meine Sachen am Körper. Da nützte auch der Fahrtwind nichts, der durch die hinuntergedrehten Scheiben ins Auto wehte. Zum Glück hatte ich mich für einen weißen Anzug mit weiter Hose und einem ebensolchen Oberteil entschieden. So fühlte ich mich zwar verschwitzt, sah jedoch nicht so aus. Trotz der inzwischen dreißig Grad machte ich auf dem Weg nach Wiesbaden kurz bei meinem Computerladen Halt, um mir für meinen Laptop ein Kabel zu besorgen, das in italienische Telefonsteckdosen passte. Während sich Lilly gern gegen alle möglichen Katastrophen wappnet, sind es bei mir die Eventualitäten meines Jobs, die mich ausreichend vorsorgen lassen.

Kurz vor drei hielt ich vor Philip Sandens Atelier, einem weißen Haus mit Erkern und einem zylindrischen Glasdach. So ungewöhnlich, wie es zwischen den anderen Villen auf diesem Hügel aussah, war es wirklich nicht zu übersehen. Die kleinen Ecktürmchen, die bei den umliegenden Häusern stilgetreu erhalten waren, hatten bei dem Haus, vor dem ich nun stand, offensichtlich dem Lichtbedürfnis des Malers weichen müssen. Links neben dem Eingang fand ich eine blank polierte Messingtafel mit Klingel und Namen des Hausbesitzers. Auf mein Läuten hin tat sich die schwere alte Holztür vor mir auf.

»Frau Bertram?«

Mir gegenüber stand eine Frau, die ich auf eine jugendliche Version von Anfang fünfzig schätzte. Ihrem aschblonden, kinnlangen Haar hatte sie einen modernen Zickzackscheitel verpasst. Kluge graublaue Augen, stellte ich fest, in einem ebenmäßigen, klassisch schönen Gesicht. Ihr Äußeres setzte nahtlos den stilvollen Rahmen des Hauses fort.

»Ja.« Ich streckte ihr meine Hand entgegen.

Ihr fester Händedruck entsprach ihrem sicheren Auftreten. »Constanze Frohwein«, stellte sie sich vor. »Ich bin die persönliche Assistentin von Philip Sanden. Kommen Sie bitte herein.«

Ich folgte ihr durch eine angenehm kühle, offene Halle mit Marmorfußboden zu einer eisgrauen Sitzgruppe. Auf einem niedrigen Tisch, der von drei großzügigen Sofas eingerahmt wurde, lagen verschiedene Kunstzeitschriften und Kataloge.

Sie bat mich Platz zu nehmen. »Möchten Sie etwas trinken?«

»Gerne. Bei der Hitze am liebsten Mineralwasser«, kam ich ihrer nächsten Frage unaufgefordert zuvor.

Während sie sich um die Getränke kümmerte, sah ich mich in Ruhe in dem riesigen Raum um. Die hohen Wände waren nur sehr spärlich, dafür jedoch umso wirkungsvoller bebildert. Ich nahm an, dass es sich um Kunstwerke des Hausherrn handelte. Mit meinem Laienblick konnte ich nichts anderes erkennen, als dass es sich um abstrakte Kunst handelte. Ich konnte die Bilder weder einordnen, noch traute ich mir eine Wertung zu. Sie sprachen mich jedoch in ihrer Farbintensität und offensichtlichen Dynamik sehr an. Es war, als würde der gesamte Raum von ihrer Energie gespeist.

Das unüberhörbare Klackklack der Absätze von Frau Frohwein ließ mich in ihre Richtung schauen. Sie kam quer durch die Halle mit einem Tablett zurück. Ich nutzte die Zeit, um meinen optischen Eindruck von ihr zu vertiefen. Die Farbe ihres überaus feminin geschnittenen, ärmellosen Kostüms erinnerte mich an Elfenbein und bildete einen gelungenen Kontrast zu ihrer sonnengebräunten Haut. Nachdem sie mir Wasser eingeschenkt hatte, setzte sie sich mir gegenüber.

»Ich habe Ihnen ein paar Unterlagen über das Werk von Philip Sanden zusammengestellt.« So selbstverständlich, wie sie seinen Namen aussprach, zählte sie zu jenen persönlichen Assistentinnen, die ihren Chefs auf gleicher Ebene gegenüberstehen und sie nicht auf ein Podest stellen. »Sie können sich das Material mitnehmen, wenn Sie wollen.« Dabei zeigte sie auf einen bemerkenswerten Stapel auf dem Tisch zwischen uns. Allem Anschein nach war bereits viel über ihn geschrieben worden.

»Ich würde es gern kurz sichten«, ging ich auf ihr Angebot ein. »In dem Porträt für die *Roberta* geht es jedoch eher um den Menschen Philip Sanden, weniger um den Künstler.«

»Glauben Sie, dass Sie das trennen können?« Sie sah mich schmunzelnd an. In ihrem Blick erkannte ich die Überzeugung, dass ich mich auf dem Holzweg befand, wenn ich die menschlichen Züge ihres Chefs wiedergeben wollte, ohne auf seine künstlerischen Anteile einzugehen. »Schließlich kommt er in seinen Bildern zum Ausdruck.«

»Menschen kommen vor allem in ihren Überzeugungen zum Ausdruck, in ihren Ängsten, Leidenschaften und Marotten, in ihrem Verhältnis zu ihrer Umwelt, im Umgang mit anderen Menschen.« Ich nahm den obersten Katalog vom Stapel, der anlässlich einer Ausstellung von Philip Sanden gedruckt worden war. »Natürlich ist er auch in seinen Bildern erkennbar«, fuhr ich unbeirrt fort, »aber bei der Interpretation lässt jeder Betrachter sich selbst einfließen. Und schon ist das Bild von dem Menschen dahinter verfälscht, es ist ein subjektives.«

Sie schien in Ruhe abzuwägen, was sie gerade gehört hatte,

um dann schließlich in einem spöttischen Unterton zu kontern. »Und Sie trauen sich ein objektives Bild zu?«

Wie immer, wenn jemand meine Kompetenz in Frage stellte, lehnte ich mich amüsiert lächelnd zurück. Ich kenne all die Tricks und Einschüchterungsversuche, die darauf abzielen, mich zu verunsichern. Nur funktioniert das bei mir nicht. Ich bin in einem so stabilen Gefüge aufgewachsen, dass es weit mehr als ein paar hochgezogene Brauen oder spöttische Untertöne braucht, um mein Selbstbewusstsein ins Wanken zu bringen. »Sonst hätte ich den Auftrag der *Roberta* nicht angenommen«, antwortete ich ihr gelassen.

»Na dann ...«, sagte sie vage.

Ich hatte sie nicht überzeugt, das spürte ich, aber es störte mich nicht weiter. Eines der Credos meiner Eltern lautet, dass nur zählt, wovon man selbst überzeugt ist. Es sei nicht wichtig, andere zu überzeugen, außer man ist Politiker oder Missionar. Mit diesem Satz bin ich aufgewachsen, er hat mich davor bewahrt, jedes Mal in einer Verteidigungsstellung zu landen, wenn meine Fähigkeiten angezweifelt werden. Und das empfinde ich als ein wertvolles Geschenk. Es hilft, den Blick auf das Wesentliche zu lenken. Natürlich habe ich mir damit nicht nur Freunde gemacht, denn was in meinen Augen ein gesundes Selbstvertrauen ist, sehen manche Menschen als unangenehmen Größenwahn an. Oder einfach als unweiblich. In welcher Schublade ich bei Frau Frohwein landete, war noch nicht abzusehen. Ich hatte sie zwar nicht überzeugt, aber sie schien auch keine vorschnellen Schlüsse daraus zu ziehen. Und dafür erntete sie in meinem Brett einen Stein der Anerkennung.

Ich legte die Unterlagen zurück und bat sie um eine ausführliche Vita von Philip Sanden, ein paar ausgewählte Fotos seiner Bilder sowie um ein Porträtfoto von ihm. Während sie mir die beiden ersten Dinge umgehend aus einem kleinen Nebenzimmer holte, versprach sie, mir das Porträtfoto zu schicken, da sie vor ein paar Tagen neue Abzüge bestellt habe, diese jedoch noch nicht eingetroffen seien. Anschließend folgte ich ihr auf eine kurze Führung durch Galerie und Atelier. An die Halle grenzte ein weiterer großer Ausstellungsraum, in dem sich außer acht riesigen, farbstarken Ölbildern nur vier graue Sessel befanden, die zum Niederlassen und Verweilen einluden. Auch in diesem Raum spürte ich die Energie, die die Bilder ausströmten. Ich konnte nirgends ein Preisschild entdecken, also fragte ich sie danach.

»Die Bilder sollen unbeeinflusst wirken, der Preis muss zunächst einmal nebensächlich sein«, erklärte sie mir mit einer Mimik, aus der tiefe Überzeugung sprach.

»Und ist er tatsächlich eine Nebensache?«, fragte ich mit einem Hauch Ironie.

»Nicht immer«, gab sie lächelnd zu.

Nachdem sie mir für einige der Bilder die Preise genannt hatte, wunderte ich mich über ihre Definition einer Nebensache. Unter vierzigtausend Mark war hier nichts zu haben.

Im ersten Stock liefen wir über knarrendes Parkett durch drei miteinander verbundene Räume. Der puristische Stil setzte sich konsequent fort: Es gab nichts Überflüssiges, nur ausdrucksstarke Leinwand und ausgewählte Sitzgelegenheiten. Philip Sanden hatte offensichtlich weder Angst vor Größe noch vor leerem Raum. Er musste nichts sinnlos füllen. Ich spürte den interessierten Seitenblick von Constanze Frohwein.

»Beeindruckend«, antwortete ich bereitwillig auf ihre unausgesprochene Frage. Und damit meinte ich nicht nur die Bilder, sondern die gesamte Komposition.

Sie schien damit zufrieden und lotste mich eine weitere Treppe hinauf ins eigentliche Atelier, das in gleißendes Licht getaucht war. Von dem riesigen Raum unter dem Glaszylinder war offensichtlich noch ein separater Raum abgeteilt.

Frau Frohwein war meinem Blick gefolgt. »Das ist ein Privatraum.«

Zum Glück gab es hier oben eine perfekt funktionierende Klimaanlage. Neugierig sah ich mich um. Ich hatte ein Durcheinander von Staffelei, Farben, Pinseln und an die Wand gelehnten Bildern erwartet, einen Fußboden voller Farbkleckse und künstlerische Unordnung. Entweder war jedoch die Vorstellung, die ich im Kopf hatte, ein fürchterliches Klischee, oder aber das, was ich hier sah, war die Ausnahme. Der gesamte Raum strömte eine geordnete Ästhetik aus. Es gab mehrere Staffeleien mit unfertigen Bildern, ein dunkelbraunes Ledersofa und rundherum Bücherregale. Aber es gab nichts, was achtlos herumlag. Es fiel mir schwer, mir den Menschen vorzustellen, der hier Tag für Tag arbeitete. Mir fehlten die persönlichen Dinge, die wie Mosaiksteine Teile vom Ganzen sind. Und genau das machte mich neugierig. Ich hatte schon oft Räume betreten, die so lebhaft von ihren Bewohnern erzählten, dass ich diese fast nicht mehr hätte treffen müssen, um sie zu porträtieren. Bei Philip Sanden war das anders. Als ich genug gesehen hatte, ging ich langsam zur Treppe zurück.

»Vielen Dank, dass Sie sich die Zeit genommen haben.«

Constanze Frohwein ging mir voraus. »Das ist meine Aufgabe«, entgegnete sie schlicht. Mit einem weiteren festen Händedruck entließ sie mich in die flirrende Hitze. Sowenig das Haus mit überflüssigen Dingen gefüllt war, sowenig versuchte diese Frau, ein Gespräch mit überflüssigen Floskeln zu füllen oder zu beenden. Und das gefiel mir. Ich kann nicht sagen, dass sie mir auf Anhieb sympathisch war, aber ich fand sie interessant.

Glücklicherweise hatte ich mein Auto im Schatten geparkt, sodass mir auf der Rückfahrt die Sauna erspart blieb. Zurück in meiner Wohnung, stornierte ich zunächst das

Hotel, das ich mir für meinen Urlaub ausgewählt hatte. Zwar stieß meine kurzfristige Absage dort verständlicherweise nicht auf Begeisterung, aber es war Hauptsaison, sodass mein Zimmer kaum länger als eine Nacht leer stehen würde. Für diese Nacht würde ich zahlen müssen, aber das war zu verschmerzen. Viel schwerer wog meine Enttäuschung über den versäumten Urlaub. Aber, so überlegte ich, vielleicht lässt sich der Auftrag in ein paar Tagen erledigen, sodass ich doch noch fahren kann.

Nachdem ich an diesem Abend den mehrseitigen Lebenslauf von Philip Sanden durchgeblättert hatte, entwarf ich einen ausführlichen Fragenkatalog, um seiner Person auf die Spur zu kommen. Dann packte ich schweren Herzens meinen Koffer wieder aus, da für die nächsten paar Tage eine kleine Tasche ausreichend war. Schließlich ging ich früh ins Bett, um am nächsten Tag in aller Herrgottsfrühe aufzubrechen. Als jedoch am anderen Morgen um halb fünf der Wecker klingelte, hätte ich meine eigene Entscheidung am liebsten wieder verworfen. Allein die Vorstellung von einer mehrstündigen Fahrt in einem glühend heißen Auto brachte mich dazu, nach und nach meine Augen zu öffnen. Den Rest besorgte meine in ähnlichen Fällen erprobte Kombination aus heiß-kalten Wechselduschen und starkem Kaffee. Als ich eine halbe Stunde später auf die A3 Richtung Süden fuhr, war ich zumindest so wach, dass ich keine Verkehrsgefährdung mehr darstellte.

Und da mir größere Verkehrshindernisse erspart blieben, schaffte ich die Strecke bis Meran tatsächlich in acht Stunden. Von dort aus fragte ich mich erfolgreich nach Obermais durch. Michaela Mohr hatte Recht gehabt, es war wirklich ein hübscher kleiner Ort. Auf der Suche nach Schloss Rubein fuhr ich durch enge Gassen, die während der Mittagszeit fast verlassen wirkten. Erst durch Nachfragen bei Passanten stellte ich fest, dass ich bereits zweimal am Schloss vorbeigefahren war. Es lag verborgen hinter einer hohen Steinmauer. Hierher konnten nur Absicht oder Zufall führen, denn außer einem dezenten Hinweis neben der Klingel wies nichts weiter auf das dahinter liegende Anwesen hin. Das schmiedeeiserne Tor war verschlossen. Auf mein Klingeln hin wurde ich über eine Sprechanlage freundlich nach meinen Wünschen gefragt. *Einlass* schrie es in mir, denn ich sehnte mich nach der langen Fahrt nach einer erfrischenden Dusche. Mein Name genügte, damit sich das elektrische Tor langsam öffnete. Zwischen hohen Hecken hindurch folgte ich der Auffahrt, bis sich mir der Blick auf ein wunderschön restauriertes mittelalterliches Schloss öffnete.

Hier residiert also Philip Sanden, überlegte ich gerade, als eine junge Frau zu mir ans Autofenster trat. Sie begrüßte mich mit Südtiroler Dialekt, stellte sich als Maria vor und bat mich, ihr zu folgen, damit sie mir mein Zimmer zeigen konnte. Eine vorausschauende Seele hatte gleich zwei Übernachtungen für mich gebucht, denn Interview und Rückfahrt würden an einem Tag nicht zu schaffen sein. Ich nahm meine Tasche und folgte der dunkelhaarigen Frau durch einen wunderschönen Innenhof. Die Sonnenstrahlen, die das riesige Blätterdach eines Walnussbaumes durchbrachen, vollführten ein faszinierendes Spiel aus Licht und Schatten. Ich entdeckte herrlich blühende Pflanzen in ausladenden Kübeln, während mich das Geräusch eines plätschernden Brunnens an meine Sehnsucht nach einer Dusche erinnerte. Die junge Südtirolerin ging mir voraus eine Steintreppe hinauf und durch eine Galerie mit Wandmalereien und riesigen Bogenfenstern mit kleinen Facetten aus Bleiglas. Am Ende des Ganges hielt sie vor meinem Zimmer, beschrieb mir die Lage des Schwimmbades im Park ebenso wie die des Frühstückszimmers im Schloss und drückte mir zum Abschied den Sender fürs Tor sowie einen riesigen, mindestens fünfzehn Zentimeter langen Zimmerschlüssel in die Hand. Solche Schlüssel hatte ich bisher nur als Kind in meinen Märchenbüchern gesehen.

Ich öffnete die Tür, hinter der sich ein blau dominierter, antik eingerichteter Raum mit einem großen alten Kachelkamin verbarg. Wer auch immer die Stoffe für Gardinen, Stühle und Bett ausgesucht hatte, wollte eine anheimelnde Atmosphäre schaffen. Und das war gelungen. Obwohl ich selbst zum Einfarbigen tendiere, gefiel mir mein Zimmer auf Anhieb. Ich verstaute meine Sachen in einer knarrenden Intarsienkommode, deponierte meine Unterlagen samt Laptop auf dem geöffneten Sekretär neben dem Fenster, um dann endlich in der Dusche zu verschwinden. Für einige Augenblicke vergaß ich meinen Auftrag und gab mich einem wundervollen Gefühl von Urlaub hin. Gar nicht so übel, dachte ich versöhnt. Immerhin hatte ich noch den Rest dieses Tages, ich würde ihn in vollen Zügen genießen.

Zuallererst brauchte ich jedoch etwas zu essen, ich war völlig ausgehungert. Maria hatte mir erklärt, dass es im Schloss Rubein nur Frühstück gebe. Also machte ich mich auf Erkundungstour ins Dorf, wo ich unter freiem Himmel noch einen Platz in einer Pizzeria fand. Nachdem die Dusche das Ihrige getan hatte, weckte der Teller Nudeln, den ich bestellte, den Rest meiner Lebensgeister. Um mich herum saßen augenscheinlich Urlauber, deren beredten Blicken ich hin und wieder begegnete. Durch meinen Job bin ich oft unterwegs und daran gewöhnt, allein essen zu gehen. Ich stelle aber immer wieder fest, dass dies für viele Menschen nicht so selbstverständlich ist. Ich konnte die Reihenfolge ihrer Gedanken in ihren Gesichtern ablesen: Zuerst warteten sie gespannt, auf wen ich wartete. Wenn jedoch niemand auftauchte, erntete ich von den einen Mitleid, weil sie dachten, ich sei versetzt worden. Die anderen stellten Spekulationen über den Grund dieses *einsamen* Essens an.

Ich fühlte mich jedoch alles andere als einsam, sondern genoss diesen Moment des Luftholens, bevor ich am nächsten Tag meine volle Konzentration brauchen würde. Auf der Fahrt hatte ich mir noch einige Gedanken über das Interview gemacht. Es musste ganz besonders gut werden, damit es nicht mein einziges für die *Roberta* bliebe. Ich hoffte nur, dass der Mann, über den ich schreiben sollte, genügend Ausstrahlung besaß, um dem Porträt das nötige Leben einzuhauchen. Nicht zuletzt hing das Gelingen eines solchen Projektes aber auch von der Kooperationsbereitschaft des Gesprächspartners ab. Würde er meinen Fragen ausweichen, fehlte mir das »Futter«.

Aber diese Frage stellt sich erst morgen, holte ich mich in die Gegenwart zurück. Die letzten Stunden dieses Tages gehörten ganz allein mir. Nachdem ich gezahlt hatte, schlenderte ich zum Hotel zurück. Das Wetter war viel zu schön, um im Zimmer zu bleiben, deshalb beschloss ich, den Nachmittag am Schwimmbad zu verbringen. Auf dem Weg dorthin bekam ich einen kleinen Eindruck von dem riesigen Park, der Schloss Rubein umgab. Ein Eldorado für jeden Botaniker, dachte ich voller Bewunderung und wünschte mir gleichzeitig, die gewaltigen, uralten Bäume benennen zu können. In Erinnerung an meine laienhafte Annäherung an die Bilder von Philip Sanden fielen mir einmal mehr die Lücken in meiner Allgemeinbildung auf.

Der Weg unter den Bäumen entlang endete am Rand einer großen, gepflegten Rasenfläche. Überall um mich herum blühten Rosen in den unterschiedlichsten Farben und verströmten einen lieblichen Duft. Um das gegenüberliegende Schwimmbecken herum standen bequeme Liegen und ausladende Sonnenschirme. Bisher hatte ich noch keine anderen Gäste gesehen, kein Wunder, denn sie hatten die gleiche Idee gehabt wie ich und tummelten sich im Wasser. Eine Weile sah ich dem Treiben zu, um dann selbst schwimmen zu gehen. Ich ließ mich im Wasser treiben und genoss das Bergpanorama, das sich hinter dem Park auftat. Als ich später auf meiner Liege lag, lullten mich die Stimmen der anderen Gäste in einen Kurzschlaf, aus dem ich erst durch einen lauten Platscher aus Richtung des Schwimmbades wieder erwachte.

Einer der Gäste durchquerte das Becken in kräftigen Zügen. Er musste gekommen sein, während ich schlief, denn ich hatte ihn vorher nicht bemerkt. Als er aus dem Wasser stieg, konnte ich ihn genauer betrachten. Nicht schlecht für das Alter, dachte ich. Er war ungefähr Anfang fünfzig, hatte graues, kurz geschnittenes Haar und einen durchtrainierten Körper, um den ihn mancher Dreißigjährige beneidet hätte. Gepflegte Erscheinung, vermerkte ich automatisch, während ich gleichzeitig versuchte, ihn beruflich einzuordnen. Immobilienmakler? Investmentbanker? Architekt? Er konnte eigentlich alles sein, nur in einer Hinsicht war ich mir ganz sicher: Er war erfolgreich.

Er ließ sich neben einer attraktiven Brünetten nieder, die ich auf Ende vierzig schätzte, und schenkte ihr eines von diesen Siegerlächeln, die auf manche Frauen unwiderstehlich wirken. Offenbar zählte sie zu dieser Spezies, denn sie warf sich augenblicklich in Positur. Ihr Kopf landete mit einer geübten Bewegung im Nacken, sodass ihre Haarmähne voll zur Geltung kam. Dann folgte das obligatorische kehlige Lachen, um ihm schließlich in Seitlage ihren ganzen Körper zuzuwenden. Dabei achtete sie peinlich genau darauf, dass ihre Beine eine Stellung fanden, die nicht etwa unliebsame Dellen zutage brachte. Zu guter Letzt drückte sie noch den Spann ihrer Füße durch. Mein Gott, bequem konnte das wirklich nicht sein. Ich fragte mich, warum man Imponiergehabe immer nur Männern zuschreibt, denn bei Frauen ist es mindestens genauso weit verbreitet. Diese jedenfalls lieferte einen weiteren Beweis für meine Überzeugungen, die über den Status der Theorie schon lange hinaus waren.

Ich musste in mich hineinlächeln, wobei ich ihr gleichzeitig dankbar für das kurzweilige Schauspiel war. Ich liebe diese Studien. Mich könnte man stundenlang in einer Menschenmenge aussetzen, und ich würde mich nicht langweilen. Es gibt immer etwas Neues zu entdecken oder etwas Bekanntes wieder zu erkennen. Wobei ich mich selbst bei meinen Betrachtungen nie ausnehme. Durch das Beobachten anderer Menschen bin ich schon oft meinen eigenen Marotten auf die Spur gekommen.

Die verführerische Pose der Brünetten nützte jedoch wenig, denn ihr Galan machte sich bereits nach fünf Minuten davon. Die Enttäuschung, die ihr ins Gesicht geschrieben war, erregte mein Mitgefühl. Ich hatte es schließlich auch lieber, wenn meine Bemühungen von Erfolg gekrönt waren. Als sich unsere Blicke begegneten, lächelte ich ihr deshalb verständnisvoll zu, was sie mit eisiger Ignoranz quittierte. Huch, schüttelte es mich innerlich, stutenbissig ist sie also auch noch. Ich dachte an Lilly, die regelmäßig solchen und ähnlichen Reaktionen ausgesetzt war, und beschloss, ihr eine kleine Nachricht zu schicken.

Als ich in meinem Zimmer gerade den Computer angeschlossen hatte, klopfte es an der Tür. Maria stand draußen, um mir von Philip Sanden auszurichten, dass er am nächsten Tag gegen neun Uhr eine Wandertour plane. Ich könne ihn dabei begleiten, wenn ich wolle. Andernfalls müssten wir das Interview auf den späten Nachmittag verschieben.

»Hat er wandern gesagt?«, fragte ich ungläubig.

Maria nickte zur Bestätigung.

»Wo finde ich ihn?« Das Letzte, wozu ich Lust hatte, war ein Wanderausflug mit einem Mann, der sich dem Pensionsalter näherte. Wenn ich Sport mache, dann richtig. Außerdem stellte mich dieser Vorschlag vor ein technisches Problem. Ich konnte ihm schlecht während des Wanderns mein Diktaphon vor die Nase halten.

»Im Gartenhaus«, antwortete sie, wobei sie mir auch gleich den Weg dorthin beschrieb.

Zwei Minuten später stand ich davor und klopfte an die Eingangstür. Durch die eingelassenen Glasscheiben sah ich kurz darauf einen Mann im Bademantel auf mich zukommen: den *Galan* mit dem Siegerlächeln. Hier musste ich also falsch sein.

»Oh, Entschuldigung«, sagte ich, als er die Tür öffnete und mich fragend ansah. »Ich suche eigentlich das Gartenhaus.«

»Dann kann ich nur gratulieren«, sagte er lässig.

»Wie bitte?«

»Sie haben es geschafft.«

»Was?«

»Sie haben es gefunden.«

Er antwortete auf meine Fragen mit einer Engelsgeduld. War er vielleicht doch eher Lehrer? Obwohl sich dann seit meiner Schulzeit eine Menge getan haben müsste.

»Wenn dies das Gartenhaus ist, habe ich eine falsche Information bekommen«, trat ich meinen Rückzug an. »Tut mir leid, dass ich Sie gestört habe.«

»Es war mir ein Vergnügen.«

Ich musste lächeln. Es war nicht einfach so dahingesagt, sondern kam so spontan, dass ich bereit war, es zu glauben.

»Gibt es eventuell mehrere Eingänge zum Gartenhaus?«, fragte ich bereits auf dem Sprung. Das Haus sah so groß aus, dass es bestimmt mehrere Zimmer beherbergte.

Er verneinte und lehnte sich entspannt an den Türrahmen. »Es gibt nur diesen Eingang. Aber vielleicht kann ich Ihnen bei Ihrer Suche weiterhelfen.«

Warum nicht? überlegte ich. »Kennen Sie Philip Sanden?«

»Ziemlich gut sogar. Suchen Sie ihn?«

»Ja.«

»Ein Stelldichein?«, fragte er mit einem amüsierten Unterton.

»Wenn Sie ihn kennen, wissen Sie ja sicher auch, dass er über sechzig ist«, gab ich lachend zu bedenken.

»Na und?«

In ungefähr zehn Jahren wird er genauso alt sein, dachte ich nicht minder amüsiert. Obwohl in seinem Fall das Alter noch lange keine Rolle spielen würde, es blieb eindeutig hinter seiner Ausstrahlung zurück. Inzwischen konnte ich die Enttäuschung der Brünetten verstehen, er war ein attraktiver Mann.

»Ich habe keinen Vaterkomplex«, beantwortete ich ehrlich seine Frage.

»Dazu braucht man auch keinen Vaterkomplex.«

»Und was dann?«, ging ich vorsichtig auf dieses Spiel ein.

»Man muss wissen, was gut ist.« Sein markantes, von der Sonne gebräuntes Gesicht wurde beherrscht von intelligenten grüngrauen Augen, deren Umgebung in diesem Moment in Lachfalten getaucht war.

»Und ist Philip Sanden gut?«

»Ja«, sagte er mit einem anerkennenden Unterton.

»Als Maler?«

»Auch«, kam die offensichtlich neidlose Antwort.

»Und das aus dem Mund der Konkurrenz?« Was tat ich hier nur? Anstatt Philip Sanden die gemeinsame Wandertour auszureden, hatte ich mich mit diesem Mann auf ein Gespräch eingelassen, das einem Flirt bedenklich nahe kam.

»Er nimmt mir nichts.« Da war es wieder, dieses Siegerlächeln.

»Sie machen auch nicht den Eindruck, als wäre Ihnen schon sehr viel genommen worden«, sagte ich unbefangen und dachte mir, dass sein Freibeuterblick bestimmt nicht von ungefähr kam, sondern auf beträchtlichen Erfolgen fußte.

Blieb zu hoffen, dass er in keiner festen Beziehung lebte. Wenn doch, würde ich mit der Dame nicht tauschen wollen.

»Da könnten Sie Recht haben ...« Sein Blick strafte den Konjunktiv Lügen.

Dieser Mann brachte es fertig, meine Vorstellung von der Erotik älterer Männer auf den Kopf zu stellen. Ich wich seinem Blick aus, um meine Gedanken nicht unfreiwillig zu verraten, und betrachtete ausgiebig seine Füße. Er war barfuß und hatte ein Bein vor das andere gestellt. Selbst seine Fußnägel waren gepflegt, jedenfalls soweit ich es erkennen konnte.

»Interessieren Sie sich für Füße?« Er war meinem Blick gefolgt.

»Auch.« Langsam wurde es Zeit, die Notbremse zu ziehen.

»Dann wären wir ja schon mal einem gemeinsamen Interesse auf die Spur gekommen.« Demonstrativ wanderte sein Blick zu meinen Füßen, die in Riemchensandalen steckten. »Wie wär's, wenn wir dieses Thema morgen Abend bei einem Essen vertiefen?«

»Da kann ich möglicherweise nicht.« Falls ich Philip Sanden im ersten Interview nicht genug entlocken konnte, war eventuell noch ein zweites notwendig. »Wie wäre es mit heute Abend?« Die Notbremse war in weite Ferne gerückt.

»Das geht nicht.« Er schüttelte bedauernd den Kopf.

»Die Brünette vom Schwimmbad?«, fragte ich übermütig.

»Nein, die Pflicht«, klärte er mich lächelnd auf.

Ich zog fragend meine Augenbrauen hoch.

»Geschäfte.«

»Aha.« Schade eigentlich, ein Abend mit ihm wäre bestimmt alles andere als langweilig und sicher eine kleine Entschädigung für meinen verpatzten Urlaub gewesen.

»Dann lassen wir uns doch einfach überraschen«, sagte er mit einem viel versprechenden Unterton in der Stimme. »Ich mag diese ganz besondere Spannung, die in der Ungewissheit liegt. Vielleicht wandelt sich Ihr *möglicherweise* über Nacht ja noch in eine Zusage.«

»Möglicherweise«, erwiderte ich lachend. »Wobei es dabei weit weniger auf diese Nacht ankommt als auf den morgigen Tag.«

»Dann hoffen wir auf Gutes, wie die Italiener sagen.«

Meine Hoffnungen waren um einiges konkreter: Ich hoffte auf einen mitteilsamen Philip Sanden. Die Aussicht auf ein Abendessen mit dem Galan machte die Vorstellung einer Wanderschaft mit einem Fast-Pensionär erträglicher. Vielleicht war die Sache an sich gar keine so schlechte Idee. Mir selbst kamen die besten Einfälle beim Joggen. Eine entspannte Fortbewegung würde Philip Sanden die Zunge vielleicht eher lösen als die übliche Interviewatmosphäre, bei der man sich gespannt gegenübersitzt. Und mein technisches Problem würde ich dahingehend lösen, dass ich mir einfach zwischendurch Notizen machte. So würde die Tour wenigstens auch für mich zu einer kleinen Herausforderung.

»Dem schließe ich mich an«, sagte ich mit einer Vorahnung, dass unser beider Hoffnungen nicht enttäuscht würden.

»Dann bis morgen.«

»Ja ...«

»Philip Sanden ist heute Abend übrigens auch dabei. Soll ich ihm etwas von Ihnen ausrichten?«

»Ja«, antwortete ich freudig. »Sagen Sie ihm bitte, dass ich ihn morgen sehr gerne auf seiner Wandertour begleite.« Das ersparte mir die weitere Suche nach ihm, und ich konnte noch ein wenig in meinen Urlaubsgefühlen schwelgen.

»Wie heißen Sie?«

»Ellen Bertram.«

»Schöner Name.«

»Danke.«

Da er keine Anstalten machte, seine Stellung im Türrahmen zu verlassen, tat ich den ersten Schritt und machte kehrt. Es kostete mich einige Mühe, mich nicht umzudrehen, aber ganz so deutlich wollte ich mein Interesse nun doch nicht zeigen. So stellte ich mir einfach vor, dass er weiter dort lehnte und mir nachsah.

Kaum war ich um die Biegung des Weges und damit hinter der hohen Hecke verschwunden, fiel mir ein, dass ich ihn gar nicht nach seinem Namen gefragt hatte. Egal, dachte ich, schließlich weiß ich, wo er wohnt. Da ich viel zu aufgekratzt war, um diesen Tag so früh schon in meinem Zimmer ausklingen zu lassen, holte ich mein Geld und machte mich wieder auf ins Dorf.

In einer kleinen, typisch italienischen Bar bestellte ich mir zwei Brötchen und einen Cappuccino. Der Kaffee würde zwar meinen Puls nicht gerade herunterbringen, aber das war auch nicht nötig. Dieses Pulsieren hatte ich lange genug vermisst. In Gedanken schrieb ich bereits eine E-Mail an Lilly und musste dabei über mich selbst lachen. Lillys Unberechenbarkeit musste auf mich abgefärbt haben. Anstatt mich ausschließlich auf meinen Auftrag für die *Roberta* zu konzentrieren, hatte ich kurzerhand ein Terrain betreten, von dem ich noch nicht einmal wusste, ob es sich nicht eventuell um ein fremdes Hoheitsgebiet handelte. Andererseits, beruhigte ich mich pragmatisch, würde ich am übernächsten Tag schon wieder verschwinden und damit möglicherweise fremdes Terrain auch wieder verlassen.

Zurück in meinem Zimmer schaltete ich meinen Laptop ein, um Lilly ausführlich von meinem Nachmittag zu berichten. Wobei mir ihre Nachmittage und damit die *Hausbesuche* wieder einfielen. So schloss ich meine E-Mail mit der unverkennbar anzüglichen Frage, wen *sie* denn an diesem Nachmittag beglückt habe. Nachdem ich die E-Mail abgeschickt hatte, erinnerte ich mich mit Bedauern daran, dass ich nicht zum Vergnügen hier war. Wenn ich bei der *Roberta* endlich Fuß fassen wollte, durfte ich mich nicht durch solche Flausen ablenken lassen. Andererseits, meldete sich eine kräftige innere Stimme, musste berufliches Fortkommen die Erfüllung privater Sehnsüchte doch nicht ausschließen. Also einigte ich mich mit mir selbst auf einen Kompromiss: erst die Arbeit, dann das Vergnügen.

Bevor ich an diesem Abend schlafen ging, las ich mir noch einmal die vorbereiteten Fragen für mein Interview durch. Wenn Philip Sanden nur halbwegs kooperativ ist, überlegte ich hoffnungsvoll, dann müsste sich aus seinen Antworten ein passables Porträt schreiben lassen. Mit diesem Gedanken fiel ich in einen unruhigen Schlaf, in dem ein Traum den anderen jagte. Den letzten verbuchte ich am nächsten Morgen schmunzelnd unter der Kategorie Wunschtraum, denn dort ging ich mit dem Galan auf Wandertour.

3

Wer sagt, Träume würden niemals wahr, den hätte ich an diesem Morgen eines Besseren belehren können. Als ich um halb neun gerade mit dem Frühstück fertig und auf dem Weg zurück zu meinem Zimmer war, begegnete mir Maria auf der Treppe. Sie habe mich gesucht, Herr Sanden warte bereits auf dem Parkplatz auf mich. Ich sah verständnislos auf meine Uhr, was Maria dezent mit den Worten quittierte, dieser Gast sei immer so früh auf den Beinen. So kann man es auch ausdrücken, dachte ich wenig begeistert, zumal senile Bettflucht sicher eher den Kern der Sache traf. Das fing ja gut an. Zum Glück war ich schon zum Wandern angezogen, sodass ich nur noch mein dickes Schreibheft, einen Stift und meine Schirmmütze aus dem Zimmer holen musste. Wenn ich eines hasse, dann ist es Hetze am frühen Morgen, trotzdem versuchte ich, mich positiv auf meinen Gesprächspartner einzustimmen.

Fünf Minuten später stand ich auf dem Parkplatz und sah mich suchend um. Ein kurzes Hupen aus Richtung eines schwarzen Range Rovers wies mir den Weg. Der zählt eindeutig zur ungeduldigen Sorte, stellte ich fest. Er nahm sich nicht einmal die Zeit, mich vor dem Auto zu begrüßen. Blieb nur zu hoffen, dass sein Temperament auch während der Wandertour anhielt.

»Guten Morgen«, ertönte eine mir inzwischen wohl bekannte Stimme, als ich die Autotür öffnete.

»Sie?«, fragte ich erstaunt. Es war niemand anders als der Galan, der mir mit unbewegter Miene entgegensah.

»Gestern waren Sie höflicher!«, stellte er kühl fest.

»Entschuldigung«, sagte ich zerknirscht, »aber ich bin hier mit Philip Sanden verabredet, und langsam glaube ich, er ist ein Phantom.«

»Nur weil Sie nicht finden, was Sie suchen?«

»Wie bitte?« Ich verstand nicht, was er meinte.

»Sie suchen nach einer Art Tattergreis am Krückstock mit wilder Künstlermähne.«

Ich sah ihn irritiert an.

»Wenn Sie Ihre beschränkte Vorstellung von einem Dreiundsechzigjährigen nicht revidieren, werden Sie Philip Sanden nie finden«, fuhr er ungerührt fort. »Wenn Sie allerdings bereit sind, über Ihren Tellerrand hinauszusehen, dann steigen Sie jetzt endlich ein. Ich habe keine Lust, Ihretwegen erst heute Mittag auf dem Berg anzukommen.«

»Sie sind …?«

Sein Blick war unmissverständlich.

Fein gemacht, Ellen, beglückwünschte ich mich sarkastisch. Einen schlechteren Anfang hätte ich mir in meinen kühnsten Träumen nicht ausdenken können. Ich hatte ihm etwas von meinem nicht existierenden Vaterkomplex erzählt und ein Alter von jenseits der sechzig in die Nähe von Methusalem gerückt. Wenn er auch nur ein bisschen eitel war, woran für mich kein Zweifel bestand, dann konnte ich mich auf etwas gefasst machen. Seinem Gesichtsausdruck nach zu urteilen hatte er jedenfalls nicht vor, es mir leicht zu machen. Wenigstens hatte ich ihm nicht ausgeplaudert, wie wichtig mir die *Roberta* und damit das Gelingen des Interviews war. So hatte er wenigstens nicht alle Trümpfe in der Hand. Außerdem hatte mir das Zusammentreffen mit ihm schon zwei Aspekte seiner Persönlichkeit geliefert: Er war eitel, und er liebte Spielchen. Auch wenn dies ein schwacher Versuch war, mich selbst zu beruhigen, so zeigte er dennoch

Wirkung. Ich holte tief Luft, stieg betont forsch in sein Auto und schnallte mich an.

»Guten Morgen, Herr Sanden.« Ich hatte meine Stimme ebenso im Griff wie mein Gesicht. Wenn er gerne pokerte, dann konnte er auf mich zählen.

»Wo sind Ihre Wanderschuhe?« Sein Ton war ohne Zweifel befehlsgewohnt.

Autoritär also auch noch, vermerkte ich in meiner Liste, während ich mit einem Blick auf meine Turnschuhe freundlich entgegnete: »An meinen Füßen.«

Das war offensichtlich das entscheidende Stichwort, denn er setzte seine Sonnenbrille auf, wendete den Wagen und fuhr los. Es war eine schweigsame Fahrt durch den Meraner Verkehr. Ich hatte jedoch nicht vor, dieses Schweigen durch irgendwelche Floskeln zu brechen, geschweige denn durch eine Entschuldigung für meine in seinen Augen unhaltbare Vorstellung von Männern im siebenten Jahrzehnt. So falsch war diese Vorstellung nämlich gar nicht, hatte ich doch genügend Männer in diesem Alter kennen gelernt, um zu wissen, dass er von Temperament und Aussehen her eher die Ausnahme bildete.

Ich war so in Gedanken versunken, dass ich nicht auf meine Umgebung geachtet hatte. Deshalb war ich überrascht, als er plötzlich an einer belebten Einkaufsstraße hielt und den Motor ausschaltete.

»Ich warte hier, aber beeilen Sie sich bitte.« Das war unverkennbar eine Aufforderung.

»Womit?«, fragte ich vorsichtig, um nicht schon wieder in meinem Überschwang einen Fettnapf zu übersehen.

Er zeigte an mir vorbei auf ein Schuhgeschäft. »Dort sollten Sie etwas Passendes finden.«

Hatte er mich vorhin nicht verstanden? »Meine Turnschuhe sind …«

»… eine Zumutung«, vollendete er meinen Satz auf seine ganz besonders charmante Weise. »Ich habe keine Lust, Sie zu tragen, also machen Sie schon. Damit kommen Sie nicht weit.«

Da ich mir gerne etwas darauf zugute halte, auch mit unvorhergesehenen Situationen professionell umzugehen, unterdrückte ich meine ausgeprägte Neigung zu Protest und Widerworten und gab – innerlich zähneknirschend – nach. Da um diese Zeit noch kaum jemand unterwegs war, kam ich nach zehn Minuten mit braunen Wanderstiefeln an meinen Füßen und um zweihundertundfünfzig Mark ärmer zurück. Nachdem ich die Tüte mit meinen Turnschuhen auf den Rücksitz gelegt hatte, ließ ich mich wortlos in das Lederpolster sinken.

Eine Viertelstunde später hielt er erneut, diesmal jedoch, um auch selbst auszusteigen. Außer dem Range Rover standen schon eine Menge anderer Autos auf dem großen Parkplatz im Dorf Tirol. Hier hatten sich eindeutig die Frühaufsteher versammelt.

»Von hier aus starten wir.« Er baute sich in voller Größe vor mir auf, was bedeutete, dass er lässig auf mich herabsah. Mit seinem rosa Polohemd über den verwaschenen Jeans wirkte er nicht weniger attraktiv als in Bademantel oder Badehose.

Diesen Gedanken verscheuchte ich jedoch schnell wieder, denn er schien mir an diesem Tag nicht angebracht. Gerade klemmte ich mir meine Schreibkladde unter den Arm und schob den Kugelschreiber in die Hosentasche, als ich mir erneut einen seiner Befehle einhandelte.

Inzwischen trug er einen Rucksack auf den Schultern sowie eine graue Schirmmütze, die tief in die Stirn gezogen war. »Kein unnötiger Ballast!«

Obwohl ich seine Augen nicht sehen konnte, wusste ich sofort, dass es um meine Kladde ging. »Ich bin hier, um zu arbeiten«, sagte ich nach außen hin ruhig. Innerlich beschritt ich jedoch einen sehr schmalen Pfad zwischen ungläubigem Staunen und aufkeimender Wut.

»Dann dürfen Sie jetzt mal zeigen, was Sie können, Frau Bertram. Das Heft bleibt hier. In meinem Rucksack ist kein Platz für Kinkerlitzchen, und Ihre Hände werden anderweitig beschäftigt sein.« Er hielt mir ostentativ die Wagentür auf.

»Bezeichnen Sie Ihre Pinsel auch als Kinkerlitzchen?« *Roberta* hin oder her, er sollte es nur nicht zu weit treiben.

»Ich benutze keinen Pinsel. Hätten Sie Ihre Hausaufgaben gemacht, dann wüssten Sie das.« Pfeile bleiben Pfeile, auch wenn sie mit samtweicher Stimme abgeschossen werden.

Ich legte mein Schreibheft auf die Rückbank zu meinen Turnschuhen. Wie sollte ein solcher Tag enden? Wenn mir nicht bald etwas einfiel, würde er ein Fiasko werden. »Und was benutzen Sie dann?«, fragte ich interessiert, nachdem ich erfolgreich das unangenehme Gefühl einer selbst verschuldeten Schmach verscheucht hatte.

»Baumwolllappen.« Kaum war die knappe Antwort heraus, setzte er sich auch schon in Bewegung. »Ich hoffe, Ihr Körper ist besser auf diese Wanderung vorbereitet als Ihr Geist auf das Interview.«

Obwohl er mir einige Schritte voraus war, hatte ich jedes Wort genau verstanden und beschloss, dass es nun reichte. So wichtig würde mir kein Job jemals sein, dass ich in dieser Weise auf mir herumtrampeln ließ. Überheblichkeit hatte ich außerdem noch nie leiden können. »Würden Sie sagen, dass Ihre Arroganz Ihr hervorstechendstes Merkmal ist, oder gibt es da noch etwas anderes?« Ich hatte aufgeholt, sodass ich nun neben ihm herging.

»Finden Sie es heraus, Sie haben bis heute Mittag Zeit.« Er legte fast unmerklich mit seinem Tempo zu.

Ich hätte gerne durch seine Sonnenbrille hindurchgesehen, ob ihm meine Frage ein Wimpernzucken entlockt hatte, seinem Tonfall war nämlich nichts zu entnehmen. »Die Zeit sollte reichen«, setzte ich deshalb zur Sicherheit noch eins drauf. »Mehr Zeit braucht man nur für Menschen mit einer komplexen Persönlichkeit.«

Anstatt einer Antwort erntete ich ein Grinsen, das aussah, als sei dies erst die Runde zum Aufwärmen gewesen.

Inzwischen hatten wir die asphaltierte Straße verlassen. Der Wanderweg, in den wir einbogen, ging stetig bergauf, was Philip Sanden genauso wenig auszumachen schien wie die Hitze, er behielt sein flottes Tempo unvermindert bei. Falls er jedoch glaubte, ich würde nun hinter ihm herjapsen, dann hatte er sich geschnitten. Allem Anschein nach war er gut trainiert, das war mir bereits im Schwimmbad aufgefallen. Aber ich war es ebenfalls, immerhin lief ich täglich sieben Kilometer und hatte fünfundzwanzig Jahre weniger auf dem Buckel als er. Und mit meinem durchschwitzten T-Shirt war ich hier in guter Gesellschaft.

Der unebene Weg durch den Wald forderte meine ganze Konzentration. Um weder über Baumwurzeln noch Steine zu stolpern, hielt ich meinen Blick fest auf den Boden vor meinen Füßen gerichtet. Philip Sanden war diese Art Weg offensichtlich gewöhnt, da er geübt wie eine Gemse über jedes Hindernis hinwegstieg. Bei mir sah es sicherlich nicht so elegant aus, aber das war mir egal, Hauptsache, ich hielt mit ihm Schritt.

Wir hatten gerade eineinhalb Stunden in diesem Schweigemarsch zurückgelegt, als er zu einem weiteren Schlagabtausch ausholte. »Sie haben doch vorhin so großartig angekündigt, dass Sie hier sind, um zu arbeiten. Ist Ihnen die Luft ausgegangen oder sind Sie ohne Ihren Spickzettel aufgeschmissen?«

»Keines von beiden«, stellte ich sachlich fest. So schnell

würde er mich nicht provozieren. »Ich habe nur Rücksicht auf Sie genommen.«

»Sind Ihre Fragen so unverschämt?« Er drehte sich weder zu mir um, noch verminderte er sein Tempo.

»Sie sind vielleicht nicht jedermanns Sache.« Ich löste mich mehr und mehr von dem Druck, der *Roberta* ein Spitzeninterview abzuliefern.

»Wenn Sie *jedermann* suchen, sind Sie bei mir an der falschen Adresse.« Sein Tonfall signalisierte, dass die Sache anfing, ihn zu langweilen.

Okay, sollte er sein Interview haben! Ich hatte ein gut geschultes Gedächtnis, sodass ich es zur Not auch ohne Notizen schaffen konnte. »Ich suche Philip Sanden«, stellte ich betont sachlich fest.

»Studieren Sie seine Bilder!«

»Dann läge die Antwort im Auge des Betrachters.« Langsam musste ich mir Mühe geben, nicht zu schnaufen. Schweigend war es einfacher gewesen, dieses Tempo durchzuhalten. Der Schweiß lief mir übers Gesicht. »Ich entwerfe lieber ein Bild aus den Antworten.«

»Dazu müssten Sie erst einmal fragen. Alles, was Sie bisher vollbracht haben, waren kaum ernst zu nehmende Drohgebärden.«

Mittlerweile bedauerte ich jeden einzelnen Moment, den ich mit ihm geflirtet hatte. Deshalb schob ich meinen vorbereiteten Fragenkatalog in Gedanken entschieden beiseite. Er ging nicht gerade zimperlich mit mir um, worauf sollte ich also Rücksicht nehmen? »Ein kluger Mensch hat einmal gesagt, Ruhm verdampfe, Beliebtheit schwinde und Reichtum mache sich davon. Es bleibe nur der Charakter.« Ich ließ meine Worte einen Moment wirken, bevor ich fortfuhr. »Was bleibt Ihnen, Herr Sanden?«

»Die Gewissheit, alles wieder aufbauen zu können, wenn

ich nur wollte.« Seine Antwort kam prompt und ohne eine spürbare Gemütsbewegung.

Der Weg wurde breiter, sodass ich wieder neben ihm gehen konnte. Sein Gesicht war ebenso in Schweiß gebadet wie meines. »Übermenschen schwitzen also auch«, stellte ich trocken fest, ließ ihm jedoch keine Gelegenheit, darauf einzugehen. »Wenn Sie zwischen zwei Eigenschaften, die Sie nicht haben, wählen könnten, für welche würden Sie sich entscheiden – für Freundlichkeit oder Erbarmen?«

»Für keine von beiden.«

Obwohl diese Fragen in meinen Ohren schon fast beleidigend klangen, drangen sie nicht durch seine glatte Oberfläche. Im Gegenteil: Er antwortete, als habe er sich zwischen Oberflächlichkeit und Geschwätzigkeit entscheiden sollen.

»Wie halten es andere Menschen über längere Zeit in Ihrer Nähe aus?« Die kalte Schulter, die er mir demonstrativ zeigte, konnte frösteln machen.

»Das müssen Sie diese Menschen fragen.«

»Wie reagieren Sie auf Kritik?«

»Mit der ihr gebührenden Missachtung.«

»Wie lautete der wichtigste Satz Ihrer Kindheit?«

»Es war ein Wort: Nein!«

Die arme Mutter, ging es mir flüchtig durch den Kopf. »Was assoziieren Sie mit Hochmut?«

»Eintausenddreihunderteinundsechzig Höhenmeter.«

»Ich verstehe nicht …«

»Das habe ich auch nicht erwartet.«

Wenn meine Mutter mit Menschen wie ihm zu tun hat, sagt sie gern, sie seien Gotteskinder wie alle anderen auch. Nur seien sie im Unterschied zu den anderen im Zorn erschaffen worden. Daran musste ich in diesem Augenblick denken.

»Hätten Sie Ihre Augen aufgesperrt, dann wüssten Sie, dass wir hier auf dem *Hochmuter* sind. Es gab genügend Hinweisschilder.« Er blieb kurz stehen, um mir einen Blick in die Runde zu gönnen.

Was ich sah, war den Aufstieg wert gewesen. Ich konnte verstehen, dass es so viele Menschen hier heraufzog. Die Berglandschaft, die sich vor meinen Augen kilometerweit ausbreitete, war Natur in ihrer schönsten und abwechslungsreichsten Form. Einige Wanderer saßen entspannt im Schatten und genossen eine Brotzeit, andere machten wie wir nur eine kleine Verschnaufpause, um dann weiterzulaufen. Ich nahm jedenfalls an, dass unsere Tour hier noch nicht zu Ende war. Es gab zwar eine Gondel, mit der wir zum Dorf Tirol hätten hinunterfahren können, aber so weit kannte ich Philip Sanden bereits, dass ein solcher Abgang für ihn nicht in Frage kam.

»Selbstverständlich habe ich mich ganz auf Sie konzentriert«, konterte ich in einem aufreizenden Ton, nachdem ich meinen Blick von der Landschaft gelöst und ihm wieder zugewandt hatte. »Ich bin schließlich nicht zum Vergnügen hier.«

»Wenn das so ist, Frau Bertram, dann können wir ja die Brotzeit auslassen und gleich weitergehen.« Kaum hatte er diesen Satz ausgesprochen, als er sich auch schon wieder in Bewegung setzte.

»Von mir aus.« Er sollte nur nicht meinen, dass ich durch eine eingesparte Mahlzeit aus den Latschen kippen würde. Und kleinkriegen würde er mich damit schon gar nicht. »Ich hole mir nur schnell etwas zu trinken, bei der Hitze ist das gesünder.« Ich war so verschwitzt, dass ich mich am liebsten in einen eiskalten Bergsee gestürzt hätte. »Das empfehle ich Ihnen übrigens auch«, fuhr ich zuckersüß fort, »zumal ältere Menschen sehr viel schneller austrocknen.« Ohne seine Antwort abzuwarten, ging ich schnurstracks an die Theke des kleinen Berggasthofs und bestellte mir ein Mineralwasser.

Während ich jeden einzelnen Tropfen davon genoss, sah ich im Augenwinkel, dass Philip Sanden ebenfalls etwas trank. Als ich mich zu ihm umdrehte, verstaute er die Flasche gerade in seinem Rucksack.

»Geht's denn wieder?«, fragte er spöttisch besorgt in meine Richtung.

»Bestens«, gab ich zur Antwort. »Ich bin zu allen Schandtaten bereit.« Wobei ich eher an meine als an seine dachte.

»Das werden wir gleich sehen.« Er marschierte vor mir her durch ein kleines Törchen, hinter dem ein paar Schafe friedlich in der Sonne grasten.

Mein Blick wanderte umher und blieb an einer Holzlatte hängen, deren Inschrift in Augenhöhe warnte, dass dieser Weg nur etwas für Schwindelfreie sei. Sollte das etwa die Rache für meinen wiederholten Hinweis auf sein Alter sein? Dann hatte er danebengegriffen. Wäre er mit Lilly unterwegs gewesen, hätte die Tour hier unwiderruflich ihr Ende gefunden. Sie wäre keinen Schritt weitergegangen, obwohl sie genauso schwindelfrei ist wie ich. Ihre Phantasie hätte sich jedoch zu Hochtouren aufgeschwungen und vor ihrem geistigen Auge eine beachtliche Bandbreite tödlicher Gefahren aufgelistet – von Absturz bis Steinschlag.

Mir macht Höhe jedoch überhaupt nichts aus. So wanderte ich konzentriert, aber gelassen auf dem schmalen Felsenpfad hinter ihm her, wobei ich sehr bald feststellte, was er gemeint hatte, als er sagte, ich würde meine Hände noch brauchen. Während wir ein gutes Stück an einem Stahlseil entlanghangelten, fragte ich ihn, ob er bereit sei, weitere Fragen zu beantworten.

»Nur zu«, antwortete er munter.

Zum Glück ging es nicht mehr ausschließlich bergauf, sodass für den Moment mehr meine Geschicklichkeit als meine Kondition gefordert war.

»Gibt es etwas, das Sie ähnlich stark motiviert wie Ihr Rachedurst?«

Neben mir ging es steil bergab. Trotzdem hielt ich kurz inne und studierte sein Gesicht. Es verriet jedoch keinerlei Gemütsbewegung.

»Lebenshunger.«

»Immer noch?« Ich konnte es mir nicht verkneifen.

»Mehr denn je.«

»Das klingt nach Gier«, stellte ich kühl fest.

»Falsche Bescheidenheit liegt mir nicht, schon gar nicht, wenn es um mein Leben geht.«

»Liegt Ihnen Bescheidenheit überhaupt?«, fragte ich skeptisch. Das ist das erste und das letzte Interview an einem Abhang, nahm ich mir vor. Meine Konzentration arbeitete auf Hochtouren, da sie sowohl von meinen Händen und Füßen als auch von meinen Gedanken gefordert war.

»Diese Frage können Sie sich inzwischen selbst beantworten.«

Konnte ich, da hatte er Recht.

»Wie stehen Sie zum Tod?«, fragte ich weiter. Wenn er gnadenlos mit mir umging, warum sollte ich ihn dann schonen?

»Interessanter wäre sicher die Frage, wie er zu mir steht. Das kann ich Ihnen jedoch leider nicht beantworten. Auch mir sind Grenzen gesetzt.« Er drehte sich zu mir um und lächelte tatsächlich. »Aber um Ihre Frage zu beantworten: Ich fordere ihn gerne heraus – wie jeden anderen Gegner auch.«

»Sehen Sie mich als Gegner?« Die Frage war heraus, bevor ich überhaupt darüber hatte nachdenken können.

»Fühlen Sie sich von mir herausgefordert? Doch nicht etwa durch unsere kleine Wandertour?« Der spöttische Unterton war unüberhörbar.

Der Weg wurde wieder einfacher, ging jetzt jedoch relativ stetig bergab. Inzwischen spürte ich jeden einzelnen

Schritt in den Oberschenkeln, von meinem Po ganz zu schweigen.

»Wenn überhaupt«, konterte ich, »hätte mich der Weg herausgefordert. Aber in dieser Hinsicht brauchen Sie sich keine Sorgen zu machen. Ich bin einiges gewöhnt.« Dass sich meine Gewöhnung ausschließlich auf ebene Strecken bezog, brauchte ich ihm ja nicht gerade unter die Nase zu reiben. Ich hatte mich auch ohne Übung auf dem Weg für Schwindelfreie gut geschlagen. Und nur darauf kam es an.

»Wir sprechen uns morgen nach dem Aufstehen. Wenn Sie dann auch noch so große Töne spucken, bin ich bereit, Ihnen zu glauben.«

»Heißt das, wir haben für morgen noch eine Verabredung?«

»Aus wem spricht jetzt die Gier?« Sein Lachen war unmissverständlich. »Wollen wir nicht erst einmal den heutigen Abend hinter uns bringen?« Der Ton, den er jetzt anschlug, erinnerte mich an den Philip Sanden, den ich am Gartenhaus kennen gelernt hatte. Wenn er jedoch glaubte, ich würde darauf wieder hereinfallen, dann hatte er sich geschnitten.

»Wenn Sie mir Zeit und Ort nennen, besteht durchaus die Chance.«

»Neunzehn Uhr auf dem Parkplatz vor dem Schloss«, sagte er bestimmt.

»Also halb sieben«, präzisierte ich in Erinnerung an die Erfahrung von diesem Morgen. »Meine Eltern«, fuhr ich ohne mit der Wimper zu zucken fort, »sind auch mit den Jahren dazu übergegangen, sehr rechtzeitig aufzubrechen. Ganz schlimm ist es, wenn sie zum Zug müssen. Aber sie nehmen es gelassen. Schließlich, so sagen sie, habe jedes Alter seine Eigenheiten.«

»Verraten Sie mir die Eigenheiten *Ihres* Alters?« Er hatte sein Tempo beachtlich gesteigert, sodass ich Mühe hatte, mit ihm Schritt zu halten.

»Ich verrate Ihnen überhaupt nichts«, sagte ich fest, wobei ich große Mühe hatte, meinen Atemrhythmus zu kontrollieren, der mehr und mehr außer sich geriet. »Ich bin hier diejenige, die die Fragen stellt. Schon vergessen? Na ja«, sagte ich entgegenkommend, »gegen derartige Altersprobleme lässt sich ja etwas tun. Ich kann Ihnen gerne ...«

»Solange ich *mich* nicht vergesse«, unterbrach er mich barsch, »können Sie von Glück reden.« Wenn ein Hai sprechen könnte, hätte er nicht viel anders geklungen.

Glück empfand ich in diesem Moment jedoch nur angesichts der Tatsache, dass der Weg durch den Wald führte und die Mittagshitze erträglicher machte. »Setzen Sie Ihre Drohgebärden geschlechtsübergreifend ein, oder sind sie ausschließlich Ihrer Kommunikation mit Frauen vorbehalten?«

Er lachte lauthals los. »Wer hat Ihnen diese Art von Fragen beigebracht?«

Es war mir unbegreiflich, wie dieser Mann so problemlos vom Giftzwerg zum Charmeur umschalten konnte. »Mein Vater«, antwortete ich wachsam in Anbetracht dieser Unberechenbarkeit.

»Was sagt Ihre Mutter dazu?«

»Dass ich Glück habe, einen solchen Vater zu haben«, gestand ich am Rande meiner Kräfte. Vor jeder Wegbiegung hoffte ich sehnlichst, dahinter den Parkplatz als Silberstreif am Horizont zu erkennen.

»Und was sagt er über Ihre Mutter?«

»Sie sei die Sonne seines Lebens«, verriet ich ihm immer noch widerstrebend und nahezu außer Atem.

»Klingt nach Liebe.« Er blieb stehen und drehte sich zu mir um. Das geschah so abrupt, dass ich beinahe in ihn hineingelaufen wäre.

»Das *ist* Liebe«, klärte ich ihn auf. Als ich mich vor Erschöpfung gerade auf einem Baumstumpf niederlassen wollte, griff er nach meinem Arm und zog mich wieder hoch.

»Nichts da! Jetzt wird noch nicht schlappgemacht.«

Bevor ich mich versah, marschierte er schon wieder den Weg hinunter. Meine Oberschenkel schmerzten so stark, dass ich am liebsten laut aufgeschrien hätte. Stattdessen biss ich die Zähne zusammen und eilte ihm hinterher. Ich hätte zu gern gewusst, auf welche unerschöpflichen Energiequellen er zurückgriff.

»Können Sie das auch?«, fragte er, kaum dass ich ihn eingeholt hatte.

»Was?« Mittlerweile war es mir egal, wer die Fragen stellte, ich hatte keine Kraft mehr zum Aufbegehren.

»So lieben?«

»Kann ich.«

»Und wer ist die Sonne *Ihres* Lebens?«

»Die muss erst noch aufgehen.« Als ich hinter der nächsten Biegung den Parkplatz sah, konnte ich meine Erleichterung kaum verbergen. Mein Stoßseufzer war beachtlich. »Und was ist mit Ihnen«, gab ich auf den letzten Metern seine Frage zurück, »können Sie lieben?«

»Ja.«

»Rückhaltlos?« Durch die Aussicht auf eine baldige Sitzgelegenheit kehrten meine Lebensgeister allmählich zurück und mit ihnen meine Neugier.

»Ist Ihnen eigentlich bewusst, wie viel eine Frage über denjenigen verrät, der sie stellt?« In sein Lachen hatte sich auf verwirrende Weise ein Ton hineingeschlichen, der an Zärtlichkeit grenzte.

»Wie viel?«, fragte ich ebenso knapp wie vorsichtig.

»Viel. Immerhin weiß ich nun, dass rückhaltlose Liebe für Sie ein Thema ist.«

Ich setzte mein Pokerface auf.

»Sie haben«, fuhr er fort, »mich nicht gefragt, ob ich leidenschaftlich lieben kann.«

Wir waren am Auto angekommen, wo er mir einladend die Tür aufhielt.

»Können Sie es?«

»Finden Sie es heraus.« Er nahm seine Sonnenbrille ab und sah mich durchdringend an, bevor er um den Wagen herumging und sich neben mich setzte.

»Bis wann habe ich dazu Zeit?«, fragte ich schmunzelnd. Vor einer halben Stunde hätte ich ihn noch vierteilen können, in diesem Augenblick erschien es mir jedoch als absolute Verschwendung.

»Das hängt von Ihnen ab.«

Ich sah ihn stirnrunzelnd an.

»Je nachdem, wie effektiv Sie sind … bei dem, was Sie tun.«

Während ich erschöpft in meinem Sitz hing und über diese Doppeldeutigkeit nachdachte, fädelte er sich munter in den Verkehr ein.

»Mhm.« Besser, ich stieg nicht tiefer in diese Diskussion ein.

»Aber bisher haben Sie sich ja ganz ordentlich geschlagen, Frau Bertram«, sagte er zuversichtlich.

»Danke.« Dieses Lob nahm ich kommentarlos entgegen, ich fand, ich hatte es verdient.

Für einen Moment waren mir die Augen zugefallen. Ich hörte gerade noch, wie er zu mir sagte, ich solle kurz warten, dann klappte auch schon die Autotür zu. Ich sah ihm nach, wie er in einem Supermarkt verschwand. Als er fünf Minuten später wieder auftauchte, trug er in jeder Hand eine schwere Plastiktüte.

»Ich habe Ihnen Wasser und belegte Brötchen mitgebracht«, sagte er durchs geöffnete Autofenster.

»Ist das ein Friedensangebot?«, fragte ich herausfordernd.

»Purer Egoismus.«

»Wie das?«

»Erinnern Sie sich an die Hexe, die Gretel gefüttert hat?« Er ließ den Wagen an und fuhr los.

»Wollen Sie mich vernaschen?« Manchmal reagiert mein Mund schneller als meine Vorsicht.

»Ist das ein Angebot?«, kam prompt seine Gegenfrage.

»Nein!« Mein Verstand zog die Notbremse. Wohin diese Unterhaltung führen würde, war mir klar. Nur wusste ich nicht, ob ich wirklich dorthin wollte. Dieser Mann ist dreiundsechzig, rief ich mir ins Gedächtnis. Und verheiratet. Und Vater. Und er ist ein unberechenbarer Spieler. Ich schüttelte den Kopf über mich selbst. Und er ist unglaublich erotisch, schaltete sich mein Bauch ein.

Er ging auf meine vehemente Abfuhr nicht weiter ein, sondern ließ sie im Raum stehen, bis wir uns auf dem Schlossparkplatz gegenüberstanden. »Dann bis heute Abend.«

Wie mein Nein dieses Siegerlächeln auf sein Gesicht zaubern konnte, war mir nicht klar, aber ich war auch zu kaputt, um weiter darüber nachzudenken. »Neunzehn Uhr auf dem Parkplatz«, bestätigte ich deshalb nur kurz, nahm meine Sachen vom Rücksitz und ging über den knirschenden Kies Richtung Schloss.

In meinem Zimmer machte ich mich zuallererst über das Mineralwasser her, das Philip Sanden mir gekauft hatte, und ließ dann Wasser in die Badewanne laufen. Bei dieser Hitze war ein heißes Bad nicht unbedingt das Naheliegendste, aber eine kalte Dusche hätte meinen überanstrengten Muskeln den Rest gegeben. Als die Wanne zu drei Viertel voll gelaufen war, legte ich mich mit einem entspannenden Seufzer hinein. Ich dachte an meine bisherigen Interviews, die allesamt in einer gänzlich unsportlichen Atmosphäre stattgefunden hatten, in Büros oder Arbeitszimmern, wo mein körperlicher Einsatz allein darin bestanden hatte, mich hinzusetzen und nach zwei bis drei Stunden wieder aufzustehen. Meist mit einem zufriedenen Gefühl angesichts der ausführlich besprochenen Kassetten. Mit Philip Sanden war alles anders. Ich hatte mir wahrscheinlich den schlimmsten Muskelkater meines Lebens eingehandelt und so gut wie kein Material, um meinen Artikel zu schreiben. Jetzt blieb mir nur noch dieser Abend, um das zu tun, wofür ich meinen Urlaub hatte sausen lassen.

Nachdem ich mich abgetrocknet und mir einen Bademantel übergezogen hatte, packte ich die Brötchen aus. Ich hatte seit dem Morgen nichts mehr gegessen, entsprechend schnell hatte ich sie verdrückt. Dann ließ ich mich aufs Bett fallen, wo ich innerhalb von Sekunden einschlief. Mein Reisewecker riss mich drei Stunden später aus einem traumlosen Schlaf, den ich ohne Störung wahrscheinlich bis zum nächsten Morgen durchgehalten hätte. Aber ich wollte mir noch ein paar Notizen machen, bevor ich mich mit Philip Sanden traf. Es war zwar nicht allzu viel, was ich bisher über ihn herausgefunden hatte, aber das wenige wollte ich wenigstens festhalten.

Als das erledigt war, versuchte ich Lilly anzurufen. Allem Anschein nach war sie unterwegs, denn sie war weder in ihrer Praxis noch zu Hause zu erreichen. Dafür hatte sie mir, wie ich wenig später entdeckte, an diesem Morgen eine E-Mail geschickt: *Liebe Ellen! Der gestrige Nachmittag hat es offensichtlich mit uns beiden gut gemeint. Während Du mit diesem Galan geflirtet hast, habe ich mich mit Otto beschäftigt. Eine wahre Wonne!! Ich hätte mich schon viel eher trauen sollen, das Projekt ›Hausbesuche‹ anzugehen. Meine Kunden sagen, ich sei ein Naturtalent. Hast Du inzwischen den Maler kennen gelernt? Über sechzig sind die Männer ja angeblich ganz dankbar. Dein Interview sollte also ein Selbstläufer sein. Liebe Grüße – Lilly (ziemlich fröhlich).*

Ich schrieb zurück: *Lilly! Was im Himmel tust Du da? Für*

welches Naturtalent bezahlen Dich Deine Nachmittagskunden?? Nimmst Du wenigstens Henriette zu Deinem Schutz mit? Mein Interview ist übrigens kein Selbstläufer, eher das Gegenteil. Philip Sanden sieht jünger aus, als er ist, hat zu Hause eine Frau und eine Tochter sitzen, liebt Spielchen und nutzt seine Wirkung auf mich gnadenlos aus. Ich sollte vielleicht noch erwähnen, dass er der Galan ist. Gruß, Ellen (etwas durcheinander).

Kaum hatte ich die E-Mail abgeschickt, war es auch schon Zeit, mich anzuziehen. Ich entschied mich für meinen lachsfarbenen Hosenanzug mit ärmellosem Oberteil. Er war weit geschnitten und dadurch alles andere als verführerisch. Wenn ich an diesem Abend noch mein Interview haben wollte, dann musste ich die Spannung zwischen uns möglichst neutralisieren. Bevor ich mein Zimmer verließ, sah ich zufrieden in den Spiegel: Ich war gewappnet – jedenfalls äußerlich.

4

Dieses Mal wartete er neben dem Auto auf mich. In einer beigen Sommerhose, dunkelgrünem Polohemd und braunen Slippers lehnte er lässig an der Beifahrertür und sah mir mit undefinierbarem Gesichtsausdruck entgegen.

»Falls das ein Schutzpanzer sein soll, dann verfehlt er seine Wirkung.« Dabei zeigte er auf meinen Hosenanzug. »Er regt die Phantasie eher an als ab.«

»Vielleicht beabsichtige ich ja genau das«, gab ich lächelnd zurück, wobei mir das Kunststück gelang, nach außen hin Distanz zu wahren.

»Das glaube ich nicht.« Er zog nachdenklich seine Augenbrauen zusammen. »So raffiniert sind Sie nicht. Sie agieren nicht um die Ecke herum, sondern gerade heraus.«

»Vielen Dank für diese Kurzcharakterisierung. Darf ich jetzt einsteigen?« Trotz der zwei Armeslängen Abstand zwischen uns roch ich sein herbes Rasierwasser, das einen fast unwiderstehlichen Duft auf seiner Haut hinterlassen hatte. Seine kurzen grauen Haare waren noch feucht vom Duschen.

Er bewegte sich ohne Hektik von der Tür fort, um sie mir gleich darauf wortlos aufzuhalten.

»Wohin fahren wir?«, fragte ich, als er den Motor anließ.

»In einen kleinen Berggasthof nach Vellau. Für unseren Zweck geradezu ideal geeignet.«

Ich verzichtete darauf, diesen *Zweck* aus meiner Sicht näher zu definieren, schließlich stand er für mich fest, und ich hatte nicht vor, auch nur einen Millimeter davon abzuweichen. Wie er diesen Zweck interpretierte, wollte ich lieber gar nicht erst wissen.

Die Fahrt hoch nach Vellau dauerte nicht einmal eine halbe Stunde. Die Strecke führte in Serpentinen durch ein Waldgebiet, um dann einen weiten Blick in das grüne Tal zu öffnen. Zum Bewässern der Obstbäume und Weinreben warfen hier oben Sprinkleranlagen große Wasserfontänen, deren Ausläufer bis zur Straße reichten und einem Platzregen ähnelten. Philip Sanden reagierte blitzschnell und schloss sowohl die Autofenster als auch das Schiebedach, sodass uns eine unfreiwillige Dusche erspart blieb.

»Gutes Reaktionsvermögen«, sagte ich anerkennend.

»Für einen alten Mann?« Mit einem Schmunzeln zog er den Schlüssel aus dem Zündschloss.

»Wie war das noch heute Mittag?« Ich sah ihn unschuldig an, während ich ihn wortgetreu zitierte: »Ist Ihnen eigentlich bewusst, wie viel eine Frage über denjenigen verrät, der sie stellt?«

Sein befreites Lachen war ansteckend. Wir stiegen aus und gingen von dem kleinen Parkplatz hinüber zum Gasthof Oberlechner. Um diese Zeit waren noch nicht so viele Gäste dort, sodass draußen auf den Holzbänken ausreichend Platz war.

»Dieser Blick ist atemberaubend«, sagte ich beeindruckt, nachdem ich den meinen ausgiebig über die Berge und durch die weite Ebene hatte schweifen lassen. Einige Hochalmen erschienen durch die letzten Sonnenstrahlen wie in Scheinwerferlicht getaucht. Während ich meine Augen kaum von diesem Anblick lösen konnte, spürte ich, dass seine sich keinen Moment von meinem Gesicht fortbewegt hatten.

»Ich mag auch, was ich sehe«, war sein unzweideutiger Kommentar.

»Mir ist, als wäre ich heute mit Ihrem bösen Zwillingsbruder unterwegs gewesen«, bekannte ich ehrlich in Anbetracht dieser Wechselduschen.

»Ich finde, eine kleine Abreibung hatten Sie verdient.« Seine grüngrauen Augen blitzten übermütig im Abendlicht.

»Eine kleine Abreibung ist eine Sache, ein ausgewachsener Bergmarathon mit einem Kotzbrocken eine andere.« Den unverhohlenen Vorwurf in meiner Stimme sollte er ruhig hören.

»So schlimm?«

»Durchaus erwähnenswert, würde ich sagen. Ich hätte nicht gedacht, dass Sie sich mit Ihrem Alter so sehr provozieren lassen.«

»Es war auch nicht das Alter«, erklärte er mir ernst, »sondern Ihre Voreingenommenheit. Ich habe einfach keine Lust auf Interviews mit Journalisten, in deren Köpfen die Story bereits steht. Die hören nämlich in der Regel etwas anderes als das, was ich sage. Und diesen Mist schreiben sie dann auch.«

»So schlimm?«, fragte jetzt ich.

Als er gerade zu einer Antwort ansetzte, brachte die Bedienung die Karte und fragte nach unseren Getränkewünschen. Wir bestellten zwei Apfelsaftschorlen. Da die Brötchen vom Nachmittag nicht lange vorgehalten hatten, studierte ich hungrig die Karte. Was ich dort las, ließ mir das Wasser im Mund zusammenlaufen.

Meine Entscheidung war schnell getroffen. »Speckknödelsuppe, danach Schnitzel mit Bratkartoffeln und ein Mineralwasser, bitte«, beantwortete ich voller Vorfreude den fragenden Blick der Kellnerin. Sie hatte uns inzwischen die Getränke gebracht.

»Und ich nehme erst die gefüllten Zucchiniblüten und dann das gegrillte Gemüse mit Algunder Ziegenkäse. Dazu bitte einen Terlaner Sauvignon, Lage Winkl.«

»Vegetarier und Weinkenner?«, fragte ich, als wir wieder allein waren.

»Nur experimentierfreudig«, gab er lächelnd zur Antwort. »Und das übrigens in jeder Hinsicht, falls es Sie interessiert.«

»Die Leser der *Roberta* wird es in jedem Fall interessieren«, wich ich aus, wobei ich demonstrativ mein Diktaphon aus der Tasche hervorholte, um es zwischen uns zu platzieren. »Ich denke, bis das Essen kommt, können wir schon einmal beginnen.«

Er lehnte sich entspannt zurück. »Wir haben längst begonnen.«

Fragt sich nur womit, überlegte ich trocken. »Ich weiß. Dann fahren wir also fort.« Ich zog die zwei Blätter mit meinem Fragenkatalog hervor und drückte die Aufnahmetaste des kleinen Tonbands. »Was bedeutet Ihnen Ihr Erfolg?«, begann ich.

»Ansporn, Herausforderung, nennen Sie es, wie Sie wollen.«

»Sind Sie nicht schon erfolgreich genug?«

»Es geht nicht um das Mehr.« Er setzte sich aufrecht hin und stützte sich mit den Unterarmen auf den Tisch, wobei er mit seinen Fingerspitzen gedankenverloren über das Holz strich. Dabei fielen mir seine schönen Hände auf. »Erfolgreich zu werden hat nicht immer etwas mit Leistung zu tun«, erklärte er mir ruhig, »da spielt Glück hinein, der Zufall, manchmal auch ganz tatkräftige Unterstützung von außen. Die wirkliche Leistung besteht darin, erfolgreich zu bleiben – und zwar aus eigener Kraft.«

»Wenn ich mir Ihre künstlerische Biografie ansehe«, sagte ich in Erinnerung an das, was ich über ihn gelesen hatte, »dann ist Ihnen das bisher ausnahmslos gelungen. Keinerlei Niederlagen?«, fragte ich skeptisch.

Er schüttelte bedächtig den Kopf. »Niederlagen haben zu viel von *Niederlegen*, das liegt mir nicht.«

»Was liegt Ihnen dann?«

»Das Aufstehen«, antwortete er schlicht.

Ich war froh, dass er ebenso bereitwillig wie ernsthaft auf meine Fragen einging. »Warum sind Sie Maler geworden?«

»Um meinem Vater zu beweisen, dass ich auch damit Geld verdienen kann. Wir haben gewettet, und ich habe gewonnen.«

Mein ungläubiger Gesichtsausdruck veranlasste ihn, weiter auszuholen.

»Mein Vater war ein bedeutender Architekt mit einem tief verwurzelten Glauben an die Tradition. Er wollte mich mit aller Gewalt in seine Fußstapfen zwängen. Leider hat er nie begriffen, dass ich ein Einzelgänger bin, dass ich eigene Fußspuren brauche.«

»Wie konnten Sie einen solchen Menschen zu einer Wette bewegen?«

»Neben allem anderen war er auch ein Spieler«, sagte er mit einem breiten Grinsen.

Ebenso wie sein Sohn, fügte ich im Stillen hinzu.

Unsere Vorspeisen kamen, sodass ich das Tonband ausschaltete und beiseite schob. In der Zwischenzeit hatten weitere Gäste den Weg hier herauf gefunden, trotzdem saßen wir immer noch relativ ungestört an unserem Tisch, wofür ich sehr dankbar war. Ich wusste nicht, inwieweit unfreiwillige Lauscher Philip Sanden stören würden.

Meine Speckknödelsuppe war genauso lecker, wie ich sie mir vorgestellt hatte. »Und wie schmeckt Ihr *Experiment?*«, fragte ich mit einem Blick auf die Zucchiniblüten.

»Es macht Lust auf mehr.«

Wir aßen eine Weile schweigend, bis er mich jäh aus meiner Betrachtung der Landschaft zerrte: »Warum sind Sie allein?«

»Wie bitte?« Ich sah ihn abweisend an.

»Warum muss Ihre *Sonne* erst noch aufgehen?«, präzisierte

er unnötigerweise, was ich bereits genau verstanden hatte. »Was ist los mit den Männern?«

»Vielen Dank, dass Sie nicht gefragt haben, was mit mir los ist.«

»Das brauche ich nicht zu fragen, das sehe ich.«

»So?« Ich schob meinen Teller beiseite.

»Viele Frauen mit Ihren Gaben versuchen, ihren Intellekt zu verbergen, damit ihre weibliche Ausstrahlung nicht zu kurz kommt. Sie machen es genau andersherum: Sie betonen, dass Sie eine ganze Menge im Kopf haben, und versuchen, möglichst unfeminin zu wirken.«

»Ach ja?« Jetzt war auch mein Ton abweisend.

»Ich habe gesagt, dass Sie es versuchen, es gelingt Ihnen ja nicht. Sie haben trotz Ihrer kurzen Haare und der unförmigen Zelte, die Sie tragen, etwas sehr Betörendes. Und denken Sie daran, was ich Ihnen vorhin über meine Phantasie gesagt habe. Die schlägt Purzelbäume bei Ihrem Anblick.«

»Ich würde sagen, wir fahren jetzt mit dem Interview fort.« Ich zog das Diktaphon wieder zu mir heran, kam jedoch nicht dazu, die Aufnahmetaste zu drücken, da Philip Sanden seine Hand auf meine legte.

»Nichts da«, hielt er mich energisch zurück. »Solange Sie meine Frage nicht beantwortet haben, können Sie Ihr Interview vergessen. Was ist los mit den Männern in Ihrem Leben?«

»Ich finde, das geht Sie nichts an. Diese Frage ist mir zu persönlich.«

Sein herzhaftes Lachen brachte einige Köpfe dazu, sich nach uns umzudrehen. »Aber von Ihren Interviewpartnern erwarten Sie, dass sie für Sie ihr Innerstes nach außen kehren. Mit welchem Recht?«

»Ich steigere ihre Publizität …«

»Sie stecken Ihre neugierige Nase in fremde Lebensgeschichten«, unterbrach er mich mit einer Mischung aus Ernst und Amüsiertheit, »und sind nicht bereit, etwas dafür herzugeben?«

»Ich gebe meine *Worte* dafür her«, betonte ich, »und die sind ebenso ausgefeilt wie treffend.« Ich versuchte mit der linken Hand, seine Finger von meiner rechten zu ziehen, leider ohne Erfolg.

»Das genügt mir nicht. Ich will eine Antwort.« Sein entschlossener Gesichtsausdruck verlieh dem Gesagten einen Nachdruck, dem ich mich nur schwer widersetzen konnte.

»Bekommen Sie immer, was Sie wollen?«

»Das wäre langweilig.«

»Dann hat doch meine Verweigerung durchaus Unterhaltungswert für Sie.« Ich lächelte boshaft.

»Nicht nur Ihre Verweigerung.« Sein tiefer Blick sprach Bände.

»Und das reicht nicht als Entschädigung für das Interview?« Langsam kam ich mir vor wie eine Händlerin auf einem Basar.

»Nein!«

»Was wollen Sie?«, fragte ich irritiert.

»Ich will Sie verstehen«, antwortete er in einem sanften Tonfall.

»Warum?

»Nennen wir es persönliches Interesse.« Das war kein oberflächlicher Flirt mehr.

Plötzlich spürte ich eine Nähe, die mich einhüllte. »Ihre Geschlechtsgenossen kommen bei meiner Antwort nicht gut weg«, warnte ich ihn, immer noch zögernd.

»Schon vergessen? Ich bin ein Einzelgänger.«

Der überraschend viel Wärme ausstrahlen kann, stellte ich insgeheim fest. »Es ist immer wieder das gleiche Spiel«, begann ich, um mich sogleich selbst zu korrigieren, »obwohl

Spiel der falsche Ausdruck ist. Muster trifft es eher. Ich bin ein sehr unabhängiger Mensch, ich brauche viel Freiheit, und ich bin gerne mal eine Zeit lang für mich.« Ich suchte seinen Blick, er sah mich ruhig an. »Es hat lange gedauert, bis ich begriffen habe, was da geschieht.«

»Genau das ist der Reiz, nicht wahr?«, fragte er verständnisvoll.

»Ja, das ist der Reiz. Viele Männer verwechseln meine Unabhängigkeit mit Unnahbarkeit und werden Opfer ihres Jagdtriebs. Dann kommt der Moment, in dem sie feststellen, dass sie sich geirrt haben, ich bin nämlich durchaus *nahbar*. Aber sie wollen auch, dass ich abhängig werde. Nicht bewusst«, setzte ich zur Verteidigung an, »das alles ist ein schleichender Prozess. Was sie jedoch einmal so sehr angezogen hat, ist für die Männer, mit denen ich bisher Beziehungen eingegangen bin, im Alltag nicht lebbar. Da wollen sie dann doch lieber eine Frau, die für sie da ist, die sie braucht, die, wenn schon nicht ganz, dann doch wenigstens ein bisschen von ihnen abhängig ist.«

»Und die nicht so erfolgreich ist?«, hakte er ein.

»Woher wollen Sie wissen, ob ich das bin?«

»Wenn Sie's noch nicht sind, dann kann es nicht mehr lange dauern, Sie haben das Zeug dazu.« Es war keine Schmeichelei, sondern eine wertfreie Feststellung. »Was ist mit Kindern?«

»Oje«, stöhnte ich, »Sie wollen es aber wirklich genau wissen.«

Er ließ sich keine Spur durch die Kellnerin ablenken, die uns jedem einen dampfenden Teller vorsetzte, sondern behielt mich fest im Blick und nickte. »Sie sind doch jetzt in dem Alter, in dem Frauen über kaum etwas anderes nachdenken. Torschlusspanik der Hormone.«

»Ihre Geschlechtsgenossen haben es geschafft, dass ich Kinder mit einer Art von Handschellen gleichsetze.«

Jetzt war er es, der mich fragend ansah.

»In meinen Beziehungen kam bisher jedes Mal der Punkt, an dem ich anfing, mich zurückzuziehen, weil ich mich eingeengt fühlte. Anstatt mir die nötige Freiheit zu lassen, machten sie mir regelmäßig den Vorschlag, gemeinsam ein Kind in die Welt zu setzen.«

»Und damit die Hündin an die Leine zu legen.« Seine Augen sprühten Funken, die ich nicht deuten konnte.

»So in etwa.« Ich spürte Gefühle in mir aufsteigen, die zwischen Bedauern und Groll schwankten.

»Und Ihre zeltartige Kleidung?«

Jetzt hatte ich schon so viel preisgegeben, dass es darauf auch nicht mehr ankam. »Das war meine Art, der Eifersucht meines letzten Freundes keine Nahrung mehr zu geben«, seufzte ich genervt in Erinnerung an vergangene Szenen. »Je weiblicher ich mich anzog, desto mehr flippte er aus. Ich war diese ewigen Kräche leid und habe nachgegeben.«

»Einfach so?«, fragte er erstaunt.

»O nein!«, begehrte ich heftig auf. »Aber nach einigen gescheiterten Beziehungen, in denen ich nicht nachgegeben habe, war ich plötzlich im Zweifel, ob es nicht vielleicht doch an mir läge, dass es immer wieder schief ging. Also habe ich da einen Versuch gestartet, wo es mir am wenigstens wehgetan hat – bei meiner Kleidung.«

»Aber es hat nichts genützt, oder?«

Das Essen stand immer noch unberührt vor uns.

»Nein.« Ich nahm mein Besteck und machte mich über das Schnitzel auf meinem Teller her. »Ich wurde einfach das Gefühl nicht los, mich verbogen zu haben. Wir haben uns vor knapp einem Jahr getrennt.«

»Warum laufen Sie dann immer noch in Sachen herum, die Ihnen zu groß sind?« Jetzt musste auch sein gegrilltes Gemüse dran glauben.

Ich lachte. »Weil ich die, die mir gepasst haben, verschenkt habe. Ich wollte sie nicht jeden Morgen als stillen Vorwurf im Kleiderschrank sehen. Also habe ich eines Tages kurzen Prozess gemacht.«

»Und dann haben Sie nach Ihrer Trennung nicht gleich am nächsten Tag die Modegeschäfte gestürmt?« Sein Erstaunen war echt.

Ich schüttelte den Kopf. »Einkaufen ist eine Tortur für mich. Ich weiß nicht, was schlimmer ist: das An- und Ausziehen in viel zu engen, mit Neonlicht überfluteten Kabinen, die nach Schweißfüßen stinken, oder das unglaubwürdige Geschwätz der Verkäuferinnen.«

»Um Himmels willen! Wo kaufen Sie denn bloß ein?«

Ich versuchte, diesem Anflug von Zärtlichkeit in seinen Augen auszuweichen, und fixierte den winzigen Rest der Bratkartoffeln auf meinem Teller. »Dort, wo alle einkaufen, die noch nicht ausreichend für ihr Alter vorgesorgt haben«, antwortete ich.

»Wenn es Ihnen um Vorsorge geht«, spöttelte er fröhlich, »dann sind Sie auf dem richtigen Weg.« Er sah auf meinen fast leer gefegten Teller. »Was Sie da gerade verputzt haben, sollte für die nächsten zwei Tage reichen.«

Seine Fröhlichkeit war mitreißend. »Es hat gerade mal das Loch gestopft, das der heutige Marathon hinterlassen hat.« Was mich daran erinnerte, weswegen wir eigentlich hier waren. »So«, wurde ich deshalb wieder ernst, »weiter geht's.« Ich griff so schnell nach meinem Diktaphon, dass ihm keine Zeit blieb einzuschreiten. »Ich habe meinen Part erfüllt, jetzt sind Sie wieder dran.« Das Gerät legte ich mit gedrückter Aufnahmetaste zwischen uns. »Ist ein Einzelgänger wie Sie manchmal einsam?«

»Nein, nie.«

»Was raubt Ihnen den Schlaf?«

»Eine Frau wie Sie.« Die Ernsthaftigkeit, mit der er das sagte, machte es mir nicht gerade einfacher.

»Haben Sie Dämonen?«, fuhr ich nach außen hin ungerührt fort.

»Ich kann einer sein, wenn man mich dazu herausfordert.«

Das kann ich nur bestätigen, dachte ich in lebhafter Erinnerung an die Vormittagsstunden. »Was inspiriert Sie?«

»Das Leben in all seinen Ausprägungen, wobei ich jedoch die dunkle Seite sehr viel interessanter finde.«

»Das kommt in Ihren Bildern aber nicht zum Ausdruck«, warf ich verwundert ein.

»Das Dunkle muss nicht unweigerlich als Schwarz oder Grau daherkommen«, erklärte er jetzt ganz konzentriert. »Wenn das so wäre, dann ließe es sich ja viel leichter identifizieren. Aber das ist nicht so – im Gegenteil. Manche Farben täuschen an der Oberfläche, um schließlich eine ganz andere Farbe zum Vorschein zu bringen. Andererseits empfinden wir oft gerade das als dunkel, was sich in grellen Tönen zeigt. Ich denke da an ein ganz bestimmtes Rot für die verzehrende Leidenschaft, an ein Gelb für den giftigen Neid.«

Oje, und mir waren seine Bilder einfach nur farbenfroh erschienen. Ich sah in meinen Fragenkatalog, da ich den Faden verloren hatte. »Wer ist der wichtigste Mensch in Ihrem Leben?«

»Ich selbst«, antwortete er ohne eine Spur von Koketterie.

»Was schätzen Ihre Freunde an Ihnen?«

»Den ehrlichen Gedankenaustausch, die Ergänzung ...«

»Haben Sie Feinde?« Wenn er jetzt nein sagt, dachte ich im gleichen Moment, glaube ich ihm kein Wort mehr.

»Ich habe sehr ausgeprägte Eigenschaften, da bleiben Feinde nicht aus.« Er sagte das nicht etwa mit Bedauern, sondern überaus gelassen.

»Haben Sie noch Illusionen?«

»Nein, ich hatte aber auch nie welche.«

»Was versetzt Sie in Staunen?«

„Das Leben.« Immerhin etwas.

»Wie sieht für Sie das Paradies aus?«

»Immer wieder anders, mal brünett, mal blond ...« Die Ernsthaftigkeit war wieder auf der Strecke geblieben.

Trotzdem ließ ich mich nicht aus dem Konzept bringen. »Gibt es etwas Unerledigtes, was Sie unbedingt noch machen wollen?«

»Sie davon überzeugen, dass ich nicht so alt bin wie Methusalem und durchaus noch *alle* meine Sinne beieinander habe.« Auf diese Betonung hätte ich wetten können.

»Diesen Punkt können Sie abhaken, Sie haben mich überzeugt«, versicherte ich ihm mit meinem schönsten Augenaufschlag. »Nächste Frage: Was verursacht Ihnen eine Gänsehaut?«

»Zärtliche Finger zum Beispiel.« Dabei strich er mit seinem Zeigefinger langsam über meinen Arm.

Ich fragte mich, ob es eine Möglichkeit gibt, Reflexe in den Griff zu bekommen. Meine Gänsehaut war sehenswert. »Verlieren Sie hin und wieder die Kontrolle?« Ich zumindest war kurz davor.

»Selten.«

Während ich meinen Fragenkatalog überflog, wunderte ich mich, welcher Teufel mich bei der Zusammenstellung dieser Fragen geritten hatte. Gar kein Teufel, kam die Antwort aus meinem Inneren, nur mangelnde Erfahrung mit älteren Männern vom Kaliber eines Philip Sanden, die nicht jenseits, sondern immer noch diesseits von Gut und Böse sind. Endlich fand ich eine Frage, die keine Zweideutigkeit zulassen würde. »Haben Sie ein Leitmotiv, das Ihnen durch schwierige Situationen hindurchgeholfen hat?«

»Verliere dein Ziel nie aus den Augen.« Überflüssig zu

sagen, dass sich dabei die Blicke aus zwei grüngrauen Augen mit denen aus zwei dunkelbraunen kreuzten.

»Wenn dies der letzte Tag in Ihrem Leben wäre, wie würden Sie ihn nutzen?« Meine Stimme war immer noch überraschend fest.

»Das verrate ich Ihnen, wenn wir zurück im Schloss sind.« Er gab der Kellnerin ein Zeichen, dass sie die Rechnung bringen sollte.

Ich versuchte, mich nicht aus dem Konzept bringen zu lassen. »Stichwort Familie?«

»Ein Hafen.«

»Was halten Sie von Treue?«

»Sehr viel – wenn es um die Treue sich selbst gegenüber geht. Die, die Sie meinen, ist meiner Meinung nach ausschließlich Verhandlungssache zwischen zwei, manchmal auch drei Menschen.«

Ich glaube, es war diese verheerende Mischung aus tiefem Ernst und offensichtlichem Schalk, die es mir angetan hatte. »Haben Sie manchmal ein schlechtes Gewissen?« Ich hatte eines. So ganz konnte ich nämlich den Gedanken an seine Frau, die wahrscheinlich hoffte, dass ihr Mann sich ausschließlich auf jungfräuliche Leinwände konzentrierte, nicht ausschalten.

»Nein.« Er sah mich herausfordernd an. »Kein unnötiger Ballast. Erinnern Sie sich?«

»Als wäre es heute gewesen«, sagte ich kopfschüttelnd.

»Darf ich Sie einladen?«, fragte er, als sich die Kellnerin unserem Tisch näherte.

Entweder war er einfach anders, oder er kannte die richtige Klaviatur und konnte auch noch darauf spielen: Er hatte mich gefragt und es nicht als selbstverständlich vorausgesetzt. »Gerne.« Ich verstaute das Diktaphon wieder in meiner Tasche. Die Dämmerung hatte bereits eingesetzt, trotzdem war es immer noch ungewöhnlich warm draußen.

Nachdem er gezahlt hatte, schlenderten wir langsam zurück zum Auto, wobei ich darauf achtete, ihm nicht zu nahe zu kommen. Auf der Fahrt nach Obermais versuchte ich, mein Interview fortzusetzen, doch er vertröstete mich auf den nächsten Morgen. Für diesen Tag habe er genug Fragen beantwortet. Damit hatte er offensichtlich sein Tagessoll erreicht, mir dagegen war es nicht einmal gelungen, die knisternde Atmosphäre zwischen uns zu beruhigen. Im Gegenteil: Mit meinen Fragen hatte ich das Ganze nur noch weiter angeheizt. Aber ich verspürte weder ein Gefühl von Bedauern noch von Unzulänglichkeit. Ehrlich gesagt gefiel mir die Situation, wie sie war – prickelnd und aufwühlend.

Als der Wagen über den knirschenden Kies die Auffahrt zum Schloss entlangfuhr, wachte ich aus meinen wenig professionellen Träumen auf.

»Wann wollen wir uns morgen früh zum Interview treffen?«, fragte ich in einem letzten Anflug von Pflichtbewusstsein.

»Zehn Uhr.« Er drehte den Schlüssel im Zündschloss, sodass plötzlich Stille einkehrte.

»In Ordnung«, sagte ich knapp. Wir stiegen beide gleichzeitig aus. Ich hielt ihm meine Hand entgegen. »Dann also bis morgen.«

»Wir sind noch nicht fertig«, kam ebenso knapp seine Entgegnung.

Bevor ich wusste, wie mir geschah, griff er nach meiner Hand, jedoch nicht um sich zu verabschieden, sondern um mich hinter sich herzuziehen.

»Und fragen Sie jetzt nicht womit«, fuhr er in einem gespielt drohenden Ton fort, »sonst lasse ich sofort Ihre Hand los.«

Während mein Verstand noch ein paar Einwände erhob, hatte ebendiese Hand blitzschnell entschieden, dass sie sich in der seinen durchaus wohl fühlte.

»Ich dachte, dass Sie vielleicht gerne noch auf einen Sprung zu mir kommen möchten.« Er war vor dem Gartenhaus stehen geblieben.

»Um mir die Briefmarken anzusehen, die Sie gemalt haben?«, fragte ich frech.

Er schloss die Haustür auf. »Die Glühwürmchen.«

»Sie malen *Glühwürmchen*?« Meine Hand war immer noch mit seiner verschlungen, sodass ich ihm unweigerlich ins Haus folgen musste.

»Ich lasse mich von ihnen inspirieren.« Anstatt das Licht einzuschalten, zog er mich durch zwei aufeinander folgende Räume hindurch, deren Konturen ich im Dämmerlicht nur grob ausmachen konnte. Er hielt erst an, als wir durch eine Terrassentür wieder ins Freie getreten waren.

Und da sah ich sie auch schon, die leuchtenden Punkte, die durch die Luft schwirrten. Es waren tatsächlich Glühwürmchen. Ich stand völlig bewegungslos da und war hin- und hergerissen zwischen dem Beobachten der Leuchtkäfer und dem Fühlen, das von meiner Hand aus meinen ganzen Körper durchströmte.

»Das sind alles Männchen auf Brautschau«, erklärte mir Philip Sanden. »Die Weibchen können nicht fliegen, sie sitzen hier irgendwo am Boden und signalisieren ihre Paarungsbereitschaft.«

»So«, schluckte ich, »tun sie das …?«

Er war hinter mich getreten und hatte begonnen, seine Finger ganz sacht meine Arme hinaufzubewegen. »Jeden Abend um diese Zeit«, hörte ich ihn hinter meinem Rücken sagen, während ich kurz darauf seine Lippen auf meinem Hals spürte.

»Wie tun sie das?«, fragte ich mit einem Zittern in der Stimme.

»Wer?«

»Die Weibchen.« Ich hatte mich keinen Millimeter vom Fleck gerührt.

»Wie tun sie was?« Seine Lippen hatten mein Ohrläppchen erreicht.

»Ihre Paarungsbereitschaft signalisieren?«

»Durch eindeutige Angebote«, hörte ich ihn direkt neben meinem Ohr flüstern.

Ich ließ mich mit meinem ganzen Körper gegen seinen sinken und dachte mit einem Anflug von Humor, dass das, was ich da gerade hinter mir spürte, ohne Zweifel auch zu den eindeutigen Angeboten zählte. »Aha.«

Er hatte überaus geschickte Finger, sodass die zahlreichen Knöpfe meines Oberteils im Nu den Weg durch die Knopflöcher fanden. Als der Leinenstoff von meinen Schultern fiel, spürte ich bei weitem nicht nur den warmen Abendwind auf meiner Haut. »Ich dachte immer, dass alternde Liebhaber sich Zeit lassen.« Was er gerade mit mir tat, fiel eher unter die Kategorie stürmisch.

»Wieso sollten sie?«, fragte er zwischen zwei leidenschaftlichen Küssen. Inzwischen hatte er mich zu sich umgedreht. »Sie haben doch weit weniger davon übrig.«

»Stimmt eigentlich«, hauchte ich und ließ meine Hände über seinen Körper gleiten. »Dann sollten wir die Zeit nutzen.« Ich zog ihm sein Polohemd über den Kopf, ließ es auf den Boden fallen und schickte meine Hände auf Erkundungstour.

»Der Meinung bin ich schon seit qualvollen fünf Minuten«, stöhnte er.

Das wenige, was wir noch anhatten, fand sich in Windeseile auf dem Boden wieder. Diesmal wollte ich ihn hinter mir herziehen, und zwar ins Haus, er packte mich jedoch einfach und zog mich mit sich aufs Gras.

»Hier?«, fragte ich atemlos.

»Alles andere wäre Zeitverschwendung«, war der letzte

zusammenhängende Satz, den ich während der nächsten kleinen Ewigkeit aus seinem Mund hörte.

Und er verschwendete wirklich keine Zeit. Noch nie zuvor hatte mich jemand im Gras geliebt, und noch nie zuvor war ich so leidenschaftlich geliebt worden. Was ich mit Philip Sanden erlebte, stellte meine bisherigen Vorstellungen auf den Kopf, die von der Liebe in der freien Natur ebenso wie die von der Leidenschaft älterer Männer. Aber diese Gedanken kamen erst später, als ich wieder dazu fähig war. Bis dahin gab es nur seinen Körper und meinen und dazwischen eine ungeheure Anziehungskraft.

Als wir eine ganze Weile später entspannt nebeneinander im Gras lagen, spürte ich ein zweites Mal an diesem Tag seine Nähe, die mich mit ihrer Wärme einhüllte, jedoch nicht überschwemmte. »Das war schön«, sagte ich leise.

Er nahm im Dunkeln meine Hand und küsste sie zärtlich. »Ja, das war es.«

Ich öffnete meine Augen und sah in den Himmel über mir. Es war ein sternenklarer Abend, der Wind trug den Duft der Kletterrosen von der Hauswand zu mir herüber, und mehr noch als das Gras unter mir spürte ich die Spuren, die Philip auf meiner Haut hinterlassen hatte. Ich atmete tief ein und seufzte zufrieden. »Das mit den Glühwürmchen ist schon ein interessanter Ansatz«, überlegte ich laut.

»Nicht wahr.«

»Was ist, wenn sie sich gepaart haben?« Ich wollte es schon immer ganz genau wissen.

»Ich denke, dann fliegen sie in einem angenehmen Taumel nach Hause.« Seine Stimme war unwiderstehlich.

»Und falls sie Lust auf mehr haben?«

»Dann machen sie zu Hause weiter.« Er stand auf, um mich gleich darauf hochzuziehen. »Komm mit.«

In diesem Augenblick wäre ich ihm überallhin gefolgt, es

ging jedoch nur zurück ins Haus und eine Treppe hinauf. Dort stand ein Bett, das durch die riesigen Fenster hindurch vom Mondlicht beschienen war und dessen zwei Besucher sich in dieser Nacht von vielem überwältigen ließen, nur nicht vom Schlaf.

5

Irgendwann in den frühen Morgenstunden war ich in einer Art seliger Erschöpfung eingeschlafen. Als ich meine Augen wieder aufschlug, hatte die Sonne längst den Mond abgelöst. Sie schien durch die geöffneten Fenster direkt aufs Bett, sodass ich blinzeln musste. Ich setzte mich auf und sah mich um. Der Raum, den ich in der Nacht nur am Rande wahrgenommen hatte, war riesig, er erstreckte sich über das gesamte Stockwerk und war mit viel Geschmack eingerichtet worden. Außer dem Bett gab es noch zwei gemütliche Sitzgruppen und einen gewaltigen antiken Schrank unter dem alten Dachgebälk. An beiden Enden des Raumes sorgten hohe Rundbogenfenster für einen beträchtlichen Lichteinfall. Hier malt er also, dachte ich, als mein Blick auf die Staffelei und das noch unfertige Bild vor einem der Fenster fiel. Auf einem Tisch daneben sah ich Farbtöpfe, flache Blechschüsseln, die offensichtlich zum Mischen der Farben dienten, und Baumwolllappen, deren Ursprungsfarbe nicht mehr zu erkennen war. Die Leinwand, die eines Tages Grundlage für ein neues Werk von Philip sein würde, war zum überwiegenden Teil noch jungfräulich bis auf den Ansatz einer energiegeladenen Bewegung in intensiven, warmen Tönen zwischen Gelb, Orange und Rot.

In einem Film hätte er jetzt mit nacktem Oberkörper vor der Staffelei gesessen und die Inspirationen der Nacht auf diese Leinwand gebannt. Die Realität sah jedoch ganz anders aus. Da kam er in dem Bademantel, den ich schon kannte, die

Treppe herauf und hielt mir eine Flasche mit Massageöl vor die Nase.

»Oh«, hauchte ich nur, während sich meine erotischen Phantasien selbstständig machten.

»Das wird sich gleich ganz anders anhören«, prophezeite er mir frech grinsend. Mit einem Ruck zog er die Decke von meinem Körper, kippte sich Öl in die Hand und befahl mir: »Hinlegen!«

»Wieso?« Meine Mutter hat mir beigebracht, Befehle nie zu befolgen, ohne sie vorher zu hinterfragen, und sie ist weit damit gekommen.

»Probier die Alternative – steh auf!«

»Wie bitte?«

»Steh auf!«, wiederholte er nur und trat vom Bett zurück, um mir Platz zu machen.

Ich wollte gerade zur nächsten Frage ansetzen, als er die Sache abkürzte.

»Tu's einfach, dann erübrigen sich alle weiteren Fragen.«

Ich schwang meine Beine herum und setzte die Füße auf, um seiner Aufforderung nachzukommen, als ich mitten in der Bewegung unter heftigen Schmerzen wieder aufs Bett zurücksank. Das war kein Muskelkater, das waren Muskelkrämpfe, die von meinen Waden bis zum Po hinaufreichten. »O nein«, schimpfte ich lauthals los. »Das fühlt sich an, als wäre heute Nacht ein Lkw über meine Beine gefahren, und zwar ganz langsam, hin und zurück.«

»Mit heute Nacht hat das eigentlich weniger zu tun«, machte Philip sich über mich lustig, während er genüsslich das Öl zwischen seinen Händen zerrieb. »Es freut mich aber, dass diese Nacht deine Erinnerung an den Bergmarathon ausgelöscht hat.«

Der Duft seines Rasierwassers stieg mir in die Nase und vermischte sich dort mit dem Kräuteraroma des Massageöls.

Nachdem ich wieder lang ausgestreckt dalag und meine Beine entlastet waren, trat der Schmerz in den Hintergrund, um gleich darauf ganz anderen Gefühlen Platz zu machen. Philip hatte sich zu mir auf die Bettkante gesetzt, nah genug, dass ich ihn berühren konnte. Meine Finger erforschten die Regionen unter seinem Bademantel, jedenfalls machten sie einen ernsthaften Versuch.

»Finger weg«, sagte er streng.

Da ich hartnäckig bin, gebe ich nicht so schnell auf. So auch in diesem Fall. Ich ignorierte seinen Einwurf und ließ meine Finger weiterwandern.

Seine hingegen hatten begonnen, meine Muskeln unbarmherzig durchzukneten.

Ich schrie laut auf. »Bist du verrückt, Philip? Das tut weh!«

»Wer vorher so große Töne spuckt, sollte hinterher eigentlich etwas kleinlauter sein.« Er ließ sich keine Sekunde lang beirren, sondern machte ungerührt weiter. »Ich bin einiges gewöhnt«, zitierte er mich exakt in Wortlaut und Tonlage. »Und weißt du noch, was ich darauf gesagt habe?«

Ich wollte seine Hände wegschieben, erntete jedoch nur ein missbilligendes Kopfschütteln und die gestenreiche Aufforderung, mich auf den Bauch zu drehen. »Du hast gesagt, dass wir uns nach dem Aufstehen sprechen.« Ich krallte meine Hände ins Kopfkissen und stöhnte auf, als er sich meinen Po vornahm. »Au! Unser Gespräch nach dem Aufstehen habe ich mir in der Zwischenzeit allerdings ganz anders vorgestellt.«

»Kann ich mir vorstellen.« Sein Tonfall hatte von physiotherapeutischer Strenge zu männlicher Erregung gewechselt. Und mit dem Tonfall seine Hände.

Ich wollte mich zu ihm umdrehen, fügte mich dann jedoch sehr bereitwillig seinen Händen, die mich sanft wieder aufs Laken drückten. Aus dem Augenwinkel sah ich, dass sein Bademantel neben dem Bett auf dem Boden landete. Den Rest spürte ich nur noch. Wobei das unscheinbare Wort *Rest* der Sache nicht gerecht wird.

»Jetzt sollten sich deine Muskeln eigentlich entspannt haben«, sagte er nach einer Weile, küsste mich zärtlich in den Nacken und stand auf.

Während ich, alle viere von mir gestreckt, noch ein bisschen wohlig dahindämmern wollte, hörte ich von der Treppe her seine Stimme, die vor Energie nur so strotzte: »Auf geht's, das Frühstück wartet unten schon.«

Ich sah zum ersten Mal an diesem Morgen auf meine Uhr – jedenfalls hatte ich angenommen, dass es Morgen war. Erstaunt stellte ich jedoch fest, dass andere Leute um diese Zeit wohl bereits beim Mittagessen saßen. Da ich nichts zum Anziehen hier oben hatte, folgte ich ihm nackt die Treppe hinunter. »Wo ist das Bad?«

Er zeigte auf eine verschlossene Tür. »Da findest du auch eine Zahnbürste und einen Bademantel. Komm in den Garten, wenn du fertig bist.«

Fertig war ich nach einer Viertelstunde, in der ich ausgiebig heißes Wasser über meinen Körper fließen ließ und mich mit Hilfe seiner Pflegeutensilien in einen einigermaßen passablen Zustand versetzte. Als ich zu ihm in den Garten ging, durchquerte ich wie am Vorabend die beiden Räume, die jetzt in helles Licht getaucht waren. Der erste war ein großer Vorraum, von dem Küche und Bad abgingen und der als Esszimmer diente, der zweite ein separates Schlafzimmer mit einer Tür ins Freie. Dort fand ich Philip unter einem Sonnenschirm am gedeckten Frühstückstisch. Er sah mich mit einem Blick an, der eine Mischung aus Erkennen von Vertrautem und Neugier auf das noch Unbekannte verriet. Ich blieb im Türrahmen stehen und ließ mir Zeit, diesen Blick in gleicher Weise zu erwidern, bevor ich mich schließlich zu ihm setzte.

»Ich habe Maria gesagt, dass du nicht zum Frühstück

kommst.« Er nahm ein Brötchen, um es mit den Fingern in zwei Hälften zu teilen.

»Mit welcher Begründung?«, fragte ich kess.

»Das hier ist ein Hotelbetrieb und keine Zeitung, hier werden keine indiskreten Fragen gestellt.«

»Apropos Fragen«, nahm ich das Stichwort auf. »Wir hatten für zehn Uhr einen Interviewtermin vereinbart.« Ich strich Aprikosenmarmelade auf mein Brötchen und biss hungrig hinein.

»Das Interview ist auf morgen verschoben.«

»Wer sagt das?«

»Ich natürlich.« Seine Augen blitzten herausfordernd. »Wer sonst sollte darüber bestimmen?«

»Ich!« Schließlich hatte ich allerhöchstens bis zum späten Nachmittag Zeit, dann musste ich fahren. »Morgen bin ich nicht mehr hier.«

»Wer sagt das?« Seine Überraschung war echt.

»Ich.«

»Geht das auch genauer?«

Ich lachte. »Mein Zimmer ist nur für zwei Nächte gebucht. Ich hätte es längst räumen müssen.«

»Dann verlängerst du«, schlug er vor. »Du kannst jetzt nicht einfach abreisen.«

Die unverhohlene Enttäuschung in seiner Stimme ließ mein Herz mehrere Takte schneller schlagen, trotzdem musste ich ihn enttäuschen. »Philip, das ist keine Urlaubsreise, ich bin zum Arbeiten hier.«

»Glaubst du, ich bin zum Vergnügen hier?« Er nahm einen großen Schluck von seinem Milchkaffee.

»Bisher hatte ich den Eindruck, oder war das eben Arbeit?«, fragte ich anzüglich.

»Wenn, dann war es eine Arbeit, die mir sehr leicht von der Hand geht«, ging er auf meinen leichten Ton ein.

»Ich habe eigentlich weniger deine Hände gespürt.« Über die Tasse, die ich zwischen den Händen hielt, traf mein Blick auf seinen.

Er wollte gerade zu einer Antwort ansetzen, als wir durch das große Gartentor Marias Stimme hörten. »Frau Bertram?«

Philip ging hinüber, um ihr zu öffnen.

Offensichtlich erleichtert, mich zu finden, kam sie schnurstracks auf mich zu. »Die neuen Gäste kommen in einer Stunde, Frau Bertram, ich muss dringend Ihr Zimmer machen.«

»Ich bin in fünf Minuten drüben beim Packen«, versprach ich ihr mit einem Anflug von Wehmut, da nun die Entscheidung gefallen war.

»Vielen Dank.« Sie ging über den Rasen zurück und zog das Tor hinter sich zu.

Fast war ich enttäuscht, dass Philip so unbeteiligt wirkte. Er hatte sein Frühstück fortgesetzt, als wäre nichts geschehen. »Ich helfe dir«, sagte er gelassen.

Was ist das nur für ein Sinneswandel? überlegte ich angestrengt. Erst will er mich nicht gehen lassen und dann bietet er auch noch seine Hilfe an. »Danke, aber ich habe nicht viel dabei. Das ist schnell gepackt.«

»Dann beeile dich, ich habe mir eine schöne Tour für heute überlegt.«

»Philip – das Interview«, ermahnte ich ihn.

»Das ist unwiderruflich auf morgen verschoben. Oder hattest du bisher den Eindruck, dass ich Entscheidungen leichtfertig über den Haufen werfe?«

Bei *Haufen* fiel mir mein Hosenanzug wieder ein, der hier irgendwo im Gras liegen musste. Ich blickte mich suchend um, konnte ihn jedoch nirgends entdecken. Allem Anschein nach hatte Philip schon aufgeräumt. Ich verscheuchte diesen Gedanken, um ihm zu antworten. »Das mit den Entscheidungen ist eine Sache, das mit dem Wohnen eine andere. Ich muss mein Zimmer räumen, schon vergessen?«

»Wo hast du heute nacht *gewohnt*?« Er schenkte uns beiden Kaffee nach.

»Was ist das? Eine Einladung?«

»Der Beweis für meine Fähigkeit, teilen zu können. Hier ist so viel Platz.« Er lachte verschmitzt. »Ein eigenes Zimmer bekommst du allerdings nicht. Ich will etwas von dir haben, solange du hier bist.«

»Was?«, fragte ich wie aus der Pistole geschossen.

»Rate!«

»Meine tatkräftige Unterstützung beim Wandern?«

»Lauwarm.«

»Meinen überschäumenden Intellekt?«

»Wärmer.«

»Meinen Körper?«

Ich erwartete, dass als Antwort nun *heiß* käme, aber Philip war nicht berechenbar, wie ich eigentlich bereits hätte wissen müssen. »Noch wärmer«, antwortete er.

Das untrügliche Gefühl, bei einem Menschen angekommen zu sein, der bereit war, sich auf die Suche nach mir zu begeben, wurde übermächtig in mir. »Meine Seele?«

»Heiß.«

Wir saßen einfach nur da und sahen uns an, bis Philip mich widerstrebend daran erinnerte, dass ich Maria versprochen hatte zu packen. »Wo ist mein Hosenanzug?«

»Auf dem Bett, gleich wenn du hineingehst.«

Bevor ich das jedoch tat, nahm ich mir die Zeit für einen kleinen Umweg. Ich beugte mich über ihn und küsste ihn. »Danke.«

»Wofür?« Er wusste es, wollte es aber von mir hören.

»Für diese Erfahrung«, antwortete ich ehrlich.

Waren die vergangenen zwei Stunden noch von einer herrlichen Muße geprägt, geriet ich jetzt ansatzweise in Hektik, da ich Maria nicht länger warten lassen wollte. Ich zog blitzschnell meinen Hosenanzug an, suchte in meiner Tasche, die Philip ebenfalls aufs Bett gelegt hatte, nach meinem Zimmerschlüssel und eilte hinüber zum Schloss. Maria hatte bereits angefangen, das Zimmer für die neuen Gäste herzurichten. Ich entschuldigte mich bei ihr für die Verspätung, um dann in Windeseile meine Sachen zusammenzupacken. Sie lächelte mir dankbar zu, als ich fünf Minuten später das Feld räumte. Mit Reisetasche und Laptop machte ich mich auf den Rückweg zum Gartenhaus, wo ich verschwitzt ankam. Die Hitze war drückend an diesem Tag.

Auch wenn Philip mir kein eigenes Zimmer zugestehen wollte, verstaute ich meine Sachen in dem separaten Gästezimmer. Ich war gerade fertig, als ich ihn die Treppe herunterkommen hörte. Einen Moment später stand er neben mir.

»Zieh dich schnell um, ein bisschen Bewegung wird deinem Muskelkater gut tun.« Er hatte bereits seine Wandersachen an.

»Bewegung ja, Bergmarathon nein«, sagte ich entschieden.

»Keine Angst, heute gibt es nur etwas Leichtes. Zur Belohnung gewissermaßen.«

»Womit habe ich mir denn eine Belohnung verdient?« Während er noch über eine Antwort nachdachte, zog ich mir Jeans und T-Shirt an und schlüpfte in meine Turnschuhe.

»Bestimmt nicht mit diesen Schuhen.« Er warf einen unmissverständlichen Blick darauf.

»Womit dann?« An diesem Tag würde ich in der Schuhfrage nicht nachgeben.

»Wenn ich darauf näher eingehe, verbringen wir den Nachmittag im Bett anstatt am Montigler See. Also los.« Er schob mich Richtung Haustür.

Im Vorbeigehen schnappte ich mir Sonnenbrille und

Schirmmütze. »Gegen einen Nachmittag im Bett hätte ich nichts einzuwenden.«

»Du hast etwas Unersättliches«, lachte er, blieb jedoch seinem Vorsatz treu und schob mich zur Tür hinaus.

»Stell dir vor, ich hätte nach dieser Nacht genug von dir.«

»Das kann ich mir beim besten Willen nicht vorstellen.« Einmal mehr konnte ich feststellen, dass er über ein sehr gesundes Selbstvertrauen verfügte.

Während wir über die Autobahn Richtung Eppan fuhren, überfielen mich Gefühle, die mir in ihrer Art nicht neu waren, wohl aber in ihrer Intensität. Ich hatte mich verliebt: bis über beide Ohren und noch ein ganzes Stück weiter. Aber gegen jede Vernunft. Philip war fünfundzwanzig Jahre älter als ich, er war verheiratet, und er hatte eine Tochter, der ich wahrscheinlich nur ein paar Jahre voraus hatte. Davon wollte ich jedoch in diesem Moment nichts wissen. Diese Realitäten würden mich früh genug einholen, jetzt wollte ich nur weiter fühlen, ein bisschen träumen …

Wir verließen die Autobahn und fuhren über Eppan bis nach Schreckbichl, wo wir das Auto parkten, um uns von dort aus zu Fuß auf den Weg zu machen. Nach einem kurzen Stück durch die Weinberge erreichten wir den Wald. Über diesen natürlichen Sonnenschutz war ich ebenso froh wie über den weitestgehend ebenen Weg Richtung Montigler See. Philips Massage hatte zwar ein wenig geholfen, aber meine Muskeln fühlten sich trotzdem immer noch sehr strapaziert an. Der Weg war breit genug, dass wir nebeneinander herlaufen konnten.

»Erzähl mir von dir«, bat Philip mich bereits auf den ersten Metern.

»Was willst du wissen?« Ich sah ihn von der Seite an.

»Was hat dich zu der Frau gemacht, die du heute bist, wie lautet das wichtigste Wort *deiner* Kindheit?« Er überlegte kurz, bevor er fortfuhr. »Welche Menschen sind dir wichtig? Wovor hast du Angst?«

»Wo soll ich anfangen?«, fragte ich lachend angesichts dieser vielen Fragen. »Hinten oder vorne?«

»Hinten«, antwortete er spontan. »Ängste sind sehr aufschlussreich.«

»Ich weiß.« Schließlich hatte ich diese Frage auch noch in petto. Philip hatte meine Antwort jedoch als ein Zögern aufgefasst.

»Es ist etwas anderes, sich mit dem Körper hinzugeben als mit seiner Seele, stimmt's?« Er war stehen geblieben und sah mich ruhig an.

Es gibt Blicke, die an mir abprallen, und solche, die ich dirigieren kann. Es gibt harmlose, die weder etwas anrichten noch etwas ausrichten können. Und dann gibt es jene ganz seltenen, die meine Barrieren durchbrechen und dorthin gelangen, wo ich verwundbar bin. Philip war gerade eben dort angekommen. »Ich habe Angst davor, wehrlos zu sein«, antwortete ich ihm ehrlich.

Er lächelte mich liebevoll an. »Dann habe ich ja Chancen bei dir.« Während ich mich diesem Blick hingab, schob er mich langsam rückwärts gegen den dicken Baumstamm hinter mir. »Ich werde dich zwar hin und wieder bedrängen, aber nie einengen.« Kaum hatte er dieses Versprechen abgegeben, küsste er mich in einer Weise, die mich nach einem Moosbett Ausschau halten ließ.

Die nächtliche Erfahrung auf dem Rasen war zu schön gewesen, um sie nicht wiederholen zu wollen. Statt eines Moosbetts entdeckte ich jedoch in einiger Entfernung eine Gruppe von Wanderern, die sich auf uns zubewegte. »Schade«, raunte ich ihm ins Ohr und machte mit meinem Kopf eine Bewegung in Richtung der Störenfriede.

Er küsste mich auf die Nasenspitze. »Nur verschoben.«

Sein bedauerndes Lächeln deckte sich mit meinem spontanen Gefühl.

Zurück auf dem Wanderweg konnte ich durch die Bäume bereits das Wasser des Montigler Sees schimmern sehen. Philip legte mit dem Tempo wieder zu.

»Kannst du es nicht abwarten?«, fragte ich belustigt.

Er lächelte mich schief an. »Im Moment geht es eigentlich eher darum, ein paar Energien umzuleiten.«

»Vielleicht sollte ich dir einfach lauter abtörnende Sachen erzählen«, schlug ich vor.

»Rede lieber weiter. Wir sind vorhin unterbrochen worden. Wo waren wir stehen geblieben?«

»Am Baum«, sagte ich wahrheitsgemäß.

»Davor!«

»Also gut«, lenkte ich feixend ein. »Du wolltest wissen, welche Menschen mir wichtig sind.« Darüber brauchte ich nicht lange nachzudenken. »Meine Eltern natürlich ...«

»Ist das so natürlich?« Hinter seiner Frage stand ein Ernst, den ich nicht einordnen konnte.

»Bei meinen Eltern schon. Sie sind etwas Besonderes.«

Im Gehen griff er nach meiner Hand und küsste sie. »Der Apfel fällt nie weit vom Stamm, oder?«

Ich überging diesen Einwurf, um fortzufahren. »Und dann gibt es da noch meine Freundin Lilly. Sie ist ein sehr wichtiger Mensch in meinem Leben.«

»Ist sie wie du?«

»Nein, ganz anders. Eigentlich müsste sie meinen Job machen.« Beim Gedanken an Lilly musste ich lächeln. »Lilly hat eine unglaubliche Wirkung auf andere Menschen. Sie kommt mir immer vor wie ein Dosenöffner. Wenn sie jemanden fragt, wie es ihm geht, erfährt sie im Gegenzug seine ganze Lebensgeschichte. Sie muss nur kurz mal anticken, und los geht's.« Ich hingegen konnte von etlichen Situationen berichten, in denen sich das Frage-und-Antwort-Spiel mehr als zäh gestaltet hatte. »Außerdem«, setzte ich meine Beschreibung fort, »ist Lilly ausgesprochen abergläubisch, sie ist im Gegensatz zu mir eher ein Bauchmensch ...«

»Ich hatte nicht das Gefühl, dass ich es heute Nacht mit deinem Intellekt zu tun hatte.« Philip warf mir einen unschuldig zweifelnden Blick zu.

»Ich habe auch nur gesagt, dass sie *eher* ein Bauchmensch ist.« Ich knuffte ihn tadelnd in die Seite. »Ja, und dann ist sie noch auf ihre ganz eigene Art ursprünglich. In ihrem Fall heißt das, dass sie sich nur bei massiver Gewaltanwendung von ihrem Ursprung wegbewegt, und der liegt im Taunus.«

»Was macht sie im Urlaub?«, fragte Philip erstaunt.

»Ihren Garten. Es zieht sie einfach nicht hinaus in die Welt. Eine Zeit lang dachte ich, es hänge mit ihren Ängsten zusammen. Sie hat Höhenangst, deshalb fallen Flugzeuge und Gondeln schon mal flach. Größere Geschwindigkeiten sind auch nichts für sie, sie traut der Technik nicht. Inzwischen glaube ich jedoch, dass das nur ein Teil der Wahrheit ist. Sie hat mir einmal von Indianern erzählt, die sich am Ende einer Bahnreise hinsetzten und warteten, bis ihre Seele nachkam. Ich glaube, sie will sich erst gar nicht allzu weit von ihrer Seele entfernen.« Ich war dankbar, dass Philip sich nicht über Lilly lustig machte. Er hörte einfach nur interessiert zu. »In Beziehungen ist das natürlich manchmal schwierig. Wenn wir noch im neunzehnten Jahrhundert leben würden – aber heute ...«

»Klingt ein wenig exzentrisch.«

»Das ist sie ohne Zweifel«, gab ich zu. »Und gleichzeitig unglaublich liebenswert.«

»Ist bei ihr die Sonne schon aufgegangen, um in deinem schönen Bild zu bleiben?« Wir waren stehen geblieben, um auf den See hinauszuschauen. Philip stand hinter mir und hielt mich locker mit seinen Armen umfangen.

»Einmal, vor ein paar Jahren. Das war eine sehr heftige Liebesgeschichte. Er war nur leider verheiratet und konnte sich dann schließlich doch nicht von seiner Frau trennen. Lilly hat ihm lange nachgetrauert.« Ich lehnte meinen Kopf gegen seine Schulter. Dies war jedoch überhaupt nicht der Moment, in dem ich über verheiratete Männer nachdenken wollte, die zu ihren Frauen zurückkehren. Und ich war froh, dass Philip sich nicht bemüßigt fühlte, dieses Stichwort aufzugreifen.

»Was machst du bei Liebeskummer, Ellen?«

»Frag mich lieber, was ich mache, wenn ich verliebt bin«, konterte ich ganz sanft.

Er schlang seine Arme fester um mich. »Das weiß ich bereits«, sagte er mit rauer Stimme. »Wenn ich dir jemals wehtun sollte, was machst du dann?«

»Dich verfluchen und arbeiten bis zum Umfallen«, gestand ich mit einem drohenden Unterton. »Also lass dir lieber etwas Besseres einfallen.«

»Zum Beispiel das?« Er drängte sich von hinten gegen mich und ließ seine Lippen seitlich meinen Hals hinaufwandern, während sich seine Hände unter mein T-Shirt schoben.

»Mhm«, murmelte ich genießerisch. Der See verschwamm vor meinen Augen.

»Dann weiß ich ja jetzt Bescheid.« Er löste sich so plötzlich von mir, dass ich taumelte.

»Ging es dir nur darum?«, fragte ich empört, als ich mich zu ihm umdrehte. Ich sah in ein Paar vor Übermut sprühende Augen.

»Dies ist ein katholisches Land«, gab er mit einem bedauernden Schulterzucken zu bedenken. »Da heißt es Rücksicht nehmen auf das Schamgefühl der Bürger.«

»Keine Hintergedanken?« Ich schüttelte ungläubig lachend den Kopf.

»An was hattest du denn gedacht?« Er marschierte mir wieder voran, sodass ich mich beeilen musste, um mit ihm Schritt zu halten.

»Vielleicht daran, dass du ein kleines Feuer bei mir entfachen wolltest?«, fragte ich mit unschuldiger Miene.

»Wozu? Das lodert doch bereits lichterloh.« Er strahlte mich an.

»Worauf gründet nur dieses Selbstvertrauen?«

»Auf sehr viel Erfahrung.« Dabei betonte er jedes einzelne Wort. »Und auf einem untrüglichen Blick für das Wesentliche. Das Alter hat auch seine Vorzüge.«

»Welche Nachteile hat es?« Das Interview für die *Roberta* hatte sich wieder in mein Bewusstsein gedrängt.

Er wurde plötzlich ernst. »Du bist dem Tod näher.« Es hatte sich eine Mischung aus Wehmut und Bedauern in seine Stimme geschlichen.

»Ist das der Grund, warum ältere Männer sich gerne jüngeren Frauen zuwenden?«

»Wenn du herausfinden willst, warum ich mich dir zugewandt habe, kannst du das auch direkt fragen.«

Also gut. »Warum?«

»Weil ich einiges von mir in dir wieder erkenne. Ich fühle mich dir auf eine sehr intensive Weise verbunden. Und ich finde, das ist eine ganze Menge für den Anfang.« Er sah abwesend in die Ferne.

Bei dem Wort *Anfang* musste ich an eine Zeile aus einem Gedicht von Hesse denken: *Und jedem neuen Anfang wohnt ein Zauber inne*. Dieser Zauber hat es in sich, dachte ich aufgewühlt.

»Außerdem«, fuhr er fröhlich fort, »hat dich die Natur mit einer beachtlichen Portion Sexappeal ausgestattet. Da fällt es schwer, sich im Zaum zu halten.«

»Das verlangt auch niemand von dir«, entgegnete ich zuckersüß. »Außer vielleicht ein paar Katholiken auf Wanderschaft. Ich bin mir jedoch sicher, dass das auch nur Menschen sind.« Ich seufzte aus tiefster Seele. »Ich habe übrigens einen unmenschlichen Hunger.«

»Wenn du dich noch zehn Minuten geduldest, bekommst du etwas zu essen. In Schreckbichl ist ein Buschenschank.«

Bei dieser Aussicht war nun ich es, die das Tempo beschleunigte. Den Rest des Weges legten wir in einvernehmlichem Schweigen zurück. Philip hatte die Zeit gut bemessen, nach knapp zehn Minuten ließ ich mich erschöpft und ausgehungert auf einer freien Holzbank im *Wolfhof* nieder. Philip ging hinein und bestellte uns direkt am Tresen zwei Platten mit Käse, Schinken und Brot und die obligatorische Apfelsaftschorle. Als das Essen kam, machten wir uns wie zwei Verhungernde darüber her.

»Wie lautete das wichtigste Wort *deiner* Kindheit?« Auch er ließ nicht locker, wenn er etwas wissen wollte.

»Bei mir war es ein ganzer Satz«, erzählte ich lächelnd. »Ich habe immer gesagt: Das kann ich auch.«

»Damit macht man sich nicht nur Freunde, oder?«

»Nein«, gab ich zu, »aber die, die du damit gewinnst, behältst du ein Leben lang.«

»Lilly?«

»Ja, Lilly.«

Er hatte aufgehört zu essen und sah mir dabei zu, wie ich die letzten Reste vertilgte. »Ich mag es, wie du isst«, wechselte er das Thema. »Man kann richtig sehen, wie du jeden einzelnen Bissen genießt.«

»Das ist in meinem Fall keine Kunst«, gestand ich offen, »ich nehme nicht sehr schnell zu. Genuss ohne Reue sozusagen.«

»Gibt es so etwas wie Reue in deinem Leben?« Seinem Gesichtsausdruck nach zu urteilen war ihm eine ehrliche Antwort wichtig.

Ich dachte einen Moment nach. »Nein … es gab sicher Erlebnisse, die ich nicht unbedingt wiederholen möchte, ich habe Fehler gemacht und mich ein paar Mal sehr geirrt. Aber bereuen? Nein.«

»Was macht dich da so sicher?« Er strich wieder mit den Fingern über den Holztisch, sodass ich einmal mehr seine Hände bewundern konnte, die im einen Moment feingliedrig, im nächsten zupackend erschienen.

»Weil ich dadurch immer ein Stück weitergekommen bin, persönlich meine ich. Es ist mir immer wieder gelungen, mich aufzurappeln, auch wenn ich verletzt wurde oder mich selbst verletzt habe.« Ich musste an das Interview denken und seine Ansichten zu Niederlagen. In dieser Hinsicht bin ich ihm ähnlich, überlegte ich, auch mir liegt das Aufstehen mehr. Aber hier ging es um etwas anderes, das konnte ich spüren. »Was bereust du?«, fragte ich deshalb direkt. Ich sah ihn forschend an.

Er wich mir nicht aus, doch ich merkte, dass es da eine Tür gab, die angelehnt war. Ein leichter Windzug hätte ausgereicht, um sie zu schließen. »Wer fragt mich das? Die *Roberta* oder Ellen?« Er war plötzlich auf der Hut.

»Das ist eine rein private Frage, du wirst die Antwort nirgends abgedruckt finden.«

»Wenn ich ehrlich bin, bereue ich einiges«, begann er leise. Er zog seine Augenbrauen zusammen, sodass sich eine tiefe Falte auf seiner Stirn zeigte. »Ich hätte klüger sein müssen, ehrlicher. Aber ich habe mich teilweise selbst belogen. Manchmal ist es sehr viel einfacher, sich etwas vorzumachen, weißt du?« In seinen Blick hatte sich eine Traurigkeit verirrt, die mich fast erschreckte. »Ich habe mich an die Notlügen gehalten. Es heißt immer, sie seien dazu da, um einen anderen Menschen zu schützen. Ich glaube jedoch, dass sie nur allzu oft missbraucht werden, um sich selbst zu schützen.«

»Philip, wovon redest du?«, fragte ich vorsichtig.

»Von meiner Tochter Stephanie.« Er fuhr sich mit beiden Händen über die Augen. »Und von …« Mitten im Satz brach er jedoch ab und sah mich einfach nur an.

Wie oft hatte ich es später bereut, an dieser Stelle nicht weitergefragt zu haben! Seine Antworten hätten vielleicht vieles vereinfacht. Aber ich wollte zu diesem Zeitpunkt weder seiner Frau noch seiner Tochter ein Gesicht geben, deshalb kniff ich und sagte leichthin: »Sie wird dir verzeihen. Ich habe dir den Marathon schließlich auch verziehen.«

»Vielleicht seid ihr gar nicht so verschieden«, murmelte er nachdenklich. »Sie will auch immer alles genau wissen.« Er lächelte traurig, ging jedoch auf meine unausgesprochene Abwehr ein und ließ das Thema fallen. »Lass uns gehen«, schlug er vor. »Wir haben noch eine Menge nachzuholen.«

»Und was bitte?«

»All das, was wir in den Jahren, in denen wir uns nicht gekannt haben, versäumt haben.«

»Jetzt wirst du sentimental«, versuchte ich, ihn aufzumuntern.

»Ältere Männer werden das hin und wieder.«

»Fishing for compliments?«

»Einfach nur die Wahrheit.« Es war das einzige Mal, dass ich so etwas wie Müdigkeit an ihm entdeckte, keine körperliche, sondern eine, die viel schwerer wog.

6

Die Zeit mit Philip war in jeder Minute intensiv. Im Nachhinein scheint es mir, als hätten wir beide tief drinnen gewusst, dass uns nicht mehr viel Zeit beschieden sein würde. Aber im Nachhinein ist manches einfacher zu deuten.

Wie er es mir versprochen hatte, bekam ich mein zweites Interview von ihm, nicht gleich am nächsten Tag, aber einen Tag vor meiner Abreise. Bis dahin redeten wir uns die Köpfe heiß, schwiegen zusammen, wanderten unzählige Kilometer durch die Meraner und Bozener Berglandschaft, versuchten, den anderen zu ergründen, und liebten uns. Ich habe lange über eine Redewendung nachgedacht, die mir nicht aus dem Kopf ging: *jemandem die Sinne rauben*. Was Philip mit einer Mischung aus Zärtlichkeit und Leidenschaft tat, sprach alle meine Sinne an, kein einziger wurde mir auch nur für einen Moment geraubt. Im Gegenteil: Einige wurden geschärft, andere geweckt, als hätten sie bis dahin in einem Dornröschenschlaf gelegen.

Nach zehn Tagen beugte ich mich schweren Herzens einer ganz realen Notwendigkeit. Ich hatte noch vier Tage, dann musste das Porträt für die *Roberta* fertig sein. Philip versuchte mich zum Bleiben zu überreden. Er versprach, mich beim Schreiben nicht zu stören. Das einzige Argument, das ihn schließlich von der Richtigkeit meiner Abreise überzeugen konnte, war die Tatsache, dass er in meiner Anwesenheit auch nicht gearbeitet hatte. Seit dem Tag, an dem ich es zum ersten Mal gesehen hatte, stand das begonnene Bild unberührt auf der Staffelei. Wir hatten uns beide viel zu sehr aufeinander konzentriert, um arbeiten zu können.

Meinen Laptop hatte ich in den vergangenen Tagen ausschließlich dazu benutzt, Lilly hin und wieder eine E-Mail zu schicken. Natürlich hatte ich ihr von Philip erzählt. Und natürlich hatte ich sie weiter mit Fragen gelöchert. Einmal hatte ich sie gefragt, wofür ihre Kunden sie bezahlten, und sie hatte geantwortet: »Für Kunststücke.« Meine Reaktion fiel ziemlich drastisch aus, ich empfahl ihr, *diesen Unfug* umgehend zu lassen. Ihre Antwort: »Genauso könnte ich dir vorschlagen, diesen Unfug zu lassen. Du hast doch bei mir gesehen, wo man mit verheirateten Männern landet: heulend unter der Bettdecke.«

An diese Prophezeiung musste ich an meinem Abreisetag denken. Bisher war es mir weitgehend gelungen, Philips Familie aus meinen Gedanken auszugrenzen. Immer würde das jedoch nicht gehen, jedenfalls nicht, wenn wir das, was wir hier begonnen hatten, in irgendeiner Weise fortsetzen wollten. Ich wollte das ganz bestimmt und er allem Anschein nach auch. Er hatte vor, bis Ende September zu bleiben, und wir hatten beschlossen, dass ich ihn in dieser Zeit so oft wie möglich besuchen würde. In Anbetracht der großen Entfernung und meiner zufrieden stellenden Auftragslage war *so oft wie möglich* natürlich ein relativer Begriff. Wahrscheinlich würde ich bis zum Herbst gerade mal zwei Wochen abzwacken können.

»Was wünschst du dir von mir zum Abschied, Ellen?« Wir saßen beim Frühstück, und Philip sah mich gebannt an.

»Dass du mich nie belügst.« Ich weiß nicht, wie ich darauf kam, ich hatte geantwortet, bevor ich überhaupt darüber nachgedacht hatte. Trotzdem spürte ich, dass es mir ernst damit war.

Sein durchdringender Blick irritierte mich genauso wie sein Schweigen.

»Ist das ein unerfüllbarer Wunsch?«, fragte ich vorsichtig.

»Es ist ein Anfang.« Sein Lächeln wirkte etwas verunglückt, sodass ich die Traurigkeit dahinter durchscheinen sah. »Manchmal fängt man erst sehr spät mit etwas an.«

»Heißt es nicht *besser spät als nie?*«

»Nicht alle Dinge lassen sich nachholen, Ellen, manchmal ist es einfach zu spät, es ist zu viel kaputt. Manchmal hat man sich auch zu tief in den Schlamassel hineinmanövriert, und es wären beträchtliche Anstrengungen nötig, um wieder herauszukommen.«

»Und was spricht dagegen?« Ich hatte es in der Hand gehabt, diese Unterhaltung von einer abstrakten auf eine konkrete Ebene zu heben, ich hätte ihn fragen sollen, von wem er sprach, aber das wurde mir erst sehr viel später klar.

»Ja«, seufzte er, »was spricht dagegen? Angst vielleicht ...« Er fuhr sich mit den Händen durch die Haare.

»Wovor hast du Angst, Philip?« Ich hatte diese Frage bereits einen Tag zuvor im Rahmen des Interviews gestellt. Da hatte er mir ganz offiziell geantwortet: »Vor Gebrechlichkeit und vor der Abhängigkeit, die daraus erwächst.« Aber ich wusste intuitiv, dass dies nur ein Teil der Wahrheit war, und zwar der weitaus kleinere.

»Ich habe manchen Menschen sehr wehgetan«, sagte er zögernd mit leiser Stimme. »Ich habe Angst, ihnen in die Augen zu sehen, wenn sie es begreifen.«

»Philip, das ist nicht logisch«, gab ich behutsam zu bedenken.

»In meiner Welt schon, das wirst du vielleicht eines Tages verstehen.« Er schüttelte den Kopf, als wolle er unliebsame Erinnerungen verscheuchen. »Aber die wenige Zeit mit dir ist mir zu kostbar für so trübsinnige Gedanken.« Er kam um den Tisch herum, griff in den lose geschlungenen Gürtel meines Bademantels und zog mich zu sich hoch. »Am liebsten würde ich dich auf Vorrat lieben, damit du auf keine dummen Gedanken kommst.« Sein Blick vertiefte sich in meinen.

»Wenn ich auf dumme Gedanken komme«, versprach ich lachend, »rufe ich dich an und ...« Weiter kam ich nicht, denn er hatte begonnen, mich zu küssen.

»In natura bist du mir weit lieber.« Seine Hände tasteten sich unter meinen Bademantel.

»Du mir auch«, gestand ich atemlos.

Unsere Bademäntel markierten wie Teile einer Schnitzeljagd den Weg in den ersten Stock. Oben angekommen versank ich zum letzten Mal in einer von Philips leidenschaftlichen Umarmungen. Wir sahen uns die ganze Zeit an, ohne ein Wort zu sagen. Später fiel es mir schwer, mich von ihm zu lösen, und ihm ging es offenbar nicht anders. Wir lagen uns noch lange gegenüber mit ineinander verschlungenen Beinen und Händen. Und Blicken, die nicht voneinander lassen konnten.

Philip war der Stärkere von uns beiden, denn er raffte sich irgendwann auf und zog mich mit sich. »Du musst bald los, wenn du heute noch ankommen willst.«

Ich bin längst angekommen, dachte ich im Stillen, aber ich sagte es nicht. Stattdessen entwickelte ich eine vordergründige Hektik, um mein Herz abzulenken, das zunehmend schwerer wurde. Ich begann zu packen.

Als ich mich entschieden hatte, länger als die geplanten zwei Tage zu bleiben, stand ich sehr schnell vor dem Problem, nichts Sauberes zum Anziehen mehr in meiner Tasche zu finden. Bei der Hitze hatte ich das wenige, das ich eingepackt hatte, im Nu durchgeschwitzt. Philip hatte sich über diese Entwicklung gefreut, da sie mich zwang, meine Garderobe aufzustocken. Einen gemeinsamen Einkaufsbummel lehnte ich jedoch ab. Wennschon, dann alleine. Bevor ich nach Bozen zum Einkaufen aufbrach, bat er mich inständig, etwas zu kaufen, das meine Körperkonturen erkennen ließ.

»Warum sollte ich das tun?«, hatte ich ihn abwehrend gefragt. Ich hatte mir fest vorgenommen, meinen Kleidungsstil nie wieder einem anderen Menschen zuliebe zu ändern.

»Um dir selbst einen Gefallen zu tun«, hatte Philip schlicht geantwortet. »Es wird Zeit, dass du dich von den Zelten befreist.«

Wenn er mir auch nur annähernd das Gefühl gegeben hätte, dass ich es ihm zuliebe tun sollte, wäre nichts daraus geworden. Ich hatte im Nachhinein zu sehr unter meinem Nachgeben gelitten, um denselben Fehler noch einmal zu machen. Er hatte jedoch Recht – es wurde Zeit, dass ich mich von den Zelten befreite. Also biss ich in den sauren Apfel und ging einkaufen. Vielleicht lag es an meiner unschlagbar guten Laune oder an den unkomplizierten italienischen Verkäuferinnen, vielleicht auch an beidem. Auf jeden Fall kehrte ich vergnügt ins Hotel zurück – beladen mit einer beachtlichen Zahl an Einkaufstüten.

Zum Glück hatte ich die Tüten aufbewahrt, denn meine Reisetasche war für die Rückreise nun eindeutig zu klein. Ich stand in dem Gästezimmer und packte, als Philip hereinkam. »Was machst du, wenn ich weg bin?«, fragte ich ihn.

»Arbeiten.« Er sah mich vom Türrahmen aus liebevoll an. »Ein bisschen klettern …«

»Du meinst wandern«, unterbrach ich ihn.

»Ich meine klettern.«

»Ich wusste nicht, dass du das kannst.«

»Du hast mich nicht danach gefragt«, stellte er sachlich fest.

»Gibt es noch etwas, das ich dich nicht gefragt habe, das ich aber wissen sollte?«

Er nickte nachdenklich. »Ich habe mich verliebt.« Da war kein übermütiges Blitzen in seinen Augen, sondern ein fast überraschter Ausdruck.

»Ich auch.« Ich sah ihn ruhig an.

»Dann ist ja alles gut.« Seine Stimme klang wie erlöst.

Es ist merkwürdig, einen verheirateten Mann so etwas sagen zu hören. Statt eines Kommentars gab ich ihm einen Kuss.

»Ich bringe dich zum Parkplatz«, sagte er mit einem Blick auf mein Gepäck.

Nachdem ich mich noch einmal im Gartenhaus umgesehen hatte, folgte ich Philip nach draußen.

»Darf ich deinen Text lesen, bevor du ihn an die *Roberta* schickst?«, fragte er, als wir bei meinem Auto angekommen waren.

»Traust du mir nicht?«

»Das hättest du längst gemerkt«, wehrte er ab. »Ich möchte einfach wissen, was du über mich schreibst, und zwar als Erster.«

»Das wird keine Liebeserklärung sein«, warnte ich ihn vor. »Nicht einmal zwischen den Zeilen.«

Er hatte seine Arme um meine Taille geschlungen. »Ich mag Profis.«

»Ich weiß.« Und ich wusste auch, dass wir unsere Unterhaltung in dieser Weise noch ewig weiterführen könnten. Das würde diesen Abschied jedoch nicht einfacher machen. Ich legte meine Hände auf seine Wangen und prägte mir in aller Ruhe noch einmal sein Gesicht ein. Es konnte ein paar Wochen dauern bis zu einem Wiedersehen.

Er griff nach meinen Händen und hielt sie fest. »Pass auf dich auf, Ellen. Ich hab dich gerade erst gefunden …«

»Ich bin zäh«, sagte ich scherzhaft, »so schnell wirst du mich nicht wieder los.« Nach einem nicht enden wollenden Kuss löste ich mich von ihm, stieg ins Auto und wendete auf dem Parkplatz. Er blieb dort stehen und sah mir nach, bis ich hinter der Hecke verschwunden war.

Die Rückfahrt dauerte zwei Stunden länger als die Hin-

Fahrt. Es war sehr viel mehr Verkehr, und ich blieb in drei Staus stecken. Aber es machte mir nichts aus, nicht einmal die Hitze konnte mir an diesem Tag etwas anhaben. Ich ließ die zehn gemeinsamen Tage mit Philip Revue passieren. Dabei spürte ich, was es heißt, in Erinnerungen zu schwelgen, und zwar in geistigen wie in körperlichen. Ein ums andere Mal stahl sich ein überaus glückliches Lächeln auf mein Gesicht.

Natürlich drängte sich auch hin und wieder der Gedanke an Philips Frau in den Vordergrund. Ich hätte absolut skrupellos sein müssen, um ohne schlechtes Gewissen über ihre Existenz hinwegzusehen. Philip hingegen hatte in meinen Augen eine ganz besondere Prüfung bestanden, er hatte sich nicht bei mir beklagt, weder über seine Frau noch über den Zustand seiner Ehe. Es war kein einziger dieser unwürdigen, stereotypen Sätze gefallen, die in solchen und ähnlichen Situationen an der Tagesordnung sind. Irgendwann, so sagte ich mir, werde ich mich mit ihrer Existenz auseinander setzen müssen. Nur nicht sofort.

Gegen dreiundzwanzig Uhr schloss ich erschöpft meine Wohnungstür auf. Ich ließ meine Reisetasche und die Tüten im Flur stehen und riss erst einmal alle Fenster auf. Im Vorbeigehen sah ich, dass Lilly die Post auf meinen Schreibtisch gelegt hatte. Auf sie ist einfach Verlass, dachte ich froh und sah gleichzeitig das Lämpchen von meinem Anrufbeantworter blinken. Philip hatte mir auf dem Band einen Gutenachtkuss hinterlassen. Es war lange her, dass ich dieses Gerät so verträumt angesehen hatte.

Für einen Moment wusste ich nicht, wohin mit mir. Die Tage mit Philip waren so intensiv gewesen, dass ich seine Gegenwart nun vermisste. Ich holte mir eine Flasche Weißwein aus dem Kühlschrank und ließ mich damit auf dem Balkon nieder. Nach einem halben Glas übermannte mich jedoch schlagartig die Müdigkeit. Ich ließ alles stehen und liegen und ging ins Bett.

Irgendwann am Morgen riss mich die Türklingel aus dem Tiefschlaf. Wer auch immer das war, sollte wieder kommen. Ich drehte mich auf die andere Seite und zog mir die Decke über den Kopf.

»Du scheinst nicht viel geschlafen zu haben«, drang Lillys Stimme plötzlich an mein Ohr.

Ich machte vorsichtig die Augen auf und sah sie munter wie immer vor meinem Bett stehen. Neben ihr – wie sollte es anders sein? – das hechelnde Kalb.

»Schwingst du dich jetzt zur Wächterin meiner Nächte auf?«, krächzte ich. Meine Stimme war auch noch nicht ganz wach.

»Das wäre nur gerecht«, sagte sie voller Überzeugung, »nachdem du dich allem Anschein nach zur Wächterin meiner Nachmittage ernannt hast.«

»Das ist durchaus angebracht«, murmelte ich in die Bettdecke. »Ich habe für diese Nächte schließlich kein Geld genommen.«

»Du hast ihm sicher auch keine Kunststücke beigebracht.« Lillys unschuldiger Augenaufschlag konnte sich sehen lassen.

»Das brauchte ich nicht, er kannte selbst genug.«

»Dann warst du ja in guten Händen«, sagte Lilly grinsend.

»Mhm.« Ich lächelte sie an. »Wie spät ist es eigentlich?«

»Halb elf.«

»Musst du heute nicht arbeiten?«, fragte ich erstaunt in Anbetracht der Tatsache, dass Donnerstag war, ein ganz normaler Arbeitstag für Lilly.

»Heute ist doch Feiertag«, klärte sie mich auf, »Fronleichnam.«

Deshalb war so viel Verkehr auf den Straßen gewesen. Darauf hätte ich auch eher kommen können.

»Ich mache uns mal Frühstück.« Lilly verschwand samt Henriette in der Küche, wo ich sie gleich darauf herumwerkeln hörte.

Ich schleppte mich ins Bad und versuchte, mit abwechselnd sehr viel heißem und kaltem Wasser wach zu werden. Zehn Minuten später folgte ich dem Kaffeeduft auf den Balkon.

Lilly hatte sich wieder mutig in ihre Ecke gezwängt und sah mir erwartungsvoll entgegen. Kaum hatte ich mich hingesetzt, begann sie, in meinem Gesicht zu forschen. »Und?«

»Was willst du wissen?« Ich trank vorsichtig einen Schluck von dem heißen Cappuccino. Essen konnte ich noch nichts.

»Eigentlich will ich nur wissen, ob ich dich trösten muss.«

»Sehe ich so aus?«, fragte ich sie, wobei ich versuchte zu lächeln. Meine Gesichtszüge waren noch völlig verschlafen.

»Ellen, entschuldige, aber direkt nach dem Aufstehen siehst du undefinierbar aus«, entgegnete Lilly im Brustton der Überzeugung. »Also erzähl schon! Wird es eine Fortsetzung geben, oder war's das?«

Ich konnte ihr nichts vormachen, schon gar nicht so früh am Morgen, also versuchte ich es gar nicht erst. »Ich bin nur zurückgekommen, weil ich endlich den Artikel schreiben muss.«

»Oje!« Lilly sah mich zweifelnd an. »Findest du das klug?«

»Dort hätte ich ihn nicht schreiben können.«

»Das meine ich nicht, und das weißt du genau.«

Natürlich wusste ich es, aber ich wollte jetzt keinen Erfahrungsbericht über verheiratete Männer hören. »Du willst wissen, ob das klug ist«, wiederholte ich lahm ihre Worte. »Die Frage stelle ich mir gar nicht.« Ich blinzelte in die Sonne und hoffte, dass Lilly das Thema damit auf sich beruhen ließ.

»Solltest du aber.« Sie sah mich voller Mitgefühl an. »Weißt du, womit du es da aufnimmst?«

»Ich weiß nichts über seine Frau, und ich will auch nichts über sie wissen. Schon gar nicht in aller Herrgottsfrühe.«

Lilly ließ sich jedoch nicht beirren. »Mit unzähligen gemeinsamen Erlebnissen, mit einer großen Vertrautheit, mit kleinen Gesten, die über die Jahre zu Ritualen geworden sind …«

»Lilly, sag mal, auf welcher Seite stehst du eigentlich?«, brauste ich auf.

»Auf deiner natürlich.« Ihr vorwurfsvoller Ton war unmissverständlich.

»Und warum erzählst du mir dann diesen Quatsch?«

»Damit du nicht ins offene Messer rennst.« Ihre sonst makellos glatte Stirn legte sich in sorgenvolle Falten.

»Vielleicht ist sie ein Miststück«, gab ich zu bedenken.

»Warum sollte sie das sein?« Lilly konnte gnadenlos sein. »Du bist doch auch keines.«

»Verdammt«, schimpfte ich ungehalten, »weil das sehr viel angenehmer für mein Gewissen wäre.«

Lilly nickte zufrieden und lehnte sich in ihrem Stuhl zurück.

»Aber ich habe mich fürchterlich verliebt«, hielt ich ihr entgegen. »Und vielleicht ist ein verheirateter Mann die Lösung meines Problems.« Ich löffelte den Milchschaum aus meiner Tasse. »Da wird es nicht diese elenden Besitzansprüche geben, ich habe genug Zeit für mich selbst und …«

»Und musst alles mit einer anderen teilen«, vollendete Lilly meinen Satz nach ihrer Vorstellung. »Und wenn seine Frau dann irgendwann ihr ganzes Gewicht in die Waagschale wirft, hast du noch mehr Zeit für dich selbst.«

»Lilly, warum kannst du es nicht einfach mal mit Optimismus versuchen?« Ich sah sie vorwurfsvoll an.

»Daran hindern mich meine Erfahrungen.«

»Singular!«

»Okay«, lenkte sie murrend ein, »Erfahrung. Trotzdem ändert es nichts an der Tatsache, dass …«

»Dass ich im Moment einfach glücklich bin. Ich weiß nicht, was *irgendwann* sein wird, ich weiß nur, dass Philip mir gut tut. Jetzt. Über später denke ich dann nach, wenn es so weit ist.«

»Er ist fünfundzwanzig Jahre älter als du.«

»In seiner Nähe vergisst du sein Alter, er ist so voller Energie …«

»Vielleicht noch ein paar Jahre, dann wird auch das nachlassen. In zehn Jahren ist er …«

»Lilly, ich kann durchaus rechnen! Es reicht jetzt!«

Ich weiß nicht, ob es das war, was ich gesagt hatte, oder meine eindringlich drohenden Blicke, auf jeden Fall lenkte Lilly ein und verzichtete darauf, mir jede einzelne Träne aufzuzählen, die ich irgendwann weinen würde, oder den Rollstuhl zu beschreiben, in den Philip mit zunehmendem Alter unzweifelhaft sinken würde. »In Ordnung«, sagte sie ruhig.

Von stillem Einvernehmen konnte in diesem Moment keine Rede sein, umso mehr schätzte ich Lillys Nachgeben. »Ich brauche noch einen Cappuccino«, sagte ich im Aufstehen. »Du auch?«

Sie nickte und biss in ihr Brötchen.

Als ich gerade in der Küche war, hörte ich im Wohnzimmer das Telefon klingeln. In Erinnerung an den vor Hundespucke triefenden Telefonhörer machte ich auf dem Absatz kehrt und eilte Richtung Schreibtisch. Offensichtlich hatte Lilly schon ihren Befehl losgelassen, denn ich kam einen Sekundenbruchteil vor dem Kalb dort an. Blitzschnell griff ich nach dem Hörer und sah Henriette triumphierend an. »Das ist für *mich*.« Ich setzte mich auf den Schreibtisch. »Bertram?«

»Hier auch«, hörte ich meine Mutter am anderen der Leitung sagen. »So erwartungsvoll hast du dich aber lange nicht mehr angehört.«

Ich hatte Philips Stimme erwartet. »Hallo, Mami.« Henriette hatte sich zu meinen Füßen gelegt. Ich kraulte ihr mit den Zehen durchs Fell.

»Ist er nett?« Meine Mutter hält sich nicht lange mit Umwegen auf.

»Mhm.«

»Willst du heute zu uns zum Essen kommen? Dein Vater hat Unmengen von Ratatouille gemacht.«

»Geht leider nicht, ich muss arbeiten.« Ich wäre gerne zu den beiden hinausgefahren, aber ich musste mich endlich hinsetzen und aus meinen Notizen einen vernünftigen Text basteln.

»Was ist mit Lilly?« Ich hatte Lilly mit keinem Wort erwähnt, aber meine Mutter verfügt über unerklärliche Antennen.

»Lilly, was hältst du von Ratatouille bei meinen Eltern?«, rief ich Richtung Balkon.

»Viel«, kam ohne Zögern ihre Antwort. Seit ihre Mutter vor fast zehn Jahren gestorben ist, hat Lilly meine Eltern als Ersatz auserkoren.

»Alles klar, sie kommt. Und ich besuche euch am Wochenende«, versprach ich ihr zum Abschied. Danach machte ich in der Küche schnell zwei Tassen Cappuccino und ging wieder hinaus zu Lilly. »Nach dem Frühstück schmeiße ich dich raus«, warnte ich sie vor, »ich muss was tun.«

»Ich auch«, sagte Lilly faul. Sie hatte ihre Augen geschlossen und hielt ihr Gesicht in die Sonne.

»Ich denke, du fährst zu meinen Eltern?«

»Mein Termin ist erst am späten Nachmittag«, klärte sie mich auf.

»Bekommst du wenigstens einen Feiertagszuschlag?«, fragte ich möglichst harmlos.

»Ich bin doch noch im Aufbau, Ellen, da muss man auch mal ein bisschen kulant sein.« Lilly sagte das, als würde sie Garnrollen verkaufen und jedem Kunden ein Extrafädchen dazuschenken.

»Was heißt hier kulant?« Plötzlich war ich ganz wachsam. »Du arbeitest doch nicht wieder umsonst?« Meine inquisitorischen Blicke fixierten ihr Gesicht.

»Nein«, wehrte sie ernst ab. »Ich arbeite auf Erfolgsbasis.« Sie spitzte die Lippen und machte sich vorsichtig über ihren Cappuccino her.

Ich sah sie ungläubig an. Wenn sie das tat, was ich glaubte, dann wollte ich über das Wort *Erfolgsbasis* lieber erst gar nicht nachdenken. »Lilly, du sagst mir jetzt sofort, was du tust!«

»Ich denke ja gar nicht daran!«, entgegnete sie vehement. »Du würdest nur wieder Finanzpläne aufstellen, meinen Einsatz dem Gewinn gegenüberstellen und Prognosen ausarbeiten. Nein, danke! Wo bleibt denn da der Spaß?«

»Dir macht das wirklich *Spaß?*« Ich konnte es kaum glauben.

»Ja«, sagte sie mit spürbarer Begeisterung. »Und das finde ich einfach wundervoll!« Sie breitete die Arme aus, als wolle sie die ganze Welt umarmen, stieß dabei jedoch links an die Balkonumrandung und rechts an die Hauswand.

»Ach Lilly ...«

»Mach dir keine Sorgen, ich weiß schon, was ich tue.«

Das war in meinen Augen eine eher zweifelhafte Beruhigung, ich sah jedoch ein, dass es keinen Zweck hatte, weiter über dieses Thema zu reden. »Okay«, lenkte jetzt ich ein, während Lilly sich hinter dem Tisch hervorzwängte und Anstalten machte zu gehen.

Kaum hatte sie einen Fuß ins Wohnzimmer gesetzt, stand

Henriette auch schon schwanzwedelnd vor ihr. Lilly strich ihr kräftig übers Fell. »Jetzt kannst du gleich mit Kobold rumtoben.« Als das Kalb das hörte, bellte es einmal freudig auf und sprang in ein paar Sätzen Richtung Haustür, wohin Lilly ihm folgte.

Kobold ist der Neufundländer meiner Eltern. Mir war es jedoch schleierhaft, wie man sich freuen konnte, dieses unberechenbare Vieh zu sehen. Ich bin immer froh, wenn ich ihn nicht zu Gesicht bekomme. Henriette ist mir da weit lieber in ihrer fast majestätischen Zurückhaltung. Ich gab Lilly einen Kuss auf die Wange. »Bis bald.«

Sie lächelte mir zu und sprang für ihre Verhältnisse leichtfüßig die Treppe hinunter.

»Also dann!«, gab ich mir selbst den Startschuss. Mein Gepäck stand immer noch im Flur. Ich suchte mir meine Notizen heraus und ließ mich samt Diktaphon vor meinem PC am Schreibtisch nieder. Eigentlich hatte ich angenommen, meine Finger würden nur so über die Tasten fliegen, aber das war ein Irrtum. »Schöner Profi bist du«, schimpfte ich, während Philips Gesicht sich immer wieder vor mein inneres Auge schob und mich daran hinderte, einen Anfang zu finden, bei dem nicht jeder gleich wusste, wie es um mich stand.

Nach etlichen untauglichen Ansätzen rief Philip an und malte mir mit rauer Stimme aus, was wir alles zusammen anstellen könnten, wenn ich in seiner Nähe wäre. Überflüssig zu sagen, dass sich meine Situation damit um keinen Deut verbesserte. Dieses Mal musste jedoch die Vernunft siegen, deshalb bat ich Philip um drei Tage Funkstille. Ich würde mich bei ihm melden, sobald ich fertig wäre.

Und ich brauchte tatsächlich die vollen drei Tage und einen Teil der Nächte. In dieser Zeit hielten mich Unmengen von Kaffee wach. Dazu aß ich abwechselnd Kekse und Ölsardinen, da ich es nicht geschafft hatte einzukaufen. Am Samstag war ich bei der fünften Version angekommen und immer noch nicht zufrieden. Selbst meine Jogging-Runden halfen mir dieses Mal nicht. Ich rief meine Eltern an, um sie auf das nächste Wochenende zu vertrösten. Am Nachmittag kam Lilly kurz vorbei, verschwand jedoch sofort wieder, nachdem sie meinen angestrengten Gesichtsausdruck richtig gedeutet hatte.

Ich nahm mir vor, erst dann wieder zu schlafen, wenn ich den Schlusspunkt unter diesen verdammten Artikel gesetzt hatte. Am Sonntagnachmittag war es endlich so weit. Ich konnte zwar kaum noch aus den Augen gucken, saß dafür aber vor zwölf vollgeschriebenen Manuskriptseiten. Ich hatte das Gefühl, als hätte ich nach etlichen Fehlstarts nun endlich die Schwerkraft überwunden. Mit diesem Gefühl verzog ich mich auf mein Sofa, wo ich für die nächsten Stunden im Nirwana versank.

Es war bereits neun Uhr abends, als ich mich langsam wieder hochkämpfte. Ich rief Philip an und las ihm meinen Artikel vor, wie ich es versprochen hatte.

»Nicht schlecht«, lautete sein mehr als bedächtiger Kommentar.

»Waaas?!« Ich schrie fast in die Leitung.

Er lachte. »Okay – ausgezeichnet. Bist du nun zufrieden?«

»Ja«, sagte ich erleichtert und lehnte mich entspannt zurück. »Und was hast du getan, während ich dich in so ausgezeichneter Weise auf Papier gebannt habe?«

»Ich habe dich auf Leinwand gebannt.«

»Ich denke, du malst nur abstrakt?«

»Warte, bis du es gesehen hast, du wirst dich darin wieder finden.« Die Zärtlichkeit in seiner Stimme tat mir gut. »Und natürlich auch ein paar von meinen Gefühlen«, schickte er schnell hinterher.

»Zum Beispiel?« Ich wollte es unbedingt hören. Nachdem

ich drei Tage lang versucht hatte, alle Gefühle auszuschalten, hatte ich jetzt enormen Nachholbedarf.

»Eine Ahnung von sehr viel Liebe.«

»Ich liebe deine Ahnungen«, sagte ich aus tiefster Seele.

In dieser Weise ging es noch eine ganze Weile weiter, bis wir beide ausreichend aufgetankt hatten. Philip wollte am nächsten Tag eine Klettertour machen und versprach, sich abends wieder zu melden. Für mich war der Urlaub vorbei, ich hatte genügend Aufträge in meiner Schreibtischschublade liegen, um die nächsten Wochen mit Arbeit zu füllen. Trotz meiner Müdigkeit spürte ich einen unbändigen Elan in mir. Die Zeit mit Philip hatte mich mit ebenso viel Freude wie Zuversicht erfüllt.

Es war immer wieder dieses ganz bestimmte Gefühl, das sich an die Oberfläche meines Bewusstsein drängte, das Gefühl, endlich angekommen zu sein. Bei einem Menschen, der mich verstand, bei dem ich mich fallen lassen konnte, ohne dass er daraus einen Strick drehte, um mich damit zu fesseln. Er konnte mit den Momenten umgehen, in denen ich schwächer war als er, und mit denen, in denen ich stärker war. Dieser viel versprechende Anfang ließ mich hoffen. Endlich einmal würde es anders werden, das spürte ich genau. Mit diesem Gefühl schlief ich an diesem Abend selig ein.

Es war eine unruhige Nacht, in der ich immer wieder aufwachte. Richtig fest schlief ich erst, als es bereits anfing zu dämmern. Kurz bevor ich schließlich vom Wecker aufwachte, hatte ich einen schönen Traum, der mich durch den ganzen Tag begleitete. Ich war auf einem Fest und sah Philip durch einen großen Saal auf mich zukommen. Seine grauen Haare schimmerten in der Menschenmenge, sodass ich ihn nicht aus den Augen verlieren konnte. Bei mir angekommen, forderte er mich zum Tanzen auf. Wir bewegten uns miteinander zur Musik, als hätten wir nie etwas anderes getan. Es war eine

Harmonie, die jedem Schritt eine unglaubliche Leichtigkeit verlieh, ein Gefühl, als würden wir über das Parkett fliegen. Trotzdem verloren wir nie die Bodenhaftung.

Das Gefühl, federleicht zu sein, verlor sich ziemlich schnell, als ich am Morgen meine sieben Kilometer lief. Da fühlte ich mich eher bleischwer, die zähen Stunden der vergangenen Tage saßen mir noch in den Knochen. Dafür war mein Herz ganz leicht, sodass ich jeden anstrahlte, der mir entgegenkam. Zurück zu Hause duschte ich in Windeseile, veranstaltete ein Blitzfrühstück in der Küche und schickte dann eine E-Mail an Michaela Mohr von der *Roberta*. Als Anhang fügte ich meinen Text hinzu. Fotos von Philips Bildern sowie ein Porträtfoto hatte ich bereits vor drei Tagen in den Briefkasten geworfen. Constanze Frohwein hatte es mir wie verabredet geschickt.

Als ich meinen Textvorschlag gesendet hatte, machte ich mich an mein Tagwerk und begann für einen Artikel über Selbstverteidigungstechniken und -kurse zu recherchieren. Gegen Mittag rief Michaela Mohr an und bedankte sich für die pünktliche Lieferung. Sie sei überaus zufrieden und käme demnächst mit einer neuen Sache auf mich zu. Allerdings müsse sie das erst noch in der Redaktionskonferenz besprechen. Ich rieb mir im Geist die Hände. Geschafft! Diese Arbeit hat sich gelohnt, dachte ich fröhlich. Und das gleich in doppelter Hinsicht. Ach Philip …

7

Was am Montag noch so versonnen geklungen hatte, bekam drei Tage später einen leicht ungehaltenen Unterton: *Ach Philip!* Er hatte nicht angerufen und nahm auch im Gartenhaus das Telefon nicht ab. Und ich fand keine Erklärung dafür. Er war mir weder wankelmütig noch unzuverlässig erschienen.

Lilly war zum Frühstück vorbeigekommen und sah mich mit großen Augen an, jedenfalls soweit ihr das gegen die Sonne möglich war. »Es wird etwas passiert sein.« Ihrem Gesichtsausdruck nach zu urteilen war Philip in ihrer Phantasie bereits im Schwimmbad ertrunken, vom Berg gestürzt, ermordet oder an einem Hitzschlag gestorben.

»Quatsch!«, hielt ich ihr entgegen. »Er wird mitten in einer Schaffensphase stecken und darüber Raum und Zeit vergessen haben. Schließlich hat er einiges nachzuholen. Vielleicht ist auch seine Frau überraschend zu Besuch gekommen.« Oder er hat es sich doch anders überlegt, aber diesen Gedanken verbannte ich ganz schnell wieder in die hinterste Kammer meines Gehirns.

»Dann könnte er ja wenigstens ans Telefon gehen.« Lilly war von ihren Schreckensszenarien nicht so schnell abzubringen.

»Wahrscheinlich hat er es abgestellt, sonst könnte ja auch sie ans Telefon gehen«, mutmaßte ich.

»Ich habe trotzdem das Gefühl, dass etwas passiert ist«, beharrte Lilly.

»Wie willst du ein Gefühl für einen Menschen haben, den du gar nicht kennst?« Ich sah sie herausfordernd an.

»Ich habe ein Gefühl für Situationen.«

»Lilly, du hast ausgeprägte Ängste.« Ich weiß zwar, dass sie es nicht mag, wenn ich das sage, aber in diesem Fall musste ich ihre Schwarzmalerei stoppen, bevor sie auf mich abfärbte.

»Hoffen wir, dass es nur das ist.« Ihr Ton war überhaupt nicht verletzt, sondern nur mitfühlend, ebenso wie ihr Blick.

Beide hatten wir von unserem Frühstück an diesem Morgen nicht viel angerührt. Lilly probierte mal wieder eine neue Diät, und ich hatte keinen Hunger. Ich war schon um kurz nach sechs Uhr am Main entlanggerannt, da ich an diesem Tag noch viel erledigen wollte.

»Wir zermartern uns hier den Kopf«, sagte ich leichthin, »und da unten ist möglicherweise nur das Telefon kaputt.« In jedem Fall würde es eine Erklärung für Philips Schweigen geben.

»Ellen!«

Ich sah sie unwillig an.

»Dein Philip gehört noch zu der Generation, die mit Telefonzellen groß geworden ist. Er weiß, dass es sie gibt und wie man damit umgeht.«

»Ach Lilly …« Was sollte ich dazu sagen? Sie hatte ja Recht. »Er wird sich schon irgendwann melden. Und wenn nicht, soll ihn der Teufel holen.«

Lillys Unruhe hatte sich offensichtlich auf Henriette übertragen, denn sie stand plötzlich winselnd im Rahmen der Balkontür.

»Ruf mich an, wenn du etwas hörst«, bat Lilly mich, während sie aufstand und dabei mal wieder fast den Tisch umstieß. »Ich muss mit Henriette noch mal um die vier Ecken gehen.«

Als die beiden sich verabschiedet hatten, setzte ich mich an mein Selbstverteidigungsthema. Ich finde nicht immer alle Themen spannend und interessant, über die ich schreibe, aber bei diesem hatte ich sogar ein beträchtliches Eigeninteresse. Es gibt wahrscheinlich nur wenige Frauen, die alleine joggen und überhaupt keinen Gedanken an ihre Verteidigungsmöglichkeiten im Fall des Falles verschwenden. So war ich den Vormittag über so abgelenkt, dass ich nur einmal zwischendurch Philips Nummer wählte. Ohne Erfolg – auch dieses Mal.

Um kurz nach eins ging ich zur Tür, weil es geklingelt hatte. Lilly war noch einmal zurückgekommen. Ich sah sie fragend an, als sie die Treppe hochkam. »Hast du etwas vergessen?«

Sie schüttelte nur den Kopf. In ihren Augenwinkeln standen Tränen.

»Lilly, ist etwas passiert?«

Sie hielt eine zusammengerollte Zeitung in der Hand und wirkte vollkommen verstört. »Meine letzte Patientin …«, stammelte sie.

»Was ist mit ihr?«, fragte ich ungeduldig. Wir waren inzwischen an meinem Sofa angekommen.

Lilly ließ sich mit einem unglücklichen Seufzer in die Kissen sinken, während das Kalb stehen blieb und ihr den Kopf auf die Knie legte. »Sie hat ein Bild von Philip.«

»Lilly«, schimpfte ich los, »das ist doch kein Drama! Mir ist eben fast das Herz stehen geblieben, als ich dich gesehen habe. Es gibt hoffentlich noch mehr Leute, die ein Bild von Philip haben.«

Lilly sah auf den Boden und schüttelte unablässig ihren Kopf. »Sie hat es heute Morgen im Radio gehört. Ich habe mir dann gleich die Zeitung gekauft.« Sie hielt mir die inzwischen stark malträtierte Rolle entgegen.

Ich riss ihr das Ding aus der Hand und ließ meine Augen blitzschnell über die aufgeschlagene Seite gleiten. Und dann sah ich, was sie meinte: *Klettertour endet tödlich*, lautete die Überschrift. Darunter stand nur ein kurzer Bericht. *Der Wiesbadener Maler Philip Sanden (63) ist am Montag während einer Klettertour im Rosengarten in den Südtiroler Dolomiten tödlich verunglückt. Er war allein unterwegs und stürzte einhundertundfünfzig Meter in die Tiefe. Nach Auskunft der Rettungskräfte war er sofort tot. Über die näheren Umstände des Unfalls ist noch nichts bekannt.*

Ich saß erstarrt da und las die wenigen Zeilen immer wieder. Trotz der Hitze, die draußen herrschte, kroch eine fast unerträgliche Kälte in meinen Körper. In mir existierte nur noch ein einziges Wort: *Nein!* Es dröhnte in meinen Ohren – verzweifelt, flehend, abwehrend. Die Zeitung fiel zu Boden. Wie in Trance sah ich Henriette kurz daran schnuppern, dann legte sie ihren Kopf auf meine Knie. Ich schob sie weg, zog meine Knie dicht an mich heran und legte meine Arme darum. Ich konnte keine Berührung ertragen.

»Ellen …« Lillys Stimme drang kaum zu mir durch.

»Nein!« Ich konnte sie nicht ansehen. In ihren Augen würde ich nur den Widerhall dieser Meldung sehen. »Es kann ein Irrtum sein.«

»Gib mir die Nummer von seinem Hotel, ich rufe dort an.« Lilly war zu meinem Schreibtisch gegangen und hatte das Telefon sowie mein Adressbuch geholt.

»Das mache ich schon.« Meine Stimme zitterte ebenso stark wie meine Hand, die ich nach dem Telefon ausstreckte. Ich konnte Lilly immer noch nicht ansehen. Nachdem ich mich zweimal verwählt hatte, kam ich endlich zum Schloss Rubein durch. Zum Glück war Maria gleich am Apparat. »Guten Tag, Maria«, sagte ich um Ruhe bemüht, »hier ist Ellen Bertram.«

»Oh, Frau Bertram«, hörte ich sie traurig sagen. »Es ist ein Unglück.«

»Also ist es wahr?«, stammelte ich.

»Ja.« Sie schwieg einen Moment, ich hörte sie Luft holen. »Frau Sanden ist heute mit ihrer Tochter hier eingetroffen. Sie werden ihn zurückbegleiten. Es tut mir so Leid.«

»Ja …« Ich schluckte und verabschiedete mich von ihr. Das einzige Gefühl, das ich empfand, war Kälte – bis in jedes Nervenende, von der Kopfhaut bis zu den Zehen. Alles zog sich zusammen wie in einem einzigen eiskalten Krampf.

Lilly legte mir von hinten vorsichtig die Hand auf die Schulter. »Ellen …«

»Nicht anfassen«, wehrte ich sie ab. Meine Worte klangen abgehackt und metallisch. Ich sah mich in meinem Wohnzimmer um und suchte nach einem Halt. Hätte ich wenigstens ein Foto von Philip. Das einzige, das ich je in Händen gehalten hatte, lag jetzt bei Michaela Mohr auf dem Tisch. »Er hat sehr schöne Hände, habe ich dir das schon erzählt?«

Lilly hatte sich wieder neben mich gesetzt. »Nein«, antwortete sie leise. »Es gibt sicher eine ganze Menge, was du mir noch nicht von ihm erzählt hast.«

»Er ist ein Augenmensch«, begann ich gequält, »er nimmt jede Kleinigkeit wahr, hat einen ganz wachen Blick.« Meine Haut begann zu kribbeln, sodass ich mir die Arme kratzte. »Ich rieche ihn gerne, er riecht wie … wie …«

»Unvergleichlich?«, half Lilly nach.

»Ja.« Ich lächelte sie dankbar an. Zum ersten Mal konnte ich sie wieder ansehen. Ihr liefen Tränen über die Wangen.

»Deine Arme«, sagte sie besorgt.

Ich folgte ihrem Blick: Das Kratzen hatte rote Striemen hinterlassen. »Die halten was aus.« Jedenfalls mehr als mein Herz, das sich wie ein bleischwerer Klumpen anfühlte. Ich sah zum Fenster hinaus, die Sonne strahlte aus einem tiefblauen Himmel herunter. »Es geht alles so weiter«, flüsterte ich überrascht. »Als wäre nichts geschehen.« Der Verkehrslärm drang durch die geöffnete Balkontür zu mir hoch. »Da draußen gehen die Leute zum Bäcker, dehnen ihre Mittagspause aus bei dem schönen Wetter, überlegen sich, ob sie abends ins Kino oder doch lieber in ein Gartenlokal gehen sollen. Und hier drin …« Meine Worte hatten sich verirrt, ich konnte sie nicht finden.

»Hier drin tut es weh«, sagte Lilly behutsam.

»Weißt du, was passiert, wenn ein Foto im Entwicklerbad liegt und jemand schüttet Säure hinein?« Mir wurde übel, aber ich versuchte dagegen anzuschlucken.

Lilly schüttelte den Kopf.

»Der Entwicklungsvorgang wird unterbrochen – mittendrin. Gerade hast du noch gesehen, wie langsam ein paar Konturen aus dem Nichts hervortreten, und dann … plötzlich … ist alles vorbei.« Die Übelkeit wurde immer stärker. »Ich hatte bis eben eine ganze Menge Bilder im Kopf. Ich habe mir ausgemalt, wie es werden könnte mit Philip. Es hat so schön angefangen. Er war so anders …«

»Quäle dich nicht so«, bat Lilly mich in einem sorgenvollen Tonfall. Sie war ganz bleich im Gesicht.

Inzwischen zitterte ich am ganzen Körper vor Kälte. »Entschuldige …«, faselte ich und rannte zur Toilette. Ich kniete vor der Kloschüssel nieder und erbrach mein Frühstück. Da ich kaum etwas gegessen hatte, kam nicht viel heraus, trotzdem konnte ich nicht aufhören zu würgen. Es kam mir vor wie eine Ewigkeit, bis sich dieser Würgereiz beruhigte und ich mir den Mund ausspülen konnte. Mein Gesicht war schweißüberströmt. Ich ging ins Schlafzimmer und zog mich zum zweiten Mal an diesem Tag zum Laufen um.

»Ich muss raus«, sagte ich zu Lilly, die immer noch verstört in der Sofaecke saß.

»Du kannst doch jetzt nicht laufen.« Sie war aufgesprungen und kam auf mich zu. »Nicht in diesem Zustand.«

»Gerade jetzt«, entgegnete ich aufgewühlt. »Laufen hat mir bisher immer geholfen.«

Sie versuchte gar nicht erst, ihr Missfallen zu verbergen. »Es wird Philip aber nicht wieder lebendig machen.«

»Nein, das wird es nicht, aber es hilft mir vielleicht, etwas zu fühlen. Ich komme mir vor, als wäre ich unter einem Eisberg begraben.« Ich sah sie flehend an. Ich wollte jetzt nicht mit ihr diskutieren, nicht über etwas so Nichtiges.

»Aber du fühlst doch etwas, Ellen, das sehe ich und das höre ich, nur willst du diese Gefühle nicht.« Ihre Augen wurden schon wieder feucht.

»Willst *du* sie?« fauchte ich sie an. »Ich habe heute meinen spendablen Tag, du kannst gerne etwas abhaben.« Mein Ton war so kalt wie der Rest von mir.

Sie zuckte unter meinen Worten zusammen und schüttelte traurig den Kopf.

Ohne ein weiteres Wort ging ich an ihr vorbei, griff im Flur nach meinem Schlüssel und verließ die Wohnung. Die Tür schlug mit einem lauten Knall hinter mir zu. Ich spürte mein Herz klopfen, die Meldung in der Zeitung hatte Unmengen von Adrenalin in meine Blutbahnen gejagt. Fluchtenergie, ging es mir durch den Kopf. Und flüchten wollte ich auch – vor diesen wenigen Zeilen, vor Lillys Gesichtsausdruck und vor der Kälte, die aus dem Nichts gekommen war und mich innerlich gefrieren ließ.

Die Bürgersteige waren um diese Zeit so belebt, dass ich im Zickzack um die Fußgänger herumrennen musste. Auch am Mainufer war es kaum besser: Wo ich hinsah, Sonnenanbeter. Ich rannte und rannte, bis ich meine Kraft schwinden spürte und mir der Schweiß aus allen Poren rann. Im Schatten eines großen Baumes legte ich mich der Länge nach ins Gras. Ich schloss die Augen, um die Welt um mich herum auszuschließen. Hinter meinen Augenlidern erwarteten mich die Bilder von Philip. Sie waren so lebendig, dass sie für einen Augenblick den Zeitungsbericht überdeckten.

Ich sah Philip barfuß im Garten stehen mit ausgebreiteten Armen, die mich jeden Moment umfangen würden. Ich sah ihn, wie er sich auf einem Bergpfad zu mir umdrehte und mich anlachte. Er streckte seine Hand nach mir aus. Ein anderes Bild zeigte ihn mir gegen einen Baum gelehnt mit jenem ernsten Blick, der bis auf den Grund meiner Seele reichte. Ich weiß nicht, was schlimmer war: diese Bilder zu sehen oder meine Hand in seiner zu spüren, seinen Atem auf meiner Wange. Seinen Körper auf meinem zu fühlen, ganz warm und voller Leben. Die Tränen liefen mir aus den Augenwinkeln.

Meine Erinnerungen hatten mich in eine Ferne entführt, die mich für alles um mich herum hatten taub werden lassen. Deshalb entdeckte ich die Fußball spielenden Jungen auch erst, als mich ihr Ball mit Wucht in die Seite traf.

»Au!«, schrie ich erschreckt und richtete mich auf.

Einer von ihnen kam auf mich zugerannt, um sich den Ball wiederzuholen. Er musste die Tränen gesehen haben, die mir übers Gesicht liefen, denn er sah mich entgeistert an. »Hat es so wehgetan?«, fragte er unsicher.

»Nein«, winkte ich schniefend ab. Ich schubste den Ball in seine Richtung.

Mit einer gemurmelten Entschuldigung nahm er ihn auf und rannte zurück zu seinen Mitspielern.

Nachdem ich mir die Tränen vom Gesicht gewischt hatte, raffte ich mich auf. Die innere Kälte war nach und nach von mir abgefallen und hatten einer verzweifelten Traurigkeit Platz gemacht. Die zehn Tage mit Philip hatten Träume entstehen lassen, die von einer Sekunde auf die andere wie Seifenblasen zerplatzt waren. In meinem glücklichen Überschwang hatte ich mir eine Zukunft ausgemalt, in der wir uns irgendwo einen gemeinsamen Platz mit kleinen Freiräumen geschaffen hätten – fernab von seiner Frau und seiner Familie.

Ich lief langsam zurück, wobei ich die letzten zwei Kilometer gehen musste, da mir die Puste ausging. Die Menschen um mich herum nahm ich nur schemenhaft wahr. Sie geisterten an mir vorbei, während ich versuchte, mich zusammenzunehmen und nicht zu weinen. Erst als ich meine Haustür aufschloss, war es mit der Disziplin vorbei. In mir drängte ein See von Tränen an die Oberfläche, sodass ich kaum die Stufen erkennen konnte, die hinauf zu meiner Wohnung führten. Nachdem sie erst einmal liefen, konnte ich sie nicht mehr stoppen. Unter der Dusche vermengten sie sich mit dem Wasser und gerieten so in den Sog des Abflusses.

Als meine Haut fast aufgeweicht war, trocknete ich mich ab und setzte mich aufs Sofa. Auf der Holztruhe gleich daneben sah ich die Zeitung liegen. Lilly hatte sie dort zurückgelassen. Ebenso wie den kleinen Zettel, den ich mit verquollenen Augen las: *Wenn Du eine Zuhörerin oder einfach nur Gesellschaft brauchst, dann ruf mich an! Ich kann mir vorstellen, wie weh es tut. L.* Sie hatte Recht, es tat weh, weit mehr, als ich es jemals für möglich gehalten hätte.

Ich sah das Lämpchen des Anrufbeantworters auf meinem Schreibtisch blinken, aber ich wollte keine der Nachrichten hören. Es gab nichts, was in diesem Moment von Bedeutung war. Irgendein unglückseliger Umstand hatte am vergangenen Montag dazu geführt, dass Philip in die Tiefe gestürzt war. Normalerweise gehöre ich nicht zu den Menschen, die über ein *Wenn* nachgrübeln und das Schicksal damit in Gedanken einen anderen Lauf nehmen lassen. Ich bin Realistin und habe Unabänderliches immer als solches akzeptiert. Aber ich hatte bis dahin auch noch nie mit dem Tod eines mir nahen Menschen zu tun gehabt. Und nah war Philip mir gewesen. Nur zehn Tage lang, zehn mal vierundzwanzig Stunden, zweihundertvierzig mal sechzig Sekunden. Wie bei Unfällen üblich, war es sicher auch nur eine Sekunde gewesen, die über Leben und Tod entschieden hatte. Wenn ich geblieben wäre, wer weiß …

Ich war in einen Dämmerzustand versunken, aus dem mich das Telefon aufschreckte. Nach dem dritten Klingeln ging der Anrufbeantworter an. Die Redakteurin einer der Zeitungen, für die ich arbeite, war am Apparat, um einen neuen Auftrag mit mir zu besprechen. Ich hörte teilnahmslos zu. Fünf Minuten später war es die Stimme meiner Mutter, die durch den Raum zu mir sprach. Lilly habe sie angerufen. Ich quälte mich aus den Sofakissen und lief zum Telefon.

»Hallo«, sagte ich wie betäubt.

»Ellen, wie gut, dass ich dich erreiche.« Ihre Erleichterung war unüberhörbar. »Soll ich zu dir kommen?«

»Nein.« Meine Stimme klang ganz verschnupft vom Weinen. »Danke.«

»Magst du herkommen?«

»Irgendwann«, antwortete ich vage. »Aber erst einmal muss ich allein sein.«

»Es ist schlimm, nicht wahr?«

»Ja«, gab ich leise zu.

»Ich hätte ihn gerne kennen gelernt. Er hat deine Stimme so fröhlich gemacht.«

»Nicht nur meine Stimme.« Die Tränen stiegen schon wieder hoch, sodass ich schlucken musste. »Ich melde mich bald, okay?«

»Pass auf dich auf, Ellen«, sagte sie betrübt und legte auf.

Philip hatte bestimmt aufgepasst. Was hatte ihn stürzen lassen? Beim Wandern war immer ich es gewesen, die über eine Baumwurzel oder einen Stein gestolpert war, ihm war das nie passiert. Und Seile rissen heutzutage nicht mehr so leicht. Was also war geschehen? Während ich noch über diese Frage nachgrübelte, drängte sich ein anderer Gedanke in den Vordergrund: Eigentlich war es gleichgültig, wie es geschehen war. Was zählte, war sein Tod. Er würde in die diesjährige Statistik der Bergunfälle eingehen. Und er wird in meine ganz persönliche Statistik eingehen, dachte ich mit einer Mischung aus Bitterkeit und Verzweiflung: als Beziehung, die vielleicht die schönste und vielversprechendste war, zugleich aber auch die kürzeste.

Ich hatte einmal eine Reportage über Witwen in Altenheimen gemacht. Sie hatten die unterschiedlichsten Geschichten, berichteten aber einhellig über die Trauer nach dem Verlust ihrer Partner. *Ein Jahr Trauer für ein Jahr gemeinsamen Lebens,* hatte mir eine der Frauen anvertraut. Ich hatte mit Philip nur zehn Tage gehabt, aber ich hatte nicht das Gefühl, dass meine Traurigkeit im gleichen Zeitraum beendet sein würde.

Mit diesem und ähnlichen Gedanken verbrachte ich den Rest des Tages auf dem Sofa. Ich hatte nichts mehr essen können, nachdem ich mich am Morgen übergeben hatte, aber ich hatte auch keinen Hunger. Nur einen unbändigen Durst. Ich setzte mich mit einer Flasche Mineralwasser auf den Balkon und beobachtete, wie die Sonne hinter den Dächern verschwand. Bis zum Einsetzen der Dämmerung rührte ich mich nicht vom Fleck, auch nicht, als Lilly mir noch einen Gute-Nacht-Gruß aufs Band sprach.

Natürlich wurde es keine gute Nacht. Ich schwebte in einem halb wachen, traumlosen Zustand dahin und schlief erst gegen Morgen ein. Als ich Stunden später aufwachte, fühlte ich mich wie gerädert. Am liebsten wäre ich liegen geblieben, aber dann musste ich an das Interview mit Philip denken, an das *Niederlegen* und das *Aufstehen*. Und so rappelte ich mich hoch und begann mechanisch meinen Tag. Ich ließ nichts aus, nicht einmal das Brötchenholen. Mit dem Essen tat ich mich schwer, schaffte aber immerhin ein paar Bissen und setzte mich dann an den Schreibtisch.

Als Erstes informierte ich Michaela Mohr von der *Roberta* per E-Mail über Philips Tod. Ich wusste nicht, ob die Zeitschrift bereits in Druck war oder möglicherweise noch Zeit blieb, den Artikel in die Vergangenheitsform zu setzen und den Schlusssatz abzuändern. Kurz darauf rief sie mich betroffen an. Sie würden erst am kommenden Montag in die Produktion gehen, ich hatte also noch Zeit für die notwendigen Änderungen. Ich atmete einmal tief durch, überarbeitete den Text und sandte ihn an die Redaktion. Es mochte Menschen geben, die mein Weitermachen als einen Akt der Gefühllosigkeit bewertet hätten. Für mich war es die einzige Möglichkeit, mit meinen Gefühlen fertig zu werden. Ich wollte sie nicht verdrängen, aber ich wollte mich auch nicht von ihnen überschwemmen lassen. Ich würde mich ihnen Schritt für Schritt nähern.

Es waren einige Anrufe von Kunden aufgelaufen, die ich nach und nach abarbeitete. Da Freitag war, blieb nicht viel Zeit, die meisten gingen früh ins Wochenende. Mein letzter Anruf galt Philips Atelier. Ich nahm all meine Kraft zusammen, um so geschäftsmäßig wie möglich zu klingen, als ich Constanze Frohwein am Apparat hatte.

»Ich habe von dem Unglück gelesen«, begann ich knapp. »Wissen Sie schon, wann die Beerdigung sein wird?« Was auch immer sie sich bei meiner Frage dachte, ich würde keine weitere Erklärung dazu abgeben.

»Philip Sanden wird nächsten Mittwoch beigesetzt«, gab sie mir zögernd Auskunft, »und zwar im engsten Familienkreis. Ich muss Sie bitten, das zu respektieren.«

»Wo wird er beerdigt?«

»Das wird zu einem späteren Zeitpunkt bekannt gegeben. Ich denke, das werden Sie verstehen.«

»Natürlich«, sagte ich und: »Es tut mir sehr Leid, was passiert ist.«

»Ja.« Sie stockte einen Moment. »Mir auch.«

Als wir das Gespräch beendet hatten, suchte ich mir die Telefonnummern aller Wiesbadener Friedhöfe heraus. Am Freitagnachmittag würde dort niemand mehr zu erreichen sein, also musste ich bis Montag warten. Und das fiel mir plötzlich schwer. Ich brauchte etwas Konkretes, um mich daran festzuhalten.

Bis kurz nach Mitternacht arbeitete ich an einer Broschüre zum Thema *Zahnhygiene für Erwachsene*, mit der mich mein Zahnarzt beauftragt hatte. Als mir fast die Augen zufielen, ging ich ins Bett, nur um mich eine weitere Nacht hin- und herzuwälzen. Eigentlich hatte ich das Wochenende durcharbeiten wollen, entschied mich nach einer weiteren schlaflosen Nacht am Samstag dann aber doch, zu meinen Eltern hinauszufahren.

Die Schönwetterperiode hielt an, sodass ich gegen Mittag wieder in ein völlig überhitztes Auto stieg. Ich trug eine meiner neuen Kombinationen, die ich in Bozen gekauft hatte: eine schmal geschnittene dunkelblaue Hose und ein eng anliegendes gleichfarbiges T-Shirt. Ich hatte diese Sachen in einer fröhlichen, fast übermütigen Stimmung erstanden. Als ich sie nun zum ersten Mal trug, fühlte ich nur Verzweiflung.

Nach etwas mehr als einer halben Stunde bog ich in den holprigen Waldweg ein, der zum Hof meiner Eltern führt. Verborgen hinter einem Waldstück inmitten von Feldern liegen die alten Wirtschaftsgebäude und das aus Naturstein erbaute Wohnhaus, eingezäunt von über die Jahre verwitterten Holzlatten. Dort, mitten im Taunus in der Nähe von Königstein, bin ich aufgewachsen. Ich hielt kurz an, um das große Holztor zu öffnen, das wegen der Tiere, die auf dem Gelände frei herumlaufen, immer geschlossen sein muss. Mein Auto ließ ich im

Schatten einer großen Kastanie stehen und machte mich auf die Suche nach meinen Eltern.

Ich fand sie hinterm Haus unter einem ausladenden Sonnenschirm. Sie waren beim Mittagessen. Neben dem Stuhl meiner Mutter entdeckte ich Kobold, den dunkelbraunen Neufundländer. Dieses Tier hat die fürchterliche Unart, Verstecken zu spielen. Kommt man nichts ahnend um eine Ecke, taucht er wie aus dem Nichts auf und bellt ohrenbetäubend.

Aus einem unerfindlichen Grund ist er der Stolz meiner Eltern. Anstatt ihm diesen Unsinn abzugewöhnen, tätscheln sie ihn auch noch lobend. Vor kurzem hatte ich meinem Vater empfohlen, Kobold eine Zeit lang in Lillys Obhut zu geben, da sie so gut mit Hunden umgehen kann. Er hatte nur schallend gelacht, als hätte ich den besten Witz aller Zeiten erzählt.

»Hallo«, begrüßte ich die beiden.

»Ellen …«, kam es wie aus einem Mund.

»Wie schön, dass du doch noch gekommen bist.« Meine Mutter wollte mir einen Teller holen, aber ich hielt sie zurück. Ich hatte keinen Hunger. Sie wollte etwas sagen, doch mein Vater tätschelte ihr nur beruhigend die Hand.

Ich sah auf diese beiden so unterschiedlichen Hände. Seine ganz rau von der jahrelangen Arbeit auf dem Hof und voller Altersflecken, ihre klein und faltig. Meine Mutter ist dreiundsiebzig, mein Vater ein Jahr älter. Beide sind sie eher klein, jedenfalls für heutige Verhältnisse. Sie ist nur einssechzig groß, er hat es auf zehn Zentimeter mehr gebracht. Ich habe viele Menschen kennen gelernt, die versuchen, ihre mangelnde Körpergröße zu kompensieren, sei es durch Geltungssucht, Machtstreben oder Lautstärke. Meine Eltern haben diese Eigenschaften erfolgreich umschifft.

Dafür haben sie andere. Mein Vater fällt zum Beispiel sehr gerne mit der Tür ins Haus, ohne vorher anzuklopfen. So auch jetzt, als er mich ganz unverblümt nach *diesem Mann* fragte und was er mir bedeutet habe.

»Viel«, antwortete ich ihm ehrlich.

»Deine Mutter sagt, dass du ihn erst vor kurzem kennen gelernt hast.«

Ich nickte und dachte daran, dass meine Eltern sich gerade vier Wochen gekannt hatten, als sie das Aufgebot bestellten.

»Schlimme Sache.« Er runzelte seine dichten dunklen Brauen. Im Gegensatz zu meiner Mutter, deren Haare inzwischen fast weiß sind, ist mein Vater von einem solchen Farbwechsel bisher weitgehend verschont geblieben. »Er hat Familie, nicht wahr?«

»Ja, so wie ich.« Ich begegnete seinem mitfühlenden Blick, der mir gut tat. Mein Vater sagt selbst von sich, er sei Bauer und kein Moralist. Daher wusste ich, dass sich hinter seiner Frage keine Anklage verbarg. Ich sah dankbar zwischen beiden hin und her.

»Magst du einen Nachtisch?«, fragte mich meine Mutter, während sie die Teller zusammenräumte.

»Süßes gegen Liebeskummer?«, stellte ich mit einem schiefen Lächeln die Gegenfrage in Erinnerung an die Mohrenköpfe, die sie mir früher immer als kleinen Trost auf den Nachttisch gezaubert hatte. Nur was sollte gegen *Todeskummer* helfen?

Meine Mutter schüttelte den Kopf. »Gegen hervorstehende Knochen!«

»Die waren die ganze Zeit da«, beruhigte ich sie. »Du hast sie nur nicht sehen können.« Die »Zelte« hatten alles verdeckt.

Sie sah mich zweifelnd an, sagte aber nichts weiter dazu, sondern verschwand mit Kobold im Schlepptau im Haus.

Mein Vater wollte gerade ansetzen, etwas zu sagen, als er laut schimpfend aufsprang und mit fuchtelnden Armen schnurstracks an mir vorbeilief. Ich drehte mich um und sah den Grund für seinen Ärger. Ein zotteliger Esel stand mitten in seinem Gemüsegarten, der, seitdem er alle Felder verpachtet hat, sein ganzer bäuerlicher Stolz ist. Ich beobachtete, wie er nach dem Seil griff, das lose am Halfter hing, und den Esel hinter sich herzog. Er brachte ihn zurück zu einem Pflock auf der Wiese, von dem er sich offensichtlich losgerissen hatte.

»Ein Patient deiner Mutter«, klärte er mich auf, als er zurück zum Tisch kam.

Im selben Augenblick kam sie aus dem Haus auf uns zu. Meine Mutter ist Tierärztin. Offiziell praktiziert sie in ihrem Alter natürlich nicht mehr. Aber was für meinen Vater der Gemüsegarten, sind für sie die Tiere, die ihr nach wie vor zum Kurieren gebracht werden. Diesmal also ein Esel. Wenn ich mich auf die Suche machte, würde ich auf dem Gelände sicher noch das eine oder andere Tier mit und ohne Verband vorfinden. Das war jedoch das Letzte, wonach mir im Moment der Sinn stand.

Da ich an diesem Tag noch nicht gelaufen war, beschloss ich, eine längere Wanderung durch die Wiesen und Felder zu machen. Meine Eltern waren an meine Alleingänge gewohnt und boten mir ihre Gesellschaft deshalb gar nicht erst an. Sie blieben einträchtig am Tisch sitzen und sahen mir nach.

Zwei Stunden lang lief ich auf vertrauten Pfaden und begegnete nur hier und da ein paar Wanderern. Die weite Landschaft und die Stille taten mir gut. Ich hatte mich schon lange an den Verkehrslärm in der Stadt gewöhnt, dennoch gab es immer wieder Momente, in denen ich mich nach dem Land sehnte. So auch an diesem Tag. Wie gerne wäre ich mit Philip diese Wege entlanggegangen. Die Endgültigkeit seines Todes hatte etwas Abstraktes. Mein Kopf wusste, dass er nie wiederkommen würde, aber meine Seele hinkte diesem Wissen weit hinterher. Neben aller Traurigkeit und Verzweiflung existierte dort immer noch ein unsinniges Sehnen und Hoffen.

Als ich zurückkam, hatte Lilly sich zu meinen Eltern gesellt. Sie winkte mir schon von weitem zu.

»Na du.« Ich ließ mich neben ihr nieder und strich ihr über den Arm. Sie hatte vor zwei Tagen meinen ganzen Groll abbekommen. »Verzeihst du mir?«

»Na klar.« Sie zwinkerte mir zu. »Ich sehe nicht nur so aus, ich *habe* auch ein dickes Fell.«

»Hast du nicht, aber trotzdem danke.«

»Wie geht's dir?«, fragte sie vorsichtig.

»Nicht besonders ist noch übertrieben«, antwortete ich ihr müde.

Die drei gaben sich redlich Mühe, mich auf andere Gedanken zu bringen und von meiner Traurigkeit abzulenken. Selbst Kobold sah davon ab, hinter irgendeiner Ecke hervorzuschießen und mich zu erschrecken. Vielleicht spürte er, dass mir bereits ein großer Schrecken in den Gliedern saß. Ich blieb bis zum Sonntag und machte mich nach dem Frühstück wieder auf nach Frankfurt, wo meine Arbeit auf mich wartete.

Am Montagmorgen schließlich telefonierte ich mich durch die Verwaltungen der Wiesbadener Friedhöfe. Ich fragte nach der genauen Uhrzeit von Philip Sandens Beerdigung. Über diesen kleinen Umweg würde ich vielleicht den Ort erfahren, dem mein eigentliches Interesse galt. Ich hatte nicht vor, seine Familie bei ihrem Abschied zu stören, ich wollte nur zu einem späteren Zeitpunkt an diesem Tag an sein Grab gehen. Die ersten fünf Friedhöfe auf meiner Liste waren Fehlanzeige, beim sechsten hatte ich Glück. Wobei das Wort Glück in diesem Zusammenhang von eher zweifelhaftem Charakter war.

Philip würde auf dem Nordfriedhof im Familiengrab der Sandens beigesetzt werden. Diese Information hatte ich in dieser Form natürlich nicht bekommen. Man hatte mir auf meine Frage hin nur gesagt, dass in seinem Fall eine Auskunftssperre verhängt worden sei. Ich bedankte mich aufrichtig und legte auf. Da ich annahm, dass die meisten Beerdigungen vormittags stattfinden, würde ich am Mittwochnachmittag nach Wiesbaden fahren, um von Philip Abschied zu nehmen.

Auf dem Rückweg vom Laufen kaufte ich mir eine Rundschau, so wie ich es an jedem Tag getan hatte, seit ich von Philips Unfall erfahren hatte. Auf der Suche nach einer Aufklärung über den Hergang fand ich die Todesanzeige seiner Familie. Ruth und Stephanie Sanden ließ sein plötzlicher Tod in tiefer Trauer zurück. Nicht nur sie, dachte ich mit einem Gefühl der Machtlosigkeit. Gleich daneben entdeckte ich eine Anzeige von Constanze und Patrizia Frohwein. Auch sie seien erschüttert vom Tod dieses beeindruckenden Künstlers und faszinierenden Menschen, der viel zu früh habe gehen müssen. Ganz kurz streiften zwei Fragen mein Bewusstsein: Wer war Patrizia Frohwein? Hatte sie auch für Philip gearbeitet? Aber genauso schnell, wie diese Fragen aufgetaucht waren, verschwanden sie auch wieder. Meine Neugier brannte auf Sparflamme. Es waren ganz andere Regungen, die mich dieser Tage in ihrer Gewalt hatten.

8

Lilly hatte es sich nicht nehmen lassen, am Mittwochmorgen auf einen Kaffee bei mir hereinzuschauen. Ich war in einer merkwürdigen Stimmung. Zeitweise beherrschte eine fast unerträgliche Traurigkeit jeden meiner Gedanken, dann wieder konnte ich nicht glauben, was geschehen war. Es erschien mir so unwirklich. Ich spürte Philips Arme, die er beim Abschied um mich gelegt hatte, hörte seine Stimme am Telefon.

»Du bist eine gute Seele«, sagte ich dankbar zu Lilly.

»Eine alte«, verbesserte sie mich wie üblich, da sie der festen Überzeugung ist, schon mehrere Leben hinter sich zu haben. »Und wenn ich schon früher als die Überbringerin schlechter Botschaften fungiert habe, dann bin ich dafür mindestens einmal geköpft worden«, sagte sie mit einem entschuldigenden Lächeln und reichte mir die Zeitung, die sie mitgebracht hatte.

Es ging um Philip. Auch dieses Mal war es nur eine kurze Meldung. Als näheren Umstand, der zu seinem Tod geführt hatte, vermutete man einen Fehltritt. Ich las voller Unglauben, dass er sich bei seiner Klettertour allem Anschein nach nicht angeseilt hatte. Ein falscher Schritt, ein loser Stein – und schon war es geschehen.

»Ich fordere ihn gerne heraus – wie jeden anderen Gegner auch«, wiederholte ich Wort für Wort, was Philip mir im Rahmen des Interviews geantwortet hatte. Meine Stimme war vollkommen tonlos.

»Wie bitte?« Lilly führte ihre Kaffeetasse gerade zum Mund, hielt jedoch mitten in der Bewegung inne.

»Er hat ihn herausgefordert.« Ich sah Lilly entsetzt an. »Ich habe ihn gefragt, wie er zum Tod steht«, setzte ich aufgeregt zu einer Erklärung an. »Und er hat gesagt, dass er ihn gerne herausfordert.«

»Unangeseilt?« In Lillys Gesicht erkannte ich den gleichen Unglauben, der auch mich beim Lesen dieser Zeilen gepackt hatte.

»Wie denn sonst?«, antwortete ich automatisch. »Mit Seil wäre es ja keine Herausforderung.«

»Für mich schon«, erwiderte Lilly kleinlaut.

Ich saß da und starrte auf die Zeitung, um gleich darauf loszubrausen: »Das ist doch idiotisch. Wie kann man denn so blöd sein? Das hier ist doch keine Pokémon-Welt, in der es, wenn's gut läuft, mehrere Leben gibt.« Vor ein paar Wochen hatten mir in der U-Bahn zwei Jungen mit Gameboys gegenübergesessen und sich freudig über die aktuelle Anzahl ihrer Leben ausgetauscht. Einer hatte noch fünf, der andere sieben. Sie spielten Pokémon. Ich spürte eine unbändige Wut auf Philip in mir hochsteigen. »Was hat er sich nur dabei gedacht?« Ich war aufgesprungen und rannte im Wohnzimmer hin und her. Das Kalb folgte mir neugierig mit seinem Blick.

»Es gibt Menschen, die brauchen diesen Nervenkitzel«, überlegte Lilly laut. »Um sich lebendig zu fühlen.«

»Er hat zehn Tage und genauso viele Nächte mit einer fünfundzwanzig Jahre jüngeren Frau verbracht.« Meine Worte überschlugen sich. »Das ist vielleicht kein Nervenkitzel, aber lebendig ging es ganz bestimmt zu, das kannst du mir glauben.« Ich wusste nicht, wohin mit meiner Wut, und schlug mit meiner Faust auf eines der Sofakissen. Das war selbst Henriette zuviel, die direkt daneben lag. Sie stand auf und verzog sich unter meinen Schreibtisch.

»Ellen, beruhige dich doch.« Lilly kam vom Balkon zu mir herüber.

»Beruhigen?«, schrie ich. »Er hat alles kaputtgemacht. Mutwillig!« Ich spie das Wort aus.

»Ich denke«, sagte Lilly sanft, »dass beides dazugehört, sowohl Mut als auch Wille, wenn man ohne Seil auf einem Berg herumklettert. Ich würde es nicht mal mit zehn Seilen machen. Aber ich glaube nicht, dass er die Absicht hatte abzustürzen.«

»Er hat es billigend in Kauf genommen«, schimpfte ich völlig außer mir, »oder aber er hat sich haushoch überschätzt. Keines von beiden …«

»Ellen«, unterbrach sie mich, »es gibt auch Menschen, die sich ganz sicher fühlen, für deren Empfinden nicht überall Gefahren lauern. Das hast du mir selbst oft genug gesagt.«

»Da ging es um Sachen, die *wirklich* sicher sind«, ereiferte ich mich, »wie Gondeln, Flugzeuge oder Autoreifen, aber nicht um einen verdammten Berg, den man ohne Seil besteigt.«

»Ich glaube, das ist immer eine Frage der Perspektive. In deinen Augen sind die Dinge, die du gerade aufgezählt hast, sicher, in meinen überhaupt nicht.«

»Lilly, bitte! Nicht schon wieder!«

»Ich meine doch nur, dass Menschen ein Risiko unterschiedlich beurteilen.«

»Aber um welchen Preis«, murmelte ich leise. »Um welchen Preis!«

Wir sahen uns beide stumm an, keine von uns wusste etwas darauf zu sagen. Schließlich zog Lilly das Kalb unter meinem Schreibtisch hervor, sie musste in die Praxis, versprach aber, am Nachmittag an mich zu denken.

Die Stunden zogen sich hin, ohne dass ich später hätte sagen können, wie ich sie gefüllt hatte. Um kurz vor vier fuhr ich los, nachdem ich im Blumenladen um die Ecke einen bunten Sommerstrauß hatte binden lassen. Ich wusste nicht einmal, ob Philip eine Lieblingsblume hatte. Die Autobahn nach Wiesbaden war wie immer verstopft, sodass ich fast eine Stunde bis zum Friedhof brauchte. Dort angekommen machte ich mich auf die Suche nach der Grabstätte der Familie Sanden. Es war nicht gerade wenig, was ich mir da vorgenommen hatte, denn der Friedhof ist riesig. Nach einer Viertelstunde hatte ich jedoch gefunden, wonach ich suchte. Ich stand vor Philips Grab und dem seiner Vorfahren.

Das Erste, was ich dachte, als ich den großen Stein mit den vielen Namen sah, war, dass es so nicht richtig war. Ich erinnerte mich an Philips Worte: dass er ein Einzelgänger sei mit eigenen Fußspuren. Er hätte ein eigenes Grab verdient. Er hätte es verdient, am Leben zu bleiben, schrie es in mir. Warum hatte ein so harmloses Wort wie *Leichtsinn* so schwere Folgen? Ich starrte auf das Blumenmeer, das sich vor mir auftürmte, und versuchte, mir Philip darunter vorzustellen. Was hatten sie ihm angezogen? Etwas, das ich kannte? Wie hatte sein Gesicht ausgesehen, als sie ihn fanden? Konnte es diesen Sturz in die Tiefe unversehrt überstanden haben? Und wenn nicht – hatte man es dann wieder hergerichtet? Fragen über Fragen, auf die ich nie eine Antwort bekommen würde.

»Kannst du mir sagen, warum du das gemacht hast?« Mir liefen die Tränen übers Gesicht.

»Sie antworten nicht, wenn man sie anschreit.«

Ich blickte mich erschreckt um. Hinter mir stand eine Frau, die kaum älter sein konnte als ich selbst. Sie hielt eine Gießkanne in ihrer Hand.

»Und wann antworten sie dann?«

»Wenn man Frieden mit ihnen schließt. Dort, wo sie sind, ist nur Frieden.« Sie war die Ruhe selbst.

»Woher wollen Sie das wissen? Waren Sie schon mal da?«

Ich schüttete meinen gesamten Groll über sie aus. Wahrscheinlich hielt sie regelmäßig Seancen ab und suchte hier nach neuen Kunden.

Sie hatte meinen Groll jedoch nicht angenommen, sondern sah mich freundlich an. »Mein Sohn ist dort, und ich spüre, dass er seinen Frieden gefunden hat.«

»O Gott«, stammelte ich erschüttert, »das tut mir Leid. Ich wusste nicht …«

»Schon in Ordnung«, beruhigte sie mich.

»Wann … ich meine, was …?« Sie hatte mich völlig verwirrt.

»Er ist unglücklich vom Baum gefallen und hat sich das Genick gebrochen. Er war acht Jahre alt.«

Ich suchte Trauer in ihrem Blick, fand aber nur Sanftmut und Mitgefühl. »Wie lange ist das her?«

»Fast vier Jahre. Manchmal kommt es mir vor, als sei es erst gestern gewesen.« Sie sagte es fast entschuldigend. »Es hilft mir, hierher zu kommen.« Sie schwieg einen Moment. »Und Sie stehen noch ganz am Anfang?« Ihr Blick glitt über das Blumenmeer vor uns.

Eigentlich stehe ich eher vor dem Ende, dachte ich bitter. »Ja.«

»Dann lasse ich Sie beide jetzt alleine.« Sie nickte mir zu und verschwand so lautlos, wie sie hinter mir aufgetaucht war.

Ich legte meinen Strauß, den ich die ganze Zeit über in Händen gehalten hatte, zu den anderen Blumen auf Philips Grab. Man hatte mir seinen Tod mehrfach bestätigt, trotzdem erschien er mir immer noch unwirklich, unglaublich. Philip war so voller Leben gewesen, voller Pläne und war doch mittendrin herausgerissen worden. Ich fühlte mich betrogen – um eine Zukunft mit ihm, wie immer die ausgesehen hätte, und um einen Abschied.

Immer wieder sah ich die Bilder vor mir, die nie mehr Wirklichkeit werden würden. Ich musste sie begraben ... loslassen und vergessen. Aber das war alles andere als einfach. Noch an diesem Morgen hatte ich gedacht, der Anblick seines Grabes würde mir helfen zu begreifen, aber das war nicht so, meine Erinnerungen waren zu lebhaft. Ich wischte mir die Tränen aus den Augen und putzte meine Nase, gerade rechtzeitig, wie sich kurz darauf herausstellte.

»Hat es Ihnen also keine Ruhe gelassen«, hörte ich plötzlich Constanze Frohweins tadelnde Stimme neben mir.

»Das ist eine Berufskrankheit«, entgegnete ich möglichst gelassen. Ich konnte ihr schlecht antworten, dass es kein Es war, das mir keine Ruhe ließ, sondern ein Er.

»Wenigstens ist die Erkenntnis vorhanden.« Ihr Blick drückte ebenso wie ihr Ton eindeutig Missfallen aus.

»Wie bitte?« Ich hatte sie genau verstanden, aber so leicht wollte ich es ihr nun doch nicht machen.

»Dass es eine Krankheit ist.« Sie beugte sich über Philips Grab und zupfte die breiten Bänder zurecht, sodass die letzten Grüße darauf besser zu lesen waren. »So etwas kann leicht chronisch werden.« Sie sagte es eher nachdenklich als beißend.

Trotzdem konnte ich es mir nicht verkneifen zu kontern. »So wie die Fürsorge einer Assistentin für ihren Chef?«

Sie hielt nur kurz in ihrer Bewegung inne, um mir einen prüfenden Blick zuzuwerfen. »So in etwa«, antwortete sie zögernd.

»Oder wie Philip Sandens Leichtsinn?«

»Es war kein Leichtsinn.«

»Dann eben der berühmte männliche Unsterblichkeitswahn.« Ich gab mir die größte Mühe, sowohl meine Stimme als auch meinen Gesichtsausdruck im Zaum zu halten. Sie sollte nicht auf die Idee kommen, dass mich etwas anderes als berufliches Interesse trieb.

»Es war Gewohnheit.« Sie machte sich weiter an den Blumen zu schaffen. »Erinnern Sie sich noch an die Einführung der Gurtpflicht? Wie ungewohnt es war, sich plötzlich anzuschnallen? Philip Sanden hat als junger Mann mit dem Klettern begonnen, er hat sich damals nicht angeseilt und konnte sich später nicht daran gewöhnen. Er hat es versucht, fühlte sich aber nur eingeengt anstatt sicherer.«

Ich hätte sie gern gefragt, was sie fühlte. Sie wirkte auf mich fast unbeteiligt. Zwar hatte ich nicht gerade erwartet, dass sie schluchzend an seinem Grab zusammenbrach, aber eine irgendwie geartete Gefühlsregung musste sein Tod ihr doch entlocken können. Philip war kein Mensch gewesen, der andere unbeteiligt ließ. Im Gegenteil, er war einer von jenen, die einen Raum mit ihrer Persönlichkeit füllen, die sehr präsent sind.

»Was geschieht jetzt mit seinen Bildern?«, fragte ich sie, bevor ich ging.

»Seine Familie wird das eine oder andere behalten wollen, die übrigen Bilder stehen weiterhin zum Verkauf. Jedenfalls nehme ich das an«, fügte sie nachdenklich hinzu. »Es war noch keine Zeit, diese Dinge zu besprechen.«

Wie gern hätte ich eines seiner Bilder gekauft, aber die Preise, die ich aus seinem Atelier in Wiesbaden in Erinnerung hatte, sprengten mein Budget über alle Maßen. Es war vollkommen illusorisch, ich konnte mir keines seiner Bilder leisten, nicht einmal ein kleines.

»Er hat in Obermais an einem Bild gearbeitet. Wissen Sie, ob er es noch fertiggestellt hat?« Ich sah sie gebannt an.

Sie schüttelte bedauernd den Kopf. »Davon weiß ich nichts. Frau Sanden hat diese Dinge erledigt.« Sie massierte sich gedankenverloren die Oberarme, auf denen ich trotz der immer noch herrschenden Hitze eine Gänsehaut erkennen konnte. »Und wenn es sein letztes Bild ist, dann wird es eine besondere Bedeutung für sie haben.«

»Das ist verständlich«, erwiderte ich leise. Ich hätte selbst einiges dafür gegeben, dieses Bild zu bekommen. Als ich ihr meine Hand entgegenstreckte, um mich zu verabschieden, ließ sie ihren Blick skeptisch über mein Gesicht gleiten. Es gibt Momente, in denen ich mir wünsche, Gedanken lesen zu können. Dieser gehörte dazu.

Nach Sekunden, die mir wie eine Ewigkeit erschienen, gab sie mir ihre Hand und nickte mir zu. »Ich denke nicht, dass wir uns wieder sehen werden, deshalb – leben Sie wohl.«

Was für ein zweifelhafter Wunsch, dachte ich im Weggehen. Wie sollte ich *wohl leben*, wo sich hinter mir die Erde über dem Menschen türmte, der meinem Herzen so nah gekommen war? Aber wie hätte sie das wissen sollen?

Meine Wut auf Philip verrauchte nach ein paar Tagen und machte einer lähmenden Traurigkeit Platz. Nachts hatte ich Magenkrämpfe, am Tag Kopfschmerzen. Wenn ich nicht einschlafen konnte, spielte ich das Band meines Diktaphons ab und lauschte Philips Stimme, die auf meine Fragen antwortete. In den Schlaf fand ich dadurch zwar auch nicht, aber seine Stimme entführte mich für Momente in seine Nähe.

»Wenn ich dir jemals wehtun sollte, was machst du dann?«, hatte er mich gefragt, und ich hatte geantwortet: »Dich verfluchen und arbeiten bis zum Umfallen.« Verflucht hatte ich ihn schon zur Genüge, und es hatte nichts genützt. Mit der zweiten Variante konnte ich mich wenigstens betäuben. Ich arbeitete tatsächlich bis zum Umfallen, nahm jeden Auftrag an und hielt akribisch alle Termine ein. Ich ging nur noch zum Joggen und Einkaufen hinaus oder zu unvermeidlichen Interviews, sagte Verabredungen und Einladungen ab und schüttete Unmengen von Kaffee in mich hinein, um mein selbst gewähltes Pensum zu schaffen.

Der Artikel über Philip in der *Roberta* war sehr gut angekommen. Michaela Mohr hatte Wort gehalten und mir gleich einen neuen Auftrag gegeben. Nun hatte ich endlich einen Fuß in jener Tür, die ich schon lange hatte öffnen wollen, und konnte mich nicht einmal richtig darüber freuen. Auch von Constanze Frohwein kam eine Resonanz auf das Porträt. Sie schrieb: *Sie haben ihn tatsächlich eingefangen – den Menschen Philip Sanden. Mein Kompliment! Vielleicht war ich zu sehr von seinen Bildern eingenommen, um eine solche »Trennung« zwischen Künstler und Werk für möglich zu halten. Vielleicht habe ich Sie auch einfach unterschätzt. Wer weiß ... Die Wahrheit liegt wahrscheinlich – wie so oft – in der Mitte. Ich wünsche Ihnen weiterhin alles Gute.*

Der Tag von Philips Beerdigung war für die nächsten Wochen der letzte wirklich schöne Tag gewesen. Danach setzte der Regen ein und strafte den Sommer Lügen. Lilly, die regelmäßig mit Henriette zum Frühstück kam, schimpfte wie ein Rohrspatz. Mir war es gleichgültig. So ging der Juli dahin und die erste Hälfte des August. Ich hatte aufgehört, in den Spiegel zu sehen, da ich mit meinen blassen Lippen und den dunklen Ringen unter den Augen grauenvoll aussah. Dafür hatte mein Körper eine neue Möglichkeit auserkoren, auf sich aufmerksam zu machen. Nachdem ich Magenkrämpfe und Kopfschmerzen erfolgreich ignoriert hatte, startete ich seit einiger Zeit mit einer unangenehmen Übelkeit in den Tag.

War bisher mein erstes Ziel am Morgen die Kaffeemaschine gewesen, war es jetzt die Toilette. Ich hing über der Kloschüssel und fühlte mich gottserbärmlich. Kaffee musste ich als Getränk komplett streichen, da ich ihn plötzlich nicht mehr vertrug. Mein Körper rebellierte, ich hatte ihm eindeutig zu viel zugemutet. Mein verzweifelter Versuch, der Übelkeit mit Pfefferminztee zu begegnen, schlug genauso fehl wie Zwiebackdiät und Haferflockensuppe.

»Nun hast du deinen Körper wochenlang gequält und geknechtet«, schimpfte Lilly empört beim Frühstück, »und erwartest, dass er nach einer Woche halbherziger Streicheleinheiten Ruhe gibt.« Sie schüttelte ausdrucksvoll ihren Kopf. »So geht das nicht!«

Es war ein Sonntagmorgen mitten im August. Wir hatten uns in die Küche verkrümelt, da es draußen immer noch zu ungemütlich für die Jahreszeit war. Ich saß missmutig vor meinem Pfefferminztee, Lilly vor einem Cappuccino, dessen Duft ich kaum aushalten konnte, ohne dass mir wieder schlecht wurde.

»Lilly, sag mir bitte nicht, wie es *nicht* geht! Das weiß ich inzwischen selbst.«

»Geduld«, sagte sie in einem Ton, als wäre es das Selbstverständlichste von der Welt. »Du hast Wochen gebraucht, um in diesen Zustand zu kommen, also wirst du auch Wochen brauchen, um wieder rauszukommen.«

»Danke für deine Hilfe«, entgegnete ich sarkastisch.

Am nächsten Tag ging ich zu meinem Hausarzt, um die Sache mit Tabletten abzukürzen.

»Ich brauche etwas gegen Übelkeit.« Ich sah ihn flehend an.

»Schiffs- oder Flugreise?«, fragte er freundlich.

»Nichts dergleichen.« Meine Ungeduld schlug sich hörbar in meiner Stimme nieder. »Mir ist einfach nur übel. Sobald ich morgens die Augen aufschlage, geht es los.«

»Ist Ihnen dabei schwindelig?«

»Nein.«

»Haben Sie Durchfall?«

»Nein.«

»Irgendwelche anderen ungewöhnlichen Symptome? Schmerzen?«

»Nein.«

»Ich taste mal den Bauch ab.« Er bedeutete mir, mich auf die Liege zu legen. »Ihr Blinddarm ist ja schon raus, den können wir also als Übeltäter vergessen.« Mit einem zuversichtlichen Lächeln schob er meinen Pulli hoch und begann, vorsichtig auf meinem Bauch herumzudrücken. Bei jeder neuen Stelle fragte er, ob es dort wehtue.

Ich fand mein Nein zu eintönig und war deshalb zum Kopfschütteln übergegangen.

»Wann war die letzte Periode?« Seine hochgezogenen Augenbrauen signalisierten mir, dass er sich mit meinem Schulterzucken nicht zufrieden geben würde. »Ein bisschen präziser bitte!«

»Ehrlich – ich weiß es nicht. Meine Tage kommen so unregelmäßig. Das wird der Stress sein.«

Er ließ sich nicht beirren. »Haben Sie schon einen Schwangerschaftstest gemacht, Frau Bertram?« Sein eindringlicher Blick fixierte mich.

»Nein!« Das Ausrufezeichen schleuderte ich ihm mit Wucht entgegen. »Mir ist einfach nur übel.« Was sollte das Ganze?

»Ich schlage vor, Sie machen gleich morgen früh einen Test.« Er redete, als habe er meinen vehementen Einspruch gar nicht gehört. »Wenn der negativ ist, kommen Sie wieder, und dann sehen wir weiter.« Mit einem aufmunternden Lächeln und einem festen Händedruck begleitete er mich zur Tür.

Zurück zu Hause rief ich Lilly in der Praxis an und erzählte ihr aufgebracht von meinem Erlebnis.

»Ellen?«

»Was?«, fragte ich immer noch schnaubend.

»Hattest du in Südtirol Kondome dabei?« Sie vermied es, Philips Namen zu erwähnen.

»Lilly, jetzt reicht's!«, wetterte ich. »Ich wollte ein bisschen seelische Unterstützung von dir, aber keinen Vortrag über Verhütung.«

»Hattest du?« Ihr Tonfall war überaus beharrlich.

»Welche Frau nimmt schon Kondome mit, wenn sie sich mit einem Dreiundsechzigjährigen in einem Luftkurort in den Bergen trifft, noch dazu geschäftlich?«

»Eine erfahrene«, lautete ihr trockener Kommentar. »Und eine vorsichtige.«

»Vorsicht ist dein Metier«, erinnerte ich sie boshaft.

»In Zeiten von Aids solltest du dich mit diesem Metier auch mal etwas intensiver auseinandersetzen.« Es klang wie ein guter Rat.

»Von Aids im Frühstadium kotzt man nicht«, hielt ich ihr drastisch entgegen.

»Aber von befruchteten Eizellen.«

»Dafür hat man nun Freunde!« Ich legte erbost den Hörer auf, schluckte gegen die aufsteigende Übelkeit an und vergrub mich wieder in meine Arbeit. Wenigstens darauf war Verlass.

Am nächsten Morgen wurde ich von einem unnachgiebigen Klingeln geweckt. Nachdem ich schlaftrunken den Türöffner gedrückt hatte, schaffte ich es gerade noch rechtzeitig zur Toilette. Mein Verdauungstrakt vollbrachte Wunder: Nun hatte ich kaum etwas gegessen und getrunken, und trotzdem musste ich mich wieder übergeben. Lilly klopfte an die Tür und fragte, ob ich Hilfe bräuchte.

»Auf deine Hilfe kann ich verzichten«, knurrte ich laut genug, dass sie es hören konnte.

»Ich hab dir etwas mitgebracht, ich lege es vor die Tür.« Ihre Stimme klang so munter, als wäre sie schon seit drei Stunden in Aktion. »Mein erster Patient steht gleich vor der Praxis, ich muss los.« Und weg war sie.

Kurz darauf hörte ich die Wohnungstür zuschlagen. Ich spülte ausgiebig meinen Mund, um diesen schrecklichen Geschmack loszuwerden, und sah dann nach, was Lilly mitgebracht hatte. Aus einer Papiertüte zog ich eine hellblaue längliche Packung. Ich starrte das Ding ungläubig an. Sie hatte mir doch tatsächlich einen Schwangerschaftstest gekauft. Als ich ihn gerade in den Mülleimer werfen wollte, fiel mein Blick auf einen kleinen gelben Zettel, den Lilly darauf geklebt hatte: *»Wetten, dass er positiv ist?«*, hatte sie in ihrer raumgreifenden Handschrift geschrieben.

»Diese Wette gewinne ich«, murmelte ich entschlossen, riss die Packung auf und las die Gebrauchsanweisung. In zehn Minuten würde ich ihr den Teststab mit einem süffisanten Lächeln auf ihren Behandlungstisch knallen. Nachdem ich alle Anweisungen peinlich genau befolgt hatte, dauerte es jedoch gerade mal zwei Minuten, bis meine Siegessicherheit in sich zusammenfiel. Es war nicht nur im Kontrollfenster eine blaue Linie erschienen, sondern auch im Ergebnisfenster. Die mussten sich irren! Das durfte einfach nicht sein! Es gab so viele Montagsgeräte, warum nicht auch Montagsteststäbe? Auf der Suche nach dem Verfallsdatum drehte und wendete ich die Packung. Fehlanzeige – noch zwei Jahre haltbar.

Mein Gott, dachte ich mit einem Anflug von Panik, lass es bitte ein Irrtum sein. Wir haben doch nur in unserer ersten Nacht nicht verhütet.

Plötzlich war ich hellwach, mein Herz klopfte bis zum Hals. Nur die Ruhe bewahren, befahl ich mir selbst und las die Rückseite der Gebrauchsanweisung. Wie im Kleingedruckten von Verträgen, ging es auch hier erst richtig zur Sache. Es blieb keine Frage unbeantwortet. Von neunundneunzigprozentiger Sicherheit des Testergebnisses war da die Rede und – ich kniff die Augen zusammen, nur um sie gleich darauf wieder entsetzt aufzureißen – von fortgeschrittener Schwangerschaft, wenn die Ergebnislinie intensiver gefärbt sei als die Kontrolllinie. Mir wurde wieder schlecht. Ich warf alles zusammen in den Mülleimer und versuchte tief durchzuatmen. Denk nach, Ellen!

Alles Nachdenken half jedoch nichts, ich brauchte Gewissheit. Innerhalb von zehn Minuten war ich geduscht und angezogen. Mit einem Zwieback in der einen und dem Hausschlüssel in der anderen Hand rannte ich die Treppe hinunter. Fünf Minuten später stand ich drei Straßen weiter vor der Praxis meiner Frauenärztin. Es war zwar erst halb neun, aber ich wusste, dass sie früh mit ihrer Sprechstunde begann.

»Ohne Termin kann ich nichts für Sie tun«, sagte die Sprechstundenhilfe am Empfang mit freundlichem Bedauern.

»Es ist aber ein Notfall«, insistierte ich und hielt ihrem skeptischen Blick stand.

Widerstrebend sah sie zwischen ihrem Terminkalender und mir hin und her. »Na ja, dann setzen Sie sich ins Wartezimmer. Es kann aber dauern.«

»Danke.« Ich stieß mit einem Seufzer die Luft aus, die ich die ganze Zeit über angehalten hatte. Im Wartezimmer saßen bereits drei Frauen in Zeitschriften vertieft. Meine Aufregung war jedoch viel zu groß, um zu lesen. Ich ließ meinen Blick hektisch durch den Raum streifen. An einem Regal mit verschiedenen Informationsbroschüren blieb er schließlich hängen. Ich las Schlagworte wie *Vorsorge, Wechseljahre, Verhütung* … Als ich bei *Schwangerschaft* ankam, zuckte ich zurück, als hätte ich einen Schlag bekommen.

Ich konnte nur eines denken: Bitte nicht! Um mich abzulenken, studierte ich die Gesichter der anderen Frauen. Eine von ihnen war inzwischen aufgerufen worden. Die anderen beiden hatten sich entspannt auf ihren Stühlen zurückgelehnt. Mein Blick wanderte zu ihren Bäuchen: schön flach. Genauso wie meiner, dachte ich mit einem Hoffnungsschimmer.

Eine Dreiviertelstunde später hörte ich endlich meinen Namen über die Sprechanlage im Wartezimmer. Ich sprang auf und eilte Richtung Sprechzimmer, wo mich meine Frauenärztin hinter dem Schreibtisch erwartete.

»Frau Doktor Lenz«, begrüßte ich sie mit einem Stoßseufzer. »Sie müssen mir helfen.«

Ihr kluger Kopf, der von grauen Locken eingerahmt wurde, beugte sich vor. Durch ihre schwarz umrandete Lesebrille, die ihren intellektuellen Eindruck markant unterstrich, traf mich ihr ruhiger Blick.

Ich ratterte aufgeregt herunter, was mir fast den Atem raubte. »Das ist ein absolut verwirrendes Ergebnis«, beendete ich die Schilderung meiner Erlebnisse mit dem Schwangerschaftstest.

»Relativ eindeutig, würde ich sagen«, korrigierte sie mich mit einem gutmütigen Gesichtsausdruck. »Aber lassen Sie uns mal sehen.« Sie wies Richtung Untersuchungsstuhl, zog sich das Ultraschallgerät heran und gab dort meine Daten ein, während ich mich auszog.

Mein Herz raste, als Frau Dr. Lenz mich mit dem Ultraschallstab untersuchte. Ich schloss die Augen und legte meine Arme schützend darüber.

»Wie ich gesagt habe, relativ eindeutig.«

Ich riss meine Augen auf und begegnete ihrem lächelnden Blick.

Sie drehte den Bildschirm zu mir. »Da … sehen Sie.« Ihr Zeigefinger landete in der Mitte des Bildschirms. »Elfte Woche schätze ich.«

Mein Blick folgte ihrem Zeigefinger. Ich konnte jedoch überhaupt nichts erkennen. »Sieht aus wie eine Wetterkarte mit herannahendem Tief.« Und ein Tief ist es ja auch im wahrsten Sinne des Wortes, dachte ich niedergeschmettert. »Schalten Sie bitte das Gerät aus.«

Sie kam meiner Bitte ohne Zögern nach. »Ich würde sagen, Sie gehen erst einmal nach Hause und verdauen diese Nachricht. Das scheint mir doch alles sehr überraschend für Sie zu sein. Morgen kommen Sie dann und …«

»Nein«, unterbrach ich sie vehement, kletterte von dem Stuhl und zog mich wieder an. »Heute! Ich brauche heute die Adressen. Wenn ich wirklich schon in der elften Woche bin, dann …« Meine Stimme versagte mir.

»Frau Bertram«, setzte sie beruhigend an. »Sie bekommen von mir alle Adressen, die Sie benötigen. Aber erst morgen. Ich möchte, dass Sie sich bis dahin mit dem Gedanken, dass Sie ein Kind bekommen, auseinander setzen. Von Spontanreaktionen kann ich nur abraten.«

Ich sank in mich zusammen. »Frau Doktor Lenz, bitte …« Ich sah sie verzweifelt an, während mir die Tränen aus den Augen schossen.

»Frau Bertram«, begann sie behutsam, »bis zur elften Woche muss zweimal Ihre Periode ausgeblieben sein, Ihre Brust muss empfindlicher als sonst sein, die Übelkeit …?«

Als wären damit alle Dämme gebrochen, überschwemmte mich meine Verzweiflung. In einem abgehackten Telegrammstil erzählte ich ihr von Philip und mir, von meinen Hoffnungen und von seinem Tod und von meinem Arbeiten bis zum Umfallen. Ich hatte einfach alles ignoriert. »Ich will kein Kind«, stammelte ich voller Panik.

»Aber vielleicht wollen Sie *seines*. Haben Sie darüber schon einmal nachgedacht?«

»Er ist tot«, schrie ich ihr anklagend ins Gesicht.

Entweder war sie solche Szenen gewöhnt, oder aber sie war hart im Nehmen. Sie zuckte weder mit einer Wimper, noch hob sie die Stimme. »Aber Sie leben und Ihr gemeinsames Kind auch.«

Wäre ich nicht bereits ein Häufchen Elend gewesen, dann wäre ich jetzt noch weiter zusammengesackt.

»Gehen Sie nach Hause«, sagte sie sanft, während sie den

Arm um meine Schulter legte, »und überlegen Sie in Ruhe. Es ist noch etwas Zeit.«

Ich war vollkommen verwirrt, als ich die Praxis verließ. Die drei Straßen zu mir nach Hause lief ich wie in Trance, ich konnte keinen klaren Gedanken fassen. Oben in meiner Wohnung verzog ich mich in meine Sofaecke, legte den Kopf auf die angezogenen Knie und ließ den Tränen freien Lauf. Es waren völlig widerstreitende Gefühle, mit denen ich fertig zu werden versuchte. Es gelang mir jedoch nicht. In der einen Sekunde schnürte mir die Angst die Kehle zu, sodass mir eine Abtreibung als die einzige Lösung erschien, nur um ein paar Augenblicke später Philips Gesicht vor Augen zu haben. Ich konnte doch sein Kind nicht umbringen, meines …

Ich zog meine Sportsachen an und lief wie von Furien gehetzt die Treppe wieder hinunter. Beim Laufen würde mir etwas einfallen. Ich rannte meine übliche Strecke entlang, war jedoch taub und blind für meine Umwelt. Die Gedanken überschlugen sich in meinem Kopf. Irgendwie musste ich mich entscheiden. Nur wie?

In diesem Moment traf mich ein heftiger Schlag in die Schulter, ich hörte einen erschreckten Aufschrei, der meinem in der Lautstärke sehr ähnelte. Sekundenbruchteile später landete ein Körper vor meinen Füßen und zwang mich stolpernd zu Boden. Ich rutschte erst auf den Händen und dann auf den Unterarmen und den Knien über den Asphalt, bis ich schließlich der Länge nach zum Liegen kam. Der brennende Schmerz war unbeschreiblich, ich biss die Zähne zusammen, um nicht laut aufzustöhnen. Mir gegenüber rappelte sich eine etwa zwanzigjährige Inline-Skaterin vom Boden auf. Sie hatte so gut wie nichts abbekommen, da alle exponierten Körperteile gut geschützt waren. Mit einem erschrockenen Blick erfasste sie die Schürfwunden an meinem Körper.

»O mein Gott …«, rief sie und sah sich Hilfe suchend um.

Und ich konnte nur an eines denken: an Philips Baby. Diesen Sturz konnte es kaum überlebt haben. »Ich muss zum Arzt«, sagte ich zitternd.

Inzwischen umlagerten uns Spaziergänger und berieten, was zu tun sei. Eine Frau schlug vor, über ihr Handy einen Notarzt zu rufen.

»Nein, keinen Notarzt«, hielt ich sie gerade noch zurück, während ich vorsichtig aufstand. »Ich muss zu meiner Ärztin.«

»Mein Auto steht dort hinten, ich kann Sie fahren«, schlug sie hilfsbereit vor.

»Ja, danke.« Ich nahm ihr Angebot erleichtert an.

»Kann ich irgendetwas tun?« fragte mich die Inline-Skaterin. »Es tut mir so Leid.«

»Ist schon in Ordnung«, wehrte ich im Gehen ab und folgte meiner Helferin humpelnd zu ihrem Auto. Ich setzte mich vorsichtig hinein.

Zum Glück war sie von der pragmatischen Sorte, drückte mir eine Packung Tempos in die Hand und fuhr zügig Richtung Praxis, wo ich zehn Minuten später ausstieg. Ich bedankte mich bei ihr und betrat zum zweiten Mal an diesem Tag die Praxis von Frau Dr. Lenz. Ich musste verheerend aussehen, denn die Sprechstundenhilfe hielt sich gar nicht erst mit Fragen auf, sondern ging mir voraus in ein Behandlungszimmer. Dort nahm sie sich mit Alkohol, Jod und Pflaster meiner Schürfwunden an.

Ich zitterte am ganzen Körper und schluchzte unaufhörlich. »Ist Frau Doktor Lenz noch da?« Es war bereits halb eins.

»Sie kommt sofort«, tröstete sie mich.

Wie auf ein Stichwort tauchte in diesem Augenblick meine Ärztin neben mir auf. »Was ist denn mit Ihnen passiert?«, fragte sie besorgt.

»Ich bin gestürzt. Das Baby ...« Mehr brachte ich nicht heraus. Die Welt brach über mir zusammen.

Blitzschnell bedeutete Frau Dr. Lenz mir ein zweites Mal an diesem Tag, mich auszuziehen, was angesichts meiner Wunden nicht so einfach war. Aber ich biss die Zähne zusammen, stieg auf den Untersuchungsstuhl und betete nur noch.

»Ihrem Baby ist nichts passiert«, sagte sie mit Blick auf den Bildschirm. Ein erleichtertes Lächeln machte sich auf ihrem Gesicht breit. Mit einem surrenden Geräusch kam ein Bild aus einem schmalen Schlitz des Gerätes. »Das Bild nehmen Sie jetzt mit nach Hause, ruhen sich aus, und morgen kommen Sie wieder.«

»Ja.« Ich wischte mir übers Gesicht. »Danke.«

9

Zu Hause stand ich verwirrt und ratlos in meinem Wohnzimmer, ich wusste nicht, wohin mit mir. In meinem Kopf überschlugen sich die Gedanken. Gemeinsam war ihnen nur, dass sie alle mit einem *Ich muss* begannen und mit unzähligen Fragezeichen endeten. Diesen Wirrwarr zu sondieren würde Tage dauern, deshalb entschied ich mich für das Naheliegende, zog die verdreckten Sachen aus und begann vorsichtig, mich zu waschen. In Gummihandschuhen, damit die Pflaster an meinen Händen nicht nass wurden, und mit einem feuchten Frotteelappen wusch ich mir die Spuren von Schweiß, Dreck und Blut vom Körper. Die Dusche konnte ich für die nächsten Tage vergessen, erst mussten die Wunden an Händen, Unterarmen und Knien abheilen.

Als ich fertig war, zog ich mir eine lange Hose und eine langärmelige Bluse an, kaufte im Blumenladen um die Ecke gelbe Löwenmäulchen und fuhr zum Friedhof nach Wiesbaden. Dort angekommen, legte ich mir die Blumen in die Armbeuge, da der brennende Schmerz in meinen Händen fast übermächtig wurde. Ich ging langsam zu Philips Grab. Seit dem Tag seiner Beerdigung hatte sich hier viel verändert. Das Grab war wieder mit Pflanzen eingedeckt, und Philips Name stand nun unter denen seiner Vorfahren. Hinter dem großen Grabstein fand ich eine grüne Plastikvase. Nachdem ich sie mit Wasser gefüllt hatte, stellte ich die Löwenmäulchen hinein.

Die Erlebnisse dieses Tages hatten mich so sehr geschafft,

dass mir die Beine zitterten. Ich sah mich suchend nach einer Bank um, fand jedoch keine. So blieb ich vor Philips Grab stehen und versuchte, ihn dort zwischen all den anderen zu finden. Wie gerne hätte ich mit ihm geredet, ihn um Rat gefragt, gewusst, was er davon hielt, dass er nun zum zweiten Mal Vater wurde. Und das in einem Alter, in dem andere bereits Großväter waren.

Ich beneidete all jene, denen es gelang, stille Zwiesprache zu halten. Alles, was bei mir herauskam, war ein stiller Monolog, in dem ich einem Toten meine ganze Unsicherheit offenbarte. Ich wurde Mutter. Allein das Wort ging mir kaum über die geistigen Lippen. Wie sollte ich denn auch von einem Tag auf den anderen umschalten? Außer Philip hatten mich all meine bisherigen Liebesgefährten mit einem Kind festnageln wollen. Philip hatte es nicht gewollt, aber ihm war es gelungen. Jetzt stand ich da mit diesem *herannahenden Tief* in meinem Bauch und wollte es nur beschützen. Und genau dieses Gefühl erschreckte mich zutiefst.

Von plötzlich aufwallenden Glücksgefühlen konnte überhaupt keine Rede sein. Ich wurde zwar offensichtlich von Hormonen überschwemmt, meine Fähigkeit zur Freude schien jedoch ausgetrocknet zu sein. Ich hatte Angst. Die Gleichung Kind = Abhängigkeit und Unfreiheit war mir in Fleisch und Blut übergegangen. Daneben existierte das stündlich wachsende, verwirrende Bedürfnis, dieses kleine Wesen zu behüten. Als wäre der gedankliche Widerstreit nicht genug, machte sich nun auch ein körperlicher bemerkbar – mit einem unbändigen Hungergefühl bei gleichzeitiger Übelkeit. Ich musste nach Hause.

Unterwegs kaufte ich schnell noch ein. Als ich meine Wohnungstür aufschloss, brach die Sonne nach langer Zeit mal wieder durch die Wolken und erhellte die Räume. Mit zwei Milchbrötchen, einem Pfefferminztee und dem Ultraschallbild ließ ich mich auf meinem Sofa nieder. Das Blinken des Anrufbeantworters ignorierend überließ ich mich kauend den Wechselbädern meiner Gefühle. Kaum hatte ich fertig gegessen, schlief ich auch schon ein. Hin und wieder drang eine Stimme vom Band zu mir durch, aber ich war zu erschöpft, um mich aus dieser bleiernen Müdigkeit emporzukämpfen.

Es war schon nach acht, als ich endlich wieder aufwachte. Nach einem kurzen Moment der Benommenheit liefen die Bilder des Tages vor meinem inneren Auge ab. Schwanger, sagte ich immer wieder leise vor mich hin, du bist schwanger. Ich schaltete meinen Computer ein und schrieb Lilly eine E-Mail: *Du hattest Recht und gleichzeitig Unrecht. Ich habe nur ein paar Minuten gebraucht, um in diesen Zustand zu kommen, aber es wird Monate dauern, um wieder rauszukommen. Du hast die Wette gewonnen – ich bin schwanger. Und ich werde jeden umbringen, der mich verklärt anstrahlt und sagt: Wie schön. Also hüte Dich! Gruß, Ellen (zutiefst verwirrt).*

Lilly musste selbst am Computer gesessen haben, denn sie antwortete prompt: *Wenn ich nicht verklärt strahlen und sagen darf, wie schön ich es finde, dann enthalte ich mich in Ermangelung einer Alternative des Kommentars. (Der Satz könnte übrigens von Dir stammen! Kann es sein, dass Du abfärbst?) Ich werde jedoch nicht Dir zuliebe eine Abneigung gegen unschuldige Babys von unvorsichtigen Müttern entwickeln. Deinem Baby zuliebe solltest Du allerdings Deine Einstellung mal gehörig überprüfen. Liebesentzug im Mutterleib führt nämlich zu ernsthaften Störungen in der frühkindlichen Entwicklung. Kuss, Lilly (freudestrahlend).*

Na, das hatte mir ja gerade noch gefehlt. Lilly war wieder in ihrem Element. Ich schrieb erbost zurück: *Lilly, ich könnte Dich erwürgen! Ellen (zu allem entschlossen).*

Dazu Lilly: *Man bringt nicht die zukünftige Patentante seines*

Kindes um. Das ist im höchsten Maße kurzsichtig. Lilly (zum Überleben entschlossen – Deinem Kind zuliebe).

Ganz allmählich entspannte ein Lächeln meine Gesichtszüge, und ich antwortete: *Mein Kind bekommt keine Patentante, die ihren Hintern nicht über hessische Grenzen hinausbewegt und dazu noch an ihren Nachmittagen einem mehr als zweifelhaften Gewerbe nachgeht!! Gruß, Ellen (erschreckend schwanger).*

Ich musste nicht lange warten: *So wahr ich Lilly Vogler heiße, werde ich Dein Kind übers Taufbecken halten! Einer weniger vorausschauenden Person würde es sonst vielleicht aus den Fingern gleiten und sich den Kopf am Beckenrand aufschlagen. Schließlich lauern auch in Kirchen Gefahren. Lilly (wie immer vorsichtig).*

Ich nahm einen Schluck von dem Pfefferminztee, den ich mir in der Zwischenzeit aufgebrüht hatte, und schrieb zum Abschluss: *Lilly! So kenne ich Dich. Danke und gute Nacht!! Kuss, Ellen (schon wieder müde). PS: Erzähle bitte niemandem von dieser Koproduktion, die sich in meinem Bauch eingenistet hat.*

Bevor ich an diesem Abend das Gerät ausschaltete, erreichte mich noch ihr Versprechen, den Mund zu halten. Die Korrespondenz mit Lilly hatte mich seltsamerweise etwas beruhigt, sodass ich einigermaßen entspannt einschlief. Ich hatte wilde Träume erwartet, konnte mich jedoch am nächsten Morgen an nichts erinnern. Nach dem üblichen Sprint zur Kloschüssel entschied ich mich, das Laufen an diesem Tag ausfallen zu lassen, meine Wunden schrien nach Ruhe. Außerdem musste ich zu Frau Dr. Lenz. Die Fragen türmten sich in meinem Kopf.

Es war eine völlig neue Welt, die ich jetzt betrat. Dort ging es um Dinge, mit denen ich nie etwas hatte zu tun haben wollen, um ein Wir und nicht mehr um ein Ich. Erst wurde mir eine Menge Blut abgenommen, dann hatte ich ein ausführliches Gespräch mit Frau Dr. Lenz. Sie machte mich in behutsamen, aber klaren Worten darauf aufmerksam, dass in meinem Alter eine Risikoschwangerschaft vorliege. Sie ließ mir Zeit und drängte mich weder in die eine noch in die andere Richtung. Ich musste selbst entscheiden, und ich tat es mit dem Kopf. Ungefähr in zwei Wochen würde ich zu einer Fruchtwasseruntersuchung gehen.

Nachdem ich ihr schließlich einen ganzen Rattenschwanz von Fragen beantwortet hatte, war ich endlich dran mit meinen Fragen, die sich hauptsächlich um Essen, Übelkeit und Joggen drehten. Wie sich herausstellte, musste ich das Laufen zum Glück nicht aufgeben. Sie riet mir nur von Sportarten wie Fallschirmspringen oder Reiten ab. Kam tatsächlich irgendeine Frau, die ihr Baby behalten wollte, auf die Idee, schwanger aus einem Flugzeug zu springen? Als ich gerade noch über diese Frage nachdachte, empfahl sie mir eindringlich, meine Arbeitsexzesse einzuschränken und von nun ein bisschen mehr auf meinen Körper zu hören. Ich verließ die Praxis mit einem Mutterpass. Darin stand als errechneter Geburtstermin der neunte März des kommenden Jahres. Mir blieb gerade noch etwas mehr als ein halbes Jahr, bis ... ja bis ...?

Bis zum Wochenende hatte ich mich einigermaßen von dem Schock erholt, was nicht heißt, dass ich urplötzlich erfüllt war von *guter Hoffnung* oder *froher Erwartung*. Es war eher so, dass ich mich mit dem Wesen unterhalb meines Bauchnabels solidarisch erklärte. Es war nun mal da, und ich konnte es schlecht im Stich lassen. Also beschäftigte ich mich mit dem Verhalten in der Schwangerschaft und las, was ich alles tun sollte: genügend schlafen, regelmäßig essen, mich ausreichend bewegen, schöne Musik hören, nach jeder Mahlzeit die Zähne putzen, weder aktiv noch passiv rauchen, einen großen Bogen um Katzenklos machen und in Sachen Liebe alles tun, was mir gefällt – in den Positionen, die möglich sind.

Aha … Die letzten drei Ratschläge konnte ich in Ermangelung von Gelegenheiten streichen, der Rest schien mir machbar.

Am Sonntag fühlte ich mich bereits wie ein Profi in Sachen Schwangerschaft. Ich hatte alles gelesen, was nötig war, um *es* das nächste halbe Jahr hochzupäppeln und auf Geburtsgewicht zu bringen. Mit meinem gut durchorganisierten Tagesplan sollte es mir sogar gelingen, nicht nur das Baby, sondern auch meine Kunden zufrieden zu stellen. Blieb nur noch ich, die ich stärker denn je Philip vermisste. Manchmal erschien es mir absurd: Wir hatten nur zehn Tage miteinander verbracht, trotzdem fehlte er mir wie kein anderer Mensch zuvor.

Lilly kam am Nachmittag vorbei, zum ersten Mal seit zwei Jahren ohne Henriette. Ich sah sie erstaunt an, ging in den Treppenhausflur, sah die Treppe hinunter, konnte das Kalb jedoch nirgends entdecken. »Was ist mit Henriette?«

»Sie muss von jetzt an draußen bleiben«, antwortete Lilly mit großem Ernst. »Ich sage nur: Toxoplasmose.«

»Das stimmt«, gab ich ihr Recht, wobei ich versuchte, nicht laut loszulachen. »Aber da ich nicht vorhabe, Henriette im Rohzustand zu verspeisen, brauchst du dir keine Gedanken zu machen. Wo ist sie?«

»Unten im Auto.«

»Das ist Tierquälerei!«

»Ich hole sie.« Lilly sprang eilig die Treppe hinunter und war zwei Minuten später wieder oben. Das Kalb ging schnurstracks an mir vorbei zu seinem angestammten Platz neben dem Sofa.

»Deinen Kaffee musst du dir selbst machen«, warnte ich Lilly auf Höhe der Küche vor, »ich kann den Geruch nicht vertragen.«

»Na klar.« Ihr prüfender Blick bohrte sich kurz in meinen Bauch, um dann bei den Pflastern zu verweilen. »Hast du dich etwa die Treppe hinuntergestürzt?«, fragte sie erschüttert.

»Das traust du mir zu?«

»Na ja«, zögerte sie, »ansatzweise ...« Sie verzog ihr Gesicht zu einer viel sagenden Grimasse. »Kinder standen bisher nicht gerade auf deinem Wunschzettel.«

»Ich hatte einen Zusammenstoß mit einer Inline-Skaterin«, klärte ich sie trocken auf, ließ sie in der Küche stehen und ging vor auf den Balkon. Endlich war mal wieder ein schöner Sommertag heraufgezogen.

»Wird dir immer noch schlecht?«, fragte sie interessiert, als sie sich zu mir setzte.

»Ja«, antwortete ich knapp. Daran wollte ich jetzt wirklich nicht denken.

»Ich hab dir etwas mitgebracht.« Mit einem geheimnisvollen Gesichtsausdruck zog sie aus ihrer Tasche ein Geschenkpaket in Buchformat.

»*Wie werde ich eine gute Mutter* oder *Geburt leicht gemacht*?«, betete ich mit Galgenhumor mögliche Buchtitel herunter und sah sie kopfschüttelnd an.

»Wart's ab.« Sie schob es mir über den Tisch.

Ich schälte ein wunderschön gebundenes Notizbuch aus dem Papier und starrte entgeistert darauf. »Lilly, das ist doch nicht dein Ernst.« Meine Stimme kippte. »Was soll da hinein? Die Tagebuchaufzeichnungen einer überrumpelten, unglücklichen werdenden Mutter?«, griff ich sie entnervt an. »Damit das Wurm in meinem Bauch es später auch noch schriftlich hat, warum es missraten ist?«

»Du wurdest nicht überrumpelt, du warst unvorsichtig«, stellte Lilly die Sache in ihrer stoischen Ruhe klar.

»Keine Haarspaltereien, ja?« Ich schoss wütende Blicke in ihre Richtung. »Was soll ich damit?«

»Ich dachte immer, du hättest Phantasie«, sagte sie mit gespieltem Erstaunen, »aber die scheint von Hormonen erstickt worden zu sein. Dann werde ich dir mal auf die Sprünge helfen.« Sie schien ganz aufgeregt zu sein. »Ich dachte, da schreibst du alles hinein, was dir zu Philip einfällt. Jetzt, wo noch alles so frisch ist. Dein Kind muss doch später einen Eindruck von seinem Vater bekommen.«

»Sein Vater ist tot«, gab ich brüsk zurück.

»Eben deshalb! Jeder Mensch sollte aber doch so viel wie möglich über seine Wurzeln erfahren.« Lilly sah aus, als würde sie die Sache am liebsten selbst in die Hand nehmen, damit auch nichts schief ging.

»Damit er sich dann weigert, sich weiter als zweihundert Kilometer von ihnen zu entfernen?«, entgegnete ich sarkastisch. »Nein, danke.«

»Toleranz ist übrigens auch eine der Tugenden, die man Kindern vorleben sollte. Du hast noch ein halbes Jahr Zeit zum Üben.« Lilly machte Anstalten aufzustehen.

»Bitte bleib«, sagte ich zerknirscht. »Es tut mir Leid. Ich weiß nur nicht, was das soll.«

»Einem Kind seinen Vater näher bringen, nicht mehr und nicht weniger.« Sie sagte es so voller Inbrunst, dass ich lächeln musste.

»In dir hat es ja schon jetzt eine überaus engagierte Fürsprecherin.«

»Die hat es auch bitter nötig.«

»Du glaubst nicht, dass ich das schaffe, oder?« Ich fing ihren Blick ein, der versuchte, dem meinem auszuweichen.

»Na ja …« Sie fühlte sich ungemütlich. »Es gibt ja auch ganz widerstandsfähige Kinder.«

»Lilly«, begann ich drohend, »was willst du damit sagen?«

»Ich meine, so ein Kind ist ständig irgendwelchen Gefahren ausgesetzt. Und dann brauchen sie auch sehr viel Aufmerksamkeit. Es gibt zum Beispiel Kinder, die suchen unablässig Körperkontakt …« Sie atmete hörbar aus.

Ich war sprachlos, aber nur für einen kurzen Augenblick.

»Immerhin«, konterte ich mit einem süffisanten Lächeln, »hat es sich *meinen* Bauch ausgesucht, um sich darin einzunisten. Vielleicht sucht es deshalb gar keinen *unablässigen Körperkontakt*, sondern eine Herausforderung.«

»Das bist du als Mutter garantiert.« Es klang wie ein Stoßseufzer.

Wir sahen uns an und lachten schallend los. Die angespannte Stimmung war wie weggeblasen. Lilly blieb noch eine Stunde, in der wir zur Normalität zurückfanden und uns endlich wieder über andere Themen als Schwangerschaft und Kinder unterhielten. Als sie ging, fühlte ich mich zum ersten Mal seit langem wieder gelöst und entspannt. Ich nahm das Notizbuch in die Hand, das sie trotz aller Gegenwehr auf meinen Schreibtisch gelegt hatte: ein dickes, schweres Buch mit einem dunkelblauen Einband. Was hatte Lilly sich dabei gedacht? Ich hatte in der kurzen Zeit mit Philip zwar viel erlebt, aber diese vielen Seiten würde ich damit kaum füllen können. Nicht einmal mit einer ausführlichen Beschreibung meines Kummers.

Ich wollte das Buch gerade in der Schreibtischschublade verschwinden lassen, als ein Blitzgedanke durch meinen Kopf schoss und mich nicht mehr losließ. Es gab so vieles, was ich selbst über Philip nicht wusste, angefangen bei seinen Lieblingsblumen. Nach seinem Tod waren mir viele Fragen durch den Kopf gegangen. Wie hatte sein ganz normales Leben ausgesehen, wie war er als Ehemann gewesen, als Vater? Was dachten seine Freunde über ihn? Bisher war ich davon ausgegangen, dass ich auf all diese Fragen nie eine Antwort bekommen würde. Aber Lilly hatte mich auf eine Idee gebracht. Ich würde dieses Notizbuch füllen. Es würde meinem Kind den Vater nahe bringen, aber vielleicht auch mir noch einmal den Mann, den ich so sehr vermisste.

Am Montag durchdachte ich meinen Plan noch einmal in

aller Ruhe, spielte in Gedanken den möglichen Verlauf des Gespräches durch und rief dann Constanze Frohwein an. Nach einem höflichen Vorgeplänkel kam ich zur Sache.

»Philip Sanden lässt mir keine Ruhe.« Sie würde nicht im Entferntesten ermessen können, wie wahr dieser Satz war. »Soweit ich es beurteilen kann, war er eine faszinierende Persönlichkeit.«

»Das war er«, bestätigte sie zurückhaltend.

»Ich denke, dass das, was ich im Interview von ihm erfahren konnte, nur die Spitze des Eisbergs war. Deshalb habe ich mich entschlossen, ein Buch über ihn zu schreiben.«

»Es wurde schon so viel über ihn geschrieben.« Sie klang wenig begeistert von meiner Idee.

»Ja«, entgegnete ich enthusiastisch, »aber da stand immer der Künstler im Vordergrund. Ich würde gerne eine Biografie über ihn schreiben.«

»Für welchen Verlag?« Immerhin zweifelte sie diesmal meine Fähigkeiten nicht an.

»Ich habe noch keinen«, antwortete ich mit fester Stimme. »Aber das ist das geringste Problem.« Auch das war die Wahrheit, denn ich hatte nicht vor, dieses Buch jemals zu veröffentlichen.

»Das ist oft das größte Problem«, widersprach sie mir mit einem leicht irritierten Unterton.

»Ich habe gute Verbindungen.« Der Schuss Überheblichkeit in meiner Stimme würde sie von dieser Spur hoffentlich abbringen. »Es geht mir jetzt hauptsächlich darum, mit den Personen reden zu können, die ihm nahe standen, mit seiner Frau, seiner Tochter, mit Freunden, mit Ihnen …«

»Er ist gerade zwei Monate tot«, gab sie zögernd zu bedenken. Trotzdem war ihr Interesse spürbar.

»Keine Sorge, ich werde bei seiner Familie ganz behutsam vorgehen«, versuchte ich sie zu beruhigen, »keine bohrenden

Fragen. Ich werde mich nur hinsetzen und zuhören, was sie zu erzählen haben – die schönen Erinnerungen, die kleinen Anekdoten, etwas in der Art. Und vieles können Sie mir bestimmt auch erzählen.« Ich wartete gespannt, ob sie anbeißen würde.

»Hm …«

Ich hätte das Ja am liebsten aus ihr herausgeschüttelt.

»Wir können uns gern über Philip Sanden unterhalten«, sagte sie nach einer kleinen Ewigkeit. »Nur mit seiner Familie sollten Sie direkt Kontakt aufnehmen, Frau Bertram, das halte ich für besser.«

»Ich dachte, dass ein Einstieg über Sie …«

»Nein«, unterbrach sie mich in einem Ton, der ein Insistieren zwecklos erscheinen ließ. »Sie rufen am besten seine Tochter Stephanie an, ich gebe Ihnen die Nummer. Sie erreichen sie abends. Fangen Sie bei ihr an, und sehen Sie, wie weit Sie kommen.«

»In Ordnung«, lenkte ich ein. »Ich würde aber auch gerne das Atelier noch einmal sehen. Vielleicht können wir uns bei der Gelegenheit unterhalten. Passt es Ihnen eventuell diese Woche?« Je eher ich anfing, desto besser.

»Wie wäre es mit Donnerstag am späten Nachmittag?« Mir fiel wieder ihre schnörkellose, knappe Art auf.

»Das passt mir sehr gut.«

Nachdem sie mir Stephanie Sandens Telefonnummer diktiert hatte, verabschiedeten wir uns. Geschafft! Der erste Termin war mir sicher, ich trug ihn zufrieden in meinen Kalender ein. Für einen kurzen Moment überkamen mich Zweifel, ob es richtig war, was ich da vorhatte. Ich würde diese Menschen in vielerlei Hinsicht belügen müssen, nur um ein sehr persönliches und teilweise auch egoistisches Ziel zu verfolgen. Um die Skrupel niederzukämpfen, die sich nicht eben leise zu Wort meldeten, verschanzte ich mich hinter Lillys Überzeugung, dass jeder Mensch etwas über seine Wurzeln erfahren müsse. Und außerdem war es ja gar nicht sicher, dass Philips Familie überhaupt bereit war, sich mir gegenüber zu äußern. Am Abend würde ich es vielleicht wissen.

Bis dahin versuchte ich, ein Gleichgewicht zwischen Arbeit und Ruhe zu finden, was mir wider Erwarten nicht schwer fiel, da mein Körper fordernder geworden war und sich nicht mehr so leicht ignorieren ließ. Am frühen Nachmittag übermannte mich regelmäßig eine fast unbezwingbare Müdigkeit, der ich inzwischen auch nachgab. Wie machen das nur all die schwangeren Frauen, die in Büros sitzen und sich nicht mal eben hinlegen können?, fragte ich mich. Einmal mehr genoss ich meinen freiberuflichen Status, wohl wissend, dass dieser auch durchaus existenzbedrohend sein konnte – gerade für eine allein erziehende Mutter. Zum Glück hatte ich noch ein paar Monate Zeit, um mir darüber Gedanken zu machen.

Trotz der Ruhepause hatte ich bis zum Abend viel geschafft. Die Wunden an meinen Händen verheilten langsam, sodass auch das Schreiben nicht mehr ganz so schmerzhaft war. Um halb acht nahm ich meinen Mut zusammen und rief Stephanie Sanden an. Nach dem dritten Klingeln nahm sie ab.

»Sanden.«

»Guten Abend, Frau Sanden, mein Name ist Ellen Bertram. Ich habe Ihren Vater kurz vor seinem Tod für die *Roberta* porträtiert, vielleicht haben Sie den Artikel gelesen.«

»Möglich.« Es gibt Menschen, die in einem Wort ausdrücken können, wofür andere ganze Sätze brauchen. Die Art, wie sie es sagte, signalisierte überdeutlich ihre Meinung über meinen Anruf: wieder eine von diesen Pressetanten, denen nichts heilig ist.

»Zuerst einmal möchte ich Ihnen versichern, wie Leid mir sein Tod tut.«

»Danke«, sagte sie abweisend.

»Haben Sie einen Moment Zeit?« Wie sollte ich die bloß knacken? Ihre Abneigung baute eine Mauer auf, die schwer zu überwinden sein würde.

»Worum geht es?«

In knappen Worten skizzierte ich ihr die offizielle Version meines Anliegens, so wie ich es bereits bei Constanze Frohwein getan hatte. »Ich wäre Ihnen sehr dankbar, wenn Sie mich bei diesem Projekt unterstützen würden«, schloss ich voller Hoffnung.

»Sie erwarten doch sicher nicht, dass ich das jetzt am Telefon entscheide«, antwortete sie mit einem Unterton, den ich nur schwer einordnen konnte. Er bewegte sich zwischen Ironie und Vorwurf.

»Natürlich nicht«, erwiderte ich betont freundlich.

»Schicken Sie mir eine Kopie Ihres Artikels, und formulieren Sie mir Ihr Anliegen noch einmal schriftlich. Ich melde mich dann bei Ihnen.« Mit diesen Worten sank die schon reichlich kühle Temperatur, die von ihrem Ende der Leitung ausging, ein paar Grade weiter ab.

Es blieb mir nichts anderes übrig als zuzustimmen. »Das mache ich gerne.«

Sie gab mir ihre Anschrift und legte mit einem knappen Gruß auf.

Ich starrte noch einen Moment aufs Telefon und schüttelte mich innerlich. Solche Telefonate zählten eindeutig nicht zu meinen Lieblingsbeschäftigungen. »He, du da drinnen«, sagte ich mit Blick auf meinen Bauch. »Das war eben deine Halbschwester, der du besser nicht nacheiferst!«

Natürlich hatte ich nicht erwartet, offene Türen einzurennen, vielleicht aber auf eine gewisse neutrale Offenheit gehofft. Andererseits: Sie hatte gerade ihren Vater verloren, und wer weiß, was sie in dieser Zeit mit den Kollegen meiner Zunft erlebt hatte? Philip war ein bekannter Mann gewesen, und ich war möglicherweise nicht die Einzige, die seine Spuren nachzeichnen wollte. Für sie war ich eine von vielen – verständlicherweise, wie ich mir selbst eingestand. Noch am selben Abend schickte ich den Brief an sie ab.

Als ich Donnerstagnachmittag vor der Tür von Philips Atelier stand, überfiel mich eine Flut von Erinnerungen. Etwas in mir sträubte sich plötzlich, dieses Haus wieder zu betreten. Aber zum Umkehren war es zu spät, Frau Frohwein stand bereits in der geöffneten Tür.

»Kommen Sie herein«, sagte sie ungewohnt entgegenkommend und schenkte mir sogar ein Lächeln.

»Womit habe ich das verdient?«, fragte ich sie spontan.

Sie hatte verstanden, dass ich auf ihren Umschwung anspielte. »Mit einer gewissen Beharrlichkeit und guter Arbeit«, gab sie anerkennend zu.

Wenigstens hier gibt es eine offene Tür, dachte ich erleichtert. Wir setzten uns gegenüber auf die eisgrauen Sofas in der Eingangshalle. Hier hatte sich nichts verändert. Die Kataloge stapelten sich auf dem Tisch, und von den Wänden verströmten Philips Bilder ihre unvergleichliche Energie. Ich konnte den Blick nicht davon lösen. Was hätte ich darum gegeben, eines dieser Bilder mit nach Hause nehmen zu können.

»Was geschieht jetzt mit alldem?« Ich hatte sie das schon einmal gefragt.

»Noch ist nichts entschieden. Frau Sanden will sich Zeit lassen damit.« Sie lehnte sich in ihrem Sofa zurück und sah mich unverwandt an. »Wo wollen Sie beginnen?«

»Eine so genaue Vorstellung habe ich noch gar nicht«, gab ich ehrlich zu. »Am besten wird es sein, so viele Informationen wie möglich zu sammeln und das Material später zu sondieren.«

»In Ordnung, fragen Sie.«

Ich nahm Block und Stift zur Hand, um mir Notizen zu machen »Wie lange haben Sie mit ihm zusammengearbeitet?«

»Zweiunddreißig Jahre«, antwortete sie schlicht.

»Dann ist es ja fast nicht mehr nötig, seine Familie zu befragen.« Ich sah sie überrascht an. »Eigentlich müssten Sie im Wachzustand mehr Zeit mit ihm verbracht haben als seine Frau.«

»Ich habe mit dreiundzwanzig Jahren hier angefangen«, fuhr sie fort, ohne auf meinen Kommentar einzugehen.

Und ich rechnete blitzschnell im Kopf, dass sie jetzt fünfundfünfzig sein musste. Also hatte ich mit meiner Schätzung gar nicht so falsch gelegen. »Philip Sanden muss ein ungewöhnlicher Chef gewesen sein, wenn Sie es so lange bei ihm ausgehalten haben«, mutmaßte ich.

»Das war er ohne Zweifel.« Ihr Lächeln ließ einige Falten in ihrem Gesicht stärker zum Vorschein treten und erhellte es gleichzeitig.

»Was war er noch?«

»Ein herausragender Künstler.« Sie erwähnte das in ihren Augen Offensichtliche.

»Natürlich«, sagte ich schnell, »ich meine jedoch menschlich, was fällt Ihnen da ein?«

Einen Moment lang schien sie zu überlegen. »Er hatte Humor, war sehr offen … er hatte einen hohen Anspruch an die Menschen um ihn herum, war durchsetzungsstark, hatte eine große Überzeugungskraft …«

»Was ist mit den Eigenschaften, die man gemeinhin einem Künstler nachsagt?«

»Ich weiß schon, worauf Sie anspielen. Auf die drei großen E: Egozentrik, Eitelkeit und Erfolgssucht.« Sie reagierte mit einem trockenen Lachen. »Philip Sanden hat nie in eines dieser stereotypen Bilder gepasst. Vielleicht hat ihn das so ungewöhnlich gemacht.«

Was sie sagte, fand einen Nachhall in meiner Erinnerung. Ich musste wieder an den *Einzelgänger* denken. »Können Sie mir das ein wenig genauer erklären, Frau Frohwein?«, bat ich sie.

»Er war nicht abhängig von seinem Erfolg als Künstler, er war ein sehr vielseitig begabter Mensch und hätte ohne weiteres auch eine andere Laufbahn einschlagen können.« Nun geriet sie ansatzweise ins Erzählen, und ich hörte ihr gebannt zu. »Durch seinen Vater, der ihm viel Geld hinterlassen hat, war er auch in finanzieller Hinsicht unabhängig. Manchmal kam es mir vor wie ein Spiel, eines, das er zufällig spielte und dazu noch gut spielte. Er hing jedoch nicht verbissen daran.« Gedankenverloren platzierte sie eine Haarsträhne, die sich gelöst hatte, wieder hinter ihrem Ohr. »Er konnte einfach malen, die Farben flossen aus ihm heraus.«

Bis hierher hatte ich gespannt zugehört, ohne ein Wort mitzuschreiben, was ich jetzt nachholte. »Was ist mit Schaffenskrisen?«, fragte ich schließlich weiter.

Sie schüttelte den Kopf. »Die gab es bei ihm nicht. Er hatte phasenweise keine Lust zum Malen und hat eine Weile ausgesetzt, aber Krisen? Nein.«

Die Erinnerungen an mein Interview mit Philip drangen an die Oberfläche. »In dem Gespräch, das ich mit Herrn Sanden hatte, bekam ich den Eindruck, dass Leistung durchaus eine Rolle in seiner Arbeit spielte. Wie verträgt sich das mit dem Bild, das Sie mir schildern?«

»Das verträgt sich durchaus«, setzte sie engagiert an. »Dass ihm alles zufiel, bedeutet nicht, dass er es dabei bewenden ließ. Neben allem anderen war er auch ein Perfektionist. Es dauerte lange, bis er mit sich selbst zufrieden war.«

Das deckte sich schon eher mit meinem eigenen Eindruck. »Was hat ihm dieses Haus bedeutet?« Mein Blick wanderte durch den Raum, ich dachte an das Atelier im zweiten Stock, das mir bei meinem ersten Besuch so wenig über Philip verraten hatte.

»Freiheit«, antwortete sie schlicht.

Ich zog fragend meine Augenbrauen hoch.

»Hier musste er auf niemanden Rücksicht nehmen, konnte leben, wie es ihm passte.« Ihre Erklärung klang fast wie eine Verteidigung.

»Aber außer seinen Bildern kann ich so gar nichts Persönliches hier entdecken.« Ich breitete meine Arme aus und umfasste damit diesen Raum wie auch den Rest des Hauses. »Alles ist so geordnet. Wie sah denn ein Leben aus, das ihm passte?«

Ihr Blick war plötzlich wachsam geworden. »So, wie ich es bereits sagte: freiheitlich.« Sie vertiefte sich in die Betrachtung ihrer Hände und signalisierte damit mehr als deutlich, dass meine Fragen hier in eine Sackgasse geraten waren.

»Wenn Sie Philip Sanden mit einem Wort beschreiben wollten, wie würde das lauten?«

»Das ist zu wenig für ihn, würde ihm nicht gerecht.« Ihre Stirn hatte sich in Falten gelegt.

»Versuchen Sie es, bitte.«

Sie zögerte, um mir schließlich doch zu antworten: »Unvergesslich.« Zum ersten Mal sah ich so etwas wie Rührung in ihrem Gesicht.

Eigentlich hatte ich mir an diesem Tag das Atelier noch einmal ansehen wollen, aber dieses eine Wort reichte aus, um den Kloß in meinem Hals unerträglich werden zu lassen. Ich spürte die Tränen aufsteigen und musste mir alle nur erdenkliche Mühe geben, um mich zusammenzureißen und dieser Frau nicht unfreiwillig zu offenbaren, warum ich eigentlich hier war. Ich drückte meine Finger in die verschorften Handflächen, um den einen Schmerz gegen den anderen auszutauschen.

»Für heute habe ich damit erst einmal genug«, sagte ich ehrlich, verstaute Block und Stift in meiner Tasche und erhob mich aus dem niedrigen Sofa. »Ich würde unser Gespräch aber gerne fortsetzen und bei der Gelegenheit dann auch noch einmal hoch ins Atelier gehen.«

»Rufen Sie an, wenn Sie Zeit haben.« Sie begleitete mich Richtung Tür.

»Ach, bevor ich es vergesse.« Ich blieb abrupt stehen und wandte mich zu ihr um. »Könnten Sie mir noch ein Foto von Herrn Sanden mitgeben? Ich habe ihn ja nur kurz getroffen, und die Beschreibung eines Gesichts ist anhand eines Bildes sicher leichter als aus der Erinnerung.« Ich hätte jede einzelne Falte aus meinem Gedächtnis nachzeichnen können, den Schnitt seiner Augen, seinen Mund, trotzdem sehnte ich mich nach einem Foto von ihm. Es würde seinen Platz auf der ersten Seite von Lillys Notizbuch bekommen.

»Selbstverständlich.« Sie war bereits auf dem Weg in ihr kleines Büro.

Mein Herz klopfte so aufgeregt, als würde ich einen Diebstahl begehen und hätte Angst, dabei erwischt zu werden.

»Hier, bitte.« Sie reichte es mir in einem weißen Umschlag.

Ich gab ihr die Hand und verabschiedete mich. »Ich melde mich bei Ihnen«, versprach ich im Gehen.

Kaum saß ich in meinem Auto, überfielen mich wieder Hunger und Übelkeit gleichzeitig. Wenn ich nicht so schnell wie möglich etwas zu essen bekam, würde ich mich am nächsten Baum übergeben müssen. Zum Glück fand ich ohne langes Suchen eine Bäckerei, wo ich mich mit drei Milchbrötchen eindeckte.

»Ich finde, du veranstaltest ganz schön viel Wirbel in meinem Körper«, sagte ich vorwurfsvoll Richtung Bauch und biss gierig in mein Brötchen. Seit ein paar Tagen hatte ich begonnen, mit dem Wesen in meinem Bauch zu reden. Es half mir in gewisser Weise, seine Existenz zu akzeptieren, was mir nach wie vor unsagbar schwer fiel. Ich fühlte mich gefangen und verantwortlich, war in meinem Kopf ablehnend, nur um wenige Augenblicke später sachte mit meinen Fingern über meinen flachen Bauch zu streichen. Meine Flucht- und Beschützerinstinkte lieferten sich einen beachtlichen Kampf. Im Moment wusste ich nur eines ganz genau: Die Beschützerinstinkte würden siegen müssen, da es für eine Flucht zu spät war.

10

Als ich nach dem Besuch bei Constanze Frohwein Philips Foto in mein Notizbuch klebte, wünschte ich mir zum ersten Mal in meinem Leben, die Zeit zurückdrehen zu können. Die massive Dosis von Schwangerschaftshormonen versetzte nicht nur meinen Körper in Aufruhr, sondern rüttelte auch kräftig an meiner Stimmung. Urplötzlich überfielen mich Existenzängste und Muttergefühle, Zweifel und Zuversicht. Wenn mir alles zu viel wurde, gab ich meiner Müdigkeit nach und schlief.

In der dreizehnten Schwangerschaftswoche fuhr ich an einem warmen Spätsommertag zur Fruchtwasseruntersuchung in die Uniklinik. Während die Nadel sich durch meine Bauchdecke bohrte, versuchte ich mich zu entspannen und flüchtete mich in meine Erinnerungen an Philip. Irgendwann, so hoffte ich, würden sie mich froh machen, aber so weit war ich noch lange nicht. Nach der Untersuchung legte ich auf meinem Sofa den empfohlenen Ruhetag ein. Eine Weile hatte ich gelesen, war jedoch mit meinen Gedanken immer wieder zu meinem Buchprojekt abgeschweift.

Das Gespräch mit Constanze Frohwein hatte mich sehr aufgewühlt. Einerseits waren da die Bedenken, Philip auf diese Weise am Leben zu erhalten und danach wieder in ein Loch zu fallen. Andererseits wünschte ich mir, dass mein Kind eine ganz genaue Vorstellung von seinem Vater bekam. Noch nie in meinem Leben hatte ich mich so zerrissen gefühlt, so schwankend zwischen den Extremen. Da ich zu keiner Entscheidung kam, beschloss ich, es Stephanie Sanden zu überlassen. Meldete sie sich, würde ich weitermachen, wenn nicht …

Zwei Wochen nach der Fruchtwasseruntersuchung rief Frau Dr. Lenz mich an, um mir mitzuteilen, dass alles in Ordnung sei. Ich atmete tief durch und stellte dabei fest, dass diese Untersuchung und die Fragen, die sie aufwarf, nicht spurlos an mir vorübergegangen waren. Bevor sie auflegte, verriet sie mir auf meinen Wunsch hin, dass ich ein Mädchen bekommen würde. Maja, schoss es mir durch den Kopf, ich werde sie Maja nennen. Sie war in Maia Alta, dem italienischen Namen von Obermais, gezeugt worden. Nachdem meine Hosen, die ich in Bozen erstanden hatte, im Bund zu eng wurden und mein Busen sichtlich wuchs, konnte ich diejenige, die dafür verantwortlich war, nun endlich beim Namen nennen. Wobei Lilly, als ich ihr noch am selben Tag davon erzählte, auch hier wieder korrigierend Einspruch erhob. Schließlich sei ich verantwortlich und nicht dieses arme, unschuldige Wesen. Da hatte ich es wieder! Ohne Lilly, dachte ich ironisch, könnte es doch tatsächlich passieren, dass ich mir etwas vormachte.

Zwei Tage später rief Stephanie Sanden an. Es war Mitte September, und sie hatte mich dreieinhalb Wochen schmoren lassen. Sie sei noch zu keiner Entscheidung gekommen, sagte sie kühl, deshalb wolle sie mich kennen lernen, am Sonntag um fünfzehn Uhr im Literaturcafé. Zu einem anderen Termin habe sie keine Zeit. Das war deutlich, ich willigte ein. Als sie aufgelegt hatte, fiel mir ein, dass ich überhaupt nicht wusste, wie sie aussah. Aber ich hatte schon ganz andere Probleme gelöst, ich würde sie finden, da war ich mir sicher.

Die Woche raste dahin. Ich schloss zwei größere Artikel ab, einen davon für die *Roberta*, die zu einem regelmäßigen Auftraggeber zu avancieren schien. Michaela Mohr hatte mich jetzt fest in die Liste ihrer Freien aufgenommen. Inzwischen konnte ich mich sogar darüber freuen. Ganz zaghaft wuchs auch meine Freude auf Maja. Aus dem Ultraschallbild wurde ich nach wie vor nicht schlau, in meinen Augen ähnelte es immer noch eher der Wetterkarte, aber die Veränderungen an meinem Körper wurden sichtbarer – für mich, die ich ganz genau hinsah, nicht jedoch für andere. Das würde zum Glück noch etwas dauern. Außer Lilly wusste bisher niemand von meinem Zustand. Erst wollte ich mit mir selbst im Reinen sein. Deshalb hatte ich auch meinen Eltern noch nichts davon erzählt, dass sie Großeltern wurden.

Der vierundzwanzigste September, der Tag, an dem sich Stephanie Sanden mit mir treffen wollte, war der erste Tag seit Wochen, an dem ich nicht zuallererst zur Toilette rannte, um mich zu übergeben. Ich hatte lange geschlafen, ausgiebig gefrühstückt und war um die Mittagszeit unter einem strahlend blauen Himmel meine Runde gelaufen. Eine Zeit lang hatte mich die Erfahrung mit der Inline-Skaterin vorsichtig werden lassen, aber mittlerweile erinnerten nur noch leicht gerötete Hautstellen an den Zusammenprall. Das Laufen tat mir nach wie vor gut, ich wollte es so lange wie möglich durchhalten. Zum Glück hatte ich Frau Dr. Lenz, die mir zuriet. Wäre es nach Lilly gegangen, hätte ich monatelang die Füße hochgelegt und meinen Bauch gestreichelt.

Da ich noch nicht wieder bereit war für die Zelte, auf die ich in absehbarer Zeit unweigerlich würde zurückgreifen müssen, zog ich an diesem Tag einen etwas längeren Pulli über meine Hose, deren Reißverschluss sich nicht mehr ganz schließen ließ, vom Knopf ganz zu schweigen. Bevor ich ging, warf ich noch einen skeptischen Blick in den Spiegel, drehte und wendete mich und war schließlich zufrieden mit meinem Anblick. Ich holte mein Fahrrad aus dem Keller und machte mich auf den Weg. In der Nähe des Cafés würde so gut wie kein Parkplatz zu bekommen sein.

Als ich dort ankam, waren viele Tische bereits besetzt, an keinem saß jedoch eine einzelne Frau. So wählte ich einen Tisch in der Ecke, von dem aus ich den ganzen Raum überblicken konnte. Während ich wartete, ließ ich meinen Blick über die weiß getünchten Wände schweifen, an die unterhalb der Decke einzelne unzusammenhängende Worte geschrieben waren: Sünde, Duft, Techtelmechtel, ich, Substanz …

»Sind Sie Ellen Bertram?«

Ich war so vertieft gewesen, dass ich sie nicht hatte kommen sehen. »Ja.« Ich sah zu ihr auf. »Guten Tag, Frau Sanden.«

Sie ließ ihren Blick kurz über mich gleiten und setzte sich dann mir gegenüber. »Guten Tag.« Es war, als wäre mit ihr ein kühler Windhauch in diese ohnehin sehr kühl gehaltenen Räume geweht. Ihren Mantel legte sie über eine Stuhllehne.

Wir musterten uns sekundenlang. Das ist also Philips Tochter, dachte ich erstaunt. Sie war ein paar Jahre jünger als ich, hatte dunkle, glatte Haare, die durch eine Spange zusammengehalten wurden, und ein ebenmäßiges Gesicht. Eine sehr attraktive Frau, stellte ich neidlos fest. Ein Lächeln hätte sie jedoch zweifellos noch attraktiver gemacht. Ihre unbewegte Miene ließ sie eher streng erscheinen. Unterstrichen wurde dieser Eindruck durch ihre Kleidung: Sie trug einen schwarzen Rollkragenpullover über einer gleichfarbigen, klassisch geschnittenen Hose.

Als ich gerade das Gespräch beginnen wollte, kam die Kellnerin und fragte nach unseren Wünschen. Stephanie Sanden bestellte einen schwarzen Tee, ich einen Pfefferminztee. Sie wirkte unnahbar auf mich.

»Haben Sie sich schon ein Wort ausgewählt?« Sie ließ ihren Blick kurz über die Wände wandern, so wie ich es getan hatte, als sie hereinkam.

»Nein«, sagte ich abwartend. »Stehen sie denn zur Wahl?«

»Wenn Sie eines der Worte spontan auswählen, spiegelt sich Ihre derzeitige Verfassung darin wider.« Es war nichts Weiches in ihrer Stimme, nichts Vermittelndes.

Sie hat Philips Augen, stellte ich fest, wobei bei ihr das Grün stärker in den Vordergrund tritt. Ich konnte den Ausdruck dieser Augen nicht deuten. »Haben Sie sich für eines entschieden?« Ich hielt mich zurück, da ich intuitiv spürte, dass sie die Kontrolle über das Gespräch beanspruchte.

»Ja«, erwiderte sie. »Für das *Ich*.« Sie saß kerzengerade auf ihrem Stuhl, anstatt sich entspannt zurückzulehnen. Aber Entspannung schien für sie ohnehin ein Fremdwort zu sein. »Damit wäre ich auch gleich beim Thema.«

Sie verliert wirklich keine Zeit, überlegte ich fast ein wenig amüsiert.

»Ich bin mir sehr wichtig«, sagte sie fast schroff, »deshalb habe ich nicht vor, mein Leben an die Öffentlichkeit zerren zu lassen.«

»Es geht um Ihren Vater«, gab ich vorsichtig zu bedenken.

»Sie können meinen Vater nicht isoliert von seiner Familie betrachten.«

Ich konnte das schon, fragte sich nur, ob sie es konnte. Aber wie sollte ich ihr das beibringen, ohne dass sie sich vollends verschloss? »Da haben Sie teilweise sicher Recht«, tastete ich mich vor. »Ich würde gerne etwas darüber erfahren, wie er als Vater war. Im Buch würde ich jedoch versuchen, das in Eigenschaften auszudrücken, abstrakter zu gestalten, ohne beispielsweise konkret auf eine Vater-Tochter-Beziehung einzugehen. Wenn Sie es wünschen, halte ich Sie dort vollkommen heraus.« Mein schlechtes Gewissen meldete sich zaghaft, aber es war zu spät für einen Rückzieher. Wie kam Philip zu so einer Tochter? Wäre sie eine fröhliche, freundliche Person gewesen, hätte ich vielleicht nicht weiter versucht, sie zu überzeugen. Ihre herbe Strenge und ihr barsches Wesen hatten jedoch meine Neugier geweckt.

Sie kniff ihre Augen zu Schlitzen zusammen. »Muss unsere Familie einem solchen Projekt nicht zustimmen?«

»Nicht unbedingt«, gab ich ihr Auskunft. »Es gibt auch so genannte unautorisierte Biografien.«

»Die wir dann mit einer einstweiligen Verfügung stoppen können.« Warum fragte sie, wenn sie sich doch auskannte?

»Wenn Sie mit dem Inhalt nicht einverstanden sind, steht Ihnen das frei«, sagte ich mit einem abwägenden Nicken. »Es besteht aber durchaus die Möglichkeit, dass Ihnen das Buch gefällt.« Mein Lächeln blieb unerwidert.

Sie sah mich regungslos an.

O Philip, schickte ich ein Stoßgebet gen Himmel. Zu jedem Menschen gibt es einen Schlüssel, ihrer schien jedoch gut verborgen zu sein.

»Unter einer Bedingung.«

»Ja?« Ich wartete gespannt.

»Vorher möchte ich *Ihren* Vater kennen lernen.«

Mein ungläubiges Lachen ließ für einen kurzen Moment die Gespräche um uns herum verstummen. »Soll das ein Scherz sein?«

»Sehen Sie mich lachen?« Davon konnte tatsächlich keine Rede sein.

»Tut mir Leid«, sagte ich fest, »ich vermische Privates nicht mit Geschäftlichem.« Litt sie so sehr unter dem Verlust ihres Vaters, dass sie jetzt wahllos nach anderer Leute Väter die Hand ausstreckte?

Zum ersten Mal zogen sich ihre Mundwinkel in Richtung Ohren, was dabei herauskam, war jedoch eher ein süffisantes Lächeln. »Und das aus Ihrem Mund? Ihr Geschäft ist doch das Privatleben anderer.«

»Nur in dem Maße, in dem meine Interviewpartner dem zustimmen und Privates preisgeben.« Was war nur mit dieser Frau los? Als ich noch darüber nachdachte, schob sich eine Erinnerung in meine Gedanken. Bevor ich das erste Interview von Philip bekam, hatte er auch auf einem Tauschhandel bestanden. War das eine Familienkrankheit?

»Ich habe meine Bedingung klar definiert: Lerne ich Ihren Vater kennen, lernen Sie meinen kennen.«

Den kenne ich bereits, antwortete ich ihr in Gedanken. »Was wollen Sie über meinen Vater wissen?«, fragte ich sachlich.

»Oh nein«, winkte sie ab. »So billig kommen Sie mir nicht davon. Ich habe mich doch präzise ausgedrückt: Ich will ihn kennen lernen.« Ihr Blick war vollkommen ungerührt.

»Ihre Bedingung kommt etwas überraschend für mich. Ich würde gerne in Ruhe darüber nachdenken.«

»Tun Sie das, Sie haben ja meine Nummer.« Ihrem Tonfall nach zu urteilen nahm sie nicht an, jemals wieder etwas von mir zu hören.

Und damit hatte sie Recht, ich hatte nicht vor, das Gespräch mit ihr fortzusetzen. Neugierde hin oder her, diese Frau hatte einen Knall, und inzwischen erschien mir jedes weitere Gespräch mit ihr als Zeitverschwendung.

Nachdem sie gegangen war, blieb ich noch einen Moment sitzen, um mich von diesem Eisklotz zu erholen. Draußen vor der Tür atmete ich mehrmals tief durch und schwang mich dann auf mein Rad. »Maja, ich hoffe nur, du hast dir die Ohren zugehalten! Wenn nicht, lass dir zumindest gesagt sein, dass sie besser aussieht, als sie sich anhört.« Vielleicht ist ihre Mutter umgänglicher, überlegte ich auf dem Rückweg. Einerseits sträubte ich mich innerlich, mit dieser Frau in Kontakt zu treten, andererseits wollte ich doch gern wissen, was für eine Frau das war, mit der Philip fast fünfunddreißig Jahre verheiratet gewesen war.

Kaum zu Hause angekommen, beschloss ich, Lilly auf einen Tee zu überfallen. Nach der kalten Dusche von Philips Tochter sehnte ich mich nach Lillys Wärme. Ich versuchte, sie anzurufen, erreichte sie jedoch nicht. Trotzdem setzte ich mich ins Auto. Wahrscheinlich grub sie wieder etwas in ihrem Garten aus, ein oder um und hörte das Telefon nicht. Und so war es auch. Als ich in Falkenstein vor ihrem Hutzelhäuschen die Autotür zuschlug, erschien kurz darauf das Kalb am Gartentor. Also konnte auch Lilly nicht weit sein.

Jedes Mal, wenn ich vor diesem verwitterten kleinen Fachwerkhaus stehe, wundere ich mich, dass Lilly sich darin wohl fühlt. Mit ihrer Größe und ihren ausladenden Formen scheint sie überall anzuecken. Es kommt mir eher wie eine Puppenstube vor als wie die passende Behausung für so ein Vollweib wie Lilly. Aber sie liebt ihr Häuschen, ganz zu schweigen von dem Garten, der es umgibt. Ich folgte der schwanzwedelnden Henriette hinters Haus.

»Keine Hausbesuche heute?«, fragte ich frech in ihrem Rücken.

Sie hielt gerade einen kleinen Rhododendron samt Erdballen in ihren Händen. »Sonntag ist Familientag«, kam prompt ihre Antwort. Sie hatte sich nicht einmal umgedreht.

»Da probieren deine Kunden dann die Kunststücke aus, die sie bei dir gelernt haben, richtig?« Sie hatte mir immer noch nicht verraten, was sie wirklich machte.

»So in etwa.« Sie pflanzte den Rhododendron liebevoll in ein Loch, das sie bereits gegraben hatte, und besah sich ihre Arbeit von allen Seiten. »Wo drückt der Schuh, Ellen?« Sie warf mir über die Schulter einen fragenden Blick zu.

»Wieso?«

»Immer wenn du so kratzbürstig bist, liegt dir etwas auf der Seele«, klärte sie mich seelenruhig auf.

»Hast du Zeit für einen Tee?«

»Na klar.« Mangels eines Lappens wischte sie ihre erdigen Hände an den Jeans ab und ging vor mir her ins Haus. Es war zwar ein sonniger Septembertag, aber längst zu kalt und zu windig, um draußen zu sitzen. Der Herbst hatte den Sommer abgelöst.

So ließen wir uns nach einem kurzen Stopp in der Küche in Lillys ungefähr fünfzehn Quadratmeter großem Wohnzimmer nieder. Da sie sich von nichts trennen kann, ist in diesem und allen anderen Räumen des Hauses ein Sammelsurium aus ihren eigenen Sachen und denen ihrer Großmutter vertreten. Eigentlich passt nichts so recht zusammen, insgesamt ist es jedoch unglaublich gemütlich.

»Also, was ist dir über die Leber gelaufen?«, fragte sie über ihre dampfende Tasse hinweg.

»Majas Halbschwester«, antwortete ich immer noch entnervt. Sie hatte einen bleibenden Eindruck hinterlassen.

»Wie bist du denn an die geraten?«

Bisher hatte ich Lilly nichts von meinem Plan erzählt, in dem Notizbuch auch die Eindrücke von Philips Familie zu verewigen. Also holte ich es nach.

»Du spinnst«, brachte sie es auf einen Nenner.

»Du hast mir schließlich das Buch geschenkt.«

»Für deine eigenen Erinnerungen«, sagte sie vorwurfsvoll.

»Die reichen nicht.« Ich schluckte die aufkeimende Traurigkeit hinunter und probierte vorsichtig den heißen Pfefferminztee, den Lilly mir vor die Nase gestellt hatte. Als ich hochsah, traf mich einer ihrer beredten Blicke. »Wer redet denn hier immer von Wurzeln?«, verteidigte ich mich.

»Warum tust du dir das an?«

Ich zog die Knie an und umfasste meine Knöchel. »Vielleicht weil ich hoffe, dass Philip in diesen Gesprächen noch einmal lebendig wird, weil ich Maja eines Tages auch noch etwas anderes über ihren Vater erzählen will, als dass er ein sehr leidenschaftlicher Liebhaber war, er mir fast bis auf den Grund meiner Seele schauen konnte, ich ihn hätte lieben können ...«

»Ist das nicht genug?«, unterbrach sie mich. »Was willst du ihr noch erzählen? Du sprudelst doch geradezu über.«

»Die kleinen Alltäglichkeiten, für die wir keine Zeit hatten, die einen Menschen aber auch ausmachen.«

Lilly kam aus dem Kopfschütteln nicht heraus. »Du spinnst«, wiederholte sie. Als sie meinen enttäuschten Blick sah, lenkte sie ein. »Also erzähl schon.«

Und so lud ich meinen gesamten Frust über die Begegnung mit Stephanie Sanden bei ihr ab. »Die verstaut ihre Seele in einem Eisschrank«, schloss ich meinen Bericht. »Was für eine Idee! Meinen Vater kennen lernen zu wollen.« Ich konnte es immer noch kaum glauben.

»Vergiss sie.« Lilly strich dem Kalb versonnen übers Fell. »Die sp...« Lilly erinnerte sich gerade noch rechtzeitig, dass sie dasselbe gerade erst zu mir gesagt hatte, und schlug sich die Hand vor den Mund.

In diesem Moment mussten wir beide lachen. Ich beschloss, diese Frau ganz schnell aus meinem Gedächtnis zu verbannen. Was sollte sie mir auch schon groß erzählen können? Wahrscheinlich war sie von Geburt an ein Griesgram gewesen. Wir wechselten das Thema und wandten uns erfreulicheren Themen zu, die uns bis in den Abend hinein beschäftigten. Gegen zehn fuhr ich entspannt nach Frankfurt zurück.

Nachdem ich am Montag die wichtigsten Dinge erledigt hatte, rief ich Constanze Frohwein an. Ich brauchte von ihr die Telefonnummer von Ruth Sanden, Philips Frau. Im Telefonbuch war nur das Atelier vermerkt.

»Jetzt weiß ich auch, warum Sie den Kontakt zu Stephanie

Sanden nicht vermitteln wollten«, begann ich das Gespräch. Inzwischen konnte ich wenigstens darüber lachen.

»Sie ist etwas zugeknöpft.« Wie immer, wenn es um die Familie ging, war sie sehr zurückhaltend.

»Das ist eine eher dezente Umschreibung. Ich würde sagen, sie ist ein Fall für einen Panzerknacker. Mit ihr hat es keinen Zweck«, brachte ich es auf den Punkt. »Können Sie mir die Nummer von Ruth Sanden geben?«

»Natürlich.« Sie diktierte sie mir aus dem Kopf.

»Und ein kurzer Anruf, um mich anzukündigen?« So etwas sparte oft eine Menge Zeit.

»Nein«, antwortete sie fest ohne eine weitere Erklärung.

Warum war sie nur so wenig hilfsbereit? »Wenn die Mutter wie die Tochter ist, dann kann ich verstehen, warum das Atelier für Herrn Sanden Freiheit bedeutet hat. Stephanie Sanden legt sich einem wie Mehltau aufs Gemüt.« Ich ließ meinem Unmut freien Lauf. »Ist die Mutter auch so?«

»Sie ist anders.« Ihre Antwort kam mit einem Zögern.

Anders, dachte ich verdrossen, wie hilfreich. Aber es stimmte genau, sie war anders, wie ich kurz darauf feststellen sollte.

Das Telefon hatte bereits ein paarmal geklingelt, bevor sie dranging. »Sanden«, hörte ich ihre angenehme Stimme.

Wieder sagte ich meinen Spruch auf und wartete dann gespannt auf ihre Reaktion. Offensichtlich war sie entscheidungsfreudiger als ihre Tochter, denn sie lud mich gleich am nächsten Tag zu sich nach Hause ein. »Merkwürdige Familie«, sagte ich laut vor mich hin, nachdem ich aufgelegt hatte.

Zum verabredeten Termin stand ich pünktlich vor ihrer Tür, die auch Philips gewesen war. Das Haus am Neroberg musste aus einer ähnlichen Zeit stammen wie sein Atelier. Es ähnelte ihm, nur war es nicht weiß, sondern aus sandfarbenen Ziegeln, unterbrochen von dunklen Holzbalken. Frau Sanden öffnete nicht selbst, vor mir stand eine unscheinbare Frau in mittleren Jahren und bat mich hinein. Sie stellte sich als Frau Sandens Haushälterin vor. Ich folgte ihr über knarrendes Parkett durch einen großzügigen Flur in eines der angrenzenden Zimmer. Es war eine Art Salon mit hohen Stuckdecken und dunklen antiken Möbeln. An den Stoffen musste sich jemand mit einem konservativen englischen Geschmack ausgelassen haben. Sogar die Wände waren mit Stoff bespannt. Der Kontrast zu Philips Atelier hätte nicht größer sein können. Da ich noch allein war, sah ich mich in Ruhe um. In diesem Raum hatten sich alte Meister an den Wänden versammelt, von Philips Bildern keine Spur.

Auf einer Kommode entdeckte ich Fotos in Silberrahmen. Ich stand auf, um sie mir näher anzusehen. Von vielen blickte Philip mir entgegen und versetzte mir einen Stich ins Herz. Es gab Fotos darunter, die mir einen jüngeren Philip zeigten, einen, dessen Haare noch nicht ergraut waren. Sie waren einmal sehr dunkel gewesen, wie ich feststellen konnte. Ich zwang mich, auch die übrigen Personen auf den Fotos zu betrachten: eine sehr elegante Frau, wahrscheinlich Ruth Sanden, und ein Mädchen auf dem Weg vom Kind zur jungen Frau. Stephanie Sanden hatte ihrer Umwelt also nicht immer ein Lächeln versagt.

»Guten Tag, Frau Bertram.« Ruth Sanden, die Frau von den Fotos, kam dezent lächelnd auf mich zu.

»Vielen Dank, dass Sie Zeit für mich haben«, erwiderte ich freundlich.

Sie wies mit der Hand auf zwei gepolsterte alte Sofas, die sich gegenüberstanden. Als wir uns gerade setzten, brachte die Haushälterin ein Tablett mit Getränken und Gebäck. Während sie den Tisch zwischen uns eindeckte, nahm ich mir Zeit, mein Gegenüber etwas genauer zu betrachten. Ihr Alter war schwer zu schätzen; wenn ich von ihrer Tochter ausging, musste sie jedoch mindestens Anfang fünfzig sein. Alles an dieser Frau war gepflegt und elegant. Ihr graues Kostüm stammte mit Sicherheit von einem Maßschneider, es saß perfekt. Sie war fast einen Kopf kleiner als ich, hatte brünette, kurze Haare, durch die vor kurzem mit Sicherheit noch das Stylingwerkzeug eines Friseurs gefahren war, und ein gekonntes Make-up. Bei ihrer Augenfarbe hatte sich ihr Schöpfer allerdings nicht klar entscheiden können, sie changierte zwischen Blau, Grün und Grau.

»Danke«, sagte sie in Richtung der Haushälterin und wandte sich mir zu. »So, und Sie wollen etwas über meinen Mann schreiben – was für eine schöne Idee.« Ihr Lächeln war so maßgeschneidert wie ihr Kostüm, ohne jede Kante. Mutter und Tochter hätten nicht unterschiedlicher sein können.

»Ja.« Ich setzte mich auf dem unbequemen Sofa zurecht. »Zunächst einmal möchte ich Ihnen jedoch sagen, wie Leid mir der Tod Ihres Mannes tut.«

»Vielen Dank.« Sie akzeptierte meine Beileidsbezeugung mit einem leichten Nicken ihres Kopfes. »Sie sagten, Sie haben ihn kurz kennen gelernt, nicht wahr?«

»Ich habe für die *Roberta* ein Interview mit ihm gemacht.«

»Ich habe es gelesen, es hat mir gefallen.« Wieder ein wohlwollender Blick. »Da stand ja nun schon einiges über meinen Mann drin«, fuhr sie gedehnt fort. »Aber Sie wären nicht hier, wenn es nicht weitere Fragen gäbe, habe ich Recht?«

»Mich interessieren primär die kleinen Geschichten am Rande, in welcher Weise er seine Umwelt geprägt hat, so etwas in der Art. Vielleicht erzählen Sie einfach ein wenig über ihn.«

Wenn sie um ihn trauerte, dann hatte sie sich gut im Griff. Ihrem Gesichtsausdruck war keine intensive Gefühlsregung zu entnehmen. »Mein Mann hat seine Umwelt ganz außerordentlich geprägt.« Ihre gefalteten Hände ruhten auf ihren Oberschenkeln. »Er war ein herausragender Maler. Seine Bilder haben den Weg in die ganze Welt gefunden, eines ist sogar nach Japan verkauft worden. Er war anerkannt.« Als ließe sie sich dieses Wort auf der Zunge zergehen.

»Wie haben Sie ihn als Menschen wahrgenommen?«

»Wunderbar«, hauchte sie mit ihrer weichen Stimme. »Ganz einfach wunderbar.«

Hier hilft nur Schweigen, entschied ich kurzerhand und sah sie erwartungsvoll an. Blieben nach mehr als dreißig Jahren nicht mehr Worte übrig als einfach nur *wunderbar*?

Wie sich herausstellte, war sie durch Schweigen nicht aus der Reserve zu locken. Sie hatte meine Frage beantwortet und wartete geduldig auf die nächste.

Also gut. »Wie lange waren Sie verheiratet?« Vielleicht brauchte sie konkretere Fragen.

»Vierunddreißig sehr schöne Jahre.« Ein tiefer Seufzer verlieh dem Gesagten den entsprechenden Nachdruck. »Wir waren kaum ein Jahr verheiratet, da kam schon unsere Tochter. Was für eine glückliche Zeit.«

Also war Stephanie Sanden dreiunddreißig, rechnete ich schnell nach.

»Haben Sie Kinder?«

Ich verschluckte mich fast an dem Wasser, das ich gerade im Mund hatte. »Nein.«

»Kinder sind eine wirkliche Freude.« Ihr Tonfall ließ vermuten, dass sie mich bedauerte.

Ich musste an ihre Tochter denken und fragte mich ernsthaft, was an dieser Person eine Freude sein sollte. Und ich dachte an Maja und die zaghafte Freude, die sich jetzt hin und wieder in mein Bewusstsein schlich.

»Mein Mann und ich hätten gerne noch mehr Kinder gehabt, aber leider, leider …« Den Rest ließ sie offen.

»War Ihr Mann ein begeisterter Vater?«

»Oh ja.« Es klang schwärmerisch. »Er war ein wunderbarer Vater. Stephanie war sein Augenstern.«

In meinen Augen rangierte sie unter Albtraum.

»Sie tut sich sehr schwer mit seinem Tod, so wie ich auch.« Für einen kurzen Moment schloss sie die Lider.

»Es muss sehr hart sein …« Zum Glück war seit Philips Tod schon einige Zeit vergangen, sodass ich nicht mehr so leicht in Tränen ausbrach. In Gesellschaft seiner Frau wäre das ein weiterer Albtraum gewesen.

»Ja.« Sie senkte wirkungsvoll ihren Blick.

Meinen ließ ich nochmals durch den Raum schweifen. Außer den Fotos erinnerte hier nichts an Philip. »Haben Sie dieses Haus gemeinsam eingerichtet?« Ich versuchte, in meine Stimme einen bewundernden Tonfall zu legen, was mir jedoch schwer fiel. Mich würde dieser Raum auf Dauer erdrücken.

»Das war allein mein Projekt«, erwiderte sie stolz. »Mein Mann hatte in seinem Atelier freie Hand, ich hier.«

Das erklärte einiges. »Was geschieht mit dem Atelier?«

»Wenn alle Bilder verkauft sind, wird es geschlossen.«

»Fällt es Ihnen schwer, sich von den Bildern zu trennen?«

»Sehr!« Sie nippte an ihrem Tee. »Aber ich habe mir fest vorgenommen, nicht egoistisch zu sein. Ich werde nur sehr wenige ausgewählte Bilder behalten.«

Die ist doch einfach nicht von dieser Welt, überlegte ich ungläubig. »Behalten Sie auch sein letztes Bild, das er in Südtirol gemalt hat?« Wenn ich es schon nicht erstehen konnte, wollte ich wenigstens wissen, wo es war.

»Das hat meine Tochter.«

»Gefallen Ihnen eigentlich die Bilder Ihres Mannes?«, fragte ich vorsichtig. »Ich kann hier keines entdecken.«

»Ach so.« Wieder dieses dezente Lächeln. »Ich bin zutiefst eingenommen von dem Werk meines Mannes. Da ich jedoch eher zur Zurückhaltung neige, habe ich mich auch in dieser Hinsicht beschränkt. Understatement, wenn Sie wissen, was ich meine.« Sie sah mich viel sagend an.

»Was war das stärkste Band zwischen Ihnen und Ihrem Mann?«

»Die Liebe zu unserer Tochter und unsere Liebe zueinander.«

»Gibt es ein besonderes gemeinsames Erlebnis, das Ihnen spontan einfällt?«

»Seine Ernennung zum Ehrenbürger dieser Stadt.«

Es fiel mir ungeheuer schwer zu glauben, dass Philip diese Person geliebt hatte. Sie reihte eine Worthülse an die andere und kam mir selbst wie eine Hülse vor. Wobei ich mich langsam fragte, ob es nicht nur heiße Luft war, die diese Hülse umschloss. »Worin sehen Sie die beste Voraussetzung für Ihre Verbindung?«

»Wir kamen aus einer Welt.«

»Aus einer Gefühlswelt, einer geistigen Welt?« Auch das schien mir schwer vorstellbar.

»Nein.« Sie schüttelte mit Nachdruck ihren Kopf. »Aus einer sozialen Welt, daraus ergibt sich alles andere.«

Das war mir allerdings neu. »Wie hat Ihr Mann das gesehen?«

»Wie in den meisten anderen Dingen, so waren wir auch hierin einer Meinung.« Mit einem überschwänglich dankbaren Blick streifte sie eines seiner Fotos.

»Worin nicht?«

»Kleinigkeiten«, winkte sie ab. »Nicht der Rede wert.«

Und dann stellte ich ihr die Frage, die ich schon Constanze Frohwein gestellt hatte. »Wenn Sie Ihren Mann mit einem Wort beschreiben wollten, wie würde das lauten?«

»Wunderbar«, antwortete sie ohne Zögern, aber mit betonendem Lidschlag.

Dass ich dieses Wort aus ihrem Mund noch einmal hören würde, darauf hätte ich wetten können. Ihre vordergründige Vorstellung wurde langsam langweilig. Eigentlich hatte ich so gut wie nichts über Philip erfahren. Hätte ich ihn nicht bereits gekannt, hätte ich angenommen, bei Philip Sanden handele es sich um einen gutmütigen, herzensguten, hoch begabten, allseits beliebten, freundlichen Menschen. Sie hatte nichts erzählt von der Faszination, die von ihm ausging, von seiner Präsenz, seinem Humor, seiner …

»Und Sie?«, fragte sie mit einem nahezu unschuldigen Blick.

»Wie bitte?«

»Sie haben meinen Mann ja auch kennen gelernt. Mit welchem Wort würden Sie ihn beschreiben?«

»Die Antwort«, sagte ich nach einem tiefen Atemzug, »würde ich Ihnen gern bis zum Abschluss meiner Recherchen schuldig bleiben.«

»Überaus klug.« Sie bedachte mich mit einem undefinierbaren Blick. »Mit wem werden Sie noch sprechen?«

»Mit Frau Frohwein, mit …«

»Ich hatte Sie so verstanden, dass es Ihnen primär um den Menschen geht«, unterbrach sie mich. Zum ersten Mal spürte ich eine Regung in diesem Gesicht, die die glatte Oberfläche zu durchbrechen schien. »Frau Frohwein war eine Mitarbeiterin meines Mannes. Was sollte sie Ihnen zu erzählen haben?«

»Ihre ganz persönlichen Eindrücke von ihm.«

»Mein Mann hat strikt zwischen Privatem und Beruflichem unterschieden. Es sollte mich wundern, wenn Frau Frohwein Ihnen bei Ihren Recherchen weiterhelfen kann. Wie wäre es, wenn ich Ihnen stattdessen ein paar Freunde meines Mannes nenne?«

»Gern.«

Sie stand auf, ging zu einem Sekretär, schrieb ein paar Nummern auf und reichte mir den Zettel. »Selbstverständlich können Sie sich auch jederzeit mit weiteren Fragen an mich wenden.«

Ich war ebenfalls aufgestanden. Nachdem ich mich bei ihr für das Gespräch bedankt hatte, begleitete sie mich noch zur Tür. Als ich diese hinter mir ins Schloss fallen hörte, hätte ich mich am liebsten wie ein Hund geschüttelt. Diese Frau war kaum auszuhalten. Ich hatte gedacht, das schlechte Gewissen würde mich nur so überschwemmen, wenn ich dieser Frau gegenübertrat, aber so war es nicht. Im Gegenteil, ich bedauerte Philip zutiefst. Das Leben mit dieser Dame, an deren Glätte alles herunterlief, erschien mir alles andere als erstrebenswert. Die Freiheit des Ateliers musste er bitter nötig gehabt haben.

Bevor ich nach Frankfurt zurückfuhr, machte ich bei einem Blumenladen Halt und kaufte einen Strauß bunter Dahlien für Philips Grab. Als ich davor stand, lief das Gespräch mit seiner Frau noch einmal vor meinen inneren Augen und Ohren ab. »Was hat dich bei dieser Frau gehalten?« Ich hätte Gott weiß was dafür gegeben, eine Antwort von ihm zu erhalten.

11

Die Kastanien lagen bereits verstreut auf den Straßen, und das Laub färbte sich allmählich. Trotzdem meldete sich in den letzten Septembertagen der Sommer noch einmal zaghaft zurück. Ich nutzte jede freie Minute, um vor der kalten Jahreszeit die letzten Sonnenstrahlen zu genießen. Wenn ich morgens lief, war es schon herbstlich kühl, an den Nachmittagen setzte sich jedoch die Wärme durch.

An diesem Samstag, dem letzten im September, saß ich mit Lillys Notizbuch auf meinem Balkon. Ich las noch einmal die siebenundvierzig Seiten, auf denen ich meine Erlebnisse mit Philip festgehalten hatte. Wider Erwarten hatte mir das Schreiben gut getan. Es hatte zwar meine Traurigkeit wieder hochkommen lassen, aber auch andere intensive Gefühle, die Philip in mir ausgelöst hatte. Manche Passagen hatte ich Maja laut vorgelesen, andere waren nicht für die Ohren eines Kindes bestimmt, für die eines ungeborenen schon gar nicht. Ich weiß, es war übertrieben, wenn nicht gar lächerlich, mit einem siebzehn Wochen alten Embryo zu sprechen, aber es half mir.

Von Tag zu Tag gewöhnte ich mich ein bisschen mehr an den Gedanken, ein Kind zu bekommen. Die Natur hatte die Zeit schon klug bemessen. So wie Maja in meinem Bauch heranreifte, reifte in meinem Kopf die Vorstellung von ihr und dem, was sie für mein Leben bedeuten würde. Das Bild der Handschellen, das mich lange nicht losgelassen hatte, war verblasst. Ich war jedoch weit davon entfernt, mit einer rosaroten Brille in die Zukunft zu sehen. Schließlich war ich nicht blind. Allein erziehende, berufstätige Mütter kamen mir vor wie Schwerstarbeiterinnen, denen die Pflicht zum Alltag und die Kür zum unerfüllbaren Traum geriet. Sie hatten keine Wahl. Und mir blieb auch keine, ich würde irgendwie den Spagat zwischen Maja und meinem Job schaffen müssen. Neben all diesen realistischen Szenarien, die ich mir ausmalte, wuchs tief in mir ein sehr zärtliches Gefühl für meine Tochter, eine fast unbändige Vorfreude, eine Spannung, wie sie wohl aussehen würde.

Ich strich gedankenverloren über das Notizbuch. Sollte es nun wirklich bei meinen eigenen Erlebnissen und Erfahrungen bleiben? Wäre es nach Lilly gegangen, hätte die Antwort eindeutig ja gelautet. Sie fand meine Erzählungen über Philips Familie zum Gruseln. In dieser Hinsicht konnte ich ihr nur zustimmen. Was mich jedoch nicht zur Ruhe kommen ließ, war die Diskrepanz zwischen meiner Einschätzung von Philip auf der einen Seite und diesen beiden Frauen auf der anderen. Jede auf ihre Weise war schlicht zum Davonlaufen. War es das gewesen, was Philip nach Obermais verschlagen hatte? Ich hatte von vornherein angenommen, dass er seiner Arbeit wegen den Sommer dort verbrachte. Hätte ich ihn nur gefragt. Irgendwie musste ich es herausfinden, nicht für Maja, sondern ausschließlich für mich.

Kurz entschlossen setzte ich mich ins Auto und fuhr zu meinen Eltern hinaus. Was ich sie zu fragen hatte, ließ sich schlecht am Telefon besprechen. Als ich ihnen schließlich gegenüberstand, erschien es mir allerdings auch nicht einfacher. Sie saßen im Wohnzimmer in ihren geliebten, abgewetzten Ohrensesseln. Ich hatte den Versuch längst aufgegeben, sie zu neuen Bezügen zu überreden. Sie meinten, damit würden auch alle Erinnerungen unter jungfräulichen Stoffen verschwinden. Meine Mutter las und kraulte dem dösenden Kobold das Fell, meinem Vater waren über seinem Buch die Augen zugefallen. Da seine Ohren längst nicht mehr so gut funktionieren wie früher, hörte er mich nicht hereinkommen. Erst als meine Mutter mich ebenso freudig wie lautstark begrüßte, blinzelte er in meine Richtung.

»Ellen … wie schön.« Er rappelte sich aus seiner gemütlichen Position hoch und sortierte seine Knochen, wie er es nennt. »Ich mache uns mal einen Kaffee.« Mein Vater kocht zwar den besten Kaffee, er brüht ihn noch selbst auf, trotzdem musste ich passen.

»Für mich bitte nur einen Pfefferminztee.«

Etwas Unverständliches vor sich hin brummelnd, verschwand er Richtung Küche.

»Ist dein Magen immer noch nicht wieder in Ordnung?«, fragte meine Mutter besorgt.

»Noch nicht ganz. Ich bin lieber noch vorsichtig.« Irgendwann würde der richtige Moment kommen, um ihnen die Wahrheit zu sagen.

»Warst du beim Arzt?« Sie legte ihr Buch beiseite.

»Ja.«

»Die paar Pfund mehr stehen dir übrigens gut.«

Bei den paar Pfund würde es nicht bleiben.

»Kommst du langsam drüber weg?« In ihrem Gesicht konnte ich lesen, dass sie sich mehr Sorgen gemacht hatte, als sie zugeben würde.

»Wie man's nimmt«, antwortete ich vage. »Es ist nicht leicht loszulassen.«

Sie nickte voller Mitgefühl. »Wenn ich ehrlich bin, hätte ich dir einen jüngeren Mann gewünscht und einen ungebundenen.«

Zum ersten Mal wurde mir klar, dass Philip nur elf Jahre jünger gewesen war als mein Vater. Ich hatte schon oft bemerkt, dass Menschen auf sehr unterschiedliche Weise altern, aber nie war es mir so bewusst geworden. Auch wenn ich ihn geistig als jung geblieben empfand, war mein Vater äußerlich ein alter Mann.

»Aber viel dringender hätte ich dir Glück gewünscht«, stahl sich die Stimme meiner Mutter in meine Gedanken hinein. »Du bist noch so jung, da bricht der Tod mit einer schrecklichen Gewalt ein.«

»Tut er das nicht immer?«

»Wenn du älter bist, rechnest du eher mit ihm.«

»Und macht ihn das leichter?«

»Nein.« Sie schüttelte mit einem traurigen Lächeln den Kopf. »Keinen Deut.«

Ich weiß, dass meine Eltern sich sehnlich wünschen, irgendwann gemeinsam zu sterben. Obwohl sie beide auf ihre Weise überaus eigenständig sind, ist ihnen die Vorstellung, dass einer ohne den anderen weiterleben müsste, unerträglich. *Das ist Liebe*, sagt Lilly jedes Mal mit einem tiefen Seufzer, wenn dieses Thema zur Sprache kommt. Und ich kann ihr nur zustimmen.

Mein Vater war mit einem Tablett hereingekommen und setzte es auf dem kleinen Tisch zwischen uns ab. Zum Glück konnte ich den Kaffeeduft inzwischen wieder vertragen, ohne dass mir schlecht davon wurde.

»Du siehst wieder ein bisschen besser aus«, stellte mein Vater zufrieden fest, nachdem er sich in seinem Sessel niedergelassen und mich eingehend gemustert hatte.

»Mir geht es auch besser.« Und das war die Wahrheit. Nachdem die Übelkeit endlich vorbei war, fühlte ich mich wenigstens nicht mehr krank, sondern nur noch schwanger. Angesichts des stetigen Umbruchs in meinem Körper war das Wörtchen *nur* jedoch eine beachtliche Untertreibung. Aber das hatte mein Vater nicht gemeint, wie sollte er auch? »Obwohl ich mich immer noch sehr viel mit Philip beschäftige.«

»Die Zeit wird helfen.« Aus seinem Tonfall sprach keine Plattitüde, sondern die Erfahrung eines langen Lebens.

»Du könntest mir aber auch helfen«, setzte ich vorsichtig an. »Ich schreibe an einem Buch über Philip, und mir fehlen noch ein paar Informationen.«

Er sah mich vollkommen verständnislos an. »Wie soll ich dir da helfen?«

»Seine Tochter will mir erst dann etwas über ihn erzählen, wenn sie dich kennen gelernt hat.«

Meine Eltern tauschten fragende Blicke aus. »Nun mal der Reihe nach«, mischte meine Mutter sich ein. »Wie bist du an seine Tochter geraten?«

»Per Telefon.«

»Die Frage deiner Mutter zielte weniger auf die Technik ab als auf den Inhalt.«

»Ich möchte ein bisschen mehr über ihn erfahren«, antwortete ich unwillig, »und da steht seine Familie natürlich an erster Stelle.«

»Findest du das klug?«

»Darum scheint es ihr nicht zu gehen, Elsa«, meldete sich mein Vater zu Wort.

»Darum sollte es ihr aber gehen.«

»Und du, hast du etwa immer klug gehandelt?« Er grinste meine Mutter an und brachte damit noch ein paar mehr Falten auf seinem wettergegerbten Gesicht zum Vorschein. »Wenn ich mich recht entsinne, hat deine Mutter dich vor vierzig Jahren bekniet, dir einen ganz bestimmten Schritt klug zu überlegen.«

»War es etwa unklug, dich zu heiraten?«, fragte sie mit einem kecken Unterton, der ihr Alter für einen kurzen Moment vergessen machte.

»Keine Spur.« Er zwinkerte ihr verständnisinnig zu.

Ich kannte diese Momente nur zu gut, wenn sie sich selbst

genug waren und alles um sich herum vergaßen. »Kann ich auch mal wieder etwas sagen?«

Sie sahen mich betreten an. Ihr Nicken kam so synchron, als hätten sie es eingeübt.

»Nachdem das mit der Klugheit nun geklärt ist«, sagte ich mit einem viel sagenden Blick in Richtung meiner Mutter, »würde ich gerne wissen, ob es euch recht ist, wenn ich Stephanie Sanden einmal mit hierher bringe.« Ich ließ meinen Vater nicht aus den Augen.

»Ich weiß nicht recht ...«, ließ sich meine Mutter vernehmen.

»Papi?!«

»Also weißt du ...« Über diesen zögerlichen Ansatz schien er nicht hinauszukommen.

Da platzte mir der Kragen. »Das glaube ich einfach nicht«, begehrte ich auf. »Ich bitte euch wirklich selten um einen Gefallen!«

»Da müssten wir ja die ganze Zeit lügen«, setzte mein Vater betrübt zu einer Erklärung an.

»Wieso lügen?«

»Weiß sie denn, dass du ein Verhältnis mit ihrem Vater hattest?« Die Vorstellung schien meine Mutter zu erstaunen.

»Natürlich weiß sie es nicht. Es geht sie auch nichts an. Deshalb müsst ihr auch nicht lügen. Das Thema wird ganz bestimmt nicht zur Sprache kommen. Ich bringe sie mit, ihr sagt ihr guten Tag, erzählt ihr ein bisschen was über euren Alltag. Und das war's dann schon.«

»Ist sie nett?«, fragten sie wie aus einem Mund.

»Nein.«

»Auch das noch.« Meiner Mutter war die Sache nicht geheuer.

»Wenn sie humpelnd auf vier Beinen daherkäme, hättest du doch auch kein Problem damit. Denk dir einfach, sie wäre eine zweibeinige Ziege oder eine Schnepfe in Menschengestalt. Damit kommst du ihrem Naturell schon sehr nahe.«

»Wann soll denn das sein?«

»Das weiß ich noch nicht, Mami. Ich muss Stephanie Sanden erst anrufen.«

Sie sahen mich über ihre dampfenden Kaffeetassen hinweg einträchtig zweifelnd an.

»Es ist mir wirklich sehr wichtig«, beharrte ich.

Nachdem sie einen beredten Blick ausgetauscht hatten, dem ihre mangelnde Begeisterung unschwer zu entnehmen war, rangen sie sich endlich zu einem Ja durch. Ich atmete hörbar auf.

»Danke! Sobald ich etwas Näheres weiß, gebe ich euch Bescheid.« Damit wechselte ich blitzschnell das Thema, damit sie es sich nicht noch anders überlegten.

Obwohl ich Stephanie Sanden am liebsten gleich angerufen hätte, zügelte ich meine Ungeduld und konzentrierte mich auf meine Eltern und deren Themen, die sich zwischen dem Gemüsegarten meines Vaters, neuen Patienten meiner Mutter und dem Rest der Welt bewegten. Dieser Rest bestand vorwiegend aus Lilly und mir.

Apropos Lilly. »Hat sie euch eigentlich von ihrem neuen Job erzählt?«

»Kann sein, dass sie mal so was erwähnt hat.« Mein Vater schien angestrengt nachzudenken, um gleich darauf dem Thema eine andere Richtung zu geben. »Sie sollte etwas mit Hunden machen, sie hat da wirklich ein Talent.«

»Das sag ich euch seit Ewigkeiten. Lasst sie doch endlich mal an Kobold ran, dieses Erschrecken-Spiel ist doch gemeingefährlich.« Dabei fixierte ich den Neufundländer, der jedoch nur kurz blinzelte und dann weiterschlief.

Wie immer, wenn dieses Thema aufkam, lachte mein Vater. »In unserem Alter gibt es nicht mehr so viele Freuden. Nicht wahr, Elsa?« Dabei reckte er sich zu meiner Mutter hinüber und tätschelte ihr liebevoll die Hand.

Sie antwortete ihm mit einem zustimmenden Lächeln.

»Papi«, drängte ich mich dazwischen, »willst du allen Ernstes behaupten, dass es eine Freude für euch ist, mit diesem Vieh Verstecken zu spielen?«

»Ja. Und dem Hund macht es auch Spaß.« Er bedachte ihn mit einem stolzen Blick.

»Aber mir nicht.«

»Deshalb halten wir ihn auch wenn möglich zurück, sobald du kommst.«

»Tausend Dank«, sagte ich gottergeben. »Wenn ich mit Stephanie Sanden hierher komme, könnt ihr ihn allerdings ruhig loslassen. Ein kleiner Schreck macht sie vielleicht zugänglicher. So leicht ist die nämlich nicht zu knacken.«

»Bist du eigentlich schon einmal auf die Idee gekommen, dass du vielleicht gar nicht hören willst, was sie zu sagen hat?«, fragte meine Mutter vorsichtig.

»Nein. Wenn ich es nicht hören wollte, könnte ich mir diese ganze Aktion sparen.«

»Ich meine nur …«

»Mami«, unterbrach ich sie, »ich weiß schon, was ich tue.«

Ihrem zweifelnden Blick nach zu urteilen hatte ich sie nicht überzeugen können. Aber das machte nichts, Hauptsache sie spielten mit. Und das hatten sie schließlich – wenn auch widerstrebend – versprochen.

Sobald ich wieder zu Hause war, wählte ich die Nummer von Philips Tochter.

»Sanden.«

Während sie sich eher abweisend meldete, versuchte ich es eine Spur freundlicher, auch wenn es mir in ihrem Fall schwer fiel. »Guten Tag, Frau Sanden, hier Ellen Bertram.«

Ich hatte bestimmt keinen Freudenschrei erwartet, aber

auch nicht dieses lähmende Schweigen, mit dem sie mir begegnete.

»Ich habe mir Ihr Angebot überlegt und würde gern darauf zurückkommen. Wann haben Sie Zeit für einen Besuch bei meinem Vater?« Ich hielt die Luft an. Wehe, wenn sie jetzt einen Rückzieher machte, dann würde ich auf all meinen Fragen sitzen bleiben.

Diesmal währte das Schweigen nur einen kurzen Moment. »Am nächsten Samstag.«

»Geht es eventuell auch in der Woche?« Wenigstens nach außen hin wollte ich dem Ganzen einen offiziellen Anstrich geben.

»Nein.«

»Okay«, lenkte ich ein. »Dann hole ich Sie am kommenden Samstag um vierzehn Uhr dreißig ab.«

»In Ordnung.«

Schnepfe, schimpfte ich vor mich hin, nachdem ich aufgelegt hatte. Wahrscheinlich war Ruth Sanden vor vierunddreißig Jahren fremdgegangen, und Stephanie war gar nicht Philips Tochter. Gewundert hätte es mich nicht.

An diesem Abend ließ ich mich von Lilly überreden und ging mit ihr auf eine Geburtstagsparty zu Freunden. Es war das erste Mal seit drei Monaten, dass ich wieder Spaß daran hatte. Ich begegnete vielen bekannten Gesichtern, aber auch einigen unbekannten. Nachdem Lilly zwei Anläufe gemacht hatte, um mich von den unvergleichlichen Vorzügen eines Klaus Sowieso zu überzeugen, wusste ich, woher der Wind wehte.

Als sie am nächsten Morgen zu einem späten Frühstück auftauchte, sprach ich sie darauf an. »Hoffst du immer noch, dass ich die Idee mit dem Notizbuch fallen lasse?«

»Wie kommst du darauf?«, fragte sie unschuldig.

»Was sollte dieser Verkupplungsversuch gestern Abend?«

»Maja braucht einen Vater.«

»Maja hat einen Vater.«

»Ja, auf dem Friedhof.« Ihr Gesicht war ein einziger Vorwurf.

»Und auf wunderschönen, großformatigen Bildern ...«

»... die sich kein Mensch leisten kann.« Ich hatte Lilly von den astronomischen Preisen für Philips Werke erzählt.

»Sie wird ihn auch in meinem ausführlichen Notizbuch entdecken können.« Ich ließ mich nicht beirren.

»Lesen kann sie es frühestens mit sechs, die Stellen, die nicht jugendfrei sind, erst mit sechzehn.«

»Lilly!« Ich ließ dem Ausrufezeichen Zeit zu wirken. »Du redest doch immer vom Gleichgewicht deiner Seele. Wenn du keine Schieflage riskieren willst, musst du in die andere Waagschale aber auch die entsprechende Portion Zuversicht werfen.«

»Heißt das, sie wird schon mit fünf lesen können?«, fragte sie mit einem Schmunzeln, das mir wie immer den Wind aus den Segeln nahm.

»Wenn sie es will, ich werde sie jedoch nicht drängen«, antwortete ich ernst. »Sie soll eine schöne Kindheit haben, der Stress kommt früh genug.«

»Und wie wär's mit einem klitzekleinen Ersatzvater?« Wenn Lilly sich für eine Fährte entschieden hat, ist sie so schnell nicht davon abzubringen. In dieser Hinsicht ähnelt sie dem Kalb ungemein. »Wie soll denn sonst ein mutiger Mensch aus ihr werden?«

»Sie hat eine mutige Mutter, das muss reichen. Und wenn du dir Mühe gibst, dann kannst du vielleicht die ersten drei prägenden Jahre abwarten, bevor du ihr die Gefahren dieser Welt in den glühendsten Farben ausmalst.«

»Wenn ich so lange warte, hat sie keine Chance zu überleben. Ist dir eigentlich klar, was Babys und Kleinkindern alles zustoßen kann?«

»Vollkommen.« Wenn ich jetzt nicht im fliegenden Wechsel zu einem anderen Thema überging, würde ich Lilly nicht mehr bremsen können. »Aber Maja ist ja vorerst noch gut geschützt.« Ich klopfte behutsam auf meinen Bauch, der sich nur schwanger anfühlte, aber nicht so aussah.

Lilly setzte gerade an, etwas zu sagen, überlegte es sich im letzten Moment jedoch anders und schloss ihren Mund wieder. Ich war mir sicher, sie hatte mir die Gefahren im Mutterleib aufzählen wollen. Um sie abzulenken, erzählte ich ihr von meiner Verabredung mit Stephanie Sanden. Ihre Reaktion war wie die meiner Eltern: skeptisch bis ablehnend. Ich würde es trotzdem durchziehen.

Und so stand ich zum verabredeten Termin vor dem Haus im Holzhausenviertel, in dem sich Stephanie Sandens Wohnung befindet, und klingelte. Durch die Sprechanlage teilte sie mir mit, dass sie gleich unten sei. Natürlich hätte ich gerne gesehen, wie sie wohnt, aber wahrscheinlich hätte sie dafür verlangt, erst meiner Wohnung einen Besuch abzustatten. Zug um Zug – was für eine merkwürdige Person. Sie kam mir in einer dunkelgrünen Kombination aus Hose und Twinset entgegen. Ihren dünnen Mantel hielt sie in der Hand. An diesem Tag sah sie zerbrechlicher aus, als ich sie in Erinnerung hatte. Als wolle sie diesen Eindruck im Keim ersticken, war ihre Stimme so schroff wie gewohnt.

»Guten Tag, Frau Bertram.«

»Frau Sanden ...« Ich hielt ihr die Autotür auf. Vor zwei Monaten hätte sie in meinem Auto noch kräftig schwitzen müssen. Schade eigentlich.

Unsere Unterhaltung während der Fahrt gestaltete sich mehr als schwierig. Die Kunst einer entgegenkommenden Konversation hatte ihr offensichtlich nie jemand beigebracht. Oder aber sie hatte sich allen Versuchen erfolgreich widersetzt. Sie trug nichts dazu bei, unser Gespräch am Laufen zu halten. Im Gegenteil: Sie ließ sich von mir bedienen. Und da ich etwas von ihr wollte, blieb mir nichts anderes übrig als mitzuspielen. Nur wollte ich dieses Spiel nicht endlos ausdehnen, deshalb setzte ich ein klares Limit, wobei ich ihr ohne zu zögern eine Lüge auftischte.

»Ich habe ungefähr zwei Stunden Zeit, dann muss ich zurück«, warnte ich sie vor. »Ich habe am späten Nachmittag noch einen anderen wichtigen Termin. Vielleicht können Sie mir auf der Rückfahrt dann schon ein paar Fragen über Ihren Vater beantworten.« Wenn möglich, wollte ich so wenig Zeit wie möglich mit diesem Eisklumpen verbringen.

»Das kommt auf die Fragen an.«

Im Geiste raufte ich mir die Haare. »Sicher«, entgegnete ich bemüht freundlich. Schließlich kam es immer auf die Fragen an. »Was machen Sie beruflich?«

»Medizin.« Als würde ihr selbst deutlich, wie dehnbar diese Antwort war, holte sie etwas weiter aus. »Ich mache gerade meine Facharztausbildung.«

»Welche Richtung?«

»Handchirurgie.«

»Keinerlei künstlerische Ambitionen?«

»Wenn Sie die Hände sehen würden, die bei uns im OP landen, würden Sie diese Frage nicht stellen.« Sie als ruppig zu bezeichnen wäre noch untertrieben gewesen.

»Entschuldigung.« Das war für die nächsten zehn Minuten das letzte Wort, das mir über die Lippen kam. Ich hatte keine Lust auf die Rolle des Kaspers.

Kurz hinter dem Königsteiner Kreisel brach sie unerwarteterweise das Schweigen. »Was machen Ihre Eltern?« Ihr Ton war eine Nuance zugänglicher geworden. Ob sie jetzt Angst vor ihrer eigenen Courage bekam? Es gehörte schon einiges dazu, fremde Leute mit einem solchen Anliegen zu überfallen. Schließlich gehörte es nicht zu ihrem Job.

»Sie genießen ihren Ruhestand.« Auch ich beherrsche die Kunst, mir jeden Satz einzeln aus der Nase ziehen zu lassen.

»Und davor?«

»Mein Vater war Landwirt, meine Mutter Tierärztin.«

»Oh.«

Was hieß das nun wieder?

»Kann man damit so einfach aufhören?«

»Andere schon, meine Eltern nicht.« Ich hielt vor dem großen Tor.

Sie ließ ihren Blick staunend über Zaun und Tor gleiten. »Haben Ihre Eltern Angst vor Einbrechern?«

»Eher vor Ausbrechern«, klärte ich sie auf. »Sie haben immer ein paar freilaufende Tiere auf dem Hof. So viel zum Rentnerdasein meiner Mutter.«

»Und Ihr Vater?«

»Er hat seinen Biogemüsegarten so fortentwickelt, dass er nicht nur sich und meine Mutter davon ernährt, sondern auch noch die halbe Nachbarschaft.«

Nachdem ich das Tor wieder geschlossen hatte, fuhren wir quer über den Hof zum Haus. Eine Ziege, ein Schaf und ein Pferd konnte ich bei den Wirtschaftsgebäuden erkennen. Und – das war neu – sogar einen Strauß. »Meine Freundin nennt das hier die Arche Noah auf dem Trockendock. Ich denke, sie hat nicht ganz Unrecht.« Kobold konnte ich nirgends entdecken.

Stephanie Sanden stieg aus und sah sich vorsichtig um. Wenn mein Eindruck nicht trog, dann war das der erste Bauernhof, den sie näher in Augenschein nahm.

»Kommen Sie.«

Wir gingen zusammen ins Haus. Ich hörte meine Eltern schon vom Flur aus. Und noch eine andere Stimme erkannte ich unzweifelhaft: Lillys. Na, das würde ja ein netter Familiennachmittag werden. Als wir ins Wohnzimmer kamen, sahen uns alle drei gespannt entgegen. Ich übernahm die Vorstellung und zog uns dann zwei Stühle heran.

»Wo sind die Hunde?«, fragte ich wachsam.

»In der Küche«, antwortete Lilly. »Diese Riesen sind ja nicht jedermanns Sache.«

»Oh, ich mag Hunde«, ließ nun Stephanie Sanden sich vernehmen. Genauso übergangslos, wie Philip einmal vom Kotzbrocken zum Verführer umgeschaltet hatte, wechselte nun sie vom Eiszapfen zur Sanftmut.

Während ich meinen Ohren nicht traute, stand Lilly auf und ließ die Hunde raus. Sie stürmten um die Ecke, stürzten sich schwanzwedelnd auf Philips Tochter und beschnüffelten sie ausgiebig, um schließlich links und rechts neben ihr liegen zu bleiben. Mich, die ich aus dem Staunen nicht herauskam, bedachten sie nur mit einem kurzen Blick. Es schien durchaus Wesen zu geben, denen gegenüber diese Frau freundlicher gestimmt war. Journalisten gehörten jedoch eindeutig nicht zu dieser ausgewählten Spezies.

»Sie sind Tierärztin«, wandte sie sich interessiert an meine Mutter. »Haben Sie sich von Anfang an auf Großtiere spezialisiert?«

»Ja.«

»Sie war auf die künstliche Besamung von Kühen spezialisiert«, setzte mein Vater zu einer näheren Erklärung an. »So haben wir uns kennen gelernt.«

»Nein!« Es kostete mich einige Mühe, dieses Nein nicht herauszuschreien. Es war jedoch laut genug gewesen, dass mich alle erstaunt ansahen. »Nicht diese Geschichte, Papi.« Mein drohender Blick prallte an ihm ab.

»Frau Sanden will mich doch kennen lernen.«

»Aber nicht von dieser Seite!«, quetschte ich zwischen meinen Zähnen hervor.

»Ich habe nur eine Seite«, sagte er mit einem hinterhältigen Grinsen. »Und ich hoffe, du auch.«

Ich hatte verstanden: Wenn er sich schon dazu bereit erklärte, fremde Leute in sein Haus zu lassen, damit sie ihn kennen lernten, dann tat er es zu seinen eigenen Bedingungen. Am liebsten wäre ich unsichtbar geworden.

»Und dann?« Stephanie Sanden nahm den Faden wieder auf.

»Elsa«, dabei streichelte er die Hand meiner Mutter, »kam hier auf den Hof, um meine Kühe zu besamen. Es war Liebe auf den ersten Blick.« Die Blicke der beiden versanken wieder ineinander.

Ich hoffte inständig, dass es einer jener Momente war, in denen sie ihre Umwelt vergaßen und den Faden verloren. Aber an diesem Tag war das Glück eindeutig nicht auf meiner Seite.

»Sie hat ihren Job dann ziemlich schnell an den Nagel gehängt«, fuhr mein Vater ungerührt fort, »weil sie plötzlich Mitleid mit den Kühen bekam.«

»Mitleid?« Stephanie Sanden stand auf der Leitung, was das Ganze noch weiter in die Länge zog.

»In Bezug auf das, was die Kühe verpassen, wenn Sie wissen, was ich meine.«

Offenbar wusste sie es nun, denn sie stimmte in sein Lachen ein. *Von der staatlich bestellten Besamerin zur glücklichen Ehefrau.* Gott, war mir diese Geschichte als Kind immer peinlich gewesen.

»Ellen ist diese Geschichte peinlich«, kam Lilly mir zu Hilfe und machte alles nur noch schlimmer.

»Warum?«, fragte Philips Tochter erstaunt.

»Irgendwie empfindet man doch die eigenen Eltern eher als asexuelle Wesen.« Für diese Antwort hätte ich Lilly am liebsten eine Kusshand zugeworfen.

»Das ging mir mit meinem Vater nicht so. Er hatte eine starke Ausstrahlung auf Frauen.«

Oh ja, die hatte er.

»Und Ihre Mutter?« Das fragte jetzt meine.

»Die ist ganz anders.«

Nie hätte ich gedacht, dass ich mit Stephanie Sanden einmal einer Meinung sein würde. Aber sie hatte Recht, ihre Mutter war wirklich anders.

»Anders im Sinne von asexuell oder anders im Sinne von lesbisch?«, hakte Lilly interessiert nach.

»Lilly«, begann ich drohend, »Frau Sanden ist hier, um meinen Vater kennen zu lernen.

»Stimmt«, ließ der sich vernehmen und klatschte entschlossen in die Hände. »Und deshalb werde ich Ihnen erst einmal meinen Gemüsegarten zeigen.« Er sah sie auffordernd an. »Nach meiner Frau und meiner Tochter ist der nämlich mein ganzer Stolz. Interessieren Sie sich für Gemüse?«

Ganz bestimmt nicht, dachte ich voller Schadenfreude in Anbetracht der Tatsache, dass mein Vater ihr bestimmt jede Sorte einzeln und wortreich näher bringen würde.

»Noch nicht«, bekannte sie ehrlich. »Aber vielleicht nach Ihrer Führung.« Sollte das etwa charmant sein?

»Mach nicht so lange, Papi. In einer Stunde müssen wir aufbrechen. Ich habe später noch einen Termin.«

Mit einem »In Ordnung« auf den Lippen und Stephanie Sanden im Schlepptau verschwand er nach draußen.

»Uff«, stöhnte ich auf. »Womit habe ich das nur verdient?«

»Mit deinem Dickkopf«, sagte Lilly fröhlich und stand auf. »Das lasse ich mir nicht entgehen.« Und schon war sie weg und mit ihr die Hunde.

»Mutest du dir da nicht ein bisschen viel zu?«, fragte meine Mutter.

»Wieso?«

»Du musst auch an dein Kind denken.«

»Lilly?« Sie konnte es nur von ihr haben.

»Nein.«

»Woher weißt du es dann?«

»Nach Philips Tod warst du eine ganze Weile sehr traurig, und plötzlich, von einem Tag auf den anderen, hattest du zusätzlich eine fast greifbare Angst. Da du noch nie zuvor Angst hattest, allein zu sein, habe ich angenommen, dass du Angst davor hattest, zu zweit zu sein. Und von da an habe ich genauer hingesehen.«

Ich hatte den Atem angehalten und ließ ihn jetzt hörbar entweichen.

»Kommst du damit zurecht?« Meine Mutter kennt mich gut.

»Jeden Tag ein bisschen besser.« Und das war eine Wahrheit, die ich anfangs nicht für möglich gehalten hatte.

»Deshalb also das Buch«, sagte sie nachdenklich.

»Ja.«

»Ich kann dich gut verstehen.«

»Ich werde sie übrigens Maja nennen.«

Meine Mutter lächelte mich aus ihrem Sessel liebevoll an.

»Hast du es Papi gesagt?«, fragte ich sie.

»Natürlich.«

Wie hatte ich das vergessen können? Die beiden haben tatsächlich keine Geheimnisse voreinander. Jedenfalls behaupten sie das, und ich glaube ihnen.

»Und?«

»In seinem Gewächshaus baut er seit neuestem ein Gemüse an, in dem du keinen einzigen Schadstoff finden wirst. Babykost.«

In diesem Moment hörten wir draußen Schritte. Lilly war zurückgekommen. »Er hat sie eingeladen, noch bis morgen zu bleiben.«

»Er hat waas?«, fragte ich ungläubig.

»Sie ist so interessiert an allem, was er ihr zeigt, dass sie noch bis morgen beschäftigt sind.« Lilly zuckte gottergeben die Schultern.

»Was soll das?« Ich sah zwischen ihr und meiner Mutter hin und her.

»Sie hat keinen Vater mehr.«

»Das weiß ich, Mami«, fuhr ich sie an. »Nur war ich nicht darauf gefasst, dass sie nun meinen will.«

»Da wäre sie nicht die Erste«, meldete sich Lilly vorsichtig zu Wort. Immerhin hatte sie sich meinen Vater auch als Ersatz ausgewählt. »Und außerdem«, fuhr sie mit einem entschuldigenden Lächeln fort, »hattest du es auch auf ihren abgesehen.«

»Lilly, du wirfst Äpfel und Birnen in einen Korb«, brauste ich auf. »Was mache ich denn jetzt?«

»Fahr nach Frankfurt zu deinem Termin, und dann holst du sie morgen wieder ab.« Meine Mutter war die Ruhe selbst.

»Wenn sie hier bleiben will, dann kann sie auch morgen die S-Bahn nehmen. Ich denke nicht daran, sie abzuholen. Und überhaupt, warum bespricht Papi so etwas nicht erst mit dir?«

»Du meinst wohl mit dir«, stellte sie die Sache mit einem Augenzwinkern klar.

»Ach, ich gebe es auf. Lilly, kommst du mit oder bleibst du noch?«

»Das lass ich mir doch nicht entgehen. Ich bleibe.«

Nachdem ich so groß verkündet hatte, dass ich einen Termin hatte, musste ich nun mein Gesicht wahren. »Na dann.« Ich stand unschlüssig auf.

»Mach dir keine Sorgen.« Meine Mutter war ebenfalls aufgestanden. »Dein Vater weiß schon, was er tut. Und außerdem: Wer A sagt, muss auch B sagen. Du hast sie schließlich ins Haus gebracht.«

Ja, das hatte ich. Nur hatte ich mit meiner Einschätzung völlig danebengelegen. Sie war weder ein Eisklumpen noch ein Eiszapfen, sie war ein Eisberg, von dessen kleiner, unscheinbarer Spitze ich mich hatte täuschen lassen.

12

Am Sonntagabend rief Lilly an. Wie ich von ihr erfuhr, war sie Stephanie Sanden nicht von der Seite gewichen und hatte sie auch zur S-Bahn gebracht.

»Sie ist genauso eine Mogelpackung wie du«, platzte sie heraus. »Nur anders, außen ganz hart, innen sehr verletzlich.«

»Klingt wie die Werbung für ein neues Konfekt«, sagte ich trocken.

Lilly schwieg.

»Ich denke, du magst keine Frauen.«

»Dich mag ich doch auch«, verteidigte sie sich.

»Tu mir bitte einen Gefallen und nenn mich nicht in einem Atemzug mit dieser Frau.«

»Ellen, das sind Vorurteile.«

»Erfahrungen!«

»Wenn du drauf bestehst, bitte …«

»Hat sie etwas über Philip erzählt?« Dann wäre das Ganze wenigstens zu etwas gut gewesen.

»Nein. Ich habe natürlich versucht, sie ein bisschen auszuhorchen, aber Fehlanzeige.«

»Die nimmt unseren Handel wirklich ganz genau. Erst ist sie dran, dann ich.« Als ich mich von ihr verabschiedet hatte, hatte ich ihr mehr als deutlich zu verstehen gegeben, dass ich mich nach diesem ausgedehnten Besuch bei meinen Eltern ganz bestimmt nicht mit Auskünften über Philips Schuhgröße zufrieden geben würde. »Wie kam sie mit meinen Eltern zurecht?«

»Bestens, das ist ja auch keine Kunst. Sie hat sie viel über dich gefragt, über die Tiere, den Garten ... und da sind sie ja in ihrem Element.«

»Was?«, fragte ich eine Spur schärfer als beabsichtigt.

»Alles Mögliche.«

»Lilly, du zerrst an meiner Geduld. Du weißt, ich bin schwanger und soll mich nicht aufregen.« Das hatte mir in dieser Form zwar niemand gesagt, aber bei Lilly würde es vielleicht die Schleusen öffnen.

»Deshalb ja ...« Ihr Tonfall war ganz zerknirscht.

»Raus damit!«

»Eigentlich wollte sie alles über dich wissen: Schule, Ausbildung, Job, Lebensweise ... Beziehungen, na, diese Sachen eben.«

»Was habt ihr ihr erzählt?«

»Wir haben dich als warmherzigen, vertrauenerweckenden Menschen geschildert. Wenn ihr euch das nächste Mal trefft, dürfte es eigentlich kein Problem mehr geben.«

»Hat sie auch etwas über dich wissen wollen?«, fragte ich maliziös. »Zum Beispiel, was *du* beruflich so machst?«

»Na klar.«

»Und?«

»Ich habe ihr die Wahrheit gesagt.« Lilly verschluckte sich fast vor Lachen. »Dass ich morgens in meiner physiotherapeutischen Praxis arbeite und nachmittags Hausbesuche mache. Was wiederum beweist, dass man die Wahrheit nur dann wirklich erfasst, wenn man die richtigen Fragen stellt.«

»Warum machst du eigentlich nicht meinen Job?« Mir war weit weniger zum Lachen zumute als ihr.

»Weil dann all meine anderen Talente brachliegen würden. Man muss Prioritäten setzen.«

»O Lilly«, stöhnte ich. »Was ist nur aus uns geworden?«

»Eine traurige Schwangere und eine fröhliche Unheilschwangere«, kam es wie aus der Pistole geschossen. »Wir sehen nicht nur aus wie Pat und Patachon.«

Im Hintergrund hörte ich ein lautes Bellen von Henriette. »War das etwa ein Laut der Zustimmung?«, fragte ich schicksalsergeben.

»Pure Ungeduld, wir sind unsere Runde noch nicht gegangen.«

»Na dann …«

Kaum hatten wir das Gespräch beendet, rief ich bei Stephanie Sanden an. Mein Teil der Abmachung war nun mehr als erfüllt. Nun ging es ans Kassieren.

»Wann haben Sie Zeit?«, fragte ich sie nach den Begrüßungspräliminarien rundheraus.

»Samstagnachmittag.« Dieses Mal klang sie fast aufgeräumt am anderen Ende der Leitung. »Passt es Ihnen um drei bei mir?«

»Ja.« Und dann machte ich in gedämpfter Form meinem Ärger Luft. »Nur noch kurz etwas zum Schluss: Wenn Sie etwas über mich erfahren wollten, hätten Sie mich einfach fragen können.«

»Das Bild, das ein Mensch von sich selbst hat, stimmt nicht immer mit dem überein, das seine Mitmenschen von ihm haben.«

»Und das ist in Ihren Augen aussagekräftiger? Die *lieben Mitmenschen* können sich schließlich auch irren.«

»Alle können sich irren«, sagte sie vage mit einem Anflug von Traurigkeit.

»Vielleicht«, konterte ich mit einer gehörigen Portion Ironie, »setzen wir diese philosophische Diskussion am nächsten Samstag bei Ihnen fort.«

»Das können wir gerne machen«, antwortete sie ernsthaft.

»Ach Maja«, murmelte ich vor mich hin, nachdem ich aufgelegt hatte. »Ich hoffe, dir wird ein wenig mehr Humor in die

Wiege gelegt!« Ich lehnte mich in meinem Schreibtischstuhl zurück, legte die Füße auf den Tisch und schlug das Notizbuch auf der ersten Seite auf. Philips Foto war kein Schnappschuss, der ihn unvorbereitet getroffen hatte. Es war eine gestellte Aufnahme, trotzdem bedeutete sie mir viel, ich strich vorsichtig mit den Fingern darüber, folgte den Konturen seines Gesichts und suchte in seinen Augen nach dem Ausdruck, der mir so vertraut war. Natürlich begegnete er mir dort nicht, aber ich spürte ihn in mir, ebenso wie die Wärme und Zärtlichkeit, die ich bei ihm gefunden hatte.

Am Montagmorgen setzte ich mich mit Constanze Frohwein in Verbindung. Die Zeit bis zu meiner Verabredung mit Stephanie Sanden wollte ich nutzen und noch einmal in Philips Atelier gehen. Wir vereinbarten den nächsten Vormittag um zehn Uhr. So stand ich am Dienstag um sieben Uhr auf und lief eine halbe Stunde später am Main entlang in die Morgendämmerung. Die frische, kühle Luft tat mir ebenso gut wie die Bewegung.

Mittlerweile war ich in der neunzehnten Schwangerschaftswoche, hatte meine Taille eingebüßt, einen kleinen Bauchansatz und überempfindliche Brüste bekommen. Und ich hegte die Hoffnung, meinen morgendlichen Lauf so lange wie möglich durchzuhalten. Er gaukelte mir die Illusion von einem unveränderten Alltag vor. Trotzdem war mir bewusst, dass sich der totale Umbruch unweigerlich einstellen würde – in ungefähr einundzwanzig Wochen. In einem Anfall von Vorsorglichkeit hatte ich bereits eine Liste aufgestellt, um was ich mich bis zu Majas Geburt noch würde kümmern müssen. Aber das Notizbuch hatte Vorrang. Wie hatte Lilly so schön gesagt? *Man muss Prioritäten setzen.*

Um kurz nach zehn saßen Constanze Frohwein und ich uns auf den eisgrauen Sofas im Erdgeschoss des Ateliers gegenüber. Sie in einem sehr schmeichelhaften, dunkelgrünen

Hosenanzug, ich in zu enger Hose und einem weiten, die *Problemzonen* kaschierenden Pullover.

»Wie sind Sie vorangekommen?«, fragte sie fast mitfühlend.

»So gut wie gar nicht«, gab ich offen zu. »Wobei noch ein ausführliches Gespräch mit Herrn Sandens Tochter aussteht. Daraus wird sich vielleicht einiges ergeben.«

Sie nickte nachdenklich.

»Ich habe übrigens auch seine Frau inzwischen kennen gelernt. Wir haben in einer Art Salon im Erdgeschoss gesessen und uns unterhalten. Sieht es im ganzen Haus so aus?«, fragte ich vorsichtig.

Sie wusste sofort, was ich meinte. »Nur in seinem Zimmer nicht, ansonsten schon. Er hat ihr freie Hand gelassen, um im Gegenzug selbst freie Hand zu haben.«

Also auch hier Zug um Zug. Dieses Prinzip schien eine Familienkrankheit zu sein.

»Für sein Atelier?«

»Generell.«

»Ich hatte das Gefühl, in einem Antiquitätenladen zu sitzen«, bekannte ich lachend.

»Da hat Ihr Gefühl Sie nicht getrogen. Frau Sanden ist ein sehr traditionsbewusster Mensch.«

Ich wusste, dass die Frage zu sehr ins Persönliche hineinreichte, trotzdem stellte ich sie. »Wie funktioniert eine Ehe zwischen zwei so unterschiedlichen Menschen?«

»So wie viele Ehen funktionieren, denke ich – in einem klar abgegrenzten Nebeneinander.«

Ich sah sie skeptisch an. Dieser Satz hätte durchaus desillusioniert klingen können, aus ihrem Mund kam er jedoch als reine Feststellung. »Sind Sie verheiratet?«

»Nein.«

Plötzlich fiel mir ihre Todesanzeige wieder ein. »Wer ist Patrizia Frohwein?«, fragte ich neugierig.

»Meine Tochter.«

»Lebt sie hier bei Ihnen?«

»Sie lebt in New York.«

Da ich Einsilbigkeit oft als Signal für eine ausgeprägte Abneigung gegenüber weiteren Auskünften erlebt hatte, ließ ich es dabei bewenden. Schließlich wollte ich etwas über Philip erfahren. »Ich hätte nicht gedacht, dass jemand wie Philip Sanden in einem derartigen Ehearrangement lebt.« Ich musste noch einmal darauf zurückkommen. Diese und ähnliche Fragen würden mir weder Stephanie noch Ruth Sanden beantworten.

»Warum nicht?« Ihr Blick war spöttisch interessiert.

»Ich habe ihn als einen sehr geraden, klaren Menschen empfunden. Als jemand, der seinen Überzeugungen entsprechend lebt und gleichzeitig sehr emotional ist.« Wenn ich weiterredete, würde ich noch ins Schwärmen geraten und mich verraten.

In diesem Moment läutete das Telefon in dem angrenzenden Büro.

»Entschuldigen Sie mich einen Moment, Frau Bertram.« Sie stand auf und eilte hinaus.

Während sie telefonierte, ließ ich meinen Blick über Philips Bilder gleiten. Es waren andere als die, die bisher hier gehangen hatten.

»Sind die Bilder, die hier hingen, inzwischen verkauft worden?«, fragte ich sie, als sie zurückkam.

»Ja.« Sie blieb hinter dem Sofa stehen. »Die Bilder waren vor seinem Tod schon sehr begehrt, im Moment verkaufe ich fast jede Woche eines. Viele der derzeitigen Käufer wollen eine mögliche Wertsteigerung mitnehmen.«

Das Einzige, was ich hätte mitnehmen wollen, wäre eine Erinnerung gewesen.

»Frau Bertram, ich muss leider weg. Ein Bild ist gerade auf

dem Transport beschädigt worden, und ich muss sofort dorthin, um den Schaden zu begutachten.«

»Könnte ich eventuell bleiben und mir oben das Atelier noch einmal ansehen?«, machte ich einen beherzten Vorstoß.

»Das geht nicht.«

»Wirklich nicht? Ich bin extra hierher gefahren, und ich weiß nicht, wann ich das nächste Mal Zeit habe. Wenn ich verspreche, nichts anzurühren?«

»Das wäre, als würde eine Motte versprechen, nicht ins Licht zu fliegen.«

Diese Frau war einfach nicht einzuwickeln. »Was könnte ich in maximal einer halben Stunde schon anrichten?«

Sie war hin- und hergerissen zwischen dem Zeitdruck, unter dem sie stand, und dem Bedürfnis, mich in diesem Haus nicht aus den Augen zu lassen. »Journalisten können eine ganze Menge anrichten – in weniger als einer halben Stunde.«

»Ich bin aber nicht als Journalistin hier, sondern als Biografin.«

Also setzte nun sie ihre Prioritäten. »Na gut«, sagte sie widerwillig. »Wenn Sie fertig sind, ziehen Sie einfach die Tür hinter sich ins Schloss.« Sie war bereits auf dem Weg hinaus, als sie sich noch einmal zu mir umdrehte. »Ich hoffe, Sie missbrauchen mein Vertrauen nicht.«

Meinem nachdrücklichen Kopfschütteln schickte ich noch ein ehrliches »Danke« hinterher. Als sie fort war, atmete ich einmal tief durch und wanderte durch den Raum. Die Vorstellung, einmal allein durch dieses Haus zu streifen, war ebenso berückend wie aufregend. Ich blieb vor jedem Bild stehen und ließ es auf mich wirken. »Maja, ich wünschte, du könntest durch all die Schichten hindurchsehen, die dich umgeben. Die Bilder deines Vaters würden dir bestimmt gefallen.« Ich musste Frau Frohwein unbedingt noch um einige

Fotos von Philips Bildern bitten. Sie durften in dem Notizbuch nicht fehlen.

Nach einer halben Stunde kam ich oben im Atelier an. Hier hatte sich seit meinem ersten Besuch nichts verändert. Nur war es jetzt die Herbstsonne, die durch das Glasdach hineinstrahlte. Wieder fiel mir die Ordnung auf, die unfertigen Bilder auf den Staffeleien, die fehlende Prägung. Ich setzte mich in die Ecke des dunkelbraunen Ledersofas und ließ die Atmosphäre auf mich wirken. Nach einer Weile konnte ich näher definieren, was ich spürte. Der Raum war fast spartanisch, ohne Reize für die Augen, ohne Ablenkungen. Was mir beim ersten Mal nicht aufgefallen war, sah ich jetzt: Die Fenster waren mit Rollos aus weißem Reispapier verhängt, sodass allein der Himmel und die Spitzen der hohen Bäume durch das Glasdach hindurch zu sehen waren. So hatte er sich ganz auf die Bilder konzentrieren können, die in ihm waren.

Ich sah hinüber zu der Tür, hinter der sich, wie Frau Frohwein mir bei meinem ersten Besuch gesagt hatte, ein Privatraum befand. Es konnte ja nur Philips sein. Deshalb hatte ich keinerlei Hemmungen, aufzustehen und die Klinke hinunterzudrücken. Die Tür war nicht abgeschlossen. Ich stieß sie gespannt auf und begegnete der Prägung, die ich in seinem Arbeitsraum vermisst hatte. Hier drin spürte ich endlich Philip. Der Raum war nicht groß, aber sehr gemütlich eingerichtet. An der einen Wand stand ein Bett mit einem schnörkellosen, schmiedeeisernen Bettgestell. Die gegenüberliegende Wand beherbergte über die gesamte Länge einen elfenbeinfarbenen Einbauschrank, einen Kleiderschrank, wie mir ein kurzer Blick hinein verriet. Vor dem Fenster stand ein Ledersessel mit Beistelltisch und Leselampe. Auf dem kleinen Tisch türmten sich Bücher und Zeitschriften – auch das jedoch sehr geordnet. An der Wand über dem Bett hatte er gerahmte Kinderzeichnungen aufgehängt. Stephanie Sandens Bilder?

Als ich gerade überlegte, mich für einen kurzen Moment auf sein Bett zu legen, um dort vielleicht seinen unverwechselbaren Geruch wieder zu finden, hörte ich unten im Haus eine Stimme. Constanze Frohwein musste zurück sein. Ich verließ schnell Philips Zimmer und schloss leise die Tür hinter mir. Ein letztes Mal ließ ich meinen Blick durch das Atelier wandern und ging dann Richtung Treppe.

»Schlampe«, tönte es mir von unten entgegen.

Wie angewurzelt blieb ich stehen und japste erschrocken nach Luft. Es dauerte ein paar Sekunden, bis ich begriff, dass dieser unverwechselbare Vorwurf weder Frau Frohweins Mund entwichen war noch mir galt. Ich kannte die Stimme, nur hatte ich sie sehr viel freundlicher und glatter in Erinnerung. Wer da sprach, war unzweifelhaft Ruth Sanden.

»Sie haben lange gewartet«, hörte ich Constanze Frohwein ruhig sagen.

»Ja, ich habe lange gewartet.« Philips Frau spie die Worte mit einer Verachtung aus, die mich schaudern ließ. »Ich habe gewartet. Jahr um Jahr. Dass Sie genug von ihm bekommen und ihn endlich aus Ihren widerlichen Krallen lassen.«

Ich zog erstaunt die Augenbrauen hoch. Philip und Frau Frohwein? Darauf wäre ich nicht gekommen. Aber warum eigentlich nicht?

»Glauben Sie allen Ernstes, dass ich Philip überrumpeln musste?« Sie hatte mit Sicherheit ein feines ironisches Lächeln auf den Lippen. »Er hat sich in Ihrer Gegenwart zu Tode gelangweilt.«

O Gott, dachte ich, die wissen nicht, dass ich hier bin. Ich trat vorsichtig vom Treppengeländer zurück und lehnte mich an die Wand. Was, wenn ich mich jetzt bemerkbar machte? Konnte ich so tun, als hätte ich nichts gehört? Wenn sie sich jedoch auch nur annähernd mit der Akustik dieses Hauses auskannten, was anzunehmen war, dann wussten sie, dass ich hätte taub sein müssen, um nichts mitzubekommen. Und außerdem wollte ich wissen, was da vorging, vor allem was da vorgegangen war.

»Erzählen Sie mir nicht, was *mein* Mann in *meiner* Gegenwart gemacht hat.« Dieser überdeutlichen Besitzanzeige folgte eine kurze Pause. »Ich weiß nicht, womit Sie sich ihn gefügig gemacht haben …«

In der Welt von Ruth Sanden schien das Wort gefügig die tiefsten Tiefen der Unanständigkeit zu bezeichnen.

»Ein Philip Sanden ließ sich nicht gefügig machen«, unterbrach Frau Frohwein sie mit einem warnenden Unterton. »Und genau das war Ihr Problem.«

»Ich hatte mit meinem Mann keine Probleme, jedenfalls nicht, bis Sie aufgetaucht sind und Ihre Finger nach ihm ausgestreckt haben.« Ruth Sanden war über den Punkt hinaus, an dem sie sich noch hätte zügeln können.

Aufgetaucht war Frau Frohwein vor zweiunddreißig Jahren, wie sie mir selbst gesagt hatte. Ich hielt den Atem an. Was war das hier? Eine Abrechnung?

»Ich musste nichts ausstrecken. Im Gegenteil: Ich stand mit dem Rücken zur Wand, so ausgehungert war er.« Da war nichts Gehässiges in ihrer Stimme, sondern fast so etwas wie ein nachträgliches Staunen.

»Du widerliches Miststück!« Diese entgleiste Stimme war eine Zumutung für jedes Ohr.

Instinktiv legte ich meine Hände schützend über meinen Bauch. Am liebsten hätte ich noch ein Schallschutzkissen davor gepresst.

»Wer bist du denn schon.« Vor Aufregung hatte sie einen Schluckauf bekommen. »Was kann man von einer aus der Gosse schon erwarten.« Sie sparte sich die Fragezeichen, für sie gehörten keine hierher.

Das Gespräch mit ihr schoss mir durch den Kopf, ihre Betonung, dass sie und Philip aus einer sozialen Welt gestammt hätten. Die beste Voraussetzung für ihre gemeinsame Verbindung. Welch ein Hohn.

»Oh, eine Menge«, erwiderte Frau Frohwein ungerührt. »Allem voran guten Sex.«

Beinahe hätte ich mich an meiner eigenen Spucke verschluckt. Ich rutschte langsam an der Wand herunter und blieb im Schneidersitz sitzen. Jetzt ging's ans Eingemachte, das konnte dauern.

Allem Anschein nach war Ruth Sanden sprachlos, denn ihre Widersacherin konnte ungestört mit ihrer Aufzählung fortfahren.

»Dann natürlich Ehrgeiz, frisches Blut ...« Weiter kam sie nicht.

»Wagen Sie es nicht, von Blut zu reden.« Sie rang hörbar nach Atem. »Nicht Sie!!« Nach einem kurzen Umweg über das vertrauliche Du war sie wieder etwas auf Distanz gegangen.

»Womit wollen Sie mir denn drohen?« Ihr Lachen klang fast entspannt.

»Ich werde Ihnen alles nehmen, was Sie sich widerrechtlich angeeignet haben. Meine Anwälte arbeiten schon daran. Nichts wird Ihnen bleiben, gar nichts.« Ihre Stimmbänder würden am nächsten Tag zu nichts mehr zu gebrauchen sein. »Und dann können Sie Ihren Bankert nehmen und dahin zurückkehren, woher Sie gekommen sind.«

»Wenn sich Ihre Anwälte mit der Rechtslage auseinander gesetzt haben, werden Sie feststellen, dass an Philips Testament nicht zu rütteln ist. Er hat es hieb- und stichfest machen lassen, von *seinen* Anwälten.« Sie strahlte eine ungeheure Selbstsicherheit aus.

»Das lasse ich nicht zu«, schrie Ruth Sanden. »Eher brenne ich dieses Haus ab und das Gartenhaus gleich mit.«

Wo war hier ein Gartenhaus?

»Ob das die Mühe lohnt?« Je lauter die eine wurde, desto leiser sprach die andere. »Sie wandern ins Gefängnis, und wir bekommen den Gegenwert von der Versicherung. Nur Philip selbst hätte etwas ändern können, aber er hat es nicht getan. Ihnen bleibt nichts anderes übrig, als seinen letzten Willen zu respektieren.«

»Philip!« Es klang, als hätte sie seinen Namen ausgespuckt, ihn vorher jedoch mit all ihrem Hass ummäntelt.

Ich hatte ihr *wunderbar* noch in den Ohren, als ich sie gebeten hatte, ihren Mann mit einem Wort zu beschreiben. Also war sie doch keine leere Hülse, sondern eine Meisterin der Heuchelei.

»Frauen wie Sie zahlt man mit ein paar Tausendern aus und schickt sie in die Gosse zurück.«

»Sie scheinen sich auszukennen«, hörte ich Constanze Frohwein drohend sagen.

»Aber Sie!«, überging sie diesen Einwurf kreischend, »Sie wollten mehr. Was war das für ein Kunststück? Sie haben doch nicht einfach nur die Beine breit gemacht.«

Beim Stichwort Kunststück musste ich plötzlich an Lilly denken. Ich wünschte mir, sie wäre hier. Inzwischen war diese Auseinandersetzung so eskaliert, dass ich mir am liebsten die Ohren zugehalten hätte.

»Haben Sie damit etwa versucht, ihn zurückzuholen?« Es war nur eine winzige Spur von Spott, aber sie war unüberhörbar.

»Werden Sie nicht unverschämt.« Für einen kurzen Augenblick war es Ruth Sanden gelungen, sich hinter ihrer gesellschaftlichen Attitüde zu verschanzen. »Philip war nie fort. Er wusste, was er seiner Familie schuldig war.«

»Sie haben ihm so wenig bedeutet, dass er noch nicht einmal die Notwendigkeit sah, sich von Ihnen zu trennen.«

Mein Gott, sie waren wirklich gnadenlos, eine wie die andere.

»Und Sie?« Ruth Sandens Stimme schraubte sich wieder zu dieser unerträglichen Tonlage hoch. »Sie waren es ihm nicht wert, dass er Sie heiratete. Er konnte sehr genau unterscheiden, wer eine Schlampe ist und wer nicht. Nur war er leider nicht vorausschauend genug. Es wäre ihn billiger gekommen, wenn er einmal im Monat in ein Bordell gegangen wäre.«

Constanze Frohweins Lachen war raumfüllend.

»Aber er war blöd genug, sich diesen Bankert unterschieben zu lassen.«

»Sie heißt Patrizia«, erwiderte sie schneidend. »Und wenn Sie sein Testament genau studiert haben, dann müssten Sie eigentlich über den Vaterschaftsnachweis gestolpert sein. Philip war *vorausschauend*, sehr sogar.«

Patrizia Frohwein war Philips Tochter?

»Ich werde das alles anfechten, alles! Ihnen wird gerade der Dreck unter Ihren Nägeln bleiben.«

»Sollten Sie nicht endlich damit aufhören, die Realität auszublenden?«

»Von einem Flittchen wie dir lasse ich mir nicht sagen, was ich zu tun und zu lassen habe.«

»In diesen Räumen werden Sie es müssen«, sagte sie unerschütterlich, »hier haben meine Tochter und ich jetzt Hausrecht. Und deshalb darf ich Sie bitten zu gehen.«

Es folgte ein lautes Klatschen, ein erstickter Aufschrei und die typischen Geräusche einer Rangelei. Ich sprang auf und war in drei Schritten beim Treppengeländer. Gerade noch sah ich, wie Constanze Frohwein Ruth Sanden den Arm auf den Rücken drehte und sie Richtung Ausgang bugsierte.

»Das wirst du mir büßen«, war das Letzte, was von Philips Frau zu hören war.

Dann fiel die Tür ins Schloss, und ich hörte ein erleichtertes Aufstöhnen, gefolgt von dem Klappern ihrer Absätze. Mein Gesicht glühte, und mein Herz schlug vor Aufregung einige Takte schneller, als ich langsam die Treppe hinunterging. Unbemerkt würde ich hier nicht hinauskommen, und inzwischen wollte ich es auch gar nicht mehr. Einerseits war es mir sehr unangenehm, Zeugin einer derartigen Auseinandersetzung geworden zu sein, andererseits überschlugen sich die Fragen in meinem Kopf. Am Fuß der Treppe angekommen, kam mir Frau Frohwein aus ihrem Büro entgegen. Wenn sie aus der Rangelei derangiert hervorgegangen war, so hatte sie inzwischen alle Spuren beseitigt.

Mit einem Blick, der anklagender nicht hätte sein können, blieb sie vor mir stehen.

»Als ich Sie beide bemerkt habe, war es leider zu spät.« Ich sah sie mit ehrlichem Bedauern an. »Solche Situationen suche ich nicht gerade, das können Sie mir glauben.«

»Wie sollte ich Ihnen das glauben?«, fragte sie in verächtlichem Ton. »Nur durch solche Situationen geraten Sie doch an den Stoff, von dem Sie träumen. Nichts lässt sich besser verkaufen als das, was Sie gerade gehört haben. Danach geifern die Leute doch.« Ihr Körper wirkte völlig verspannt, und das führte ich nicht allein auf meine Gegenwart zurück. So ungerührt, wie sie Ruth Sanden gegenüber getan hatte, war sie also doch nicht.

»Sie täuschen sich in mir, Frau Frohwein.« Wie sehr, konnte ich ihr schlecht sagen. »Nichts von dem, was ich hier eben gehört habe, wird durch mich nach draußen dringen. Darauf gebe ich Ihnen mein Wort.«

Ihre Skepsis kam in ihrer gesamten Körperhaltung zum Ausdruck, so als sammele sie alle Kräfte, um sich wirksam gegen mich schützen zu können.

»Dass ich dieses Buch über Philip Sanden plane, heißt

nicht, dass ich beabsichtige, sein Intimleben oder familiäre Interna preiszugeben.« Ich hielt ihrem zweifelnden Blick stand. »Mein Herz hängt an dem Buch.« Näher konnte ich der Wahrheit gar nicht kommen.

Sie machte auf dem Absatz kehrt. »Kommen Sie, setzen Sie sich. Ich hole uns etwas zu trinken.«

»Für mich bitte nur ein Wasser«, rief ich ihr hinterher, da ich ahnte, dass sie jetzt durchaus etwas Stärkeres vertragen konnte. Mit einem erleichterten Seufzer ließ ich mich in das Sofa zurücksinken und schloss für einen Moment die Augen. Sie hatte mich zumindest nicht gleich hinausgeworfen.

Mit einem zur Hälfte gefüllten Cognacschwenker in der einen und einem Glas Wasser in der anderen Hand kehrte sie zurück. »Wenn ich auch nur ein Wort, das heute hier gefallen ist, in Ihrem Buch wieder entdecke, mache ich Ihnen die Hölle heiß, darauf können Sie sich verlassen.« Ihr Blick und ihr Tonfall ließen keinen Zweifel daran, dass es ihr ernst damit war.

»Ich habe Ihnen mein Wort gegeben, Frau Frohwein. Es wäre jedoch gelogen, wenn ich behaupten würde, Ihr Gespräch mit Frau Sanden hätte nicht meine Neugier geweckt.«

Sie lächelte schief. »Gespräch ist vielleicht nicht gerade das richtige Wort. Geschrei trifft es wohl besser.«

Intuitiv erschien es mir besser, ihr keine Fragen zu stellen, sondern sie reden zu lassen.

»Das war lange überfällig«, begann sie fast erleichtert. »Sie hat all die Jahre zu unserer Beziehung geschwiegen, mehr als drei Jahrzehnte. Sie muss fast daran erstickt sein.« Über den Cognacschwenker hinweg verlor sich ihr Blick in der Vergangenheit. »Kurz nach Stephanie Sandens Geburt kaufte Philip dieses Haus, um in Ruhe arbeiten zu können. Als ihm der administrative Kram zu viel wurde, engagierte er mich als Sekretärin. Ich habe ihm gerade mal zwei Wochen lang widerstehen können, dann war es um mich geschehen.«

Davon konnte ich ein Lied singen, zumal es bei mir nur einen Tag gedauert hatte. Philip hatte von seiner Ausstrahlung über die Jahre offensichtlich nichts eingebüßt.

»Das waren sehr schöne Jahre. Als Patrizia zur Welt kam, ließ Philip das Gartenhaus renovieren, sodass ich dort mit unserer Tochter leben konnte. Vorher hatte ich in einer kleinen Einzimmerwohnung hier in der Nähe gewohnt.«

»Wo ist dieses Gartenhaus?«, fragte ich nun doch dazwischen.

»Im Garten hinter dem Haus. Philip hat es mir in seinem Testament vermacht. Patrizia erbt dieses Haus. Der Erlös aus den Bildern wird zwischen den Töchtern aufgeteilt.«

»Deshalb die Aufregung«, rutschte es mir heraus. »Es geht nicht nur um zutiefst verletzte Gefühle.«

»Nein«, gab sie offen zu, »es geht um richtig viel Geld. Wobei weder Ruth Sanden noch ihre Tochter auf dieses Geld angewiesen sind. Philip war ein wohlhabender Mann, seine Frau ist es ebenfalls. Ich nehme ihr nichts, was sie zum Leben braucht.«

Der Gedanke, der mir bei diesen Worten durch den Kopf gezuckt war, musste sich in meinem Gesicht widergespiegelt haben.

Sie schüttelte ihren Kopf. »Ich habe ihr auch nichts genommen, was sie zum Leben brauchte. Sie brauchte Philip nicht wirklich. Ihr hat es eigentlich gereicht, im Strahlenkranz seines Renommees zu stehen, zu ihren Bridgenachmittagen zu gehen und ihr Haus in eine Antiquität zu verwandeln.«

Dieses Urteil kam mir unglaublich hart vor, obwohl ich selbst in eine ähnliche Richtung tendierte. Auch wenn ich ihre Art der Auseinandersetzung wenig schön fand, so war doch eines ganz deutlich geworden: Ruth Sanden hatte auch Gefühle, wie auch immer die geartet waren. »Ist das nicht vielleicht ein bisschen unfair?«, wagte ich einen vorsichtigen Vorstoß.

»Das mag sein.« Sie nahm einen weiteren Schluck von ihrem Congnac und behielt ihn einen Moment lang im Mund, bevor sie ihn hinunterschluckte. »Philip und ich haben viele falsche Entscheidungen getroffen. Und wir haben beide Schuld auf uns geladen.« Sie holte ihren Blick in die Gegenwart zurück und sah mich an. »Zu spät.«

Als ich gerade darüber nachdachte, dass Philip gleich zwei Frauen mit mir betrogen hatte, fuhr Constanze Frohwein fort zu erzählen.

»Als er starb, war es längst vorbei.«

»Was?«

»Unsere Liebesbeziehung.«

Also hatte er doch nur eine Frau betrogen. Diese Frau war an den Zustand jedoch offensichtlich gewöhnt gewesen. Eine Gewöhnung, die mir wenig erstrebenswert erschien.

»Wir waren fast fünfundzwanzig Jahre zusammen, als wir feststellten, dass es mittlerweile Freundschaft war, was uns verband. Es änderte sich nicht viel, wir schliefen nur nicht mehr zusammen.« Es klang liebevoll, wie sie es sagte. »In den letzten sieben Jahren ging jeder von uns eigene erotische Wege.«

»Weiß Ruth Sanden das?«

»Nein.«

»Warum nicht?«

»Es hätte ihr nur unnötige Hoffnungen gemacht. Nachdem Stephanie aus dem Haus war, hat er sowieso so viel Zeit wie möglich hier in seinem Atelier verbracht, und er hatte nicht vor, daran etwas zu ändern.«

Eine letzte Frage brannte mir auf den Nägeln. »Hatte er eine ernst zu nehmende Beziehung, bevor er starb?«

»Weder eine ernst zu nehmende noch eine beiläufige. Nur eine unbestimmte Sehnsucht, noch einmal das ganz große Gefühl zu erleben, bevor es zu spät ist. Das war ihm nun leider nicht mehr vergönnt.«

Das ganz große Gefühl vielleicht nicht, dachte ich traurig, dazu hat uns die Zeit gefehlt, aber eine Ahnung von Liebe.

13

Die Ereignisse in Philips Atelier hatten eine Reihe von Fragen aufgeworfen, von denen mir nur ein Bruchteil über die Lippen gekommen war. Erst einmal musste ich in meinem Kopf all das ordnen, was ich so völlig unvorbereitet zu hören bekommen hatte. Ich verabschiedete mich von Constanze Frohwein, nicht ohne ihr nochmals meine Verschwiegenheit zu garantieren. Ihr blieb nichts anderes übrig, als mir zu vertrauen.

Eigentlich hatte ich vorgehabt, Philips Grab auf dem Heimweg noch einen Besuch abzustatten, aber in dem aufgewühlten Zustand, in dem ich mich befand, hätte ich nur wieder meine Fragen gegen diesen kalten Stein geschleudert. So ließ ich es sein und fuhr direkt nach Hause. »Ich hoffe, Maja«, murmelte ich, »dass du in den letzten zwei Stunden tief und fest geschlafen hast.«

Es fiel mir nicht schwer, das Versprechen, das ich Frau Frohwein gegeben hatte, zu halten. Was ich indirekt und direkt von ihr erfahren hatte, eignete sich nicht dazu, in meinem Notizbuch festgehalten zu werden. Andererseits stellte ich fest, dass ich es auch sonst nirgends festhalten musste, um es nicht zu vergessen. Ich hatte das Gehörte Wort für Wort in Erinnerung. Da sich die Aufträge auf meinem Schreibtisch türmten, blieb mir jedoch nicht viel Zeit, weiter darüber nachzudenken. Also machte ich mich halbherzig an die Arbeit, bis mir meine mangelnde Konzentration vollends einen Strich durch die Rechnung machte. Da half nur Lilly.

Nachdem ich es bei ihr zu Hause zehmnal hatte durchklingeln lassen, schaltete ich entnervt das Telefon aus. Es war Nachmittag – Lilly machte Hausbesuche.

Ich klickte am PC in meine E-Mail-Funktion und schrieb: *Meine liebe Lilly, heutzutage haben auch Gewerbetreibende Handys, das gehört inzwischen zur Standardausrüstung. Die Konkurrenz schläft schließlich nicht. Ich brauche Dich so sehr, und Du bist nicht da. Melde Dich! Bitte! Ellen (irritiert).*

Gerade hatte ich die Mail abgeschickt, als es klingelte und kurz darauf Lilly und das Kalb in der Tür standen.

»Fragst du deine Mails inzwischen von unterwegs ab?«, fragte ich überrascht, »oder hast du einen sechsten Sinn?«

»Worauf tippst du?«

»Alles klar, sechster Sinn.« Ein Elektronikfreak würde aus Lilly nie. »Komm rein.«

Kaum hatte ich die Tür geschlossen, als ich auch schon lossprudelte und Lilly minutiös von meinem Vormittag erzählte.

»Starker Tobak«, fasste sie das Ganze schließlich in zwei Worten zusammen. Sobald Technik im Spiel ist, mutiert Lilly zu einem berechenbaren Angsthasen, wenn es jedoch um menschliche Regungen geht, ist sie die Ruhe selbst. »Hat ganz schön viel Unheil gestiftet, dein Philip. Mit so einem Testament gewinnt man nicht nur Freunde.«

»Es scheint mir aber gerecht zu sein.«

»Hier verteidigt die Geliebte die Geliebte.«

»Quatsch!«

»Frag mal die Ehefrau, wie sie Gerechtigkeit in diesem Fall definiert.« Lilly schien mit sich zufrieden. Sie lehnte sich entspannt in meinem Sofa zurück.

»Lilly, diese Ehefrau ist zum Abgewöhnen, das habe ich dir schon einmal gesagt.«

»Er war da offenbar anderer Ansicht«, beharrte sie, »er

hatte schließlich mehr als dreißig Jahre Zeit, sie sich abzugewöhnen. Und er hat es offensichtlich nicht getan.«

»Worüber reden wir hier eigentlich?«, brauste ich auf.

»Über einen Mann, der jahrelang doppelgleisig gefahren ist und …«

»Und das zweite Gleis zum Schluss nicht vernachlässigt hat«, unterbrach ich sie vehement. »Er hat zu seinem doppelgleisigen Leben gestanden.«

»Mit dem Ergebnis, dass die beiden Auserwählten sich jetzt die Augen aushacken.«

»Eigentlich hackt nur eine.«

»Die hatte ja auch am meisten einzustecken.«

»Du argumentierst gerade so, wie's dir passt«, polterte ich ungehalten los. »Neulich hast du mir mehr als plastisch ausgemalt, wie das Los einer bedauernswerten Geliebten aussieht. Jetzt schlägst du dich plötzlich auf die Seite von Ruth Sanden.«

»Man muss jeden Einzelfall beurteilen.«

»Du hörst dich an wie ein verdammter Bewährungshelfer!«

»Die sind nicht verdammt, sondern ein Segen.« Um ihren Worten Nachdruck zu verleihen, richtete sie sich in den Polstern zu voller Größe auf.

»Diese Diskussion führt zu nichts.« Ich gab entnervt auf.

»Wohin sollte sie denn führen?«, fragte Lilly sanft.

Ich schluckte meine aufkeimende Wut herunter. »Zu ein wenig Mitgefühl.«

»Weil du ein Kind von einem Filou bekommst? Es gibt wirklich Schlimmeres. Zum Beispiel …«

»Lilly, manchmal bist du als Freundin nicht zu gebrauchen.« Ich war aufgestanden und sah aus dem Fenster, wobei ich ihr ostentativ den Rücken zukehrte.

»Wir haben uns mal Ehrlichkeit geschworen, weißt du das noch? Ich erinnere mich jedenfalls noch gut an deine Worte: *Sag mir immer die Wahrheit, Lilly, auch wenn es wehtut und ich dich dafür hasse. Das ist allemal besser als Lügen, Intrigen und Scheinwelten. Das ist wahre Freundschaft.* Und dann hast du über dieses Wortspiel gelacht und mir versichert, dass du mich sowieso nie länger als fünf Minuten würdest hassen können.«

»Dieses Mal dauert es länger«, giftete ich in einem Ton, der Henriette zum Jaulen brachte.

»Sie meint es nicht so«, flüsterte Lilly dem Kalb ins Ohr, laut genug, damit ich es hören konnte, aber ich reagierte nicht, sondern starrte weiterhin aus dem Fenster.

»Sie meint es ganz sicher so«, sagte ich kalt, ohne mich umzudrehen. Es wäre ein Leichtes für Lilly gewesen, mich einfach nur ein wenig zu trösten. Mehr hatte ich nach diesen aufreibenden neuen Erkenntnissen gar nicht gewollt. Aber nein, sie musste gleich wieder eine allen Seiten gerecht werdende Grundsatzdiskussion daraus machen. Mir hätte es dagegen schon gereicht, wenn sie meiner Seite gerecht geworden wäre.

»Botschaft verstanden«, hörte ich Lilly entschlossen sagen. »Komm, Henriette.« Nach ein paar Schritten blieb sie stehen. »Melde dich, wenn es vorbei ist.« Und weg waren sie.

Dieses Mal dauerte es tatsächlich länger – ungewöhnlich lange. Bisher hatte ich Lilly tatsächlich nie mehr als fünf Minuten wirklich böse sein können. Und plötzlich stellte ich fest, dass ich in Gedanken weiter mit ihr argumentierte, was regelmäßig in einen heftigen Streit ausartete – ebenfalls gedanklich. Ich war enttäuscht von ihr, von ihrer merkwürdigen Einstellung. Offensichtlich hatte Ruth Sanden von Philips Beziehung zu Constanze Frohwein gewusst. Wieso also dieser Aufstand? Er hatte sie schließlich nicht mehr als drei Jahrzehnte hintergangen. Und wenn sie trotzdem bei ihm geblieben war, dann hatte sie ihre Gründe gehabt. Schließlich war sie eine erwachsene Frau.

Drei Tage lang vergrub ich mich verbissen in meine Arbeit. Zwischendrin rief meine Mutter an, um sich nach Maja und mir zu erkundigen. Ich war ihr dankbar, dass sie mich in meinem gegenwärtigen Zustand nicht auf meinen Bauch reduzierte, wie ich es häufig bei anderen »betroffenen« Frauen hatte beobachten können. Ein weibliches Wesen war plötzlich nicht mehr Frau, sondern wurde nur noch als werdende Mutter wahrgenommen. Ihr Bauch geriet in den Fokus des Interesses und wurde Allgemeingut. Lange bevor ich auch nur einen Bauchansatz an mir erkennen konnte, hatte ich mir geschworen, jedem auf die Finger zu hauen, der mir unerlaubt den Bauch tätschelte.

Bevor wir auflegten, bedankte ich mich noch einmal bei meiner Mutter, dass sie bei dieser ungewöhnlichen Aktion mit Stephanie Sanden mitgemacht hatte.

»Nicht der Rede wert«, tat sie das Ganze als Lappalie ab. »Sie ist eine nette junge Frau, ein bisschen traurig vielleicht, aber das ist ja auch kein Wunder. Es hat uns beiden in jedem Fall Spaß mit ihr gemacht, und Lilly augenscheinlich auch. Du kannst sie gerne mal wieder mitbringen.«

Nun, das würde ich ganz bestimmt nicht tun, aber das musste ich meiner Mutter ja nicht auf die Nase binden. Ich hatte keine Lust auf einen Zweifrontenkrieg, Lilly reichte mir gerade mit ihren wetterwendischen Ansichten. Das würden lange fünf Minuten werden, das spürte ich.

Am Ende der Woche, am Freitag, dem Dreizehnten, ging ich zu meiner dritten Ultraschalluntersuchung und sah dort zum ersten Mal Maja Gestalt annehmen. Die Anmutung einer Wetterkarte schien weit zurückzuliegen, was sich jetzt auf dem Bildschirm rührte, hatte in meinen Augen mit einem herannahenden Tief nicht mehr das Geringste zu tun. Frau Dr. Lenz drückte mir zufrieden den Ausdruck in die Hand und verabschiedete mich mit einem »Weiter so!«.

Als ich das Bild zu Hause noch einmal ganz genau betrachtete, spürte ich plötzlich, dass meine Wut auf Lilly verflogen war. Wenn ich in Babykategorien dachte, was die Patentante unzweifelhaft mit einschloss, konnte ich ihr einfach nicht mehr böse sein. Ich setzte mich an den PC und schrieb: *Ich habe am Dienstag ganz vergessen, Dich zu fragen, wie es Dir geht! Ellen (wieder da).* Es dauerte bis zum Abend, dann war endlich ihre Antwort auf dem Server: *Entschuldigung angenommen, Lilly (unverändert wahrheitsliebend). PS 1: Ich mache uns am Sonntag ein Friedensfrühstück. Sei um zehn hier.* Das Wort *wahrheitsliebend* überlas ich geflissentlich, damit mir nicht schon wieder die Galle hochkam. Als PS 2 hatte sie hinzugefügt: *Meine Konkurrenz schläft nur deshalb nicht, weil ich so gut bin. Und daran würde auch ein Handy nichts ändern.*

Tief in meinem Inneren löste sich ein herzhaftes Lachen. Für diesen Tag hatte ich genug gearbeitet. Ich schaltete den PC aus, machte mir einen Tee und setzte mich mit Notizbuch und Diktaphon aufs Sofa. Während ich langsam durch die voll geschriebenen Seiten blätterte, ließ ich gleichzeitig Philips Stimme abspielen. Sie hatte immer noch und immer wieder eine ungeheure Wirkung auf mich. Wenn ich die Augen schloss, umfing sie mich fast körperlich. Leichter wurde es dadurch natürlich nicht, und auch die Endgültigkeit behielt ungemindert ihren Schrecken. Es war nichts als ein Vorgaukeln für kurze Momente, denen umso längere Phasen der Traurigkeit folgten. Philip ist tot! schrie es in mir. Mir liefen die Tränen übers Gesicht, und ich schaltete das Gerät aus, da ich es von einer Sekunde auf die andere nicht mehr aushalten konnte, ihn zu hören, aber nie wieder zu erleben. Nach einer unendlichen Weile wurde ich ruhiger. Ich lächelte sein Foto durch einen Tränenschleier hindurch an. »Immerhin: Eine deiner Zellen hat überlebt und ist nicht mit abgestürzt.« Ich legte zufrieden meine Hände über meinen Bauch. »Sie wurde vorher in Sicherheit gebracht.« In diesem Fall war nämlich nicht Philip vorausschauend gewesen, sondern die Natur.

An diesem Abend fühlte ich mich zerschlagen und ging deshalb schon um neun Uhr ins Bett. Als ich zwölf Stunden später aufwachte, kapitulierte mein Kreislauf. Das war also eindeutig zu viel des Guten gewesen. Es ging alles nur schleppend – das Aufstehen, Anziehen, Frühstücken. Zum ersten Mal hatte ich das Gefühl, einen Bleikörper den Main entlangzuschleifen. Frau Dr. Lenz hatte mir geraten, auf meinen Körper zu hören. So wechselte ich Maja zuliebe vom Joggen zum Walken, immerzu hoffend, dass es sich hierbei um einen einmaligen Ausreißer handelte. Ich war so sehr an das schnelle Laufen gewöhnt, dass mir bei der langsameren Gangart erst auf der Hälfte der Strecke richtig warm wurde. Bis dahin hatte mir der kalte Oktoberwind kräftig zugesetzt.

Zurück zu Hause fühlte ich mich dennoch erfrischt und für den Nachmittag gewappnet. Stephanie Sanden stand auf dem Programm. Auf eine merkwürdige Weise freute ich mich sogar. Während Constanze Frohwein ganz zufrieden mit ihm gewesen zu sein schien, hatte Philip seiner Frau offensichtlich nicht das ungestörte Lebensglück beschert. Aber ich konnte mir gut vorstellen, dass er seiner Tochter ein wundervoller Vater gewesen war. Seinen *Töchtern*, verbesserte ich mich im Geiste. Bevor ich ging, warf ich noch einen Blick auf das Notizbuch. Am Abend würde ich einige Seiten mehr füllen können – mit den Erinnerungen einer Tochter an ihren Vater.

Da ich es kaum noch erwarten konnte, klingelte ich bereits zehn Minuten vor der verabredeten Zeit an Stephanie Sandens Tür. Falls meine Überpünktlichkeit sie störte, ließ sie sich nichts anmerken. Sie wirkte weicher an diesem Tag, wenn auch nur optisch. Vielleicht machten das ihre Haare, die ihr locker über die Schultern fielen. An ihrem streng hochgeschlossenen Outfit hatte sich nichts geändert.

»Guten Tag.« Ihr zurückhaltendes Nicken ließ nicht auf eine gelöste Plauderstunde schließen.

»Hallo.« Ich versuchte ein Lächeln, wusste jedoch nicht, ob ich jemals so viel Wärme würde hineinlegen können, um auch nur ihre obere Eisschicht zum Schmelzen zu bringen. Egal, sie sollte mich schließlich nicht als Freundin in Betracht ziehen.

Die Altbauwohnung, die ich betrat, war kaum größer als meine, obwohl für Philips Tochter Geld doch eigentlich keine Rolle spielte, wenn ich Constanze Frohwein Glauben schenken durfte. War es Bescheidenheit? Bedürfnislosigkeit? Ich sah mich in dem Zimmer um, in das ich ihr gefolgt war. Während sich meine Blicke noch auf Wanderschaft befanden, bat sie mich, Platz zu nehmen. Um einen niedrigen Opiumtisch herum standen Stühle, die kaum höher waren – genauer gesagt Teestühle. An der einen Wand stand ein weinrot lackierter chinesischer Hochzeitsschrank, gegenüber eine sehr schön gearbeitete schwarze Truhe. Mit dieser Art von Möbeln kannte ich mich aus, seitdem ich einen Antiquitätenhändler interviewt hatte, der auf asiatische Kunst spezialisiert war.

»Was möchten Sie trinken?«, fragte sie mich.

»Wasser oder Pfefferminztee, das ist eigentlich egal, was Sie dahaben.« Ich sah ihr kurz hinterher, um mich dann wieder diesem Zimmer zuzuwenden, besonders den Wänden. Es hingen nicht etwa Bilder ihres Vaters dort, sondern einzelne schwarze Schriftzeichen auf weißem Grund – verteilt auf zwei große, hochkantige Rechtecke. Eines wirkte besonders eindringlich. »Was bedeutet dieses Zeichen?«, fragte ich sie, als sie zurückkam.

»Das ist das Zeichen für Intuition«, antwortete sie mit einem fast liebevollen Unterton, wobei dieser nicht mir, sondern dem Bild galt.

»Aha. Und das andere?«

»Das steht für die Wahrheit.«

»Eine ungewöhnliche Wortkombination«, stellte ich verwundert fest.

»Das finde ich nicht. Die Intuition erfasst immer die Wahrheit. Sie ist unbestechlich. Nur leider wird sie häufig überdeckt.«

»Wovon?«

»Von Normen, Erwartungen, manchmal auch von ernst zu nehmenden Stimmen.« Mit ihrem kritischen Blick schien sie zu prüfen, inwieweit ich ihr folgen konnte.

»Interessant«, sagte ich ehrlich. »Wo haben Sie sie aufgetan?« Ich wusste aus dem Interview noch, dass diese Art Bilder in solcher Qualität nicht leicht zu bekommen war.

»Es sind Auftragsarbeiten, ich habe sie von einem jungen Künstler machen lassen.«

»Und keine Bilder vom *alten Künstler*?«, hakte ich scherzhaft nach.

»Ach so.« Sie lachte trocken auf. »Sie haben Werke von meinem Vater hier erwartet.«

»Das wäre zumindest nicht ungewöhnlich, zumal Sie an der Quelle sitzen.« Sie müsste noch nicht einmal dafür zahlen, dachte ich mit einem Anflug von Neid. Wie sehr wünschte ich mir eines von Philips Bildern und konnte es mir nicht leisten. Sie dagegen hätte nur zugreifen müssen.

»Bis kurz nach dem Tod meines Vaters hatte ich Bilder von ihm hier hängen. Dann habe ich sie durch diese ersetzt.«

Fast schämte ich mich wegen meines mangelnden Mitgefühls. Während ich mich nach einem Bild sehnte, konnte sie es wahrscheinlich nicht ertragen, es täglich vor Augen zu haben. »Ihre Mutter sagte, dass Sie sein letztes Bild haben.«

»Ja, es steht im Flur, es ist noch verpackt.«

»Schade, ich hätte es gern gesehen.«

»Warum?«

Mit dieser Frage hätte sie mich fast überrumpelt. »Nun ja, weil es der Abschluss seines künstlerischen Schaffens ist.«

»Der unfreiwillige Abschluss«, präzisierte sie meine Worte.

»Hat er es noch fertig stellen können, oder ist es unfertig geblieben?« In dem Versuch, auf dem niedrigen Teestuhl eine angenehme Position zu finden, rutschte ich unruhig darauf herum.

»Machen Sie es wie ich.« Sie hatte ihre Beine wie im Schneidersitz locker gekreuzt, ihren Rücken hielt sie kerzengerade, ohne ihn anzulehnen.

Das war jedoch nichts für mich, wie ich schnell herausfand. Deshalb stellte ich meine Füße direkt vor dem Stuhl auf und stützte mich mit den Armen auf den Knien ab.

»Oder so.« Sie schenkte mir Tee ein. Ihr Getränk roch verdächtig nach heißer Schokolade. Der Inhalt des hohen schwarzen Bechers war meinem Blick nicht zugänglich.

»Das Bild«, erinnerte ich sie an meine Frage. »Ist es nun fertig geworden?«

»Natürlich, Sie haben ihn ja dort unten besucht.«

Ich nickte. »Damals arbeitete er gerade daran. Ich würde zu gerne sehen, was daraus geworden ist. Pure Neugierde.« Das nahm man einer Journalistin jederzeit ab. »Könnten Sie es vielleicht …?«

»Auspacken?«

»Ja. Oder ist es noch zu belastend für Sie?«

Sie sah mich ungerührt an. »Er hat es mir leicht gemacht, seine Bilder ohne Wehmut zu betrachten.«

Was auch immer das heißt, dachte ich irritiert.

»Kommen Sie.«

Ich folgte ihr in den Flur, wo sie flink das Klebeband vom das Bild umgebenden Packpapier löste. Mit nur wenigen Griffen hatte sie es ausgepackt und gegen die Wand gelehnt.

»Darf ich es einen Moment in Ruhe betrachten?« Sollte sie mich ruhig für schrullig halten, ich sehnte mich danach, mit diesem Bild allein zu sein.

»Nur zu.« Ihre Reaktion ließ keinerlei Gefühlsregung erahnen. Sie ging zurück in den Wohnraum.

In mir entstand beim Anblick dieses Bildes eine wahre Explosion von Emotionen, die drohten, mich zu überwältigen. Es kostete mich eine ungeheure Willensanstrengung, nicht in Tränen auszubrechen. Ich erkannte die Anfänge wieder, fühlte mich zurückversetzt ins obere Stockwerk des Rubeiner Gartenhauses. Und ich erinnerte mich daran, was Philip mir über dieses Bild am Telefon gesagt hatte: *Du wirst dich darin wieder finden und ein paar von meinen Gefühlen auch*. Ich hätte dieses Bild sofort Philips Hand zugeordnet, er hatte vertraute Farben benutzt, der Bewegung seinen energiegeladenen Stempel aufgedrückt – trotzdem war es anders als alle, die ich bisher gesehen hatte. Es war unser Bild. Am liebsten hätte ich nach dieser auf einen Holzrahmen gezogenen Leinwand gegriffen und wäre mit ihr verschwunden.

Stattdessen schluckte ich meine Tränen ebenso wie meine diebischen Anwandlungen hinunter und ging wieder hinein. »Es ist besonders«, sagte ich ehrlich, als ich mich wieder setzte.

»Das ist die Wirkung des Todes, besonders eines so tragischen. Man ist versucht, mehr hineinzusehen, als wirklich drinsteckt.«

»Waren Sie schon immer eine so nüchterne Realistin?« Es schüttelte mich geradezu. Sie mochte ja Recht haben mit dem, was sie sagte, aber ein paar Gefühlsanwandlungen würden sie sehr viel menschlicher machen. Ich musste an Lillys Beschreibung denken: *außen ganz hart, innen sehr verletzlich*. Sollte das wirklich stimmen, dann bewegte ich mich auf einer fiktiven Skala noch sehr weit außen.

»Ich habe die Realität immer über meine Intuition erfasst.«

Deshalb hatte Lilly einen Draht zu ihr gefunden. »Das ist nicht der schlechteste Weg«, sagte ich lächelnd.

»Es kann ein ganz verhängnisvoller Weg sein.«

War das eine Weisheit aus einem fernöstlichen Gedankenkreis, der mir einfach nur fremd war?

»Mochten Sie meinen Vater?«

»Ja.« Das zumindest konnte ich offen bekennen. »Er war ein faszinierender Mann.« Ich schlang beide Arme um meine Unterschenkel. »Und wie ist es Ihnen mit meinen Eltern ergangen?« Es konnte nichts schaden, sie noch einmal dezent an unser Abkommen zu erinnern.

»Sehr gut. Sie sind sehr wahrhaftige Menschen, liebenswert und überaus unterhaltsam.« Es stahl sich doch tatsächlich ein fast schwärmerisches Lächeln in ihre sonst so ernsten Züge. »Ich beneide Sie.«

Was Ruth Sanden betraf, konnte ich das problemlos nachvollziehen. Sie konnte in keiner Weise einem Vergleich mit meiner Mutter standhalten. Aber Philip? Er war zwar ganz anders gewesen als mein Vater, aber bestimmt nicht weniger liebenswert – auch wenn ich den einen aus Sicht einer Frau und den anderen aus der einer Tochter beurteilte. Ich runzelte die Stirn. »Wenn Sie Ihren Vater mit einem Wort beschreiben sollten«, wiederholte ich meine Frage nun auch bei ihr, »wie würde das lauten?« Ich hatte noch Frau Frohweins *unvergesslich* und Ruth Sandens *wunderbar* in den Ohren.

»Unermesslich.« Sie hatte nur einen Augenblick darüber nachgedacht.

Was mich störte, war die unverkennbare Verachtung, mit der sie es sagte. »Meinen Sie unermesslich im Sinne von maßlos?« Spielte sie damit etwa auf Philips Verhältnis mit seiner Assistentin an?

»Was sonst?«, stellte sie herausfordernd die Gegenfrage.

Ja, was sonst? »Können Sie mir das ein wenig näher erklären?«

»Sie wollten *ein* Wort.«

Die hatte nun wirklich das Zeug dazu, mich rasend zu machen. »Nehmen Sie es immer so genau?«

»Ja.«

»Also gut.« Um mich zu beruhigen, holte ich erst einmal tief Luft. »Dann beschreiben Sie mir Ihren Vater doch einfach mit Ihren Worten. Egal, wie viele es sind.« Mich interessierte jedes einzelne.

»Und Sie wollen meine Antwort auch wirklich hören? Sie scheinen mir ein wenig vorbelastet.«

»Was meinen Sie denn damit?« Hatte ich sie tatsächlich nur zum Abgewöhnen gefunden? Was für eine maßlose Untertreibung.

»Mein Vater war ein beeindruckender Mann.« Sie ließ diesen Worten Zeit zu wirken.

Na bitte, fast hätte ich vor Erleichterung geseufzt. Jetzt kamen wir Philip schon näher.

»So beeindruckend und faszinierend«, fuhr sie fort, »dass kaum jemand es für möglich hielt und hält, dass er auch ganz andere Seiten hatte. Weit weniger beeindruckende und faszinierende.«

»Das ist menschlich, wer hat solche Seiten nicht. Es ist doch häufig gerade die Mischung, die Menschen so liebenswert macht. Finden Sie nicht?«

»Wir reden hier über meinen Vater«, wies sie mich zurecht, »und nicht über Menschen im Allgemeinen.«

Ein wenig klang sie wie das Sprachrohr ihrer Mutter. Wahrscheinlich hatte die sie über die Jahre hinweg so sehr gegen den Vater eingenommen, dass Hopfen und Malz verloren waren. Vielleicht machte es gar keinen Sinn, sich weiter mit ihr zu unterhalten.

»Sagen Sie mal, mochten Sie Ihren Vater eigentlich?« Diese ketzerische Frage drängte sich geradezu auf.

»Sehr sogar. Ich habe ihn geliebt, weit mehr als meine Mutter. Er war mir in seiner Art sehr viel näher. Und ich habe ihm unendlich vertraut.«

»Warum werde ich dann das Gefühl nicht los, dass Sie bei unserem Gespräch hier nicht gerade vor Sympathie ihm gegenüber überströmen? Es kommt mir im Gegenteil so vor, als würde er auf der Anklage- und Sie auf der Richterbank sitzen.«

»Ihr Gefühl trügt Sie nicht. Meine Sympathie war mit dem Tag vorbei, an dem der Notar sein Testament verlas.« Ihre Stimme klirrte vor Kälte, während ich ihren Blick nicht ergründen konnte.

Das Geld, fiel es mir wie Schuppen von den Augen, natürlich. Sie musste mit Patrizia teilen. War sie tatsächlich so unwissend gewesen? Uneheliche Kinder waren doch schon seit Jahren erbberechtigt. »Ihrem Vater werfen Sie Maßlosigkeit vor und können selbst nicht genug bekommen. Wie verträgt sich das?« Für einen Moment hatte ich nicht aufgepasst. Am liebsten hätte ich mir auf die Lippen gebissen. Diesen Vorwurf hatte ich ihr nur machen können, da ich von dem Inhalt des Testaments wusste. Verdammt!

»Es ist nicht Maßlosigkeit, die ich ihm vorwerfe.« Offensichtlich hatte sie es nicht gemerkt.

»Was dann?«, fragte ich nahezu erleichtert.

»Mein Vater war unermesslich verlogen.« Die Kälte war aus ihrer Stimme gewichen und verhalf nun nicht weniger intensiven Emotionen zum Ausdruck, die sich zwischen Enttäuschung und Entsetzen bewegten.

Hatte er etwa ihr alles versprochen? Nein, das passte nicht zu Philip. »Was stört Sie so sehr an seinem Testament?« Es war unglaublich schwierig, in diesem Zusammenhang sinnvolle Fragen zu stellen, ohne das Wissen preiszugeben, das ich bei Constanze Frohwein gesammelt hatte.

»An dem Testament stört mich gar nichts, nur an der Vorgeschichte, die es enthüllt.«

»Sie müssen sich schon ein bisschen genauer ausdrücken, damit ich Sie verstehen kann«, sagte ich ungeduldig.

»Ich bin mir bei Ihnen nicht sicher, ob Sie wirklich mich verstehen wollen.«

Damit traf sie den Nagel auf den Kopf, schließlich war ich wegen Philip hier. Also gut: »Versuchen wir es mit den Fakten, angefangen bei der Vorgeschichte. Ich werde Sie nicht unterbrechen.«

Sie drehte ihren Becher zwischen den Händen, als wolle sie sich damit zurück in die Vergangenheit schrauben. »Mein Vater hatte über Jahrzehnte eine Beziehung mit seiner persönlichen Assistentin. Aus dieser Verbindung stammt meine Halbschwester Patrizia.«

Ich unterbrach sie wirklich nicht, sondern sah sie nur gespannt an.

»Wie haben Sie davon erfahren?«, fragte sie mich plötzlich scharf.

»Wie kommen Sie darauf …?«

»Lassen Sie das!«, fauchte sie böse. »Verkaufen Sie mich nicht für dumm. Ich kann es in Ihrem Gesicht sehen, dass ich Ihnen damit nichts Neues erzähle. Und ich kann es auf den Tod nicht ausstehen, wenn man mir ein X für ein U vormacht.«

»Ich bin unfreiwillige Zeugin einer Unterhaltung zwischen Ihrer Mutter und Frau Frohwein geworden.«

»Es ist mir neu, dass die beiden sich unterhalten.« Sie starrte mich aus zusammengekniffenen Augen an.

Langsam fragte ich mich, warum ich mir das antat. Dann blieben in dem Notizbuch eben Seiten leer. Lilly würde lakonisch sagen: *Es gibt Schlimmeres*. Und ich gab ihr im Geiste

Recht. Siebenundvierzig Seiten waren besser als gar nichts, um Maja ihren Vater zu beschreiben. »Das Wort Unterhaltung ist auch eher die Weichzeichnerversion«, gab ich mich geschlagen. »Ehrlich gesagt war es eine handfeste Auseinandersetzung.«

»Wenn Menschen immer ehrlich wären, dann würde es Redewendungen wie *ehrlich gesagt* gar nicht geben.«

Ich rutschte unruhig auf meinem Teestuhl herum, das Sitzen in dieser gekrümmten Position fiel mir zunehmend schwerer. »Da haben Sie sicher Recht.« Fast hätte ich laut aufgestöhnt. Sie war zum Abgewöhnen, zum Davonlaufen, und sie tötete mir den letzten Nerv. Lange würde ich mich allerdings nicht mehr zusammennehmen können. »Nur erscheint mir Ehrlichkeit um jeden Preis als ein sehr fragwürdiges Ziel und nicht in jedem Fall erstrebenswert.«

»Wie stehen Sie zur Ehrlichkeit den eigenen Kindern gegenüber?«

Sie lauerte nur darauf, mich in eine Falle zu locken. Nur wozu und vor allem in welche? Ich versuchte es mit Lillys Taktik. »Man muss jeden Einzelfall für sich beurteilen«, erwiderte ich vorsichtig. »Grundsätzlich sollte man sicher ehrlich sein, aber ich könnte mir durchaus Fragen vorstellen, die ich einem Kind nicht ehrlich beantworten würde.«

»Zum Beispiel?«

»Frau Sanden, wohin führt uns das?« Sie sollte meinen wachsenden Unmut ruhig spüren.

»Zum Punkt.«

»Zu welchem Punkt?«

»Zum Ausgangspunkt. Dass mein Vater unermesslich verlogen war. Sie sind doch schließlich hier, um etwas über ihn zu erfahren.« Ihre Augen blitzten anklagend.

»Ja, aber ich habe ganz bestimmt nicht vor, Ihren Vater in dem Buch, das ich plane, als Lügner hinzustellen.«

»Etwas anderes werden Sie von mir nicht zu hören bekommen. Da müssen Sie sich schon an andere Menschen wenden.«

»Zum Beispiel an Ihre Halbschwester?«, fragte ich provozierend.

»An Patrizia werden Sie auch keine Freude haben, sie wusste bis vor kurzem ja nicht einmal, dass er ihr Vater ist. Dreißig Jahre und kein bisschen eingeweiht.« Ihr sarkastischer Ton war kaum zu übertreffen.

»Wie bitte?« Ich hörte mein trockenes, ungläubiges Lachen wie von weit her.

»Sie haben mich richtig verstanden. Sie haben es ihr nicht gesagt.«

»Warum nicht?«

»Das müssten Sie Constanze Frohwein fragen, mein Vater hat seine Antwort mit ins Grab genommen.« Es war eine fast unbändige Wut, die sich in ihren Gesichtszügen abzeichnete.

»Warum haben Sie es ihr nicht gesagt?«

»Ich wusste es auch nicht«, sagte sie barsch. »Nein, das stimmt nicht. Ich wusste es, auch das mit Constanze, ich habe es intuitiv gespürt, immer wieder. Aber sie haben mir gesagt, dass ich mich irre. Auch das immer wieder, bis ich nicht mehr gefragt habe.«

»Wer sind *sie*?« Mein Mund war plötzlich ganz trocken.

»Mein Vater, meine Mutter, Constanze.«

»Und Ihr Vater ist der Lügner, was ist mit den anderen beiden?«

»Sie wollten nur etwas über ihn erfahren«, antwortete sie und bedachte mich mit einem zutiefst zynischen Lächeln.

»Wollen Sie allen Ernstes, dass ich das schreibe?« Sie war doch nicht ganz bei Trost.

»Ich wusste von Anfang an, dass Sie das nicht schreiben

würden. Sie haben Ihr Buch über ihn doch bereits im Kopf und haben bei mir nach einer Bestätigung gesucht.«

»Woher wollen Sie das wissen?«

»Haben Sie mir nicht zugehört? Ich habe eine ausgesprochen gute Intuition.«

»Dann werden Sie ja sicherlich auch wissen, dass das Gespräch für mich hiermit beendet ist.«

»Damit habe ich schon seit geraumer Zeit gerechnet. Was glauben Sie, warum ich Ihnen nichts mehr zu trinken angeboten habe? Ich mag in Ihren Augen vielleicht unausstehlich sein, aber ich bin auch gastfreundlich.«

»Dann will ich Ihre Gastfreundlichkeit jetzt nicht länger strapazieren«, sagte ich schneidend, stand auf und ging Richtung Tür. Im Flur warf ich noch einen kurzen wehmütigen Blick auf Philips Bild.

»Kommen Sie wieder, wenn Sie für die Antworten offen sind.« Da war er wieder, dieser verächtliche Ton.

Ich hatte die Türklinke bereits in der Hand, drehte mich noch einmal zu ihr um und hielt ihrem Blick stand. »Ich glaube nicht, dass wir uns wieder sehen.«

»Das haben Sie schon einmal geglaubt.«

14

Draußen liefen mir unangenehme Schauer über den Rücken. Diese Frau hatte sich nicht nur wie Mehltau auf mein Gemüt, sondern auch auf meinen Körper gelegt. Ihre Worte ratterten wie Maschinengewehrfeuer durch meinen Kopf und ließen eine Gedankenspirale entstehen, die in unzählige Fragen mündete. Allen voran die eine: Was hatte sie damit bezweckt, Philip bei mir in dieser Weise schlecht zu machen? Eigentlich war ich doch eine Fremde für sie. Wenn auch nur irgendetwas an ihrer Version der Geschichte stimmte, was ich nicht glaubte, warum hatte sie es dann ausgerechnet mir erzählt? Konnte sie wirklich so sicher sein, dass ich nichts davon verwenden würde? Schließlich wusste sie nichts von meinem Notizbuch und seinem mehr als übersichtlichen Leserkreis.

Am liebsten hätte ich mich wie ein Hund geschüttelt. »O Maja, wo sind wir da nur hineingeraten?« Für mich fühlte es sich an wie ein Sumpf mit einer ungeheuren Sogkraft. Blieben nur zwei Möglichkeiten: sich mit hinunterreißen zu lassen oder sich herauszuwinden. Die Entscheidung fiel mir nicht schwer. Zu Hause würde ich nur weiter darüber nachdenken, deshalb holte ich mir ein paar Sachen zum Übernachten und fuhr weiter zu meinen Eltern. Am nächsten Morgen würde ich von dort aus direkt zu Lilly zum Frühstück fahren.

Als ich fast da war, bog kurz vor mir ein Taxi in den Feldweg, der zum Hof führt. Durch die Scheiben konnte ich meine Eltern erkennen. Zum Glück sind sie in meiner Richtung unterwegs, dachte ich erleichtert, und nicht in entgegengesetzter. Der Taxifahrer wollte offensichtlich seine Stoßdämpfer schonen, er schlich geradezu über den holprigen Weg, sodass es mir wie eine kleine Ewigkeit vorkam, bis er zum Halten kam. Vor dem Tor stiegen alle drei aus, der Fahrer öffnete den Kofferraum und übergab meinen Eltern zwei große Hartschalenkoffer. Während er wendete und den Rückweg antrat, stieg ich ebenfalls aus und ging auf die beiden zu.

»Wart ihr verreist? Ihr habt gar nichts davon erzählt.« Oder hatte ich es vergessen?

»Nein«, sagte meine Mutter. »Wir haben ein neues Auto gekauft. Das alte hat vorgestern endgültig seinen Geist aufgegeben.«

»Und die Koffer?«

Sie sahen mich erstaunt an. »Wir wollten sehen, ob die auch in den Kofferraum passen.« Diese aufschlussreiche Erklärung kam von meinem Vater.

»Ihr seid doch wirklich nicht von dieser Welt«, lachte ich los, wobei sich mit einem Mal die Anspannung der letzten Stunden in meinem Bauch löste. »Heutzutage hat doch jeder normale Personenwagen ausreichend Platz.«

»Bei Sportwagen ist das aber etwas anderes«, klärte mein Vater mich weiter auf.

»Was für ein Auto habt ihr denn gekauft?«, fragte ich vorsichtig.

»Einen knallroten Mercedes SL 320 mit allen Extras«, schwärmte meine Mutter. »Gebraucht natürlich.«

»Natürlich.« Fünfzehn Jahre lang hatten sie einen zerbeulten Opel Rekord gefahren, hatten jede Geschwindigkeitsbegrenzung genauestens eingehalten und auf der Autobahn ihre eigene Regel aufgestellt – nie schneller als hundertzwanzig. Was zur Folge hatte, dass Lilly generell lieber bei ihnen mitfuhr als bei mir. »Habt ihr euch beraten lassen?«

»So ein Auto kauft man nicht ohne Beratung.« Das Erstaunen meiner Mutter über meine Unwissenheit war echt.

»Und die haben euch auch gesagt, wieviel PS es hat und wie schnell es fahren kann?«

»Das wussten wir bereits.« Jetzt war mein Vater wieder dran.

»Wussten die auch, wie alt ihr seid?«

»Sieht man uns doch an, oder nicht? Und außerdem gibt es nach oben hin keine Altersbeschränkungen beim Autokauf.«

Sollte es aber geben. Sie strahlten mich jedoch so glücklich an, dass ich nicht wagte, es ihnen ins Gesicht zu sagen. »Habt ihr eine Probefahrt gemacht?«

Das Ja meines Vaters klang wie das eines halbwüchsigen Jungen, der zum ersten Mal Gokart gefahren war. »In weniger als zehn Sekunden von null auf hundert. Elsa hat die Zeit gestoppt.«

Zum Beweis zog meine Mutter die Stoppuhr aus der Manteltasche.

Ich stellte mir die beiden dabei vor und wäre beinahe in Tränen ausgebrochen vor lauter Liebe. »Wie seid ihr eigentlich auf die Idee mit dem Sportwagen gekommen?«, fragte ich, als mein Wagen im Hof geparkt war, Kobold uns alle ausgiebig begrüßt hatte und wir endlich ins Haus gingen.

»Dein Vater trägt sich schon lange damit herum.«

»Mein alter Traum«, warf er dazwischen. »Das weißt du doch.«

Und ich hatte geglaubt, er sei längst begraben.

»Wir haben uns gedacht, bevor wir zu alt dafür werden, machen wir es nun endlich.« Sie schien überaus zufrieden mit dieser Entscheidung.

Ich dagegen fand sie schon jetzt zu alt dafür, aber ich wollte mich mit ihnen freuen und ihnen nicht den Spaß verderben. Denn wenn der nur annähernd so groß war wie ihre Vorfreude, dann war er beachtlich. Am Montag sollte der *rote Flitzer* zugelassen werden, und dann konnten sie ihn abholen, wie sie mir begeistert erzählten. Am Ende dieses Abends war ich über jedes Detail und jedes Extra dieses Autos informiert. Eine bessere Ablenkung hätte ich mir kaum vorstellen können. Als ich gegen elf erschöpft ins Bett fiel, schlief ich mit dem Gedanken an einen gebrauchten Traum auf vier Rädern ein. Der Albtraum auf zwei Beinen war etwas in die Ferne gerückt.

Pünktlich um zehn Uhr lief ich bei Lilly zum Friedensfrühstück ein. »Können wir Frieden schließen, ohne alles noch einmal durchzukauen?«, fragte ich sie statt einer Begrüßung hoffnungsvoll. Ich hatte keine Lust auf eine weitere Diskussion über Familie Sanden & Co. Philip hatte sich in meinem Herzen eingenistet, Maja in meinem Bauch, und bei mir zu Hause lag ein Notizbuch auf dem Tisch, mit dessen Inhalt ich inzwischen ganz zufrieden war. Was wollte ich mehr?

»Kein Problem.«

»Du bist eine wirkliche Freundin!«

»Eine wahrheitsliebende«, scherzte sie.

Schon wieder dieses Wort, stöhnte ich innerlich auf. Es schien mich zu verfolgen. Wir setzten uns an den liebevoll gedeckten Frühstückstisch, unter dem das Kalb es sich gemütlich gemacht hatte, ich schluckte meinen aufkeimenden Unmut hinunter und zog das aktuelle Ultraschallbild aus meinem Mutterpass. »Sieh sie dir an«, sagte ich stolz und reichte ihr die Aufnahme über die dampfenden Becher hinweg.

»Ein absolutes Wunder.« Lilly konnte sich kaum davon lösen. »Überleg dir nur mal, was da in deinem Körper abgeht.«

»Darüber brauche ich nicht lange nachzudenken«, sagte ich trocken. »Das merke ich jeden Tag.«

»Das meine ich nicht. Denk doch mal an Organtransplantationen, da müssen Menschen Tag für Tag Tabletten nehmen, damit die fremden Zellen nicht abgestoßen werden. Und bei einem Baby, das ja auch die Zellen des Vaters in sich trägt, hat die Natur einen Schutzmechanismus eingerichtet.«

Ich musste lächeln, Lillys Enthusiasmus für die Natur des Menschen war ungebrochen. Ebenso wie ihre Überzeugung, mich eines Tages mit in dieses Boot ziehen zu können. In Bezug auf Maja hatte sie da allerdings auch gute Chancen.

»Merkst du eigentlich schon, wie sie sich bewegt?«

»Nein, noch nicht, aber ich merke, dass sie wächst.« Inzwischen sah mein Bauch so aus, als hätte ich drei Wochen lang neben dem normalen Essen auch noch die Schwerstarbeiterzulage mitgehen lassen. »Und jetzt«, wechselte ich rigoros das Thema, »reden wir von dir! Wie geht's dir?« Der Duft der frisch aufgebackenen Brötchen war so verführerisch, dass ich zugriff und mir eines schmierte.

»Ich habe mich verliebt.«

»In wen?«

»Kennst du nicht.«

»Wann hast du ihn kennen gelernt?«

»Vor zwei Wochen.«

»Vormittags oder nachmittags?«

»Kommt es darauf an?«, fragte sie, als könne sie kein Wässerchen trüben. »Willst du einen Astrologen dazu befragen? Das brauchst du nicht, ich weiß auch so, dass wir zusammenpassen.«

»Es kommt mir nicht auf die Konstellation der Sterne an, sondern auf die Art der Tätigkeit, bei der du ihn kennen gelernt hast.«

»In meinen Augen macht das keinen Unterschied, Ellen. Die Hauptsache ist doch, was ich fühle und was er fühlt.« Ihr Brötchen lag immer noch unberührt auf dem Teller. Also war es ernst. Wenn Lilly richtig verliebt ist, schlägt es auf ihren Appetit. Jedenfalls auf den, der vom Magen ausgeht.

»Und er?«, fragte ich neugierig.

»Bis über beide Ohren – so wie ich.« Das Strahlen in ihren Augen hätte es mit einem Kraftwerk aufnehmen können. »Er ist nicht verheiratet, nicht geschieden und nicht beziehungsunfähig.«

»Aber über achtzehn ist er schon, oder?«

Ihr fröhliches Lachen war ansteckend. »Er ist so alt wie ich, so groß wie ich und ebenso verwurzelt wie ich. Zum Glück wohnt er hier in Falkenstein. Ein Wunder eigentlich, dass wir uns vorher nie begegnet sind.«

»Verwurzelt im Sinne von reiseunwillig?«, hakte ich vorsichtshalber nach.

»Genau das«, sagte sie zufrieden. »Deshalb ist er auch weder verheiratet noch geschieden. Ihm geht's wie mir, keine wollte sich damit abfinden.«

»Ach Lilly.« Ich lief um den Tisch herum und drückte sie fest an mich. »Ich freue mich so für dich.« Sie hatte lange genug nach ihrem Deckel gesucht, und oft hatte es so ausgesehen, als sei die Suche zwecklos.

»Er ist übrigens Musiklehrer an einem Gymnasium in Frankfurt.«

Dann hatte er also nachmittags Zeit. »Und wie heißt er?«

»Mauritius.« Lilly sah nicht danach aus, als würde sie einen Witz machen.

»Ein Reiseunlustiger heißt wie eine Insel im Indischen Ozean? Da war Nomen wohl eher nicht Omen.« Ich prustete los. »Entschuldige, Lilly!«, schickte ich schnell hinterher, als ich ihren empörten Blick sah. »Du musst aber doch zugeben, dass das nicht einer gewissen Komik entbehrt.«

»Das Einzige, was ich muss, ist festzustellen, dass du mal wieder von dir auf andere schließt. Nicht alle Menschen benennen ihr Kind nach dem Ort, an dem es gezeugt wurde. Und außerdem hapert es mit deiner Allgemeinbildung. Mauritius ist nicht nur eine Insel, sondern auch eine Briefmarke …«

»Das haben seine Eltern ihm nicht wirklich angetan, oder?« Es wollte mir einfach nicht gelingen, ernst zu bleiben, obwohl es Lillys Reaktion nach zu urteilen angebracht erschien. »Waren sie etwa Briefmarkensammler?«

»… und ein Heiliger«, beendete sie ihre Aufzählung. »Und nach dem haben sie ihn auch benannt.«

Jetzt war es endgültig um mich geschehen. Ich presste meine Hände vor den Mund und versuchte, das unablässige Glucksen zu unterdrücken. Ein Heiliger und eine Gewerbetreibende, wenn das keine zukunftsträchtige Verbindung war.

Lillys Blick hatte von Empörung zu tiefer Enttäuschung gewechselt, was augenblicklich jeden weiteren Lachimpuls im Keim erstickte. »Bitte, entschuldige«, flehte ich vollkommen zerknirscht. »Du lädst mich zum Friedensfrühstück ein, und ich mache alles nur noch schlimmer.«

»Das liegt an deiner begrenzten Vorstellungskraft.« Sie war verletzt.

Und das mit Recht, wie ich mir eingestehen musste. Plötzlich schämte ich mich. »Lilly, ich weiß nicht, was mit mir los ist.«

»Du bist schwanger«, sagte sie leise. »Hormone sind einfach nicht zu unterschätzen.«

»Das allein kann es nicht sein. Ich will nicht nach irgendeiner schalen Entschuldigung suchen, aber …«

»Es reicht schon, dass du dich entschuldigst. Das ist schließlich immer noch ein Zauberwort.« Ihr waren Tränen in die Augen gestiegen, die sie sich jetzt mit einem Tempo wegwischte.

»Nein, es reicht nicht. Ich war unfair und hinterhältig, bloß weil ich mich selbst schlecht fühle.«

Sie hob den Blick und sah mich fragend an.

»Mit dem Notizbuch habe ich mich einfach übernommen. Anstatt mich mit dem zufrieden zu geben, was ich selbst hineinzuschreiben habe, wollte ich es wieder hundertprozentig machen. Aber das belastet mich alles viel zu sehr.«

»Dann lass es, es zwingt dich doch niemand dazu.«

»Deshalb habe ich auch beschlossen, dass ab sofort Schluss damit ist. Ich werde mich um meine Aufträge kümmern, meinen Bauch streicheln, am Main entlangrennen, um mich inspirieren zu lassen, und fortan wieder eine bessere Freundin sein.«

»Verrät diese Reihenfolge irgendeine Art von Priorität?«

»Nein.«

»Darauf trinken wir!« Sie hob ihren Kaffeebecher und stieß ihn vorsichtig gegen meinen Teebecher.

»Wann lerne ich deinen Mauritius kennen?«

»Bald.«

»Versteht er sich mit Henriette?«

»Bestens, er hat selbst einen Hund, einen ziemlich pfiffigen Dackelrüden, Hubert, dem Henriette nahezu verfallen ist. Die beiden zusammen sind ein Bild für die Götter. Ellen, ich bin unglaublich glücklich«, gestand sie mit einem wohligen Seufzer. »Sonst hatte ich immer Angst, dass irgendetwas schief geht, dass doch noch ein Haken an der Sache zum Vorschein kommt, aber bei Mauritius hat mich eine unbeschreibliche Ruhe erfasst. Ich fühle mich so aufgehoben, so als wäre ich nach einer langen beschwerlichen Reise, deren Ausgang über Jahre hinweg völlig offen war, endlich angekommen.« Die Erleichterung darüber zeichnete sich auf ihrem Gesicht ab.

»Ich weiß, was du meinst«, sagte ich leise. Eine Ahnung davon hatte Philip mir vermittelt.

»Manchen Menschen passiert das zweimal in ihrem Leben«, versuchte sie schnell, mich zu trösten, und legte dabei sämtliche Überzeugungskraft in ihre Stimme. »Und allein erziehende Mütter sind schon lange kein Schreckgespenst mehr. Die allein erziehenden Väter haben ganz schön aufgeholt. *Ungebrochener Trend zur Patchworkfamilie* – hab ich neulich erst wieder gelesen.«

»Lilly, du kannst einen echt aufbauen.« Tatsächlich hatte ich nie Angst davor gehabt, allein zu leben – da hatte meine Mutter schon Recht. Philip hatte jedoch Gefühle in mir ausgelöst, die ich sehr gerne noch einmal erlebt hätte. Obwohl ich sie als einzigartig empfand, wollte ich mich mit einem *Nie wieder* nicht abfinden. Ich war zu jung, um mich auf ein reines Berufs- und Mutterdasein zu beschränken. »Hat dein Mauritius vielleicht einen entwurzelten Bruder?«

»Leider nicht. Er ist auch Einzelkind.« Sie zuckte bedauernd die Schultern.

»Was macht er denn so an seinen Nachmittagen?«, fragte ich mit einem hinterhältigen Grinsen.

»Er gibt Einzelunterricht, genau wie ich. Wir haben wirklich viele Gemeinsamkeiten.« Sie erwiderte mein Grinsen.

»Mit dem Unterschied, dass er wahrscheinlich Musik unterrichtet. Ich meine, das würde sich zumindest anbieten. Oder hat er auch verborgene Talente, die er in den Nachmittagsstunden auslebt?«

Lilly schüttelte den Kopf.

Plötzlich wurde ich ernst. »Was du deinen Kunden beibringst, kann ich mir beim besten Willen nicht vorstellen.« Mein fragender Blick bohrte sich in ihren gelassenen.

»Ellen, dein Problem ist, dass du es dir ziemlich genau vorstellst.«

»Aber das will ich einfach nicht mir dir in Verbindung bringen. Da sträuben sich mir regelmäßig die Haare. Hat er eigentlich keine Probleme mit deinem Job?«

»Nein, ich habe ja auch keine mit seinem.«

»Lilly, wann wirst du mir eigentlich sagen, was du machst?«, fragte ich entnervt. »Dieses Spiel macht mir langsam keinen Spaß mehr. Du hast selbst Schuld, wenn ich auf komische

Ideen komme. Wer macht denn schon Hausbesuche? Ärzte, Pfarrer, Physiotherapeuten, Masseure, Klempner und Callgirls«, zählte ich auf.

»Tja ...«

»War das jetzt aussagekräftig?«

»Du wirst es herausfinden, wenn du über deinen Tellerrand schaust. Eigentlich ist es ganz offensichtlich.«

Das mit dem Tellerrand erinnerte mich an Philip. Was für einen Eindruck machte ich eigentlich auf meine Mitmenschen? Er hatte mir eine *beschränkte Vorstellung von einem Dreiundsechzigjährigen* vorgehalten. Und nun schlug Lilly sich auf seine Seite und warf mir die *beschränkte Vorstellung von Hausbesuchen* vor.

»Habe ich tatsächlich eine so eingeschränkte Sicht der Dinge? Bisher habe ich mich eigentlich immer für einen ganz weltoffenen Menschen gehalten.«

»Das bist du auch«, beeilte sie sich zu sagen. »Aber manchmal stellst du gerne Gleichungen auf.«

»Zum Beispiel?«

»Du siehst ein *Vollweib* vor dir, ziehst ihren unzweifelhaften Spaß am Sex in Betracht, hörst, dass sie Hausbesuche macht, bei denen sie ihren Kunden Kunststücke beibringt, und schon bist du beim Callgirl.«

»Wo bitte wärst du?«, fragte ich mit unverhohlenem Vorwurf in der Stimme.

»Ich würde zunächst prüfen, ob ich die richtigen Variablen in die Gleichung aufgenommen habe. Und dann natürlich, ob es nicht noch mehr Variable gibt.«

Ich starrte sie erstaunt an. »Wow, Lilly, warum hast du früher im Matheunterricht nie den Mund aufgemacht?«

»Der war mir zu wenig lebensnah.«

»Hab ich dir eigentlich schon gesagt, dass ich stolz darauf bin, dass Maja dich zur Patentante bekommt?«

»Nein!«

»Dann tue ich es hiermit feierlich.«

Sie lächelte froh. »Was für ein schöner Abschluss für unser Friedensfrühstück.«

»Was?« Ich sah auf meine Uhr, es war gerade mal zwölf. »Jetzt schon?« Normalerweise zog sich unser Sonntagsfrühstück über mehrere Stunden hin.

»Ich habe Mauritius versprochen, mit ihm und den Hunden einen Spaziergang zu machen. Von jetzt an wirst du mich teilen müssen.«

»Dieses Schicksal wird dich im kommenden März auch ereilen«, sagte ich gottergeben. »Wenn Maja erst einmal da ist, werden wir von Gelegenheiten wie heute nur noch träumen können.«

»Ach, vielleicht wird's gar nicht so schlimm. Am Anfang schlafen, essen und verdauen sie doch nur.«

»Aber das tun sie in einem atemberaubenden Rhythmus. Außerdem hast du das Schreien vergessen.« Diesmal übertraf meine Vorstellungskraft offensichtlich die ihre.

»Wusstest du, dass Babys, die ständigen Körperkontakt haben, viel weniger schreien?« Die Begeisterung sprang ihr nur so aus den Augen. »Man sollte den Eingeborenen viel mehr abschauen, die sind zum Glück nicht so denaturiert wie wir.«

»Die können es sich auch leisten, ich dagegen nicht. Oder kannst du dir vorstellen, wie ich mit Baby im Tragetuch zu meinen Kunden gehe?«

»Ja.«

»Alles klar, Lilly. Wirst du mich finanziell unterstützen, wenn es schief geht?«

»Nach Kräften. Aber in diesem Haifischbecken da draußen soll es hin und wieder auch Menschen geben.«

Wie hatte Philip gesagt? Ich hatte es noch genau im Ohr: »Dann hoffen wir auf Gutes. In diesem Sinne, Lilly …« Ich beugte mich unter den Tisch, um dem Kalb über den Kopf zu streichen. »Pass gut auf Lilly auf, hörst du!«

»Und du auf dich.« Sie drückte mir links und rechts einen Kuss auf die Wange und brachte mich zur Tür.

Draußen legte sich die Oktobersonne wie ein warmer Hauch über mein Gesicht. Ich atmete tief die kühle, reine Taunusluft ein. Lilly und Mauritius hatten Recht, es war herrliches Wetter zum Laufen. Und genau das würde ich am Nachmittag tun. Die zwei Stunden mit Lilly hatten mir ebenso gut getan wie der Besuch bei meinen Eltern. Ich fühlte mich erfrischt und in meinem Vorsatz bestätigt, die Finger von allen weiteren Recherchen rund um Philip zu lassen. Ich hatte meinen eigenen Eindruck von ihm gewonnen.

Genau drei Wochen lang sollte es mir gelingen, mich auf das zu beschränken, was ich mir vorgenommen hatte – auf meine Aufträge, meinen Bauch, das Laufen und Lilly. In dieser Zeit fiel es mir nicht schwer, unliebsame Gedanken zu vertreiben. Ich hatte mir mal wieder wahnwitzig viel Arbeit aufgehalst, sodass selbst die Wochenenden dran glauben mussten und nur hin und wieder ein Frühstück mit Lilly drin war. Bis zum Ende der ersten Novemberwoche musste ich vier umfangreiche Terminarbeiten abgeben, was ich auf den letzten Drücker schaffte.

Und noch etwas schaffte ich in diesen Tagen. Zum ersten Mal nahm ich nicht nur Majas Wachstum, sondern auch ihre Bewegungen wahr. Anfangs konnte ich das Kitzeln in meinem Bauch nicht einordnen, als hätte sich dort ein Schmetterling eingenistet, der mich mit zartem Flügelschlag auf seine Existenz aufmerksam machte. Aber es war meine Tochter, die – ähnlich ihrer Mutter – ihrem Bewegungsdrang nachgab. Ich hätte vor lauter Freude hoch in die Luft springen können. Dann fiel mir jedoch Frau Dr. Lenz' Warnung vor Extremsportarten wieder ein, und ich überließ meinem Herzen das

Jubeln. Hätte mir jemand vor ein paar Monaten prophezeit, dass ich mich jemals auf ein Kind freuen würde, ich hätte mit überzeugtem Nachdruck den Kopf geschüttelt.

Weit weniger erfreut war ich allerdings über den Umfang meines Bauches, bei dem nun auch der letzte meiner Reißverschlüsse kapitulierte. Ich hatte es mit Hosenträgern versucht, jedoch sehr schnell festgestellt, dass mir offen stehende Hosen ein unüberwindbares ästhetisches Unbehagen verursachten. So kam ich zu meinen ersten Schwangerschaftshosen, deren inzwischen unübersehbare Ausbuchtung ich mit langen Blusen und Pullovern kaschierte.

Der erste Sonntag im November war fast ein Festtag für mich. Die wichtigsten Aufträge waren erledigt, ich hatte lange ausgeschlafen, war gemächlich am Main entlangspaziert – an diesem Tag verlangte es meinen Körper nach gemäßigtem Tempo – und hatte nach langer Zeit mal wieder angefangen, ein Buch zu lesen. Als sich am Nachmittag die Sonne durch die Wolkendecke kämpfte, beschloss ich, Lilly zu überraschen. Mauritius besuchte an diesem Wochenende seine Eltern, und sie wollte die Zeit nutzen und den Garten endlich winterfest machen. Also würde sie zu Hause sein.

Als ich dort ankam, ging ich zunächst hinters Haus, wo unzählige Jutesäcke voller Laub an der Hauswand lehnten. Lilly war nirgends zu sehen. Also klingelte ich. Die Tür öffnete das Kalb, wohlwollend beäugt von meiner Freundin.

»Dafür haben wir lange geübt«, sagte sie stolz und lobte Henriette ausgiebig. »Komm rein.«

Die beiden gingen voraus, womit mir die Aufgabe zufiel, die Tür zu schließen. Ich versetzte ihr einen vorsichtigen Tritt, da ich keine Lust auf eine Türklinke voller Hundespucke verspürte. Lilly hatte da überhaupt keine Berührungsängste. Und sie war überzeugt, meine würden sich geben, sobald mein Kind erst einmal überall herumsabbern würde, von den gefüllten Windeln, mit denen ich es unweigerlich zu tun bekäme, ganz zu schweigen. Nun ja …

Ich folgte den beiden in kurzem Abstand. Lilly verdeckte mir mit ihrer Fülle den Blick ins Wohnzimmer. Sie war in dem kleinen Türrahmen stehen geblieben und kündigte mich jemandem mit freudigen Worten an. »Ellen ist auch noch gekommen, was für ein schöner Zufall. Sie kennen sie ja.«

»Lilly, warum hast du nicht gesagt, dass du Besuch hast?«, fragte ich in ihrem Rücken.

»Ich wollte dich überraschen. Sieh mal, wer da ist.« Damit trat sie in den Raum und gab mir endlich den Blick frei.

»Ich glaube, für Frau Bertram bin ich keine Überraschung, sondern eher eine Heimsuchung.« Es war niemand anders als Stephanie Sanden, die da sprach.

»Was ist das hier?«, fragte ich bemüht kühl. »Eine konspirative Sitzung?«

»Dann hätte Ihre Freundin Sie wohl kaum dazugebeten.«

»Immerhin erinnern Sie sich daran, dass sie *meine* Freundin ist. Was machen Sie hier?« Das Kalb mochte meinen barschen Ton nicht und verzog sich in eine Ecke.

»Ellen!«, sagte Lilly alles andere als sanftmütig. »Erinnerst du dich daran, dass ich hier das Hausrecht habe? Bei mir wird kein Gast beleidigt.«

»Bei dir vielleicht nicht, aber bei dieser Person.« Ich machte mit meinem Kopf eine eindeutige Bewegung in ihre Richtung.

»Beleidigt Sie die Wahrheit so sehr?«

»Mich beleidigt, wie Sie das Ansehen Ihres Vaters in den Dreck ziehen.«

»Möchtest du dich setzen, Ellen?«

»Nein!«, sagte ich abweisend. Und dann erinnerte ich mich daran, dass es Lilly war, die mit mir sprach. »Danke, aber ich stehe lieber. Ich werde sowieso nicht lange bleiben.« Dabei vermied ich es bewusst, meine Arme vor der Brust zu verschränken. Ich hielt mich leicht vornübergebeugt, sodass mein Bauch Stephanie Sanden nicht ins Auge fiel.

Lilly setzte sich auf ihren Stuhl gegenüber von Philips Tochter. Ich hatte die beiden bei einer gemütlichen Kaffeestunde gestört. »Könnte mich mal jemand aufklären, worum es hier geht?« Sie sah uns beide verständnislos an. »Beim letzten Mal war doch noch alles in Ordnung.«

Wie sollte sie es auch verstehen? Ich hatte ihr ja nichts von meinem Treffen mit dieser Person erzählt. »Vom letzten Mal weißt du nichts«, sagte ich knapp.

»Ich gehe wohl besser.« Stephanie Sanden machte Anstalten aufzustehen, wurde jedoch von Lilly mitten in der Bewegung gebremst.

»Auf keinen Fall!« Lilly sah drohend in meine Richtung.

So schnell ließ ich mich jedoch nicht mundtot machen. »Wollen Sie meiner Freundin etwa auch diesen Mist erzählen?«

Bei dem Wort *Mist* zuckte sie sichtlich zusammen. »Als Sie bei mir waren, habe ich Sie gefragt, ob Sie meine Antworten auch wirklich hören wollen. Ich hielt Sie für voreingenommen, und mein Eindruck hat sich bestätigt. Sie suchen ausschließlich nach Informationen über meinen Vater, die sich mit Ihren persönlichen Erfahrungen decken.« Sie befestigte eine Haarsträhne hinter ihrem Ohr. »Natürlich hätte ich es mir einfach machen können. Dafür hätte ich nur das, was Sie in der *Roberta* geschrieben haben, noch ein wenig ausmalen müssen. Und ich bin mir sicher, Sie wären sehr zufrieden mit mir gewesen.« Ihr Mund zitterte kaum merklich. »Ich bin für Sie nur deshalb nicht glaubwürdig, weil Sie Ihre eigene Version favorisieren. Meine ist ja auch nicht gerade angenehm.«

»Tut mir Leid, aber ich kann nicht folgen.« Lilly sah hilflos zwischen uns hin und her.

»Wollen Sie, oder soll ich?«, fragte ich kalt.

Sie reagierte überhaupt nicht auf mich, sondern wandte sich direkt an Lilly. »Es ist nicht der richtige Moment, und es war ein Fehler, überhaupt hierher zu kommen. Aber Sie hatten mich so nett eingeladen, dass …«

»Du hast sie eingeladen? Hinter meinem Rücken?« Am liebsten hätte ich Lilly mit meinem wütenden Blick an die Wand genagelt.

»Sag mal, spinnst du?«, hielt sie dagegen. »Wie führst du dich hier eigentlich auf? Und was soll dieses Gerede von wegen hinter deinem Rücken? Seit wann muss ich mit dir abstimmen, wen ich einlade?«

»Hier geht es nicht darum, abzustimmen, sondern es gar nicht erst in Betracht zu ziehen. Um Rückendeckung von meiner Freundin geht es mir, falls dir das was sagt.« Mein Ton wurde immer schneidender. »Hast du etwa vergessen, was für ein Affentheater sie veranstaltet hat, bevor sie bereit war, mir auch nur eine einzige Frage zu beantworten?«

»Ich fand den Ansatz eigentlich ganz erfrischend«, verteidigte Lilly sich. »Mich wundert es sowieso immer, was die Leute dir so ohne weiteres erzählen.«

»Dir erzählen sie doch auch ihr halbes Leben.«

»Aber damit hat sich's dann auch. Ich posaune es ja nicht in die Welt hinaus.«

»Na, heute geht's ja endlich mal zur Sache. Ist das deine Einschätzung meines Jobs?«

Stephanie Sanden erhob sich. »Entschuldigen Sie, aber ich möchte jetzt wirklich gehen.«

»Feige sind Sie also auch noch.« Meine Wut reichte durchaus für beide. Da ich mich immer noch nicht gesetzt hatte, standen wir uns nun Auge in Auge gegenüber. »Erst intrigieren Sie hier und dann kneifen Sie. Was ist denn aus Ihrer ach so heiligen Allianz mit der Wahrheit geworden?« Und zu Lilly gewandt: »Ein Schriftzeichen für Wahrheit prangt sogar überdimensional groß in ihrem Wohnzimmer. Aber es ist natürlich auch viel einfacher, die Wahrheit zu postulieren, als sie zu ertragen, habe ich Recht?«

»Diesen Schuh sollten eigentlich Sie sich anziehen, Frau Bertram. Er müsste Ihnen wie angegossen passen. Auch wenn ich Ihnen die Wahrheit notariell beglaubigen ließe, würden Sie sie immer noch nicht glauben. Sie sind blind dafür.« Sie hatte ihre Arme vor dem Körper verschränkt. Ihr vorwurfsvoller Blick verdeckte die tiefe Traurigkeit in ihren Augen nur ansatzweise. »Wenn sie jedoch in Ihrem Leben eine ebenso entscheidende Rolle gespielt hätte wie in meinem«, fuhr sie leise fort, »dann könnten Sie mich vielleicht besser verstehen.«

»Was Sie mir erzählt haben, ist nicht logisch.«

Sie lachte bitter. »Soll ich meine Familiengeschichte umschreiben, nur weil Sie sie nicht nachvollziehen können? Oder weil Sie sich das hehre Bild bewahren wollen, das Sie von meinem Vater haben?«

»Sie sollen mich nur nicht für dumm verkaufen. Ihnen geht es ums Geld und sonst nichts. Nur hört sich das natürlich nicht so schön an wie die Mitleid erregende Geschichte des kleinen Mädchens, das um die Wahrheit bettelt, aber immer nur Lügen aufgetischt bekommt.« Das triumphierende Gefühl, das in mir aufkeimte, hatte etwas Beruhigendes.

»Was habe ich Ihnen eigentlich getan?«

»Dasselbe könnte ich Sie fragen. Sie sind mir von Anfang an mit Abneigung und Widerwillen begegnet.« Schon unser erstes Treffen war eine einzige Anklage gewesen.

»Sie hatten alle Chancen, meine Abneigung und meinen Widerwillen Journalisten gegenüber zu entkräften. Mir ist nur nicht klar, was ich bei Ihnen hätte entkräften sollen.«

»Die Unstimmigkeiten in Ihrer Geschichte.« Jetzt hatte ich sie, ich würde sie festnageln. »Niemand hat dreißig Jahre lang nur ein paar Straßen weiter eine Zweitfamilie, ohne dass es herauskommt.«

»So macht man Opfer zu Schuldigen. Eine sehr beliebte Taktik«, sagte sie sarkastisch. »Gehören Sie auch zu denjenigen, die Frauen die Schuld zuschieben, wenn sie in einem Minirock vergewaltigt werden?«

»Jetzt gehen Sie zu weit«, erwiderte ich drohend.

»Verletzt das Ihre Ehre als Frau?«

In diesem Moment mischte Lilly sich ein. »Meine Geduld als Zuhörerin ist zwar legendär, aber sie hat Grenzen. Entweder ich erfahre jetzt, worum es geht, damit ich mitreden kann, oder ich verziehe mich in den Garten.«

Ich sah Stephanie Sanden herausfordernd an. »Nun?«

Sie schüttelte langsam den Kopf. »Nein. Entschuldigen Sie, Frau Vogler, aber Ihrer Freundin gegenüber habe ich ständig das Gefühl, mich verteidigen zu müssen. Und das will ich mir nicht noch einmal zumuten.«

»Verstehe«, sagte Lilly betrübt.

»Dann werde ich Sie mal von der Anwesenheit dieser Freundin befreien.« Sollte Lilly ihre Zeit mit ihr verschwenden, ich hatte die Nase voll. Mit einem boshaften Lächeln nickte ich ihr zu.

Lilly brachte mich vollkommen durcheinander zur Tür. Eine so schwerwiegende Disharmonie war für Lilly fast nicht zu ertragen.

Obwohl ich das wusste, sträubte sich in diesem Moment alles in mir, ihr diese Last mit ein paar entschärfenden Worten von den Schultern zu nehmen. »Bis dann«, sagte ich vage und ging.

15

Noch Tage und Wochen nach dieser Begegnung versuchte Lilly, mit mir darüber zu reden. Es ließ ihr keine Ruhe, mir dagegen hätte ein Gespräch darüber die mühsam erkämpfte Ruhe wieder geraubt. Ich wollte nichts mehr davon hören. So lenkte sie schließlich ein und erwähnte die Angelegenheit nicht mehr. Es dauerte lange, bis wir nach diesem Nachmittag wieder zu unserem vertrauten Ton fanden. Jede von uns war verletzt und enttäuscht von der anderen. Stephanie Sanden war es tatsächlich gelungen, uns in die schwerste Krise unserer Freundschaft zu stürzen. Und das verzieh ich ihr am allerwenigsten.

Mit der Zeit gelang es mir jedoch, sie selbst und das, was sie gesagt hatte, zu verdrängen. Hätte ich mich bereit erklärt, mit Lilly über jenen Nachmittag zu reden, hätte unsere Freundschaft diese ernst zu nehmende Trübung sicher schneller überwunden. So aber dauerte es, bis der Groll auf beiden Seiten in den Hintergrund trat und wir wieder scheinbar unbelastet miteinander umgehen konnten. Ich hätte jedoch klüger sein sollen. Die Sache war nicht vom Tisch, sie war nur zugedeckt und entzog sich damit meinen Blicken.

Und ich unternahm eine Menge, um immer mehr darüber zu schichten. Ich tat das, was mir bisher immer geholfen hatte: joggen und arbeiten. Die Ruhepausen, die ich mir zu Beginn meiner Schwangerschaft noch gegönnt hatte, wurden immer kürzer, womit ich mir ernsthafte Warnungen von Frau Dr. Lenz einhandelte. Als Rechtfertigung hatte ich stets meine mehr als unsichere Existenzlage nach der Geburt parat. Und von der Hand zu weisen war sie schließlich nicht. Wahrscheinlich würde ich einige Wochen lang nicht arbeiten können und auch danach erst einmal nur mit halber Kraft. Zwar hatte ich mir bereits eine Vertrauen erweckende Krabbelstube angesehen, die Maja mit einem halben Jahr stundenweise aufnehmen würde; ob ich meiner Tochter das allerdings zumuten konnte, musste sich erst noch herausstellen.

Mitte Dezember begann ich meinen wöchentlichen Geburtsvorbereitungskurs. Lilly hatte sich bereit erklärt, mich zu den Partnerabenden und später auch zur Geburt zu begleiten. Es war ein beruhigendes Gefühl. Sie war übrigens nicht die einzige Freundin, die in meinem Kurs auftauchte. Auch zwei andere Frauen mussten sich mit dem Status der zukünftig *Alleinerziehenden* auseinander setzen. Wobei sie es nach eigenem Bekunden freiwillig taten.

In all den Wochen hatte ich auf der Suche nach heilendem Abstand Philips Grab gemieden. Erst am Nachmittag des zweiten Weihnachtsfeiertages gab ich meiner unverändert traurigen Stimmung nach und fuhr nach Wiesbaden. Ich hatte einen Weihnachtsstrauß mit einer dunkelroten Amaryllis binden lassen, den ich nun zu den weihnachtlichen Sträußen auf sein Grab legte. Es machte mich froh zu sehen, dass es auch andere Menschen zu diesem Ort zog, die ihm Blumen brachten. Während ich einfach nur dastand und dieses Bild auf mich wirken ließ, kroch die feuchte Kälte in mich hinein. Obwohl ich über meinen Mantel noch ein dickes großes Wolltuch geschlungen hatte, begann ich zu frieren. Ich zog es enger um mich.

Die Ruhe des Friedhofs stülpte sich über mich. Selbst Maja, die ein paar Minuten zuvor noch überaus aktiv gewesen war, schien in ihren Bewegungen zu verharren. »Zehn Wochen noch, Philip«, flüsterte ich. In zehn Wochen würde sich mein

Leben von Grund auf ändern. An manchen Tagen fühlte ich mich stark und zuversichtlich genug, es damit aufzunehmen. Aber es gab auch diese anderen Tage, die von Unsicherheit und einer unbestimmten Sehnsucht nach Beistand durchzogen waren. Dann baute sich mein zukünftiges Leben mit Kind wie eine hohe, unüberwindliche Mauer vor mir auf. Ich war es gewohnt, mein Leben selbst zu bestimmen. Mütter dagegen waren fremdbestimmte Wesen, da machte ich mir nichts vor. Mich mit dieser Vorstellung jedoch zu arrangieren fiel mir immer noch unsagbar schwer.

»Guten Tag, Frau Bertram.« Die vertraute Stimme von Constanze Frohwein holte mich aus meinen Gedanken. Sie war neben mich getreten und streckte mir mit einem offenen Lächeln ihre Hand entgegen, nicht ohne meine füllige Bauchregion mit einem kurzen Blick zu streifen.

»Hallo«, erwiderte ich ihren freundlichen Gruß.

»Sie kommen also immer noch hierher.« In ihrem Tonfall schwang eine Mischung aus Freude und Staunen mit.

»Ja.«

»Ich habe lange nichts mehr von Ihnen gehört. Was macht Ihr Buch?«

»Daraus ist nichts geworden.« Inzwischen konnte ich es sogar ohne Bedauern sagen.

Frau Frohwein trat unruhig von einem Fuß auf den anderen. Sie hatte nicht wie ich warme Stiefel an, sondern Halbschuhe, in denen sie offensichtlich kalte Füße bekam. »Warum nicht?« Jetzt gewann das Erstaunen die Oberhand.

»Das lässt sich nicht in ein, zwei Worten sagen«, wich ich aus.

»Lassen Sie uns ein Stück gehen«, schlug sie vor.

»Ich habe wenig Zeit.«

»Dann gehen wir ein bisschen schneller. Das ist bei dieser Kälte sowieso besser.« Sie sah mich aufmunternd an. »Kommen Sie.«

Schließlich siegte ihre Freundlichkeit über meinen Widerstand, und ich ließ mich zu einem Spaziergang überreden.

»Wenn der Verlag das Problem ist, kann ich Ihnen vielleicht helfen«, begann sie. »Ich habe ein paar Kontakte, die ich möglicherweise für Ihr Projekt erwärmen könnte.«

»So weit bin ich gar nicht gekommen. Das Buch ist bereits in seinen Anfängen stecken geblieben.«

»Hat unser letztes Zusammentreffen etwas damit zu tun?« Sie suchte in meinem Gesicht nach einer Antwort.

Ich schüttelte den Kopf. »Nicht direkt. Der eigentliche Grund ist ein Gespräch, das ich mit Stephanie Sanden geführt habe.«

»Sie hat also kein Blatt vor den Mund genommen.« Es klang erschöpft, wie sie es sagte.

»So kann man es auch ausdrücken. Ich würde eher sagen, sie hat versucht, das Andenken an ihren Vater in den Dreck zu ziehen.«

»Was hat sie Ihnen erzählt?«

»Eine ganze Menge Unsinn. Er ist es nicht wert, ihn auch noch weiterzutragen.«

»Bitte ...«

»Wozu? Ich habe ihr sowieso nicht geglaubt.«

»Vielleicht sagt sie die Wahrheit.« Das kam sehr leise und eine Spur traurig.

»Frau Frohwein, ich habe Philip Sanden kennen gelernt ...«

»Erzählen Sie es mir!«

»Es ist geradezu lächerlich«, legte ich los. »Sie wollte mir weismachen, dass sie erst durch das Testament von ihrer Halbschwester erfahren hat. Sie hat ihren Vater als einen Lügner bezeichnet, und das mit einer abgrundtiefen Verachtung. Ach ja, und Ihre Tochter habe natürlich auch von nichts gewusst. Was hat Philip ihr getan, dass sie ihn so hasst?«

»Philip? Also hat mich mein Gefühl nicht getrogen?« Sie war stehen geblieben.

»Welches Gefühl?« Meine Wachsamkeit kam um einige Sekunden zu spät.

»Dass mehr hinter Ihrem Interesse steckt als nur ein Buch.«

»Ich mochte ihn«, sagte ich gemessen.

»Sie haben mich einmal nach einem Wort gefragt, mit dem ich ihn charakterisieren würde. Wissen Sie noch, was ich Ihnen geantwortet habe?«

Ganz langsam setzte ich mich in Bewegung, sodass sie nicht anders konnte, als es mir gleichzutun. »Ja«, murmelte ich zögernd, »unvergesslich.« Bei diesem Wort musste ich regelmäßig schlucken, damit mir nicht die Tränen kamen.

»Sind Sie deshalb hier? Weil Sie ihn nicht vergessen können?« Es war schwer, sich ihrer sanften, einfühlsamen Stimme zu verschließen, von ihrem mitfühlenden Blick ganz zu schweigen.

»Vielleicht.« Zu mehr war ich in diesem Moment nicht fähig.

Eine Weile gingen wir schweigend nebeneinander her. Die Dämmerung setzte langsam ein, sodass die rot leuchtenden ewigen Lichter auf den Gräbern die Blicke magisch anzogen.

»Stephanie hat Ihnen die Wahrheit gesagt.« Es war fast nur ein Flüstern, aber ich hatte sie deutlich verstanden.

Jetzt war ich es, die stehen blieb. Mir fehlten die Worte, deshalb sah ich sie einfach nur sprachlos an.

»Die Kinder haben es beide nicht gewusst.«

Die Kinder … ein merkwürdiges Wort für zwei Frauen um die dreißig. »Wie kann das sein?«, fragte ich widerstrebend.

»Auch das lässt sich nicht mit ein, zwei Worten erklären. Es ist zu kalt hier draußen. Haben Sie Lust auf einen Tee?«

»Im Atelier?«

»Nein, bei mir.«

Es waren absolut widerstreitende Gefühle, die sich einen Kampf in meinem Inneren lieferten. Gerade hatte ich mich aus diesem Sumpf herausgequält, da streckte sich mir aus den Tiefen schon wieder eine Hand entgegen, um mich ein weiteres Mal hineinzuziehen. Und ich war mir nicht sicher, ob ich das noch einmal durchstehen wollte. Auf der anderen Seite wurde mein Wunsch, die Wahrheit herauszufinden, immer stärker, sodass ich schließlich nachgab. »Also gut, aber nur kurz.«

Eine Viertelstunde später führte sie mich seitlich an Philips Atelier vorbei zum Gartenhaus, das seinem Namen alle Ehre machte. Es war ein efeuüberwuchertes, ebenerdiges Holzhaus mit einer kleinen Veranda, das wirkte, als sei es mit der Natur verwachsen. Sie schloss die Tür auf und ging mir voraus in einen engen Flur. Nachdem sie ihren Mantel an der Garderobe aufgehängt hatte, nahm sie mir meinen ab. Das Wolltuch behielt ich in der Hand. Ich wollte es mir gerade wieder umschlingen, als ihr Blick über meinen Bauch wanderte. Sie hätte blind sein müssen, um ihn zu übersehen, zumal ich an diesem Tag nicht gerade meinen weitesten Pullover darüber gezogen hatte. Sie enthielt sich jedoch eines Kommentars und lächelte stattdessen – weder verschwörerisch noch wissend, sondern mit einer zaghaften Freude.

Von dem kleinen Flur aus öffnete sich der Blick in ein helles Wohnzimmer, das von dem warmen Gelb zweier Sessel dominiert wurde. In einer Ecke stand ein mit Holzfiguren und echten Kerzen geschmückter Weihnachtsbaum. Während Frau Frohwein den Tee machte, sah ich mich um. Mir gefiel die gemütliche Unordnung, die hier herrschte. Von dem Salon einer Ruth Sanden war Constanze Frohwein offensichtlich meilenweit entfernt.

In einem ansonsten überladenen Bücherregal war ein kleiner Teil für Fotos reserviert. Philips sprang mir sofort ins Auge. Ich konnte meinen Blick kaum von seinem Lachen losreißen. Auf den übrigen Fotos war eine junge Frau zu sehen, die Constanze Frohwein wie aus dem Gesicht geschnitten war. »Das ist Patrizia«, hörte ich sie hinter mir sagen. Sie war mit dem voll beladenen Tablett zu mir getreten.

»Sie sieht Ihnen sehr ähnlich.«

»Ja.«

»Außerdem scheint sie das genaue Gegenteil ihrer Halbschwester zu sein«, stellte ich erstaunt fest. »Sie lacht auf allen Fotos.«

»Sie hat das unkompliziertere Naturell.« Frau Frohwein lotste mich zu einem der Sessel und bat mich, Platz zu nehmen. Das Tablett stellte sie zwischen uns auf einen alten Holztisch, der mindestens einmal von einem Holzwurm heimgesucht worden sein musste. »Ich habe uns Früchtetee gemacht, ich hoffe, das ist Ihnen recht.«

»Ja, danke.«

Sie schenkte uns beiden ein.

»Ist Ihre Tochter über die Feiertage hier bei Ihnen?«

»Nein, sie ist in New York geblieben, sie möchte im Moment keinen Kontakt zu mir.« Ihr offensichtlicher Kummer darüber war ohne jedes Selbstmitleid. »Ich wusste, dass dieser Moment eines Tages kommen würde, nur habe ich immer gehofft, es wäre noch nicht so bald. Schon oft war ich kurz davor gewesen, ihr endlich die Wahrheit zu sagen, aber je länger man die Wahrheit zurückhält, je stärker man sich in Lügen verstrickt, desto schwerer wird es, damit herauszurücken. Es ist, als würden Sie Stein auf Stein schichten und plötzlich feststellen, dass Sie eine unüberwindbare Mauer geschaffen haben.«

»Es fällt mir schwer, das zu glauben«, sagte ich ehrlich. »Wie kann man in einem Umkreis von zwei Quadratkilometern zwei Familien haben, ohne dass es herauskommt?«

»Mit Diskretion und Disziplin.«

»Aber warum? Wozu das alles?«

»Das hat Patrizia mich auch gefragt.« Sie sah auf ihre Finger, die kein einziger Ring schmückte. »Manchmal bin ich froh, dass es keine leichte Antwort ist, denn das würde alles noch schlimmer machen. Ich weiß gar nicht, wo ich anfangen soll.«

Sie hatte es mehr zu sich selbst gesagt, doch mir kam die Antwort über die Lippen, bevor sie mir richtig bewusst wurde. »Mit Philip.« Er interessierte mich mehr als alle anderen.

Ihr Blick hob sich von ihren Händen, und sie sah mich ruhig an. »Philips Ehe war von Anfang an ein Fehler«, begann sie. »Er fand Ruth erotisch, er wollte sie einfach haben. Sie erwies sich jedoch als eine äußerst harte Nuss, die sich in ihren Jungmädchenträumen als Jungfrau in die Ehe hatte gehen sehen und davon keinen Millimeter abwich. Ganz abgesehen davon, dass sie erzkonservativ erzogen wurde und sich auch willig in dieses Schicksal fügte. Also heiratete er sie. Aus heutiger Sicht ein völliger Blödsinn, aber für ihn war es eine Erfahrung, ein Experiment.« Sie nahm einen Schluck von ihrem Tee, ließ mich dabei jedoch nicht aus den Augen. »Als er hatte, was er wollte, stellte er ziemlich schnell fest, dass Ruths ganze Erotik in ihrem Rühr-mich-nicht-an-Gehabe gesteckt hatte. Darüber hinaus blieb nicht viel übrig. Sie dagegen stellte ziemlich schnell fest, dass sie schwanger war. Von dem Zeitpunkt an war es mit einem Eheleben, wie Philip es sich vorgestellt hatte, vorbei. Sie verfiel wieder in ihre gewohnte Pose. Kurz nachdem Stephanie geboren wurde, kaufte er das Atelier. Ruth sagte er, dass er das Kindergeschrei nicht aushalte. In Wahrheit konnte er sie nur mehr schwer ertragen. Sie schlüpfte immer tiefer in die Rolle der konventionellen, langweiligen und maskenhaften Dame des Hauses.«

»Was war mit Stephanie?«

»Sie war sein Augenstern. Er war ganz sicher kein glücklicher Ehemann, aber er war ein sehr glücklicher Vater. Stolz, liebevoll, manchmal überschäumend vor Freude.«

»Und dann?« Ich spürte, dass ich immer wieder gespannt den Atem anhielt.

»Ja, und dann ...« Ihr Blick wanderte über die Decke, als wäre die Antwort dort zu finden. »Er war lebenshungrig, ein ausgeprägter Egoist. Und er war viel zu jung, um sein Liebesleben auf Eis zu legen. Also lebte er, genoss die Freiheiten, die ihm das Atelier bot, und wahrte nach außen hin die Grenzen, die er selbst geschaffen hatte.«

»Ohne Einwände vonseiten seiner Frau?«, fragte ich ungläubig.

»Ganz ohne Einwände wird es wohl kaum abgegangen sein. Aber im Großen und Ganzen hatte sie, was sie wollte: ein Kind und die Fortführung ihrer gesellschaftlichen Rolle, wie sie es von ihrem Elternhaus kannte. Dort muss es übrigens ähnlich desolat zugegangen sein wie in ihrer Ehe. Aber ihre Mutter hat schon nicht rebelliert. Sie selbst hat mehr als dreißig Jahre gebraucht, um mir gegenüber den Mund aufzumachen. Bei Philip hat sie hin und wieder aufbegehrt, aber in solchen Situationen musste er nur mit Scheidung drohen, um sie in ihre Schranken zu weisen. Merkwürdigerweise hat sie nie begriffen, dass das eine leere Drohung war.«

Die Leichtigkeit, mit der sie über das Schicksal von Philips Frau hinwegging, war mir plötzlich zuwider. Ruth Sanden war mir unsympathisch gewesen, ihr aber deswegen das Recht auf ein zufriedenes Leben streitig zu machen, schien mir mehr als unfair. Zugegeben, sie bewegte sich auf einem höchst oberflächlichen Niveau, dessen Tiefen schnell auszuloten waren. Aber auch bei ihr musste es ausgeprägte Gefühle und tiefe Verletzungen geben. »Das klingt nach einem vergeudeten Leben«, sagte ich mit aufkeimendem Mitleid.

»Sie wollte es nicht anders.«

»Frau Frohwein, das halte ich für ausgemachten Unsinn. Kein Mensch sehnt eine solche Konstellation herbei. Für mich klingt Ihre Sicht der Dinge eher wie eine selbstberuhigende Rechtfertigung.« Ich hielt ihrem abwehrenden Blick stand.

»Ich bin nicht für Ruth Sanden verantwortlich«, verteidigte sie sich vehement. »Sie ist eine erwachsene Frau, die nie auch nur unter der kleinsten Existenznot gelitten hat. Sie war finanziell unabhängig, bevor sie Philip begegnete, und daran hat sich nichts geändert. Sie hätte jederzeit gehen können.« Ihr angekratzter Tonfall ließ eine stärkere emotionale Verstrickung ahnen, als sie zuzugeben bereit war.

»Es gibt sehr viele Gründe, warum Menschen unerträgliche Beziehungen aufrechterhalten. Geld ist nur einer davon«, sagte ich aufgebracht. »Manchen Frauen fehlt das Selbstbewusstsein, manche zehren von einer irrationalen Hoffnung auf Besserung, wieder andere sind in ein anerzogenes Korsett gezwängt, das sie ihr Leben lang nicht sprengen können. Von ihrem Unvermögen, sich aus dieser Beziehung zu lösen, auf eine bewusste Willensverwirklichung zu schließen, halte ich für ziemlich vermessen und in gewisser Weise für menschenverachtend. Eine solche Situation sehnt niemand herbei.« Nicht einmal eine Ruth Sanden, die ich nach wie vor zum Abgewöhnen fand. »Hat sie Ihnen nie Leid getan?«

Sie schüttelte ebenso spontan wie entschieden den Kopf. »Leute wie sie haben mir das Leben zur Hölle gemacht – mit ihrem Hochmut und ihrem unerschütterlichen Klassendenken.«

»Warum hat Philip seine Drohung nicht einfach wahr gemacht und sich scheiden lassen? Dann hätte sie vielleicht jemanden kennen gelernt, der besser zu ihr passt.«

»Auch Philip war nicht für sie verantwortlich.«

»Faktisch gesehen haben Sie sicher Recht, aber es gibt immer auch eine menschliche Sicht der Dinge.« Das Schlimmste war, dass ich Philip von meinem Vorwurf nicht ausnehmen konnte. Und das stimmte mich aggressiv. »Die Tatsache, dass er sie nicht geliebt hat, bedeutet nicht, dass nicht ein anderer sie hätte lieben können. Sie selbst haben gerade eben von Ruth Sandens Jungmädchenträumen erzählt, also kann sie mit der Situation, wie sie war, nicht glücklich gewesen sein. Wenn sie selbst es nicht fertig gebracht hat, sich zu lösen, warum hat er ihr nicht geholfen?«

»Er wollte ein Familienleben für Stephanie. Sie sollte so unbeschadet wie möglich aufwachsen, in einer heilen Welt. Vielleicht hatte er auch Angst, dass Ruth sie ihm nach einer Trennung entfremden würde. Was spielt das heute noch für eine Rolle?«, fragte sie unwillig.

Ich starrte sie entgeistert an. »Das fragen Sie? Für Ruth Sanden spielt es offensichtlich eine Rolle, wie nicht zu überhören war. Stephanie Sanden lässt kein gutes Haar an ihrem Vater, und Sie sitzen hier an Weihnachten allein, da Ihre Tochter Sie meidet.«

Sie fuhr sich mit beiden Händen übers Gesicht. »Im Nachhinein und aus einer ungefährlichen Distanz lassen sich leicht Urteile fällen«, sagte sie müde. »Haben Sie das noch nie erlebt, dieses Hinterher-ist-man-immer-klüger?«

»Doch, natürlich, aber …«

»Für Ruth Sanden springen Sie in die Bresche«, unterbrach sie mich brüsk. »In Ihren Augen ist sie ein Opfer, dem man hätte helfen sollen. In meinen hatte sie die Wahl. Von außen betrachtet ging es mir nicht anders. Aber nur ein freier Mensch kann wirklich frei entscheiden. Ich war nicht frei, damals hatte ich keine andere Wahl.«

»Es gab nur diese eine Möglichkeit, nämlich Ihre Tochter in vollkommener Unwissenheit neben ihrem Vater aufwachsen zu lassen? Das ist doch absurd. Wie kann man seinem Kind das antun?«

»Indem man Prioritäten setzt. Mir erschien die Alternative weit schlimmer.« Sie schenkte uns beiden Tee nach, wobei ihre Hand leicht zitterte. »Wenn Sie an Ihr Baby denken, dann haben Sie doch sicher schon eine Vorstellung davon, welches Leben Sie ihm wünschen.«

»Sehr vage«, winkte ich ab. Der Gedanke an Maja beruhigte mich etwas. »Ich möchte meinem Kind einen guten Start ermöglichen, ich möchte, dass es die Fähigkeit zur Heiterkeit entwickelt, dass es ein eigenständiger Mensch wird.«

Ihr Lächeln warb um Verständnis. »Als ich damals feststellte, dass ich schwanger bin, war ich vollkommen unvorbereitet, ich wusste nur eines: dass Patrizia es einmal besser haben sollte als ich. Und ich selbst wollte es nicht mehr schlechter haben. Philip gab mir die Chance, meinem bisherigen Leben für immer zu entfliehen. Ich kannte die Bedingungen. Um Stephanies willen war an seiner Familiensituation nicht zu rütteln. Er wollte weder Gerede noch ein offenes Geheimnis. Im Gegenzug bot er mir ein stabiles und komfortables Zuhause. Und eine sehr befriedigende Beziehung.«

»Das klingt verdächtig nach Kindern erster und zweiter Klasse, für Stephanie alles, für Patrizia nichts.« Das Unbehagen, das mir diese Vorstellung bereitete, war wie feiner Sand, der sich in jede Ritze setzte und anfing zu scheuern.

»So war es nicht«, verteidigte sie ihn und damit sich selbst.

»Hätte Patrizia nicht auch ein Recht auf stabile Verhältnisse gehabt?«

»Sie ist zu ihrem Recht gekommen«, sagte sie mit Nachdruck. »Philip war ein sehr beständiger Faktor in ihrem Leben, und er hat sie nicht weniger geliebt als Stephanie. Für ihn machte es keinen Unterschied, ob sie ihn nun Philip oder Papa nannte.«

»Und was ist mit ihrem Recht auf Identität?«

»Das haben wir beide sicher zu gering bewertet.«

Fast schämte ich mich für meine bohrenden Fragen. In ihrem Gesicht konnte ich ablesen, wie viele Vorwürfe sie sich bereits selbst gemacht hatte und wie sehr diese sie marterten. »Was haben Sie ihr über ihren Vater gesagt?«

»Als sie alt genug war, habe ich ihr von wilden und experimentellen Parties erzählt, von Selbsterfahrungstrips, die in Orgien endeten. Und von dem Unvermögen ihrer Mutter, sich an den Vater zu erinnern. Sie hat mir geglaubt.« Eine Träne löste sich aus ihrem Augenwinkel. Sie wischte sie sofort weg. »Und sie hat immer gesagt, sie könne sich glücklich schätzen, Philip als Vaterersatz bekommen zu haben.«

»Das verzeiht sie Ihnen nicht, oder?«

»Nein, wie sollte sie auch. Im Rückblick hätte ich vieles anders machen können, aber damals hatte ich Angst.«

»Wovor?«

»Es nicht allein zu schaffen, in meine Welt zurückzumüssen, in diese Welt, die Ruth Sanden als Gosse bezeichnet hat.« Ihre Bewegungen wurden fahrig, als würde ihr allein die Erinnerung an diese Welt den Boden unter den Füßen wegziehen. »Mein Vater war Hausmeister in einer großen Firma in Mainz. Mit dem, was er verdiente, konnten er, meine Mutter und ich ganz gut leben. Als er an meinem zehnten Geburtstag auf unserer vereisten Kellertreppe ausrutschte, zog er sich so schwere Kopfverletzungen zu, dass er zwei Tage später daran starb. Wir blieben vollkommen unversorgt zurück. Meine Mutter hatte nichts gelernt, womit sie sich und mich hätte durchbringen können, sie hatte noch nicht einmal einen Schulabschluss. Der einzige Job, den sie bekam, war der einer Toilettenfrau. Und sie war damit zufrieden. Selbst die Tatsache, dass wir in eine winzige Zweizimmerwohnung ans andere Ende der Stadt ziehen mussten, schien sie nicht zu erschüttern. Für mich bedeutete es, die Schule zu wechseln und meine bisherigen Freunde zurückzulassen.« Constanze Frohwein lachte bitter. »Ihr machte es nichts, Kloschüsseln zu schrubben. Sie war ein vollkommen bedürfnisloser und anspruchsloser Mensch. Sie gab sich noch nicht einmal Mühe, etwas anderes zu finden. Ihr reichte es vollkommen, uns beide allein durchzubringen.«

»Und Sie?«, fragte ich mit einer untrüglichen Ahnung.

»Ich habe sie dafür gehasst«, antwortete sie in einem Tonfall, der tief aus ihrem Inneren kam. »Natürlich habe ich mir später oft gewünscht, es wäre anders gewesen. Aber ich konnte nicht aus meiner Haut. Können Sie sich vorstellen, wie aussichtslos es war, Freunde zu finden, deren Eltern nicht die Nase rümpften? Die Tochter einer Klofrau – wer wollte die schon zu sich nach Hause einladen. Und vor allem: Wer durfte zu der nach Hause? Jedenfalls niemand aus meiner Klasse. Über Jahre hinweg war ich eine Außenseiterin, die sich ihrer selbst schämte. Und ich schämte mich meiner Mutter, ein Gefühl, das ich keinem Menschen wünsche. Es ist schlimmer als Hass. An meinem achtzehnten Geburtstag habe ich diese Wohnung verlassen. Erst zehn Jahre später bin ich noch einmal zurückgekehrt, um sie auszuräumen. Irgendjemand, der nie gefasst wurde, hatte meine Mutter im Dienst erstochen, um an ihre Tageseinnahmen zu kommen.«

Es gibt Geschichten, die in ihrer Düsternis und Trostlosigkeit so beklemmend sind, dass man tief einatmet, um so das unsichtbare Band zu sprengen, das sich einem beim Zuhören unweigerlich um den Brustkorb legt. So ging es mir in diesem Moment. Ich atmete bewusst in meinen Bauch, um die unangenehme Spannung zu lösen. »Hatten Sie noch Kontakt zu Ihrer Mutter?«

»Nein.« Sie schüttelte unglücklich den Kopf. »Ich bin damals weggerannt und habe mich nicht umgedreht. Als Patrizia geboren wurde, schlug Philip vor, meine Mutter zu informieren, aber ich konnte es nicht. Meine Tochter sollte fern von dieser Welt aufwachsen.«

Damit hat man ihr auch noch diesen Teil ihrer Identität vorenthalten, schoss es mir durch den Kopf. Ich hielt jedoch meinen Mund und ersparte ihr meinen Kommentar. Wenn mein Eindruck mich nicht trog, dann waren ihr die Konsequenzen ihres Handelns mehr als bewusst. Sie brauchte niemanden, der sie mit der Nase darauf stieß. Das Einzige, was sie brauchte, war eine Tochter, die ihr irgendwann würde verzeihen können.

»Es hat sehr lange gedauert, bis mir bewusst wurde, dass ich ein ganz anderer Mensch bin, als meine Mutter es war. Dass ich Philip nicht unbedingt gebraucht hätte, um meiner Tochter ein schönes Leben zu bieten. Dass ich fähig war, selbst dafür zu sorgen. Aber das ist nur ein Teil der Wahrheit. Selbst wenn ich all das früher gespürt hätte, wäre ich wahrscheinlich trotzdem bei ihm geblieben. Philip war ein sehr wichtiger Mensch in meinem Leben, er hat mich neben sich wachsen lassen, ohne mir je die Flügel zu stutzen. Er hat mir das Gefühl der Scham genommen. Nicht zuletzt dafür habe ich ihn sehr geliebt. Und es hat mir nichts ausgemacht, mit seinen Bedingungen zu leben, im Alltag sind sie sogar meist in den Hintergrund getreten. Man kann sich daran gewöhnen, in der Öffentlichkeit keine Zärtlichkeiten auszutauschen.« Sie war aufgestanden und zu dem Bücherregal hinübergegangen. Vor den Fotos blieb sie nachdenklich stehen. Die Arme hatte sie wie schützend um ihren Oberkörper geschlungen.

»Und vor Ihrer Tochter?«, fragte ich erstaunt. Wie hatten sie es vor Patrizia verborgen? Ich erinnerte mich noch sehr gut daran, dass ich kaum die Finger von Philip hatte lassen können. Und ich hatte meine Eltern vor Augen, die kaum eine Gelegenheit auslassen, um sich zu berühren.

»Vor ihr sind wir freundschaftlich miteinander umgegangen. Geliebt haben wir uns meist in seinem Zimmer im Atelier.«

»Hat sie sich nie für Ihr Liebesleben interessiert? Oder einfach nur gewundert, dass Sie über die Jahre allein blieben?«

»Patrizia lebt in ihrer eigenen Welt. Sie hat Philips künstlerisches Talent geerbt und geht vollkommen darin auf. Von klein auf hat sie ihm am liebsten zugesehen, bis sie dann eigene gestalterische Wege ging. Wenn es um ihre Skulpturen geht, ist ihr noch das kleinste Detail wichtig, bei allem anderen gibt sie sich schnell zufrieden. In dieser Hinsicht ist sie ganz anders als Stephanie, die immer alles ganz genau wissen will.«

Ganz so schnell konnte Patrizia allerdings doch nicht zufrieden zu stellen sein, sonst hätte sie sich nicht so vehement von ihrer Mutter abgewandt.

»Das Schlimmste ist, dass ich heute weiß, wie falsch all das war. Es gibt gar keine Entschuldigungen, nur Erklärungen, und selbst die sind sehr schwer zu fassen. Wir sind da hineingeschlittert, ein Schritt bedingte den nächsten, eine Lüge die andere, und keiner von uns hat zwischendrin angehalten, um das Ganze einmal grundsätzlich in Frage zu stellen. Doch genau das hätten wir tun müssen – anhalten und den Kurs korrigieren. Gut, Stephanie war ein sehr sensibles Kind, sie hat oft gekränkelt, war sehr anhänglich und brauchte sehr viel Sicherheit und Zuwendung. Philip hat immer versucht, sie vor allem und jedem zu beschützen. Ich bin mir inzwischen jedoch sicher, dass sie gelernt hätte, mit der Situation umzugehen. Sie war der Dreh- und Angelpunkt, von dem aus alles Weitere seinen Lauf nahm. Es hat unzählige Momente gegeben, als Patrizia längst erwachsen war, da wollte ich ihr davon erzählen. Aber dann sah ich sie in ihrer Unbekümmertheit und ließ es dabei bewenden.«

»Hat Philip Sie tatsächlich vor diese Alternative gestellt –

entweder Sie machen mit oder er schickt Sie fort?«, hakte ich nach. Diese Frage lastete schwer auf mir. Es kam mir vor, als hätte ich es mit zwei Männern zu tun, deren einzige Gemeinsamkeit in ihrem Namen bestand. Der Philip, von dem Constanze Frohwein erzählte, war nicht der, den ich kennen gelernt hatte.

»Nein. Wir haben damals überhaupt nicht über Alternativen geredet. Er hat seinen Standpunkt klargemacht, und ich habe ihn akzeptiert. Es schien alles ganz einfach. Ich war fünfundzwanzig, als Patrizia zur Welt kam. In mancher Hinsicht war ich viel zu abgeklärt für mein Alter, in anderer wiederum vollkommen naiv. Der einzige Aspekt meines Lebens, den ich vorausschauend behandelte, war mein sozialer Status. Diesen von Grund auf zu verändern wurde für mich zu einer fixen Idee, der ich alles andere unterordnete. Letztlich habe ich diesem Aspekt auch meine Tochter untergeordnet.« Ihr Gesicht wirkte entblößt und voller Traurigkeit. »Solange die Kinder klein waren, gab es keinerlei Probleme. Eine Weile wurde in der Nachbarschaft gemunkelt und spekuliert, aber wir waren so beständig in unserer Schauspielerei, dass wir bald wieder uninteressant wurden. Als die Mädchen größer wurden und Fragen stellten, führte eine Lüge zur nächsten. Irgendwann kamen dann keine Fragen mehr, es waren ja auch alle beantwortet.«

»Wie verstehen Stephanie und Ihre Tochter sich?«

»Ganz gut. Philip hat Stephanie häufig mit hierher gebracht, als sie noch ein Kind war. Daher sind die beiden sich sehr vertraut, obwohl sie nie enge Freundinnen geworden sind.«

Was für ein Gefühl mochte das für die beiden Frauen gewesen sein, als sie bei der Testamentseröffnung erfuhren, dass sie Schwestern sind? »Wann wollten Sie es ihnen sagen?«

»In einem günstigen Augenblick, aber der kam nie.« Sie

setzte sich wieder zu mir. »In dem Maße, in dem sich die Lügen vermehren, reduzieren sich die günstigen Augenblicke. Und da es schon lange keine Fragen mehr gab, haben wir es wohl beide verdrängt. Wir haben mit dem Status quo gelebt.«

»Und jetzt ist Philip tot, und Sie können die Suppe allein auslöffeln.« Meine Gefühle für Philip waren wie betäubt.

»Vergessen Sie Ruth Sanden nicht. Sie wird ihrer Tochter einige Fragen beantworten müssen. Ganz ungeschoren wird auch sie nicht davonkommen.«

»Wie konnten Sie mit ihm glücklich sein? Er hat Sie erpresst und zum Stillhalten gezwungen.«

Ihre Augen hatten einen sehr warmherzigen Ausdruck angenommen. »Das habe ich so nie empfunden. Im Gegenteil, mir kam es lange Zeit so vor, als würden wir an einem Strang ziehen. Stephanie bekam ihren häuslichen Frieden, Patrizia ihren sozialen. Später wurde das Gefühl der Lüge übermächtig. Aber ich war daran ebenso beteiligt wie Philip. Es wäre zu einfach, ihm jetzt die ganze Schuld zuzuschieben, wenn das überhaupt der richtige Ausdruck ist.«

»Mir fällt kein anderer ein.«

»Dann gehören Sie auch zu den Menschen, die besonders hart urteilen, wenn ihr Gefühl im Spiel ist und sie fürchten müssen, dass sie eben dieses Gefühl getrogen hat.«

Ich sah sie stirnrunzelnd an.

»Sie haben ein bestimmtes Bild von Philip, das durch das, was ich Ihnen erzählt habe, offensichtlich beschädigt wurde. Sie vergessen dabei nur, dass all das ohne Ruths und meine Beihilfe nie möglich gewesen wäre. Und Sie vergessen das Motiv. Er hat es aus Liebe zu Stephanie getan.«

»Hat er eigentlich auch irgendetwas aus Liebe zu Ihrer Tochter getan?«, fragte ich scharf. »Das klingt mir alles ein bisschen sehr Stephanie-lastig.«

»Das klingt nur so«, beruhigte sie mich. »Er war der beste

Vater, den ich mir für meine Tochter wünschen konnte. Philip hatte die seltene Gabe, Menschen in ihrem Sosein zu bestätigen, er wollte sie nicht verbiegen oder nach seinem Bild neu erschaffen. Genauso wenig wollte er selbst verbogen werden.«

»Wie können Sie ihn immer noch verteidigen?«

»So wie ich mich selbst verteidige. Wir haben etwas Falsches getan, aber nichts Böses. Wenn Patrizias Wut und ihre Enttäuschung nachlassen, wird sie uns vielleicht verstehen. Irgendwann.«

»War es all das wert?«, fragte ich irritiert. »Ich meine, hat das Leben, das Sie führen und das Sie auch Ihrer Tochter bieten, Sie für die Vergangenheit entschädigt?«

Sie ließ sich Zeit mit ihrer Antwort. »Ja, das hat es«, sagte sie schließlich leise. Ihr offener Blick verriet, dass es die Wahrheit war. »Sonst wäre doch alles, was ich getan habe, umsonst gewesen. Philip hat es für Stephanie getan, die er immer als die schutzbedürftigere von seinen beiden Töchtern empfunden hat. Und ich habe es für meine Tochter und mich getan. Stephanie war mir damals vollkommen gleichgültig.«

»Und heute?«

»Sie ist Philips Tochter und Patrizias Schwester.«

Und sie hat dreißig Jahre lang nichts von ihrer Schwester gewusst, fügte ich im Stillen hinzu.

16

Das Gespräch mit Constanze Frohwein hatte mich in eine merkwürdige Stimmung versetzt. Ich schwankte zwischen empörtem Aufbegehren und völliger Lähmung. Die wenigen Stunden in dem Gartenhaus hinter Philips Atelier hatten ausgereicht, meine Gefühle für ihn hinter eine Glaswand zu verbannen. Sie waren zum Greifen nah, aber ich konnte sie nicht erreichen.

Frau Frohwein hatte mich noch halbherzig zu einem Abendessen eingeladen, ich hatte jedoch entschieden abgelehnt. Beide waren wir von dem Gespräch mitgenommen und wollten es nicht unnötig ausdehnen. Als ich mich von ihr verabschiedete, sagte sie mit einem viel sagenden Blick auf meinen Bauch: »Machen Sie es besser.« Der Vergleich hinkte, da meine Ausgangssituation eine ganz andere war. Ich unterließ es jedoch, ihr das zu sagen.

An die Rückfahrt nach Frankfurt kann ich mich kaum noch erinnern. Dafür aber an jeden einzelnen Gedanken, der mir an diesem Abend und den folgenden Tagen durch den Kopf ging. Von welcher Seite auch immer ich diese Geschichte betrachtete, nie kam ich zu einem erlösenden Punkt. Dabei wünschte ich mir nichts sehnlicher, als Philip von aller Schuld freisprechen zu können. Diese *Fehler aus Liebe,* wie Constanze Frohwein sie genannt hatte, waren mir jedoch überaus suspekt. Was seine Tochter Stephanie betraf, mochte es zutreffen, alle anderen hatte er dieser Liebe untergeordnet. Gäbe es Familienrechte, so wie es Menschenrechte gibt, hätte er gegen ganz grundlegende verstoßen. Allen voran das Recht auf Identität, das er Patrizia kurzerhand abgesprochen hatte. Seiner Frau dagegen hatte er nicht einmal den Respekt erwiesen, sie fortzuschicken. Während er seine Freiheit im Atelier genoss, hielt er sie ein paar Straßen weiter mit leeren Drohungen in Schach. Und auch wenn Constanze Frohwein sich selbst nicht als sein Opfer sah, war sie es doch gewesen. Ohne ihre prägenden Vorbelastungen hätte sie sich wahrscheinlich nie so kompromissbereit auf dieses Arrangement eingelassen. Und alles nur, um der lieben kleinen Stephanie kein Haar zu krümmen und ihr eine heile Welt vorzugaukeln, die es gar nicht gab. Welche Perfidie des Schicksals: Die Person, für die all das offensichtlich veranstaltet worden war, verdammte ihren Vater nun als Lügner in Grund und Boden. Dabei hatte sie noch am wenigsten Grund dazu.

Wie immer, wenn mich etwas zu sehr beschäftigt, zog ich mich zurück und versuchte, erst einmal alleine damit fertig zu werden. Die Anrufbeantwortertaktik funktionierte bei allen, nur nicht bei Lilly und meinen Eltern. Wenn sie nicht bald etwas von mir hören würden, so drohten sie einhellig, dürfte ich mich über Kontrollbesuche weder wundern noch beschweren. Also rief ich sie an, beruhigte und vertröstete sie. Weder war mir nach Gesellschaft, noch wäre ich selbst eine gute gewesen. Die einzige Kommunikation, die ich in diesen Tagen pflegte, war die mit Maja. Von ihrem Vater erzählte ich ihr nichts, da ich plötzlich nicht mehr wusste, was ich hätte sagen sollen. Dafür versuchte ich, ihr die Welt, in die sie in zehn Wochen hineingeboren werden würde, schmackhaft zu machen. Die Tatsache, dass Babys laut neuesten Untersuchungen erst ab der siebenunddreißigsten Schwangerschaftswoche über ein Gedächtnis verfügen, ignorierte ich. Mir tat es gut, mit ihr zu reden, und ihr würde es keinesfalls schaden.

Schließlich war es auch nicht das Erzählen, das ihr schadete, sondern mein ruheloses Arbeiten bis vor den Feiertagen und die zermürbenden Gedanken danach. An mein tägliches Joggen als Ausgleich war nicht mehr zu denken. Selbst bei der kleinsten Anstrengung zentrierte sich mein Bauch zu einem harten Fußball. Als es eher schlimmer als besser wurde, versuchte ich, Frau Dr. Lenz zu erreichen. Wie sich herausstellte, war sie jedoch verreist. Nicht so meine Hebamme, deren Hände eine halbe Stunde nach meinem Anruf behutsam meinen Bauch abtasteten. Was ich als das Gefühl eines harten Fußballs beschrieben hatte, bezeichnete sie als eindeutige Signale meines Körpers. Ich hätte mich wohl ein wenig übernommen, sollte mich gemütlich hinlegen, mich ausruhen und an etwas Schönes denken. Und das über einen längeren Zeitraum hinweg. Meinen Einwand, dass ich eher dem lebhaften Typ zuzuordnen sei, wollte sie nicht gelten lassen. Wenn es schon um Einordnungen gehe, dann sei ich jetzt in erster Linie der schwangere Typ. Ihr unzweideutiger Blick wies Richtung Sofa.

Obwohl mir alles andere als gemütlich zumute war, siegte meine Sorge um Maja. Wenn sie Ruhe brauchte, dann sollte sie sie auch bekommen. Als Erstes sagte ich bei Freunden ab, die mich zu einer Silvesterparty eingeladen hatten. In der Hoffnung auf ein Aus-den-Augen-aus-dem-Sinn packte ich gleich darauf das Notizbuch über Philip und die Bänder mit dem Interview in die hinterste Ecke meines Schreibtischs. Natürlich funktionierte es nicht, meine Gedanken kreisten weiterhin um Majas Vater und seine zwei Familien. Wobei mir schlagartig auffiel, dass es nun bald drei sein würden. Auf seine dritte Familie würde jedoch nicht er Einfluss ausüben, sondern ich allein. Und ich würde dafür sorgen, dass für Maja ihre Herkunft nicht im Dunkeln blieb. Was genau ich ihr über ihren Vater allerdings erzählen würde, darüber war ich mir weniger denn je im Klaren.

So ging Silvester dahin. Es war das erste Mal, dass ich es allein auf dem Sofa verbrachte. Natürlich hätte ich zu meinen Eltern fahren können oder zu Lilly, die zusammen mit Mauritius feierte. Keiner von ihnen wollte das Haus verlassen, da die Tiere so sehr unter den Silvesterknallern litten. Aber auch ich wollte zu Hause bleiben. Allmählich spürte ich, dass die Ruhe mir tatsächlich gut tat und der *Fußball* nachgab. Nachts um zwölf Uhr stellte ich mich ans Fenster, um dem Feuerwerk zuzusehen. Wie unzählige andere Menschen auch formulierte ich in diesen Minuten meine Wünsche für das neue Jahr. Maja sollte ein frohes Kind werden, dafür war ich bereit, einiges zu tun. Mit diesem Wort konnte ich weit besser umgehen als mit Begriffen wie *opfern* oder *aufgeben*, deren bloßer Klang schon ausreichte, um mir den Hals zuzuschnüren. Ich fragte mich, wie vielen anderen Frauen es wohl ähnlich gehen mochte. Wahrscheinlich waren es gar nicht so wenige. Andernfalls müssten Frauen als selbstlose Wesen auf die Welt kommen, und daran glaubte ich nicht.

Am ersten Tag des neuen Jahres war ich früh wach, rief meine Eltern an, um ihnen alle Gute zu wünschen, und machte dann gemächlich einen Spaziergang ums Karree. Die vergangene Nacht hatte auf den Straßen ihre Spuren hinterlassen, sodass ich im Slalom um leere Sektflaschen und Raketenreste herumschlich. Oh, wie sehr hatte ich die frische, kalte Luft in den letzten Tagen vermisst. Es wehte ein leichter Wind, der jedoch zu schwach war, um die dicken Wolken zu vertreiben. Die Sonne würde sich also an Neujahr nicht zeigen. Dafür fielen auf dem Rückweg die ersten Schneeflocken. Ich ließ sie in meine geöffneten Hände fallen und sah zu, wie sie darin schmolzen. Dabei musste ich an einen Film denken, in dem ein Mädchen seinem gehörlosen Vater das Geräusch von Schneefall beschreibt. In ähnlicher Weise schwärmte nun ich meiner ungeborenen Tochter von diesem wundervollen Anblick vor.

Als ich gelöst und entspannt meine Wohnungstür öffnete, kam mir Henriette schwanzwedelnd entgegen. Der Schreck war jedoch schneller als das Erkennen, sodass ich erst einmal nach Luft japste. »Das darf man mit Schwangeren nicht machen«, schimpfte ich los.

»Entschuldige.« Lilly kam mit ausgebreiteten Armen auf mich zu. »Draußen war es zu kalt, da haben wir uns entschlossen, hier drinnen auf dich zu warten.«

»Bei diesem Entscheidungsprozess hätte ich gerne Mäuschen gespielt. Hast du Henriette jetzt auch schon das Reden beigebracht?«

Anstatt einer Antwort umfing sie mich stürmisch. »Bei deinen Ausmaßen brauche ich ja bald Teleskoparme«, sagte sie lachend. »Frohes neues Jahr, Ellen!«

Ihrer Fröhlichkeit konnte und wollte ich mich nicht verschließen. »Dir auch.« Ich drückte ihr einen dicken Kuss auf die Wange, um mich gleich darauf dem Kalb zuzuwenden und ihm kräftig über den Kopf zu streichen. »Und dir natürlich auch.« Meinen Mantel ließ ich im Flur und folgte dem verführerischen Duft, der aus der Küche strömte.

»Neujahrsfrühstück«, hörte ich Lilly hinter mir sagen, als hätte es noch einer Erklärung bedurft. Zwischen den Leckereien, die sie auf dem Küchentisch ausgebreitet hatte, entdeckte ich die verschiedensten Glücksbringer: Marzipanschweine mit Ein-Pfennig-Stücken, Kleepflänzchen, Schornsteinfeger und – typisch Lilly – Scherben. »Was musste denn hier dran glauben?«

»Die hässlichste Vase, die du dir vorstellen kannst. So bekommt jedes Ding seinen Sinn.« Von Lilly ging ein einziges Strahlen aus.

Ich setzte mich ihr gegenüber an den Tisch. »Dieser Mauritius scheint doch ein Heiliger zu sein«, überlegte ich laut. »Er macht dich glücklich.«

»Ja«, sagte sie kauend.

Das Kalb hatte sich derweil in die Türöffnung gelegt und sah sehnsüchtig Richtung Wursteller.

»Ist Henriette nicht eifersüchtig?«

»Keine Spur, sie wandelt ja selbst auf Liebespfaden. Wenn Mauritius' Dackel Hubert da ist, bin ich abgeschrieben.«

Während ich mir in aller Ruhe eine Brötchenhälfte mit Lachsschinken belegte, öffnete Lilly einen Piccolo. Ihr Glas schenkte sie fast randvoll, in meinem hätte dagegen eine Fliege baden können, ohne Gefahr laufen zu müssen unterzugehen. Wir prosteten uns zu.

»Lilly, jetzt muss ich Mauritius aber endlich auch persönlich kennen lernen«, sagte ich entschlossen. »In den letzten Wochen war ich so mit mir selbst beschäftigt, dass alles andere zu kurz gekommen ist.«

»Er will dich auch kennen lernen. Aber ich wollte gerne warten, bis zwischen dir und mir wieder alles in Ordnung ist. Ich will nicht, dass dieses Treffen schief geht. Schließlich müsst ihr in Zukunft miteinander auskommen.«

Ich sah sie gespannt an. »So ernst?«

»So ernst!«

»Lilly, das ist die beste Nachricht des neuen Jahres«, jubelte ich freudig, stand auf, griff nach ihrer Hand und legte sie ganz schnell auf meinen Bauch. »Fühlst du's? Maja macht auch Freudensprünge.«

»Für mich fühlt es sich eher an, als sei sie vor lauter Freude in ihrer Bewegung erstarrt«, sagte Lilly, nachdem sie ihre Hand eine volle Minute lang auf meinem Bauch hatte liegen lassen.

»Das ist der Vorführeffekt«, tröstete ich sie und setzte mich wieder.

»Ellen?«

»Mhm.«

»Es ist noch nicht wieder alles in Ordnung zwischen uns, wir tun nur so.« Ihre Stimme war fest, ihr Tonfall unüberhörbar bedrückt.

»Lass es ruhen«, sagte ich unwillig.

»Das kann ich nicht, und du machst dir etwas vor, wenn du glaubst, es zu können.«

Ich lehnte mich zurück und verschränkte die Arme über meinem Bauch. Mein Blick würde vielleicht schaffen, was meinen Worten nicht gelang.

»Du kannst mich nicht einschüchtern«, stellte sie unerschütterlich fest.

»Und wenn doch?«

»Vergiss es!«

»Genau das versuche ich. Aber wenn du jetzt anfängst, wieder darin herumzustochern, war meine ganze Mühe umsonst.«

»Das war sie ohnehin«, konterte Lilly ungerührt. »Unerledigtes hat die fatale Eigenschaft, immer wieder an die Oberfläche zu drängen. Und noch dazu in den ungünstigsten Augenblicken.«

»Dieser Augenblick ist auch mehr als ungünstig!« Ich nahm mir die andere Brötchenhälfte vor und verteilte mit meinem Messer Butter darauf.

»Was du da tust, ähnelt verdächtig einem Akt der Gewalt.« Lilly sah fasziniert zu, wie ich das Brötchen zurichtete.

»Besser das Brötchen als du«, giftete ich.

»Wenn ich gewusst hätte, dass du derartige Aggressionen gegen Stephanie Sanden hegst, dann hätte ich …«

»Sie nicht eingeladen?«, unterbrach ich sie heftig.

»… dir vorher davon erzählt. Wir sind doch wohl aus dem Alter heraus, in dem die eine nicht mit der Feindin der anderen spielen darf, oder?« Ihr spöttischer Tonfall traf mich mehr als ihr Ärger. »Bist du eifersüchtig? Dann kann ich dich beruhigen. Ich mag sie, aber sie wird dir die Position meiner besten Freundin nie streitig machen.«

Maja rotierte in meinem Bauch, jedenfalls fühlte es sich so an, und mein Herz klopfte vor Aufregung. Ich atmete tief ein und ganz langsam wieder aus. »Lass uns ins Wohnzimmer gehen, da ist es bequemer«, schlug ich vor. Ich wollte mich nicht mit Schwangerschaftsproblemen herausreden, wollte aber auch keinesfalls wieder einen harten Fußball riskieren.

Während ich es mir mit drei dicken Kissen im Rücken auf dem Sofa bequem machte, ließ Lilly sich mir gegenüber im Schneidersitz auf dem Boden nieder.

»Eifersüchtig war ich nicht«, sagte ich ehrlich und eine Spur ruhiger. »Ich hatte nur plötzlich das Gefühl, dass diese Frau sich von allen Seiten in mein Leben einschleicht. Erst bei meinen Eltern und dann bei dir. Ich war wütend, dass es ihr allem Anschein nach gelungen ist, dich einzulullen.«

Lilly starrte mich ungläubig an. »Einzulullen?«, wiederholte sie drohend. »Hast du dieses Wort bewusst gewählt, oder ist es Ausdruck von hormonell bedingter geistiger Umnachtung?« Sie war aufgesprungen und lief nun aufgeregt vor mir auf und ab. »Mich lullt niemand ein. Meine Intuition ist äußerst verlässlich, ich begrabe sie nämlich nicht unter falschem Wunschdenken!«

»Und wer tut das? Ich etwa?« Ich war ebenfalls aufgestanden und hatte mich ihr in den Weg gestellt, sodass sie anhalten und mich ansehen musste.

»Nichts anderes wollte ich damit sagen.« Mit ihrem wütenden Blick hielt nun sie mich in Schach.

Mit einem Satz stand das Kalb neben ihr, stupste mit der Schnauze ihre Hand an und jaulte gottserbärmlich. »Alles in Ordnung.« Lilly beugte sich hinunter und kraulte Henriette beruhigend das Fell. »Und jetzt Platz!« Der Hund folgte ihrem ausgestreckten Zeigefinger und ließ sich neben dem Sofa nieder, die Ohren aufmerksam gespitzt.

Auch ich setzte mich wieder, während Lilly sich mit dem Rücken zu mir ans Fenster stellte. Draußen hatte heftiges Schneegestöber eingesetzt.

»Um der Gerechtigkeit willen«, fuhr sie aufgebracht fort, »hast du dich übrigens auch in ihr Leben geschlichen. Und das unter Vortäuschung falscher Tatsachen.«

»Ich habe ihr gesagt, dass ich ein Buch über ihren Vater schreiben will«, verteidigte ich mich, »und das war nicht gelogen.«

»Das sind Haarspaltereien, Ellen.«

»Und du bist mal wieder gerechter als die Richter am Bundesgerichtshof.«

»Was keine Kunst ist, die befolgen nur Gesetze. Wenn dabei Gerechtigkeit herauskommt, ist es reiner Zufall.« Sie drehte sich zu mir um und lehnte sich gegen das Fensterbrett. »Du willst nicht hören, was Stephanie Sanden zu sagen hat, weil es dir wehtut. Das kann ich sogar verstehen. Ich sehe Mauritius auch lieber im Strahlenkranz guter Taten.«

»Wartet er nicht auf dich?«, fragte ich unverhohlen bissig.

»Ich habe ihm gesagt, es könne dauern.«

»Aha, Vorsatz also.«

»Freundschaft«, erwiderte Lilly im siegesgewissen Tonfall eines Schachspielers, wenn er *schachmatt* sagt.

»Was hat diese Frau nur an sich, dass es ihr gelingt, so viel Wirbel zu veranstalten?«, fragte ich müde. »Wir streiten uns ihretwegen, dabei ist sie es gar nicht wert.«

»Ellen, so ein Pauschalurteil passt nicht zu dir.«

»Ich kann auch differenzierter«, entgegnete ich entnervt. »Sie ist eine verbiesterte, humorlose, rechthaberische, hinterhältige Zicke. Falls dir das noch nicht reicht, fällt mir sicherlich noch mehr ein.«

»Ihr müsst euch wirklich an einem schlechten Tag begegnet sein. Ich finde sie sensibel, nachdenklich, emphatisch und sehr geradeheraus. Die macht dir kein X für ein U vor. Nicht unbedingt typisch weiblich.«

»Wie lange war sie bei dir? Eine Stunde? So lange könnte ich diese Rolle auch durchhalten.«

»Ellen, hör endlich auf, so rumzuwüten und sie verbal in Stücke zu reißen. Du tust ihr Unrecht. Ich habe sie in den vergangenen Wochen hin und wieder getroffen und …«

»Oh nein.« Ich raufte mir die Haare. »Ich will es nicht hören. Was du machst, ist deine Sache, aber lass mich da raus. Ich habe von dieser ganzen Familie die Nase voll.«

»Das sagt sie auch.«

»Emphatisch, was?«, fragte ich biestig. »Die hat dich nur anschauen müssen, um zu wissen, dass du der verständnisvollste Mensch im Umkreis von zweihundert Kilometern bist. Hat sie dir von ihrer schrecklichen Kindheit die Ohren voll geheult?«

Lilly sah mich entgeistert an.

Ich dagegen redete mich immer weiter in Rage. »Das ist schlichtweg gelogen, sie hatte nämlich ein Abonnement auf das berühmte Sahnehäubchen. Und da liegt auch der Hund begraben: Der ist es einfach immer zu gut gegangen. Zu viel von allem macht manche Menschen griesgrämig und sauertöpfisch. Der musst du doch nur ins Gesicht sehen.«

»Um was darin zu erkennen?«, fragte Lilly etwas herausfordernd.

»Den Misanthropen.«

»Sie ist kein Menschenfeind, sie hat nur etwas gegen Journalisten.«

»Und mir wirfst du Pauschalurteile vor.« Mit ein paar tiefen Atemzügen versuchte ich, meinen Bauch zu entspannen. »Weißt du, wie ich mir vorkomme? Wie jemand, der unschuldig angeklagt in einem Gerichtssaal sitzt und dort von der besten Freundin als schuldig verleumdet wird.«

»Ellen, hör verdammt noch mal mit diesem elenden Selbstmitleid auf. Du wirst weder verleumdet noch verraten.«

»Und wie nennst du das bitte? Etwa Loyalität?«

»Wenn Loyalität bedeutet, dass ich keine eigene Meinung haben darf, dann pfeife ich darauf.« Lilly war mittlerweile genauso wütend wie ich. »Glaubst du etwa, ich finde das, was du da von dir gibst, sehr erbaulich?«, schimpfte sie ungehalten und für ihre Verhältnisse ungewöhnlich laut. »Mir sträuben sich die Haare bei diesem hanebüchenen Unsinn. Sonst bist du doch auch nicht so verbohrt. Aber wenn es um Stephanie Sanden geht, dann gibst du deinem Gehirn frei und lässt es von deinen niedersten Instinkten vertreten.«

»Als da wären?«, fragte ich drohend.

»Das willst du nicht wirklich hören.«

Ich saß mit zusammengebissenen Zähnen da und hoffte, Maja würde ein Nickerchen machen und nicht angesichts der sich steigernden Lautstärke vor Schreck einen Entwicklungsschritt auslassen. »Nichts lieber als das. Nur würde ich dich bitten, nicht ganz so laut zu schreien, meine Bauchdecke ist keine Schallschutzwand.«

Bei dem Wort *Bauchdecke* zuckte Lilly schuldbewusst zusammen und bremste ihre Stimmgewalt, nicht jedoch die Inhalte. »Du meinst Philip, knüppelst aber lieber auf seine Tochter ein. Das tut ja auch nicht so weh. Mit dieser Ersatzhandlung bezichtigst du allerdings einen Menschen der Lüge, der es am allerwenigsten verdient hat.«

»Was hat sie denn verdient?«, fragte ich schneidend. »Etwa mein Mitgefühl?«

»Zum Beispiel.«

Mein aufgestauter Sarkasmus erfasste meine Gesichtszüge und endete in einem selbst für meine Ohren unnatürlich klingenden Lachen. »Das hättest du wohl gern, was?« Ihr unerbittlicher Gesichtsausdruck brachte mich auf die Palme.

Lilly nickte mit vor der Brust gekreuzten Armen.

»Darauf kannst du bis zum Nimmerleinstag warten.«

»Ist das dein letztes Wort?«

»Zu diesem Thema ja.«

»Gut«, sagte sie grimmig, »ich warte, aber nicht hier.« Kaum hatte sie sich Richtung Tür in Bewegung gesetzt, stand das Kalb auch schon startbereit neben ihr.

»Lilly, das ist eine ganz billige Erpressung.«

»Na und?«

»Das passt nicht zu dir.«

»Du willst nur nicht, dass es zu mir passt. Das ist ein kleiner Unterschied. Also – mach's gut.« Sie winkte mir kurz zu und verschwand samt Henriette im Flur.

»Wenn du so weitermachst, überlege ich es mir noch einmal mit der Patentante«, schrie ich ihr verletzt hinterher.

»Und das ist jetzt eine ganz billige Retourkutsche«, hörte ich sie aus dem Flur zurückrufen. Kurz darauf fiel die Wohnungstür mit einem lauten Knall ins Schloss.

Auch eine Art, Ausrufezeichen zu setzen, dachte ich wütend. Ich wusste, sie würde mich nicht mehr hören können, trotzdem brüllte ich ihr mein *Na und?* hinterher. Mein Herz jagte erbarmungslos meinen Puls durch die Venen, und auch mein Bauch präsentierte mir umgehend die Rechnung für diesen Ausbruch. Am liebsten hätte ich mich warm angezogen, um im Schneesturm so lange am Main entlangzurennen, bis ich außer Atem war. Über Jahre hinweg hatte mir das Laufen nicht nur als Inspiration, sondern auch als Ventil gedient. Und jetzt plötzlich sollte ich einen anderen Weg finden, um mich zu beruhigen. *Gemütlich hinlegen und an etwas Schönes denken* – meine Hebamme hätte ich in diesem Moment auch am liebsten an die Wand genagelt. Ich war mir sicher, dass der Punchingball in einer ähnlichen Situation erfunden worden war.

Maja zuliebe legte ich mich schließlich auf mein Bett und machte Atemübungen. Gleichzeitig streichelte ich vorsichtig in kreisenden Bewegungen meinen Bauch. Nur zu den schönen Gedanken konnte ich mich nicht zwingen, in mir brodelte es immer noch. Im Kopf führte ich meine Unterhaltung mit Lilly so lange weiter, bis ich endlich das letzte Wort hatte und darüber einschlief. Erst einem verspäteten Silvesterknaller gelang es, mich zwei Stunden später wieder aufzuwecken.

Ich stand entspannt auf und beseitigte als Erstes in der Küche die Reste von unserem Neujahrsfrühstück. Einem ersten Impuls folgend wollte ich Lillys Glücksbringer mit den Brötchenkrümeln zusammen in den Müll werfen. Doch dann gewann meine Rührung die Oberhand und ließ mich mitten in der Küche Rotz und Wasser heulen. Dieses Gefühlsallerlei war kaum auszuhalten. Ich nahm sämtliche Glücksbringer – auch die Scherben – und drapierte sie rund um meinen PC. Dann schaltete ich ihn ein und schickte eine E-Mail an Lilly: *Du bringst mich auf die Palme. Ellen (ziemlich angekratzt).*

Ihre Antwort ließ nicht lange auf sich warten: *Gut so! Von da hat man einen viel besseren Blick – weniger verbaut, wenn Du weißt, was ich meine. Lilly (gesprächsbereit – trotz alledem).*

Ich schrieb zurück: *Und mir unterstellst Du eine Terriermentalität. Ellen (erbost).*

Dazu Lilly: *In der letzten Zeit hast Du Dich eher in einen feigen Köter verwandelt. Die kläffen nur laut, kneifen aber, wenn es ernst wird. Terrier vollenden ihr Werk in der Regel. Lilly (gnadenlos).*

Ich saß vor dem Bildschirm und starrte auf diese drei Sätze, die mir schlagartig bewusst machten, wie ernst es Lilly war. Wirkliche Beleidigungen sind, das wusste ich genau, ihre letzte und ärgste Waffe. In diesem Stadium war Lilly einem

Menschen vergleichbar, der in letzter Not drohend zur Waffe greift. Zu mehr würde sie sich nicht hinreißen lassen. Eher würde sie alle Schotten dichtmachen und sich verbarrikadieren. Ich griff zum Telefonhörer und wählte ihre Nummer.

Nach dem ersten Klingeln nahm sie den Hörer ab. »Ich werde mich nicht dafür entschuldigen«, sagte sie unerschütterlich.

»Das weiß ich.« Drei lange Sekunden schwieg ich, bevor ich mich zu meinen nächsten Worten durchrang. »Also erzähl's mir.«

»Aber nicht am Telefon, ich komme zu dir.«

Bevor ich überhaupt protestieren konnte, hatte sie schon aufgelegt. Als ich gleich darauf wieder anrief, nahm niemand ab. Dafür stand Lilly trotz Schneesturm eine Dreiviertelstunde später vor meiner Tür – ohne das Kalb.

»Wo ist Henriette?«, fragte ich irritiert.

»Ich habe sie schnell zu Mauritius gebracht.« Auf ihrem Mantel schmolzen langsam die Schneeflocken. »Er nimmt sie mit auf seine Runde.«

Ich sah ihr an, dass sie unter unserem Zusammenprall genauso gelitten hatte wie ich. »Komm rein«, sagte ich versöhnlich und nahm ihr den Mantel ab.

Ein zweites Mal an diesem Tag ließen wir uns in meinem Wohnzimmer nieder, ich auf dem Sofa mit den Kissen im Rücken, sie auf dem Boden mir gegenüber.

»Also erzähl mir, was Stephanie Sanden zu sagen hat.« Mein Trotz hatte sich in Luft aufgelöst und einer unbestimmten Traurigkeit Platz gemacht.

»Ich habe dir vorhin gesagt, dass du mit ihr einen Menschen der Lüge bezichtigst, der es am wenigsten verdient, dem du im Gegenteil damit sehr Unrecht tust.« An Lillys skeptischem Blick konnte ich ablesen, dass sie mir nicht über den Weg traute. Sie schien darauf gefasst zu sein, dass ich jeden

Moment wieder aufbrauste. »Sie hat nicht umsonst diese Schriftzeichen für Wahrheit und für Intuition aufgehängt. Für sie sind beide Begriffe untrennbar miteinander verwoben.«

»Geht es auch ein bisschen weniger abstrakt?«, fragte ich so sanft es mir in diesem Augenblick überhaupt möglich war.

»War das Sarkasmus?«, fragte Lilly wachsam.

»Reine Sanftmut.«

»Wer's glaubt.«

»Jetzt mach schon«, forderte ich sie zerknirscht auf. »Meine gnädigen fünf Minuten währen nicht ewig.«

»Deine Holzhackerstimmung hoffentlich auch nicht! Wenn du verstehen willst, was mit ihr geschehen ist, musst du deine Ohren für die feinen Zwischentöne schärfen. Es ist nichts Großes, Spektakuläres passiert, es waren eher kleine, unscheinbare Tropfen, die den Stein bearbeitet haben.«

»Ich habe sie zwar immer mit einem Eisbrocken verglichen, aber den Vergleich mit einem Stein finde ich auch nicht schlecht.«

Als wäre Lilly der pädagogische Umgang mit trotzigen Kindern in Fleisch und Blut übergegangen, ignorierte sie meinen Beitrag. »Sie hatte tatsächlich alles, wonach sich einige Kinder sehnen würden. Sie lebte in der klassischen Kleinfamilie, die zudem noch wohlhabend ist, hatte einen angesehenen Vater, zu dem sie selbst auch aufschaute, und ihr wurden alle Wünsche erfüllt. Es gab jedoch nicht nur diese eine klassische Kleinfamilie, sondern zwei, und Philip war die Schnittmenge.«

»Lilly, so weit bin ich auch schon mit meinen Recherchen«, sagte ich ungeduldig.

Ihr Blick sprach Bände und ließ mich verstummen. »Diese Schnittmenge hatte nun beschlossen, aus dem Ganzen ein Geheimnis zu machen. Die Teilmengen der Mengen A und B sollten nichts davon erfahren.«

»Macht Mauritius gerade Vertretung als Mathelehrer?«

Sie schüttelte missbilligend ihren Kopf. »Stephanie und Patrizia waren offensichtlich die Einzigen in diesem Arrangement, die davon nichts wussten.«

»Ich weiß«, sagte ich genervt. »Patrizia wusste noch nicht einmal, dass Philip ihr Vater ist. Die hat wirklich Grund zur Wut. Er hat ihr damit mal eben die Hälfte ihrer Identität vorenthalten.«

»Stephanie hat auch Grund, wütend zu sein. Ihr hat er ihre Intuition madig gemacht.«

»Wie bitte?«, fragte ich mit einem ironischen Lachen. »Was Besseres ist ihr wohl nicht eingefallen. Da geht's um Geld, Lilly, um sehr viel Geld. Und ums Teilen.«

»Und du hast ein fürchterliches Schandmaul.« Lilly kniff ihre Augen zu Schlitzen zusammen. »Stephanie geht es nicht ums Teilen, sondern ums Mitteilen, um die Wahrheit. Sie hatte es nicht etwa durchschaut – dieses Zweifamilienkonzept –, aber sie hatte es gespürt, erahnt. Jedem Menschen ist die Intuition angeboren, und bei manchen ist sie stärker ausgeprägt als bei anderen. Bei Stephanie ist es wohl so – sie ist ziemlich bald darauf gekommen. Als Kind nur ganz vage, als Jugendliche dann konkreter. Sie hat immer wieder gefragt, und immer wieder wurde ihr von ihren Eltern gesagt, dass sie sich irrt, dass sie eine glückliche Familie sind, sie sich alles nur einbildet. Wenn sie ihren Vater zusammen mit dieser Frau Frohwein erlebte, dann sagten ihr ihre feinen Antennen, dass ihn mit dieser Frau etwas ganz anderes verband als mit ihrer Mutter, etwas viel Intensiveres, Ehrlicheres. Sie ist immer wieder mit ihrem Kopf gegen eine Wand aus Lügen gerannt. Keiner hat ihr jemals die Wahrheit gesagt, bis sie sie schließlich aus dem Testament erfuhr.«

»Philip wollte sie schützen«, trat ich beschämt zu seiner Verteidigung an. »Er fand sie zu sensibel, um sie mit alldem zu konfrontieren.«

»Gerade weil sie so sensibel war, hätte er sie damit konfrontieren müssen. Mit der Wahrheit wäre sie viel besser zurechtgekommen. Die hätte sie nämlich nicht sich selbst entfremdet. Kannst du dir vorstellen, wie ein Mensch sich fühlen muss, der etwas ganz genau spürt, aber immer wieder zu hören bekommt, dass er sich irrt? Ich habe es versucht, und ich kann dir sagen, ich fand es gruselig. So ein Mensch verliert das Vertrauen zu sich selbst, zu seiner Intuition, die ja auch Schutz bedeutet. Sich selbst nicht mehr zu trauen ist so ziemlich das Schlimmste. Dann bist du auf eine andere Art entwurzelt. Weißt du, warum sie Chirurgin geworden ist?« Lilly wartete meine Antwort gar nicht erst ab, sondern fuhr aufgeregt fort. »Weil sie da ganz genau sehen kann, was Sache ist, sie muss es nicht erspüren. Sie schneidet einen Menschen mit ihrem Skalpell auf und sieht die Fakten. Wenn sich eine durchtrennte Handsehne vor ihren Augen auftut, kann ihr niemand weismachen, sie sei noch intakt.«

»Sie hat doch auch eine Mutter«, sagte ich schwach. »Philip war es doch nicht alleine.«

»Ist er dadurch weniger schuldig?«, fragte Lilly hart.

»Natürlich nicht, aber …«

»Stephanies Eltern hatten dreißig Jahre Zeit, und sie haben sie verstreichen lassen. Einfach so. Sie haben alles auf den Kopf gestellt, es verdreht, ihre verquere Gefühlswelt ebenso wie Stephanies Intuition.«

»Ich weiß nicht, was ich dazu sagen soll«, murmelte ich erschöpft, nachdem Lilly schon eine ganze Weile geschwiegen hatte.

»Du musst nichts dazu sagen. Nur damit aufhören, Stephanie als geldgierige Schlange darzustellen, allein schon dir selbst zuliebe.«

»Wenn ich das alles höre, dann kommt Philip mir wie ein Bulldozer vor, der alle überrollt hat. Und darüber komme ich nicht hinweg. Er ist schließlich Majas Vater.« Meine Hände lagen kraftlos auf meinem Bauch, während meine Tochter die Gelegenheit nutzte, um Turnübungen zu machen. Ich sah Lilly Hilfe suchend an. »Ich wünschte, du hättest es mir nicht erzählt.«

»Ich weiß«, sagte Lilly. »Aber ich kann sie doch nicht nur deshalb aus meinem Leben verbannen, damit du nicht mit ihr in Berührung kommst. Ich finde sie nett, und ich möchte das auch sagen können, ohne dass du gleich an die Decke gehst oder wilde Spekulationen über sie anstellst.«

Ich fühlte mich, als hätte ich an diesem Tag eine Schlacht geschlagen und verloren. Und ich schämte mich für den Grund, aus dem ich in diese Schlacht gezogen war. »Da habe ich wohl jemandem ziemlich Unrecht getan«, sagte ich abgekämpft.

Und Lilly, so unbestechlich wie eh und je, ersparte mir nichts, nicht einmal ihr nachdrückliches *Ja*.

In meinem Kopf ging es drunter und drüber, trotzdem gelang es einem Gedanken, an die Oberfläche zu gelangen. »Wenn ich es mir recht überlege, machst du mit mir nichts anderes als Philip mit Stephanie.«

»Versteh ich nicht.«

»Ich habe dich auch schon x-mal gefragt, was du an deinen Nachmittagen treibst«, sagte ich vorwurfsvoll. »Während mir meine Intuition sagt, dass es nicht jugendfrei ist, signalisiert mir mein Wunschdenken das Gegenteil. Und anstatt mir die Wahrheit zu sagen, lässt du mich einfach in der Luft hängen.«

»Deine Intuition sagt dir in diesem Fall gar nichts«, konterte Lilly prompt. »Das ist es ja eben. Deine Signale kommen aus deinem Arbeitsspeicher, wie bei einem PC. Darin sind bestimmte Informationen, die werden mit der Wirklichkeit abgeglichen. Die Gleichung, erinnerst du dich? Wenn du deine Intuition endlich mal freischaufeln würdest, dann würde sich das Stichwort *Callgirl* in Luft auflösen. Du kannst froh sein, dass ich so ein langmütiger Mensch bin und nicht so schnell einschnappe. Jede andere wäre zutiefst beleidigt über diese Unterstellung.«

»Jede andere wäre längst mit der Wahrheit herausgerückt.«

»Das verbietet mir mein Stolz.«

O Gott, langsam kam ich mir selbst wie ein Holzhacker vor. »Tut mir Leid. Ich werde mich bessern.«

»Hoffen wir auf Gutes«, sagte sie mit einem skeptischen Unterton, jedoch voller Wärme. »War es nicht dein Philip, der das gesagt hat?«

17

Mein Philip, dachte ich resigniert, als Lilly längst gegangen war und ich den Neujahrsabend in meiner Sofaecke ausklingen ließ. Das war er schon längst nicht mehr. Er war Stephanies Vater und Patrizias, er war Ruth Sandens Mann und Constanze Frohweins langjähriger Geliebter. Und er war Majas Vater. Aber *mein* Philip? Die zehn Tage, die ich mit ihm verbracht hatte, traten immer mehr in den Hintergrund, verschwammen in meiner Erinnerung. Und so fühlte ich mich, als hätte ich ihn ein zweites Mal verloren. Dieses Mal begrub ich ihn jedoch eigenhändig. Ich schaffte ihn in die hinterste Kammer meines Bewusstsein, dahin, wo er am wenigsten anrichten konnte.

Eine frohe Tochter würde ich nur dann haben, wenn ich selbst wieder froh würde. Vor ein paar Monaten hatte ich noch geglaubt, ich müsse ihr ein umfassendes Bild von ihrem Vater schaffen. Das glaubte ich jetzt nicht mehr. Dieses Bild machte mich ja schon unglücklich, wie sollte es dann erst auf Maja wirken? Irgendwann würde ich ihr das Nötigste über ihren Vater erzählen, wobei ich noch viel Zeit hatte, um dies genauer zu definieren. Erst einmal sollte sie zur Welt kommen, dann würde ich weitersehen.

Die letzten Wochen bis zu ihrer Geburt vergingen wie im Fluge. Ich arbeitete auf Vorrat, hielt dabei jedoch – aus Erfahrung ein kleines bisschen klüger geworden – die nötigen Ruhepausen ein und verlegte mich auf ausgedehnte Spaziergänge am Main entlang. Im gleichen Maße, in dem mein

Bauchumfang wuchs, sah ich voller Neid den Joggern hinterher. Aber bald würden auch meine Füße wieder über den Boden fliegen, anstatt zu schleichen. Wie ich in der Geburtsvorbereitung von den anderen Schwangeren erfuhr, war dies die Zeit, in der alle loszogen, um die Grundausstattung für ihre Babys zu kaufen, und die Kinderzimmer einrichteten. Letzteres kam für mich in Ermangelung von Raum sowieso nicht in Frage. Und mit Babysachen kam meine Mutter mir überraschenderweise zu Hilfe: Sie hatte alles aufgehoben, sogar meine alte Wiege – für den Fall des Falles, wie sie sagte.

Zwischen Lilly und mir wurde wieder alles wie früher. Unsere heftige Auseinandersetzung hatte zum Glück nichts Negatives hinterlassen. Und so lernte ich auch endlich Mauritius kennen, der so gar nichts Heiliges an sich hat. Schon gar nicht, wenn er Lilly ansah. Wie sie hatte auch er von allem ein bisschen mehr. Dieser große, vierschrötige Mann mit seinen dicken dunkelblonden Haaren, die aussahen wie Borsten, und seinen zupackenden Händen war optisch nicht gerade der Prototyp eines Musiklehrers. Aber nachdem ich ihn einmal hatte Klavier spielen hören, revidierte ich diese Einschätzung.

Noch vor Majas Geburt heirateten die beiden – mit einer Hochschwangeren als Trauzeugin, versteht sich. Mauritius zog samt Hubert bei Lilly ein, womit fortan auch Henriette im siebenten Himmel schwebte. Ihren Namen behielt Lilly. Schließlich sei er inzwischen *in einschlägigen Kreisen* zum Markenzeichen geworden. Diesen kleinen, auf mich gemünzten Seitenhieb überhörte ich geflissentlich. Als die Hochzeit vorüber war, versuchte ich Lilly zu entlocken, ob sie nicht durch mich und die Partnerabende bei der Geburtsvorbereitung auf den Geschmack gekommen sei. Doch sie schüttelte vehement den Kopf. Mauritius könne keine Kinder zeugen, ehrlich gesagt würde sie auch keine vermissen. Ihr Leben sei ausgefüllt. Und wenn ich angenommen habe, sie würde nachmittags auf Kinderkrippe umstellen, dann solle ich mir das besser gleich aus dem Kopf schlagen. Als ich sie feixend fragte, worin sie denn ihre Aufgabe als Patentante sehe, erhielt ich ohne Zögern ihre Antwort: »Darin, das Ruder zu übernehmen, wenn du über Bord gehst.«

Als ich am vierten März mitten in der Nacht von äußerst fiesen Bauchschmerzen aufwachte, dachte ich, es wäre so weit mit dem Über-Bord-Gehen, und rief den Notarzt. Der stellte sozusagen im Handumdrehen fest, dass es nur Maja war, die sich entschieden hatte, fünf Tage früher als erwartet auf die Welt zu kommen.

»Ungeduldig wie ihre Mutter«, brummelte Lilly, als ich sie aus dem Krankenhaus anrief und bat, so schnell wie möglich zu kommen.

»Allein stehe ich das nicht durch«, keuchte ich mitten in einer Wehe, die mich kaum noch aufrecht stehen ließ.

»Ich glaube, dieser Satz hat Premiere in deinem Leben.« Lilly war auch noch zu Scherzen aufgelegt, hielt jedoch nach einer mir endlos erscheinenden halben Stunde tröstend meine Hand. »Raus kommen sie immer«, sagte sie in Abwandlung dieses idiotischen Flugzeugspruchs.

»Wie beruhigend.« Ironie hatte mir bisher immer geholfen, doch in dieser Situation versagte sie mir ihren Dienst. »Denkt bei dieser Tortur eigentlich auch irgendjemand an die Mütter?«

»Die Helfer sind immer auf der Seite der Schwächeren«, antwortete Lilly mit gespieltem Ernst.

Und da war schon wieder die nächste Wehe und schnitt mir das Wort ab. Dieser Schmerz würde mich umbringen, ganz sicher. Ich wollte nur, dass er aufhörte, egal wie. Panik ergriff mich wie noch nie zuvor in meinem Leben, und ich wusste nicht, wie ich ihr entkommen sollte. »Schwächere, dass ich nicht lache«, schimpfte ich dagegen an, als ich wieder zu Atem kam. »Wenn du spüren würdest, was Maja da in mir veranstaltet, dann würdest du ziemlich genau wissen, wie es hier um die Kräfteverhältnisse bestellt ist. Mich zerreißt es, aber die haben nicht einmal Erbarmen, laufen geschäftig herum und nicken mir wohlwollend zu. Und du sitzt einfach nur neben mir und hältst meine Hand.« Damit Lilly zur Strafe auch etwas davon zu spüren bekam, zerquetschte ich ihr bei der nächsten Wehe fast die Hand.

»Du verkennst den Ernst der Lage«, stieß ich kurz darauf vorwurfsvoll hervor.

»Entspann dich, Ellen.« Mit der einen Hand streichelte sie über meine Finger, mit der anderen wischte sie mit einem Waschlappen vorsichtig den Schweiß von meinem Gesicht. »Denk doch mal an all die Frauen, die ihre Kinder auf einem Feld zur Welt bringen, die Nabelschnur mit den Zähnen durchbeißen und danach gleich mit ihrer Arbeit fortfahren.«

»Dieses Gerücht hat unter Garantie die BfA in die Welt gesetzt, damit es genug Nachwuchs gibt, um die Renten zu zahlen.«

»Immer wenn du Angst hast, wirst du sarkastisch.«

»Ich sterbe, und du …« Weiter kam ich nicht, denn der nächste Schmerz ließ mich verstummen. Meine Umgebung verschwamm vor meinen Augen, ich konnte nur noch schreien.

»Du stirbst nicht, vertrau mir.« Ihre Stimme kämpfte sich zu mir vor. »Und schrei nicht so, Maja bekommt ja den Schock ihres Lebens.«

»Das hier ist nicht gerade ein Zuckerschlecken«, stöhnte ich verzweifelt. »Soll ich ihr etwa gleich von Anfang an etwas vormachen???«

»Denk an etwas anderes!«

»K.o.-Tropfen …?«

»Du hast es hier nicht mit Verbrechern zu tun«, sagte sie ungerührt.

»Ist unterlassene … Hilfeleistung … etwa kein … Verbrechen?«

»Ellen, du bist ein Weichei. Eine Geburt ist das Natürlichste von der Welt.«

Ich entriss ihr den Waschlappen und klatschte ihn ihr ins Gesicht. »Vielen Dank für … dein Mitgefühl. Ich finde, sie … ist das Viehischste im ganzen … Universum.« Langsam ebbte der Schmerz ab, ich wagte jedoch nicht, mich zu bewegen, da ich spürte, wie er im Hintergrund lauerte, nur um wieder zuzuschlagen. »Wer hat dich eigentlich gebeten, meine Hand zu halten?«

»Du.«

»Heute ist wirklich nicht mein Tag.« Während ich gerade noch sah, wie das Schmunzeln in ihren Augen ihre Mundwinkel erreichte, beugte sich eine Hebamme über mich. »Soll ich es mir gemütlich machen bei ein paar schönen Gedanken?«, fauchte ich sie an.

»Wäre nicht schlecht«, antwortete sie lachend. »Es kann nämlich noch ein Weilchen dauern.«

»Dein Muttermund hinkt eindeutig hinter deinem Mundwerk her«, sagte Lilly fachmännisch.

Wäre ich der Überzeugung gewesen, noch etwas Energie abzweigen zu können, hätte ich sie in diesem Augenblick erwürgt. »Ob es wohl Statistiken über Mord im Affekt im Kreißsaal gibt?«

Lillys schallendes Lachen erfüllte den ganzen Raum.

Ich hatte noch etwas Deftiges hinzufügen wollen, kam jedoch nicht mehr dazu, da mein Muttermund nun doch durchstartete. Meine Konzentration war vollauf damit beschäftigt, all den Befehlen, die plötzlich auf mich niederprasselten, zu gehorchen: »Luft holen wie zum Tauchen, Mund zu, Augen zu, Kinn auf die Brust und pressen … pressen.« O Gott, was sollte ich denn noch alles?

Wer die Wehen erfunden hatte, musste ein Wiederholungsfetischist gewesen sein: Diese Befehlsarie kam nicht nur einmal, sondern ganze dreimal während einer Wehe, immer nur unterbrochen durch kurze Pausen. Mit jedem Mal wurden meine Verzweiflung und meine Panik größer. Ich wusste nicht mehr, wie ich das aushalten sollte, und sehnte mir zum ersten Mal in meinem Leben eine erlösende Bewusstlosigkeit herbei. Zum Glück erinnere ich mich nicht mehr an die unzähligen Beleidigungen, die ich den Umstehenden an den Kopf warf. Und ich hoffe, dass auch ihr Erinnerungsvermögen zur Selektion neigt. Als ich das Ende der Fahnenstange erreicht und das Gefühl hatte, im nächsten Moment ins Bodenlose zu stürzen, spürte ich ein heftiges Brennen. Im einen Augenblick fühlte ich mich, als würde ich von vorne bis hinten zerreißen, um mir gleich darauf einzubilden, eine Melone zu gebären, und zwar eine Wassermelone, nicht etwa eine unscheinbare Honigmelone. »Jetzt nicht mehr pressen«, hörte ich eine ruhige Stimme sagen. »Jetzt ganz langsam atmen.« Und dann flutschte es nur noch im wahrsten Sinne des Wortes. *Es* war Maja, die die Hebamme mir kurz darauf auf den Bauch legte. Behutsam breitete sie eine kleine Decke über ihr aus.

»Alle Finger und Zehen vollzählig vorhanden«, sagte Lilly strahlend und mit einem Stolz, als hätte sie Maja selbst zur Welt gebracht. »Und ein Sonntagskind noch dazu.«

Ich starrte fassungslos auf dieses verschmierte Köpfchen mit den dunklen verklebten Haaren und legte meine zitternden Hände auf ihren winzigen Körper.

»Da bist du sprachlos, was?« Lilly hatte Tränen in den Augen. »Jetzt kann ich die Männer verstehen, die immer sagen, die Geburt ihres Kindes sei das schönste Erlebnis überhaupt gewesen. Ich reihe mich als Patentante da nahtlos ein.«

»Kunststück – das sind ja alles nur Zuschauer«, sagte ich matt. »Aber frag mich mal, wie ich dieses *Erlebnis* finde. Das Ganze sollte Zerreißprobe und nicht Geburt heißen.«

»Sieh sie dir doch nur an«, quietschte Lilly.

»Das tue ich ja«, sagte ich mit zitternder Stimme und saugte mich an dem Anblick meiner Tochter fest, die mit den Augen blinzelte und völlig unkoordinierte Bewegungen mit ihrem Mund machte.

Nach einer ganzen Weile fragte Lilly, wie ich mich fühlte.

»Erleichtert ... glückselig ... fassungslos ... erschöpft und verliebt«, zählte ich stockend auf, nachdem ich ausgiebig in mich hineingehorcht hatte. »Als Dauerzustand kaum zu ertragen.«

»Und das ist erst der Anfang«, sagte Lilly, während sie der Hebamme zu einem Wickeltisch folgte und ihr mit Argusaugen auf die Finger sah. Dort wurde Maja gemessen, gewogen und bekam ihr Namensbändchen ums Handgelenk. Lilly prüfte alles genau nach.

»Lilly, das sind alles Fachleute«, versuchte ich, sie leise zurückzurufen. »Damit machst du dich hier wahrscheinlich nicht besonders beliebt.«

»Erstens waren es auch immer Fachleute, unter deren Aufsicht Babys vertauscht wurden. Und zweitens: Wer deine unflätigen Ausdrücke über sich ergehen lässt, ist belastbar. Dein Wortschatz war übrigens beeindruckend. Finden Sie nicht auch?«, wandte sie sich mit einem koketten Seitenblick an den Arzt, der begonnen hatte, Maja zu untersuchen.

Der lachte jedoch nur und murmelte etwas von wegen: »Das sind wir hier gewöhnt.«

War bisher die U1 für mich eine U-Bahn gewesen, so lernte ich jetzt dazu. Majas erste Untersuchung war abgeschlossen, sie wurde angezogen und mir gleich darauf wieder auf den Bauch gelegt. Ihr Kopf bewegte sich hin und her, während sich ihr winziger Mund offensichtlich auf die Suche nach meiner Brustwarze machte. Als sie sie mit meiner Hilfe fand, saugte sie sich so kräftig daran fest, dass ich erstaunt aufschrie.

»Alles Natur«, sagte Lilly gelassen.

Für mich war es jedoch ein Wunder. Irgendwann lag ich dann endlich in meinem Bett, wo mir vor Erschöpfung sofort die Augen zufielen. Mein letzter Eindruck war Lilly, die Maja in ihren Armen wiegte. Erst als meine Eltern zur Begrüßung ihres Enkelkindes kamen, wachte ich wieder auf. Nun standen drei *Honigkuchenpferde* um Maja herum und konnten kaum ihre Blicke von ihr lösen. Ihnen ging es wie mir, und daran sollte sich auch nichts ändern.

Ich blieb nur eine Nacht im Krankenhaus und entschied dann, dass ich zu Hause mehr Ruhe haben würde. Meine Hebamme würde jeden Tag kommen und mir alles Nötige beibringen. Meine Eltern protestierten und wollten mich dazu bewegen, dann wenigstens für eine Weile bei ihnen zu wohnen. Aber ich wollte es allein schaffen, wollte jede Minute dieser ersten Zeit mit Maja auskosten. Hätte ich jedoch geahnt, was da auf mich zukam, hätte ich sicher noch einmal darüber nachgedacht.

Ich kam jedoch weder zum Nachdenken noch zum Ausruhen. Tage und Nächte gingen nahtlos ineinander über, und ich glaubte endlich jenen Gerüchten, dass Mütter von Neugeborenen manchmal abends noch nicht geduscht haben. Mein Dasein wurde vom Hunger, der Verdauung und den absolut undurchschaubaren Bedürfnissen meiner Tochter bestimmt. Letztere trieben mich an den Rand der Verzweiflung. Kaum war sie gefüttert und gewickelt, fing sie an zu schreien und war nur durch Herumtragen und Schaukeln zu beruhigen. »Tu mir das nicht an«, flüsterte ich, als mich die Ahnung beschlich, dass Maja eines von diesen Körperkontaktkindern war, wie Lilly es mir einmal prophezeit hatte. Ein paar Tage lang wollte ich es nicht wahrhaben und versuchte es mit Konsequenz und Wiege. Dann streckte ich die Waffen, gehorchte endlich meiner inneren Stimme, setzte tagsüber das Tragetuch ein, das Lilly mir geschenkt hatte, und ließ Maja nachts neben mir schlafen. Von dem Tag an hatte ich ein zufriedenes und ruhiges Kind.

Als ich nach drei Wochen das erste Mal wieder einigermaßen zur Besinnung kam, kramte ich in einer schwachen Minute das Notizbuch aus meiner Schreibtischschublade. Ich schlug es auf, starrte abwechselnd auf Philips Foto und in Majas Gesicht. Sie lag schlafend auf meinen Oberschenkeln, während mir in einem nicht enden wollenden Strom die Tränen über die Wangen liefen. In mir kämpfte eine tiefe Traurigkeit darüber, dass Maja ihren Vater nie kennen lernen würde, gegen den nicht weniger tiefen Abscheu darüber, was er Patrizia und Stephanie angetan hatte. Und ich weinte angesichts der Tatsache, dass meine Erinnerung an ihn immer schwächer und unwirklicher wurde. Sie war nicht stark genug, um sich gegen all die Eindrücke zu erwehren, die ich nach seinem Tod gewonnen hatte.

Ich wollte das Selbstmitleid nicht, das mich zu überschwemmen drohte, hatte jedoch nicht die Kraft, um dagegen anzukämpfen. So saß ich da, haderte mit meinem Schicksal, bekam Anflüge von Angst, es vielleicht doch nicht allein zu schaffen, und Panik, die nächsten Jahre nicht mehr allein aus dem Haus zu gehen. Kaum rührte Maja sich jedoch auf meinen Beinen, fegte eine überschäumende Liebe jede andere Gemütsbewegung, jeden anderen Gedanken fort. Lilly fand das alles ganz normal, als ich ihr am Telefon davon erzählte. Dass sie wie eine Blinde von der Farbe redete, wollte sie nicht gelten lassen.

Überflüssig zu erwähnen, dass sich die Häufigkeit ihrer Besuche seit Majas Geburt verdoppelt hatte – erst recht, nachdem klar war, dass weder Henriette noch Hubert Maja etwas antun würden. Seit Lilly geheiratet hatte, schleifte sie nämlich an den Vormittagen auch den Dackel überall mit hin, während Mauritius die beiden Hunde an den Nachmittagen hütete. Bei einer dieser Gelegenheiten berichtete sie mir ausführlich über den plötzlichen Kindstod und seine möglichen Ursachen. Als sie jedoch hörte, dass sich Maja ihren Platz in meinem Bett erkämpft hatte, war sie beruhigt. Blieben noch die übrigen Themen auf ihrer Liste. Lilly wäre daran erstickt, hätte ich mich nicht bereit erklärt, mir ihre Vorträge über lauernde Gefahren rund ums Baby anzuhören. So erfuhr ich etwas über unzureichend gesicherte Wickeltische, verseuchtes Spielzeug und nicht zu unterschätzende Mikrowellen. Zum Glück bin ich nicht leicht zu verunsichern.

Auch meine Eltern setzten sich einmal in der Woche mit einem Einkaufskorb voll selbst geerntetem Biogemüse in den roten Flitzer und besuchten uns in Frankfurt. Mein Vater hätte es Maja am liebsten gleich gefüttert, so stolz war er auf seine Ernte. Die ersten Monate würde er sich allerdings damit zufrieden geben müssen, dass ich allein es verdrückte. Die Zeit, die die beiden bei uns verbrachten, nutzte ich ausgiebig, um endlich einmal wieder zu mir selbst zu kommen, in Ruhe zu baden, zum Friseur zu gehen oder einfach nur, meine E-Mails zu beantworten. Die meisten meiner Kunden hatten zum Glück inzwischen eine so starke Bindung an mich, dass sie versprochen hatten, mir treu zu bleiben. Selbst Michaela Mohr von der *Roberta* versicherte mir, dass ich einen festen Platz auf ihrer Liste einnahm.

Maja hatte sich nun zwar als ein Baby mit scheinbar unstillbarer Sehnsucht nach körperlicher Nähe herausgestellt, dafür war sie jedoch ungeheuer belastbar, was meinen Bewegungsdrang betraf. Meine Eltern hatten mir einen Kinderwagen mit breiten, stabilen Reifen geschenkt, dessen Konstrukteur von einem Geländewagen inspiriert worden sein musste. So packte ich sie jeden Morgen nach dem Stillen ein und drehte meine Runde mit ihr. Erst noch ganz vorsichtig und gemächlich, um mit der Zeit endlich wieder in mein geliebtes Joggingtempo zu fallen. Im Mai, als der Frühling in voller Blüte stand, hatte mein Körper zu seiner alten Form zurückgefunden.

Insgesamt hätte ich also ganz zufrieden sein können. Maja entwickelte sich prächtig, unser Tagesablauf bekam eine so verlässliche Routine, dass ich zwischendrin schon wieder die ersten Aufträge erledigen konnte. Und da sie bei mir im Bett schlief, musste ich nachts zum Stillen nicht aufstehen. Ich konnte also nicht einmal über mangelnden Schlaf klagen – wären da nicht die Gedanken an Philip gewesen, die mich immer wieder überfielen. Ich versuchte, die Bilder von Stephanies und Patrizias Vater zu verscheuchen und sie durch den Philip zu ersetzen, den ich kennen gelernt hatte. Manchmal gelang es mir in Ansätzen, meist erschien mir jedoch alles wie ein schöner Traum, der mit der Wirklichkeit nichts zu tun hatte.

Und zum ersten Mal spürte ich am eigenen Leib, was Stephanie Sanden meinte, wenn sie von Wahrheit und Intuition sprach. Ich selbst hatte einen Punkt erreicht, wo ich zwischen beidem nicht mehr eindeutig unterscheiden konnte. Meine Intuition sagte mir, dass ich Philip realistisch erfasst hatte und mein Bild von ihm nicht durch Wunschdenken gezeichnet worden war. Trotzdem konnte ich das, was ich nach seinem Tod über ihn erfahren hatte, nicht mehr ins Reich der Lüge verbannen. Es war so präsent, dass es sich immer wieder in den Vordergrund drängte und mich nicht zur Ruhe kommen ließ. Ich versuchte, diesen schwelenden Konflikt im stillen Kämmerlein zu lösen, musste mir jedoch nach einiger Zeit eingestehen, dass ich keinen Schritt weitergekommen war.

Maja war gerade drei Monate alt, und Philips erster Todestag rückte immer näher, als ich mich spätabends an meinen PC setzte und Lilly eine lange E-Mail schickte, in der ich versuchte, meine Gedanken zu ordnen. Am nächsten Morgen stand sie um sieben Uhr mit beiden Hunden vor meiner Tür.

»Wann wirst du endlich diese Einzelkämpfermentalität aufgeben und etwas früher mit der Sprache herausrücken?«, fragte sie vorwurfsvoll und rauschte an mir vorbei in die Küche, während die Hunde sich gleich ins Wohnzimmer verzogen.

»Wenn du deinen Urlaub auf Bali verbringst.«

»Alles klar.« Sie setzte die Kaffeemaschine in Gang, die seit einem Jahr sowieso nur noch von ihr benutzt wurde.

Ich hatte Maja gerade erst gestillt, sie hing vollkommen schlapp über meiner Schulter und ließ sich Zeit mit ihrem Bäuerchen. »Lilly, ich weiß nicht, was ich tun soll. Irgendwie muss das ein Ende haben. Ich habe ständig das Gefühl, dass etwas Unerledigtes in mir schwelt.«

»Das Gefühl kenne ich. Ich muss nur an meine Steuererklärung denken.«

»Kannst du bitte mal ernst sein!«

»Bloß weil du dich endlich dazu durchgerungen hast, deinen Mund aufzumachen, muss ich gleich springen, was?«

»Eine Antwort würde mir schon reichen.«

»Wie lautet die Frage?«

»Was soll ich tun?«

»Vergiss Philip.«

»Das kann ich nicht.« Ich klopfte vorsichtig auf Majas Rücken. »Ich habe eine Tochter von ihm, schon vergessen?«

»Dann akzeptiere die Dinge, wie sie sind, akzeptiere ihn, wie er war.«

»Das würde ich ja gern. Aber wenn ich an die Zeit mit ihm zurückdenke, kommt mir alles so unwirklich vor. Wenn Maja nicht wäre …« Ich ließ das Ende des Satzes in der Luft hängen.

»Dann hilft nur eines: Fahr dorthin zurück, wo du mit ihm glücklich warst. Manchmal muss man an einen Ort zurückkehren, damit ein Kreis sich schließen kann und Frieden einkehrt.«

»Und das aus deinem Mund?«, fragte ich überrascht. »Verreisen und noch dazu so weit? Und das alles mit einem drei Monate alten Baby? Wie verträgt sich das mit deiner Verwurzelungstheorie?«

»Hervorragend. Deine Fahrt geht schließlich auch zu den Wurzeln zurück – zu Majas allemal.«

Und so war ich aufgebrochen, nachdem ich mir im Schloss Rubein ein Zimmer reserviert hatte. Ich war nachts gefahren, da ich immer noch keine Klimaanlage in mein Auto hatte einbauen lassen und Maja diese Hitze nicht zuzumuten war. Als wir über den Brenner kamen, ging gerade die Sonne auf und schickte ihre ersten Strahlen über die Berggipfel. Maja krähte auf dem Beifahrersitz fröhlich in ihrem Maxicosi. Sie hatte fast während der gesamten Fahrt geschlafen. Wieder war es Maria, die mich im Schloss begrüßte und zu unserem Zimmer brachte. Dabei konnte sie ihren Blick kaum von Maja lösen.

Das Zimmer grenzte direkt an das Gartenhaus, es war der frühere Hühnerstall, wie die junge Südtirolerin mir erklärte. Als sie fort war, ging ich mit Maja auf dem Arm hinaus in den Garten. Ich suchte uns ein schattiges Plätzchen unter einem Baum, legte Maja dort auf eine Decke und zog mir selbst eine Liege heran. Erschöpft streckte ich mich darauf aus und lauschte dem gleichmäßigen Rauschen der Blätter, in das sich nur hin und wieder das Geräusch eines hinter der Mauer vorbeifahrenden Autos mischte. Maja strampelte vergnügt mit Armen und Beinen und verfolgte fasziniert das Spiel von Licht und Schatten.

Nach einer Weile fielen mir die Augen zu. Bilder von unserem ersten Zusammentreffen vor dem Gartenhaus, der ersten Wanderung, unserer ersten Nacht setzten sich vor meinem inneren Auge in Bewegung. Durch meine geschlossenen Augenlider bahnten sich die Tränen ihren Weg. Ich hatte das Gefühl, nur die Augen öffnen zu müssen, um Philip vor mir stehen zu sehen. Gleichzeitig wusste ich, wie unsinnig dieses Gefühl war. Er war für immer fort. Plötzlich hörte ich dicht neben mir eine Stimme und riss erschrocken die Augen auf.

»Geht es Ihnen nicht gut? Kann ich Ihnen helfen?« Die Stimme gehörte zu einem freundlichen Mittvierziger mit blonden Locken und einer runden Nickelbrille. Seine kurzen Shorts entblößten O-Beine, wie ich sie ausgeprägter nie zuvor gesehen hatte.

»Alles okay«, winkte ich forsch ab.

»Der Wind?«, fragte er spöttisch.

»Sie kennen sich aus.« Durch meine Tränen hindurch musste ich lächeln.

»Ich habe drei ältere Schwestern«, sagte er gottergeben. »Liebeskummer?«

»So in etwa.«

Er setzte sich zu Maja auf den Boden und hielt ihr seinen Zeigefinger hin, den sie mit ihrer kleinen Faust sofort umschloss. »Kurt Wiesner«, stellte er sich ihr vor.

»Maja Bertram«, sagte ich für meine Tochter. »Und ich bin Ellen Bertram.«

»Hat sich der Vater davongemacht?«, fragte er mit einem mitfühlenden Blick auf Maja.

»Vor knapp einem Jahr«, antwortete ich wahrheitsgemäß.

»Marke Mistkerl?«

»Marke Leichtsinn. Er ist hier in den Bergen abgestürzt.«

»Oh.« Seine Lippen formten dieses Wort mehr, als dass es zu hören war. »Entschuldigung.«

Ich schüttelte abwehrend den Kopf. »Wohnen Sie im Gartenhaus?« Er musste von dort gekommen sein, die Terrassentür stand offen.

»Wir haben es für zwei Wochen gemietet. Gestern sind wir angekommen.«

»Es ist wunderschön, nicht wahr?«

Er nickte, während er Maja aus ihrer liegenden Position befreite und auf den Arm nahm. »Darf ich?«

»Ja. Haben Sie auch Kinder?« Er ging so selbstverständlich mit ihr um, dass es nahe lag.

»Nein, leider nicht«, sagte er mit spürbarem Bedauern.

In diesem Moment kam über den Rasen ein Mann auf uns zu. »Hier steckst du also, Kurt, ich habe dich schon überall gesucht.« Der Blick, den er dem Gesuchten zuwarf, war der eines Liebenden.

»Darf ich vorstellen – Michael Schott, mein Lebensgefährte, Ellen Bertram, unsere Nachbarin.«

Unser gegenseitiges Hallo kam fast synchron. Ich konnte gar nicht so schnell gucken, wie auch Michael Schott, der aussah wie ein kleiner Gelehrter, sich auf dem Rasen niederließ und nur noch Augen für Maja hatte. In der nächsten Stunde wanderte sie zwischen beiden hin und her, was sie sichtlich genoss. Und die beiden nicht minder. Nach dieser Stunde unterbreiteten sie mir das ernst gemeinte Angebot, während meines Urlaubs im Schloss Rubein als Babysitter zu fungieren.

Warum eigentlich nicht? überlegte ich. Lilly hatte mich sowieso wortreich davor gewarnt, mit *ihrer* Maja irgendwelche Berge oder gar Gondeln zu besteigen. *Keine unsicheren Angelegenheiten* hatte ich ihr versprechen müssen, wobei wir den Begriff *unsicher* doch sehr unterschiedlich definieren, aber dazu hatte ich mich besser ausgeschwiegen, sonst hätte sie keine Ruhe gegeben. Es war sowieso ein Wunder, dass sie mir ihren Vortrag über Autoreifen, die wegen Überhitzung platzen könnten, erspart hatte.

Nachdem die beiden meinem skeptischen Blick mit ausführlichen Erzählungen über zahlreiche Nichten und Neffen, die sie schon gehütet hatten, begegneten und Maja sich in ihrer Gesellschaft augenscheinlich wohl fühlte, wagte ich das Experiment und brach noch am Nachmittag zu einer Bergwanderung auf. Maja war gestillt und würde drei Stunden gut ohne mich durchhalten können. Zur Sicherheit nahm ich jedoch mein Handy mit. Michael – wir waren inzwischen zum Du übergegangen – hielt Maja im Arm, wo sie bereits selig schlief. Beide Männer winkten mir beruhigend hinterher, während ich langsam zum Parkplatz ging. *Wie kannst du nur*? hörte ich Lillys Vorwurf im Geiste. *Sie könnten verkappte Kinderschänder sein, Entführer, Menschenhändler.* Ich verließ mich jedoch auf meine Menschenkenntnis. Für mich waren sie einfach zwei Männer mit einem unerfüllten Kinderwunsch.

Eine Viertelstunde später stand ich bereits auf dem großen Parkplatz im Dorf Tirol, von wo aus Philip und ich unsere erste Wanderung unternommen hatten. Mit Rucksack und Schirmmütze folgte ich dem Weg, den wir gemeinsam gegangen waren. Nur ging ich viel langsamer als ein Jahr zuvor, als Philip mit einer diebischen Schadenfreude das Tempo vorgegeben hatte. Zwischendurch schaute ich immer wieder auf das Display meines Handys, um zu sehen, ob ich nicht gerade ein Funkloch durchwanderte, wo ein Notruf mich nicht erreichen würde. Auf dem Hochmuter machte ich Rast und suchte mir einen freien Platz auf der Terrasse eines Berggasthofs. Ich bestellte mir eine Apfelsaftschorle, sog das Bergpanorama in mich auf und schloss die Augen. Lilly hatte Recht gehabt: Manchmal musste man zurückkommen. Das, wonach ich mich so lange gesehnt hatte, widerfuhr mir hier in diesen Bergen. Mit aller Macht spürte ich Philip, die Erinnerungen an ihn überfielen mich mit einer Intensität, wie ich es nicht mehr für möglich gehalten hatte. Ich hätte gleichzeitig lachen und weinen können. Ich sah uns hier an diesem Berggasthof stehen und diskutieren, dachte an den Weg für Schwindelfreie und unser Abendessen in Vellau. Und zum ersten Mal konnte ich bei diesen Bildern wieder lächeln.

Als ich auf meine Uhr sah, stellte ich mit Schrecken fest, dass mir nur noch eine halbe Stunde für den Rückweg blieb. Ich nahm die nächste Gondel, die ins Dorf Tirol fuhr, eilte unten zu meinem Auto und fuhr im Eiltempo zum Schloss zurück. Im Gartenhaus öffnete jedoch niemand auf mein Klopfen. Auch im Garten waren sie nicht. Das Schwimmbad, schoss es mir durch den Kopf. Ich lief den Weg entlang und entdeckte sie schon von weitem, die beiden Männer saßen unter einem Sonnenschirm und unterhielten Maja.

»Seid ihr jetzt urlaubsreif?«, fragte ich mit einem erleichterten Lachen.

»Im Gegenteil«, antwortete Michael halb ernst, halb scherzend, »das ist Urlaub von der Kinderlosigkeit. Wir hoffen, du hast noch eine Menge solcher Touren vor.«

»Ihr etwa nicht?«

»Wir lassen uns einfach treiben, wir haben nichts Bestimmtes vor«, klärte Kurt mich auf.

Auf diese Weise hatte ich alle Ruhe, die ich brauchte, um Philips und meinen Spuren zu folgen. Wann immer es ging, kümmerten sich die beiden um Maja, gingen mit ihr spazieren, hielten ihr Lillys schadstofffreies Spielzeug vor die Nase oder bewachten lesend ihren Schlaf. Als Maja an meinem dritten Abend im Schloss endlich eingeschlafen war, ging ich noch einmal durch den Garten. Nach der Hitze des Tages genoss ich die milde Abendluft. Ich legte mich auf eine der Liegen und ließ meinen Gedanken freien Lauf.

Alles, was ich nach Philips Tod über ihn gehört hatte, war dazu angetan gewesen, heftige Zweifel an meiner eigenen Wahrnehmung zu schüren. War das Bild, das ich mir in den zehn Tagen hier von ihm gemacht hatte, reines Wunschdenken gewesen, um endlich den Mann zu finden, der zu mir passte, der mich lieben konnte, ohne mich einzusperren? Aus meinem Inneren stieg ein klares Nein empor, die Ahnung von Liebe, die er bei mir ausgelöst hatte, war keine trügerische gewesen. Aus dem Verliebtsein hätte sich weit mehr entwickeln können, wenn wir mehr Zeit gehabt hätten.

Eine ganze Weile hatte ich mit geschlossenen Augen dagelegen. Als ich sie wieder öffnete, sah ich mich umgeben von Glühwürmchen, die ausschwirrten, den Signalen der flugunfähigen Weibchen zu folgen. Ich hörte wieder Philips verführerisches Flüstern an meinem Ohr und spürte eine unstillbare Sehnsucht nach ihm. Das Glück, ihn ganz allmählich wieder zu finden, kämpfte gegen die Traurigkeit, ihn nie wieder zu sehen. Zaghaft setzte sich jedoch der Gedanke durch, dass allein dieses Wiederfinden zählte. Seinen Tod hatte ich akzeptieren müssen, nicht jedoch sein Verschwinden aus meiner Erinnerung.

Und endlich konnte ich diese Erinnerungen dem gegenüberstellen, was man mir über ihn erzählt hatte. Ich begriff, dass das eine das andere nicht ausschloss, dass es kein Gegensatz war, kein Entweder-oder, sondern ein simples Und. Philip hatte schwer wiegende Fehler gemacht, aber er war kein schlechter Mensch gewesen. Um Stephanies willen hatte er über Jahrzehnte dieses Theater gespielt. Ich dachte an die beiden kurzen Unterhaltungen, mit deren Inhalt ich damals nichts hatte anfangen können. Er hatte von Bereuen gesprochen und von Selbstbetrug, von Notlügen und deren Missbrauch, um sich selbst zu schützen. Also war auch das ein Grund gewesen. Er hatte begriffen, dass er sehr viel falsch gemacht hatte, war jedoch überzeugt gewesen, dass es zum Umkehren zu spät war.

Natürlich stellte ich mich auch seinem Egoismus. Der hatte

schließlich sowohl seiner Frau als auch seiner Geliebten ein Leben aufgezwungen, das sicher nicht dem ihrer Träume entsprochen hatte. Ohne Zweifel könnte man einwenden, dass beide Frauen erwachsen und zu eigenen Entscheidungen fähig waren, dass beide Motive hatten, aus denen heraus sie sich mit der Situation arrangierten. Trotzdem enthob ihn das nicht seiner Verantwortung. Am wenigsten derjenigen gegenüber seinen Kindern. Zu seinen Gunsten möchte ich annehmen, dass er nicht wusste, was er Stephanie mit diesen ewigen Lügen antat. Aber dass er Patrizia die Hälfte ihrer Identität vorenthielt, hätte ihm klar sein müssen. Er hatte jedoch die Stärke des einen Mädchens gegen die Schwäche der anderen in die Waagschale geworfen und seine Entscheidung getroffen. Dass sein Tod alles aufdecken würde, musste er lange verdrängt haben.

Es tat mir weh, all das als geschehen zu akzeptieren. Lilly hatte schon Recht: Ich hätte Philip lieber im Strahlenkranz seiner guten Taten gesehen, als absolut integren Menschen, der, wenn er auf sein Leben zurückblickte, zufrieden hätte nicken können. Aber vielleicht war das die einzige Illusion, der ich erlegen war. Ich sah hinauf in den Baum über mir, dessen Äste sich dunkel gegen den klaren Sternenhimmel abhoben. Vielleicht sollte ich meine Mosaiksteine ansehen, wie ich diese Äste ansah. Jeder für sich war einzigartig, keiner war wie der andere, alle gehörten sie zu dem Baum und machten ihn als Ganzes aus. So wie alles, was ich mit Philip erlebt und über ihn erfahren hatte, den ganzen Menschen ausmachte. Und dieser Mensch hatte mir mehr bedeutet als je ein anderer Mann zuvor.

18

Der Kreis hatte sich geschlossen. Philip wieder gefunden zu haben machte mich von Tag zu Tag froher. Ich wiederholte jede Wanderung, die ich mit ihm gemeinsam unternommen hatte. Auf eine nahm ich sogar Maja mit. Die Tagestemperatur hatte sich bei fünfundzwanzig Grad eingependelt, und der Himmel war bedeckt, sodass ich es wagen konnte. Auf der gesamten Strecke erzählte ich ihr von ihrem Vater, dem Einzelgänger, wie er sich selbst genannt hatte. Ich erzählte ihr von seiner Zärtlichkeit und seinem Humor, von seiner Ernsthaftigkeit und dem Teufel, der ihn manchmal geritten hatte. Ich erzählte es ihr mit einem Lächeln, das ganz allmählich die Wehmut besiegte. Und sie hörte mir mit großen Augen zu. Es waren diese Augen, die mehr und mehr den seinen ähnelten, das bisherige Babyblau wechselte langsam über in sein Grüngrau.

Wenn etwas diese Reise am besten beschrieb, dann war es ihr versöhnlicher Aspekt. All der Groll, der sich über Wochen und Monate aufgestaut hatte, fiel von mir ab. Und zwar nicht nur der Philip gegenüber, sondern auch der seiner Tochter Stephanie gegenüber. Manchmal hatte ich sie fast gehasst. Sie war in meinen Augen die letzte Bastion gewesen, die Philip hätte verteidigen können. Aber sie hatte es nicht getan. Das hatte ich ihr nicht verzeihen können. In dem Moment, als ich das verstand, begriff ich auch ein Stückchen mehr von mir selbst und meiner Weigerung, ihn einen fehlbaren Menschen sein zu lassen. Sein verqueres Familienkonstrukt als gegeben hinzunehmen musste nicht bedeuten, ihm gleichzeitig all die anderen Eigenschaften abzusprechen, die ich so anziehend an ihm gefunden hatte. Einmal mehr betrachtete ich ganz bewusst den Baum mit seinen unterschiedlichen Ästen.

Intuitiv hatte ich das Notizbuch mit auf die Reise genommen. Es war nicht viel, was ich dem bereits Geschriebenen hinzufügte. Die Geschichte der Familien Sanden und Frohwein hatte darin nichts zu suchen. Wohl aber die Gedanken, die ich mir über Philip gemacht hatte. Den Abschluss würde ein Foto des Baumes bilden, den ich aus allen möglichen Blickwinkeln aufgenommen hatte und der für mich inzwischen viel mehr sagte als alle Worte.

Kurt und Michael hatten mich am letzten Abend zu sich ins Gartenhaus zum Essen einladen wollen, aber ich brachte es nicht über mich. Ich wollte die Räume als Philips Domizil in Erinnerung behalten, was sie gut verstehen konnten. Ihrem Vorschlag, stattdessen etwas auszuprobieren, mit dem ich keinerlei Erinnerungen verband, folgte ich gerne. Es erschien mir wie ein Anfang. So begleiteten Maja und ich die beiden in ihr Meraner Lieblingsrestaurant *Sissi*, das einen starken Kontrast zu den Berggasthöfen bildete, die ich mit Philip besucht hatte. Und das war gut so. Wir verbrachten dort einen unbeschwerten Abend, in dessen Verlauf ich ein wenig mehr über Majas begeisterte Babysitter erfuhr. Michael ist tatsächlich ein kleiner Gelehrter, er ist Professor für Mikrobiologie, Kurt dagegen Werbetexter, der in seiner Freizeit komponiert und auf seinen Durchbruch hinarbeitet. Sie wohnen in Mainz, sodass wir einhellig beschlossen, unsere Urlaubsbekanntschaft auszudehnen und zu sehen, was sich daraus entwickeln würde. Abgesehen davon, dass mir diese beiden Männer in ihrer Warmherzigkeit überaus sympathisch sind, freue ich mich auch für Maja, die schließlich nicht inmitten weiblicher Übermacht heranwachsen soll. Und so viele Männer, die sich für ein Baby interessieren, das nicht ihr eigenes ist, kenne ich nicht. Mein Vater und Mauritius tun schon, was sie können, ein wenig Schützenhilfe kann jedoch nicht schaden. So verabschiedeten wir uns in dem Wissen, dass es ein Wiedersehen geben würde.

Auch Schloss Rubein, wo ich mit Philip so glücklich gewesen war, würde ich irgendwann wieder sehen. In ein paar Jahren, wenn Maja so weit war, es wirklich zu erfassen, wollte ich zurückkehren. Bis dahin würde es in meiner Erinnerung ruhen – als ein Ort vielschichtiger Freude. Mit diesem Gedanken folgte ich der Kiesauffahrt und fuhr für lange Zeit zum letzten Mal durch das große schmiedeeiserne Tor. Es umschloss Erinnerungen, die mir niemand mehr würde nehmen können, auch nicht ich selbst.

Da es nicht mehr so heiß war, hatte ich mich entschlossen, die Rückreise tagsüber anzutreten. Nach den Stillpausen schlief Maja eine ganze Weile, um mich dann mit unglaublichen Geräuschen zu unterhalten. Inzwischen kam jeden Tag etwas Neues hinzu, was sich zwischen Gurgeln, Blubbern und Jauchzen bewegte. Einmal mehr stellte ich fest, wie schwer es in solchen und ähnlichen Situationen ist, nicht automatisch in die Babysprache zu wechseln. Ich hätte nie gedacht, dass es gerade mich, der Sprache so wichtig ist, eine solche Disziplin kostete. Aber ich hatte auch nicht geahnt, dass ich mir ein Leben ohne Maja bereits nach kürzester Zeit nicht mehr vorstellen konnte.

Wir kamen an einem Sonntag zurück. Zwei Tage später würde sich Philips Todestag zum ersten Mal jähren. Noch bevor ich mich bei Lilly und meinen Eltern zurückmeldete, wählte ich eine Nummer in Frankfurt, von der ich noch vor ein paar Monaten gedacht hatte, sie nie wieder zu wählen.

»Sanden«, hörte ich die unverwechselbare Stimme von Philips Tochter.

»Ellen Bertram … guten Tag, Frau Sanden.«

Am anderen Ende der Leitung war Stille, sie wartete ab.

»Ich würde Sie sehr gerne noch einmal treffen.«

»Wozu?«

»Um mich zu entschuldigen.«

»Das können Sie auch am Telefon«, sagte sie abweisend.

»Persönlich wäre es mir aber lieber«, insistierte ich vorsichtig.

»Was ist am Telefon unpersönlich?«

»Das fehlende Gesicht.«

»Wenn ich mich recht entsinne, war es mein Gesicht, das Sie bei unserer letzten Begegnung massiv gestört hat.« Wie sehr ich sie damit verletzt hatte, war unschwer zu überhören.

»In der Zwischenzeit ist viel geschehen.«

Sie zögerte einige Sekunden. »Kommen Sie morgen Vormittag um elf.«

»Müssen Sie nicht arbeiten?«, rutschte es mir überrascht heraus.

»Ich habe all meine Sinne beisammen, Frau Bertram. Wenn ich morgen Vormittag sage, dann meine ich es auch.« Dann schien sie sich jedoch zu besinnen und setzte zu einer Erklärung an. »Ich habe diese Woche Urlaub.«

»Dann bis morgen«, sagte ich, um Freundlichkeit bemüht.

Wie gut, dass ich mir die angenehmen Telefonate bis zum Schluss aufgehoben hatte. So verflüchtigte sich der bittere Nachgeschmack dieses Gesprächs ziemlich schnell. Nachdem ich meine Eltern angerufen hatte, war endlich Lilly an der Reihe.

»Und?«, fragte sie nur, als sie meine Stimme hörte. »Hat es geklappt?«

»Ja«, sagte ich ebenso ehrlich wie erleichtert. »Hat es. Es ist was dran an dieser Sache mit den Kreisen.«

»Sage ich doch. Und wie geht es meinem Patenkind?«

»Bestens. Ich habe beschlossen, ihr morgen ihre Schwester Stephanie vorzustellen.«

»Oh.«

»Fällt dir nicht mehr dazu ein?«

»Das war bereits die Zusammenfassung.«

»Aha.«

Wie auf Kommando prusteten wir beide los. Lilly verzichtete darauf, mir gute Ratschläge mitzugeben, und ich belohnte sie mit dem Versprechen, meine Samthandschuhe nicht zu vergessen.

Als ich am nächsten Tag vor Stephanie Sandens Haus stand, hatte ich das Gefühl, dass sich auch hier ein Kreis schließen könnte. Blieb nur zu hoffen, dass sie es zuließ. Oben angekommen, begrüßte sie mich sehr zurückhaltend. Ihr Blick war undefinierbar. Nur für einen kurzen Moment schien so etwas wie Interesse durch. Das war, als sie Maja in meinem Tragetuch entdeckte.

»Guten Tag, Frau Sanden.« Ich versuchte es mit einem Lächeln, das sie jedoch nicht erwiderte.

»Frau Bertram.« Sie nickte mir zu und ließ uns hinein. Wie bei unserem ersten Treffen hatte sie auch an diesem Tag ihre Haare streng nach hinten gebunden. In ihre unbewegten Gesichtszüge verirrte sich noch nicht einmal der Anflug eines Lächelns.

Sie hatte Tee gemacht und bedeutete mir, auf dem unbequemen Teestuhl Platz zu nehmen, an den ich nicht gerade die besten Erinnerungen hatte. Aber sei's drum. Neben mir breitete ich eine kleine Decke aus und legte Maja darauf. Und wieder einmal konnte ich beobachten, wie viel Aufmerksamkeit ein Baby auf sich zieht. Stephanie Sanden konnte kaum ihren Blick von Maja losreißen.

»Frau Sanden«, begann ich mit fester Stimme, »wie ich

Ihnen bereits am Telefon sagte, möchte ich mich bei Ihnen entschuldigen.«

Weder verzog sie eine Miene, noch sagte sie ein Wort.

»Vielleicht können Sie mein Benehmen verstehen, wenn Sie die Beweggründe kennen.« Mit ihrer Reaktionslosigkeit machte sie es mir nicht gerade einfach. Ich war jedoch gekommen, um diese Sache zu Ende zu bringen, nicht um im entscheidenden Augenblick zu kneifen, also fuhr ich fort. »Ihr Vater hat mir sehr viel bedeutet. Ich habe ihn erst kurz vor seinem Tod kennen gelernt, wir haben in Obermais zehn wunderschöne Tage miteinander verbracht.«

Endlich kam doch eine Reaktion: Sie zog konzentriert ihre Augenbrauen hoch und sah kurz zu Maja, um sich gleich darauf wieder mir zuzuwenden.

»Dort habe ich einen sehr gefühlvollen, offenen und geraden Menschen kennen gelernt.« Gerade jetzt wollte ich nicht unterbrochen werden, deshalb erstickte ich ihren Versuch bereits im Ansatz. »Nein, bitte, lassen Sie mich ausreden. Nachdem Ihr Vater gestorben war, stellte ich fest, dass ich ein Kind von ihm erwarte. Uns war nur sehr wenig gemeinsame Zeit beschieden, deshalb wollte ich ein bisschen mehr über Ihren Vater erfahren. Um es für Maja aufzuschreiben. Und auch für mich.«

»Das Buch?«, fragte sie erstaunt.

»Ja, das Buch. Ich hatte nie vor, es zu veröffentlichen. Als ich jedoch erst Patrizias und dann Ihre Geschichte erfuhr, sträubte sich alles in mir, es zu glauben. Ich wollte das Andenken an Ihren Vater bewahren, ich konnte diese Trübungen nicht ertragen. Damit habe ich Ihnen sehr Unrecht getan, das weiß ich inzwischen. Als ich schließlich akzeptieren musste, was geschehen war, wurden meine Erinnerungen dadurch so stark überlagert, dass ich sie kaum noch fassen konnte. So bin ich Lillys Rat gefolgt und zu den Ursprüngen zurückgekehrt«, sagte ich mit einem wehmütigen Lächeln. »In Obermais war plötzlich alles wieder da – als wäre es gestern gewesen.«

Ihr Blick schwankte sichtlich zwischen Interesse und Abwehr.

»Ihr Vater war so, wie ich ihn beschrieben habe. Vielleicht«, korrigierte ich mich selbst, »sollte ich besser sagen, er war *auch* so, denn Sie haben ja zum Teil andere Erfahrungen mit ihm gemacht. Ich kann verstehen, dass Sie zutiefst enttäuscht von ihm sind, aber ...«

»Was wollen Sie?«, fragte sie stockend.

»Ich will Ihnen Ihren Vater zurückbringen.«

»Ein sehr ambitioniertes Projekt«, sagte sie mit unverhohlenem Spott, um gleich darauf ernst zu werden. »Warum?«

»Weil ich überzeugt bin, dass er kein schlechter Mensch war. Er hat Sie sehr geliebt, und ich denke, er hätte es viel einfacher haben können ohne dieses ganze Theater.«

»Wollen Sie mir damit auf elegante Weise die Schuld an dem Ganzen zuschieben?«

»Um Gottes willen, nein, ich will nur, dass Sie auch über seine Motive nachdenken und nicht nur über seine Fehler.«

»In meinen Augen heiligt der Zweck nicht die Mittel«, sagte sie betont langsam.

»Er heiligt sie nicht, aber manchmal hilft er, sie zu verstehen und zu verzeihen.«

Sie sah mich regungslos an.

»Damals, vor einem Jahr, habe ich die Zusammenhänge noch nicht verstanden, und Philip hat sich mehr als vage ausgedrückt, aber er hat all das sehr bereut. Ich glaube, er hätte etwas darum gegeben, es ungeschehen zu machen.«

»Patrizia und mir hätte es schon gereicht, wenn er den Mund aufgemacht und es zur Abwechslung mal mit der Wahrheit versucht hätte.«

»Er hatte Angst.«

»Dazu hatte er auch allen Grund«, sagte sie böse. »Wären Sie auch so verständnisvoll, wenn all das Ihnen selbst passiert wäre?«

»Ich weiß es nicht, aber ich hoffe es«, antwortete ich ehrlich.

Maja gab uns lautstark zu verstehen, dass ihre Geduld nun aufgebraucht war. Gerade wollte ich sie auf den Arm nehmen, als Stephanie Sanden sich über sie beugte und mit sanfter Stimme leise auf sie einredete. Maja hörte augenblicklich auf zu schreien und sah sie mit großen, erstaunten Augen an.

»Sie können sie gerne hochnehmen, das hat sie sowieso lieber.«

Mit offensichtlicher Erleichterung nahm sie sie auf den Arm, was Maja ihr mit einem fröhlichen Gurgeln dankte. Während sich die große mit der kleinen Schwester beschäftigte, sah ich mir in Ruhe die gegenüberhängenden Schriftzeichen von Wahrheit und Intuition an. Bei meinem ersten Besuch hatte ich deren Sinn nicht begreifen können. Dieses Mal verstand ich die Bedeutung, die sie für Stephanie Sanden hatten. Gleichzeitig hoffte ich, dass auch sie irgendwann zu den guten Erinnerungen an ihren Vater zurückfinden würde.

»Sind Sie mit Ihrer Mutter ebenso hart ins Gericht gegangen?«

»Ja.«

»Zumindest hat sie die Gelegenheit, sich dazu zu äußern.«

»Meine Mutter äußert sich nicht«, sagte sie bitter, »sie windet sich wie immer heraus und redet sich so lange ein, dass doch alles gar nicht so schlimm war, bis sie es selbst glaubt.«

Ich sah keinen Sinn darin, Stephanie Sanden von der Szene im Atelier zu erzählen, in deren Verlauf sich Philips Frau sehr wortgewaltig und durchaus äußerungsfähig gezeigt hatte. Vielleicht würde sie auch ihrer Tochter gegenüber irgendwann ihre Maske fallen lassen, wobei ich mir nicht sicher war, ob ich ihr das wirklich wünschen sollte. Und wenn Stephanie

Sandens Intuition so stark ausgeprägt war, wie sie behauptete, dann wusste sie, was sich hinter der glatten Fassade verbarg.

»Haben Sie Philip eigentlich in Majas Geburtsurkunde als Vater eintragen lassen?«, fragte sie, als würde die Antwort über das Ergebnis meiner Prüfung entscheiden.

»Ja. Bei all dem, was ihren Schwestern widerfahren ist, gab es nur diese Möglichkeit.«

»Das ist gut«, sagte sie mit dem Hauch eines Lächelns. Es galt jedoch nicht mir, sondern Maja, der sie dabei zart über die Wange strich.

»Etwas würde ich auch noch gerne wissen.«

Sie sah mich gespannt an.

»Welche ist die Lieblingsblume Ihres Vaters?«

»Rittersporn.«

»Danke«, sagte ich ehrlich und machte Anstalten aufzustehen.

Sie tat es mir gleich. »Ich würde Maja gerne hin und wieder sehen, wenn das möglich ist.«

Das überraschte mich nun doch. »Natürlich, rufen Sie einfach an«, sagte ich ein wenig verdattert.

Augenscheinlich fiel es ihr schwer, sich von ihrer kleinen Schwester zu trennen, sie umfing sie mit einem Blick, als wolle sie sich ihr Gesicht in jeder Einzelheit einprägen. »Danke«, sagte jetzt sie, gab mir Maja zurück und begleitete uns zur Tür.

Als ich die Treppe hinunterging, stellte ich fest, dass ich mit Stephanie Sanden zum ersten Mal ohne Zwietracht auseinander gegangen war. Und das war eine ganze Menge – für uns beide. Schließlich waren wir meilenweit davon entfernt, uns gegenseitig sympathisch zu finden.

Am nächsten Morgen kam Lilly überraschend zum Frühstück. Ich hatte ihr nichts von Philips Todestag gesagt, sie hatte selbst daran gedacht. Wir setzten uns auf den Balkon in die

Morgensonne, die Hunde blieben im noch kühlen Wohnzimmer. Während ich Maja stillte, schmierte sie uns jeder ein Brötchen.

»Wie ist es gestern gelaufen?«, fragte sie neugierig.

»Ganz gut, wir sind uns jedenfalls nicht an die Gurgel gegangen. Es war allerdings auch nicht *der Beginn einer wunderbaren Freundschaft*. So etwas wird es zwischen uns nicht geben.«

»Das würde mich auch wundern«, sagte Lilly lachend. »Und wie findet sie mein Patenkind?«

»Sie möchte es gerne wieder sehen.«

»Das wundert mich nun gar nicht«, sagte Lilly stolz. »Willst du sie bei mir lassen, während du zum Friedhof fährst?«

Ich schüttelte den Kopf. »Nein, danke. Aber hättest du am Nachmittag Zeit?«, fragte ich mit einem hinterhältigen Grinsen.

»Nein!«

»Wie läuft das Geschäft denn so?«

»Von Monat zu Monat besser. Irgendwann kann ich es vielleicht sogar auf ganztags umstellen.« Sie sah auf ihre Uhr. »Jetzt muss ich aber los, Ellen, meine Patienten warten.« Vorsichtig wie immer zwängte sie sich um den Bistrotisch herum, ohne den *Abgrund*, der sich hinter der Balkonbrüstung auftat, auch nur eines Blickes zu würdigen.

Mit Maja auf dem Arm begleitete ich die drei zur Tür. Lilly drückte mir einen Kuss auf die Wange und lief im Eilschritt die Treppe hinunter. Die Hunde waren bereits vorausgestürmt. Auch für mich wurde es Zeit aufzubrechen. Auf der Suche nach Rittersporn klapperte ich diverse Blumengeschäfte ab. Beim vierten Versuch hatte ich Glück, kaufte einen großen Strauß und fuhr mit Maja zum Friedhof nach Wiesbaden. Es war erst elf Uhr, aber Philip hatte an diesem Tag bereits mehrere Besucher gehabt, wie ich an den frischen Sträußen für ihn unschwer erkennen konnte. Ich stellte den Rittersporn in eine grüne Steckvase, drückte Maja fest an mich und schloss für einen Moment die Augen, sodass ich Philips Gesicht sehen konnte. Dann erzählte ich ihm von meiner Reise nach Obermais und dem Besuch bei seiner Tochter. Vielleicht würde Stephanie auch den Weg hierher finden, ich hoffte es für sie und für Philip.

Bevor ich nach Frankfurt zurückfuhr, folgte ich einer spontanen Eingebung und machte einen Umweg über das Atelier. Auf mein Klingeln öffnete jedoch niemand. So ging ich nach hinten in den Garten und klopfte an der Tür des Gartenhauses, die offen stand. Kurz darauf hörte ich Constanze Frohweins Schritte. Sie begrüßte mich mit einem sehr herzlichen Lächeln, um gleich darauf Maja zu bestaunen.

»Kommen Sie, wir setzen uns hier auf die Veranda, das Wetter ist so schön. Ich hole uns nur schnell etwas zu trinken.« Zwei Minuten später kam sie mit einer Wasserflasche und zwei Gläsern zurück. »Waren Sie auf dem Friedhof?«, fragte sie, während sie uns einschenkte.

»Ja.«

Nachdem sie sich gesetzt hatte, betrachtete sie Maja, die gegen meinen Bauch gelehnt saß und vor sich hin brabbelte. »Sie hat Philips Augen«, stellte sie zufrieden fest.

Einen Moment war ich sprachlos, doch dann erzählte ich ihr, was ich bereits Stephanie Sanden erzählt hatte. Offensichtlich konnte ich sie damit nicht überraschen.

»Ich habe mir so etwas gedacht.« Sie sah mich ruhig an. »Schade nur, dass Ihre Tochter ihren Vater nicht kennen lernt.«

»Dafür werde ich ihr von ihm erzählen. Und vielleicht könnten auch Sie … irgendwann …?«

»Natürlich«, sagte sie spontan.

»Was hören Sie von Ihrer Tochter?«

»Nur das Allernötigste. Patrizia musste entscheiden, was nun mit dem Atelier geschieht. Die Bilder sind inzwischen alle verkauft.«

Das zu hören versetzte mir einen Stich.

»Sie möchte in dem Haus eine private Kunstschule einrichten, die für Schüler aus einkommensschwächeren Familien kostenlos ist. Dafür muss eine Stiftung gegründet werden. Ein Anwalt sitzt bereits an den Entwürfen.«

Die Idee gefiel mir. »Wird sie dann aus New York zurückkommen?«

»Nein, das glaube ich nicht.«

Ich sah sie voller Mitgefühl an. »Sie haben auf sehr vieles verzichtet in Ihrem Leben, nicht wahr?« Obwohl sie und ihre Tochter Philips zweite Familie gewesen waren, hatte es so etwas wie ein normales Familienleben für sie bestimmt nicht gegeben.

»Ja«, gab sie ohne jedes Selbstmitleid zu, »aber ich habe auch viel bekommen – all das, was mir wichtig war. Und wer kann das von sich schon behaupten?«

Als sie mich dieses Mal zum Essen einlud, blieb ich. Während sie kochte, stillte ich Maja auf der Veranda, wartete, bis sie auf ihrer Decke eingeschlafen war, und ging dann mit Frau Frohweins Erlaubnis noch einmal hinüber ins Atelier. Ich wanderte durch die Räume mit den leeren Wänden hinauf in Philips Zimmer, setzte mich ein paar Minuten in seinen Sessel und berührte ein paar Dinge, die auch er berührt hatte. Einmal mehr wurde ich mir der Ordnung um mich herum bewusst. Ich glaube, Philip hatte so viel Unordnung in seinem Leben geschaffen, dass es für ihn Dinge geben musste, die geordnet waren. Sollte ich diese Räume jemals wieder betreten, würden sie andere Geschichten erzählen.

Ich blieb den ganzen Nachmittag bei Constanze Frohwein. Hauptsächlich redeten wir über Philip, aber sie fragte mich auch viel über Maja und meine Pläne. An ihre eigenen hatte sie sich noch nicht herangewagt. Sicher war sie sich nur, dass sie im Gartenhaus bleiben würde. Es war ihr Zuhause. Alles Weitere würde sich mit der Zeit ergeben. Hinter all ihren Worten spürte ich die Traurigkeit darüber, dass ihre Tochter das Vertrauen zu ihr verloren hatte. Sie haderte jedoch nicht damit, sie akzeptierte es als den Preis dafür, dass sie Patrizia ein Leben erspart hatte, das in ihren Augen das weit schlimmere gewesen wäre.

Wir trennten uns an diesem Tag in dem Bewusstsein, dass dies nicht unser letztes Treffen gewesen sein würde. Unsere gegenseitige Sympathie, die langsam, aber sehr stetig gewachsen war, hatte eine beruhigende Wirkung auf mich. Nicht zuletzt deswegen, weil in Constanze Frohwein noch ein weiterer Mensch existierte, der Maja eines Tages von ihrem Vater erzählen würde.

Drei Wochen später erhielten sowohl Maja als auch ich ein großes Paket. Ich weiß nicht, was Maja in dieser Hinsicht in ihrem Leben noch widerfahren wird, für mich ist es jedoch das schönste Geschenk, das ich jemals bekommen habe. Kaum hatte ich die Tür hinter dem Mann von UPS geschlossen, als ich das Papier aufriss, auf dem als Absender Stephanie Sanden stand. Vor mir auf dem Boden lag Philips letztes Bild – das Bild, in dem ich mich wieder finden würde und ein paar von seinen Gefühlen auch, wie er mir kurz vor seinem Tod am Telefon gesagt hatte. Für einen Moment verschwamm es vor meinen Augen, ich heulte wie ein Schlosshund. Ich hob das Bild vorsichtig hoch und fand darunter einen Brief sowie ein kleineres Päckchen, das ich ebenfalls öffnete. Es zeigte eine wunderschöne, sonnenbeschienene Landschaft mit allen nur erdenklichen Märchenfiguren. Auffallend war, dass selbst die schrecklichsten auf diesem Bild ihren Schrecken verloren.

Liebe Frau Bertram, las ich immer noch ungläubig, *nach*

dem Umweg über mich kommt das letzte Bild meines Vaters nun endlich bei dem Menschen an, für den es ohne Zweifel entstanden ist. Das kleine Bild ist das einzige gegenständliche Bild, das mein Vater jemals gemalt hat. Er hat es für mich gemacht, es hat in meinem Elternhaus immer über meinem Bett gehangen. Ich würde mich freuen, wenn es von nun an über Majas Träume wacht. Stephanie Sanden.

Nachdem ich den Brief dreimal gelesen und zwischen beiden Bildern immer wieder hin- und hergesehen hatte, holte ich Nägel und einen Hammer und machte mich ans Werk. Da Maja nach wie vor in meinem Bett schlief, hängte ich ihr Bild dort auf. Für meines wählte ich im Wohnzimmer einen Platz zwischen Sofa und Schreibtisch. Noch am gleichen Tag setzte ich mich hin und schrieb Stephanie Sanden einen Dankesbrief: *Liebe Frau Sanden, Sie hätten uns keine größere Freude machen können! Danke.* Neben meine Unterschrift platzierte ich einen hellblauen Handabdruck von Maja.

Ende August kam sie zum ersten Mal vorbei, um mit Maja im Kinderwagen einen Spaziergang zu machen. Wir begegneten uns mit vorsichtiger Zurückhaltung, woran sich, das spürte ich, auch so schnell nichts ändern würde. Ich sprach sie nicht auf Philip an, und auch sie erwähnte ihn mit keinem Wort, sodass ich nicht hätte sagen können, ob sich in ihrer Einstellung irgendetwas geändert hatte. Aber dafür war es auch sicher noch zu früh. Warum sollten schließlich die Wunden tiefer Enttäuschungen und Verletzungen schneller heilen als die der Trauer? Vielleicht würde sie über Maja den Weg zu ihm zurückfinden.

Für Patrizia würde es diesen Weg so bald nicht geben, denn sie hatte beschlossen, in New York zu bleiben. Es sollte sehr lange dauern, bis sie sich ihrer Mutter wieder annäherte. Philip verzieh sie nicht, und auch ihre Beziehung zu Stephanie sollte zunächst schwierig bleiben. Schließlich war sie die

Schwester, die ihr indirekt die eigene Identität versagt und das Wissen um ihren Vater vorenthalten hatte.

Ich dachte noch oft über diese fatale Entscheidung nach, die über die Köpfe beider Kinder hinweg getroffen worden war. Hätte man sie gefragt, hätten sie – eine wie die andere – sicherlich ein schwieriges Beziehungsgeflecht diesem Lügengebäude vorgezogen. Aber man hatte sie nicht gefragt, und so hatte eine Lüge die andere nach sich gezogen. Letztlich hatte Philip durch seinen Tod noch den besten Part abbekommen, so makaber das klingen mag. Die beiden Mütter haben sich dagegen einer Menge unangenehmer Fragen und Vorwürfe stellen müssen und vorerst einen großen Teil des Vertrauens und der Achtung ihrer Töchter verloren. Ich möchte um keinen Preis mit ihnen tauschen. Aber ich möchte auch nicht meine Hand dafür ins Feuer legen, dass es mir gelingt, Maja ohne entscheidende Fehler großzuziehen.

Sicher sein kann ich nur in einer Hinsicht: Majas Patentante wird alles tun, um größere Schnitzer zu verhindern. Und ich werde sie lassen. Meine einzige Bedingung ist, dass Lilly ihre zahlreichen Ängste nicht auf meine Tochter überträgt. Ich möchte nicht, dass Maja Höhe, Geschwindigkeit und Entfernungen mit tödlichen Schrecken und Katastrophen gleichsetzt. Reisen soll etwas Schönes für sie sein, deshalb fuhr ich auch im Herbst mit ihr an die Mecklenburgische Seenplatte, wie ich es schon einmal vorgehabt hatte. Damals hatte mich der Auftrag von der *Roberta* davon abgehalten.

Dieses Mal rief Michaela Mohr drei Wochen vor meinem Urlaub an. Die wenigen Aufträge, die ich angenommen hatte, bevor Maja nach dem Urlaub in die Krabbelstube kommen würde, waren mehr als genug. Guten Gewissens konnte ich eigentlich kein weiteres Projekt zusagen. Als ich jedoch hörte, worum es ging, sagte ich spontan zu. Für dieses Porträt würde ich sogar die Nächte hindurcharbeiten. Ich sollte eine

Hundetrainerin porträtieren, die da, wo andere einen grünen Daumen für Pflanzen haben, einen behaarten für des Menschen liebsten Kameraden hat. Als ich noch hörte, dass sie die Tiere zu Hause bei den Besitzern trainiert und ihnen die kuriosesten Kunststücke beibringt, brauchte man mir den Namen der Dame gar nicht mehr zu nennen. Das Brett, das ich vor dem Kopf gehabt hatte, fiel – bildlich gesprochen – direkt vor meine Füße. Was war ich doch für eine entsetzliche Idiotin gewesen! Ich erklärte Michaela Mohr den Hintergrund der Geschichte und bat sie, mich zu dem Interview nicht unter meinem richtigen Namen anzukündigen, was sie mit einem herzhaften Lachen versprach. Sie würde sagen, sie käme selbst.

Ein paar Tage später klingelte ich eine halbe Stunde vor dem verabredeten Termin an Lillys Tür. Maja hatte ich vorher bei meinen Eltern abgegeben.

Lilly öffnete und postierte sich augenblicklich mitten in den Türrahmen. »Hallo, Ellen, ich habe leider gar keine Zeit, warum hast du nicht vorher angerufen?«, fragte sie nervös.

»Ich war gerade bei meinen Eltern und dachte, ich schaue mal auf einen Sprung herein.«

»Das geht nicht, ich muss weg.«

»Ist Mauritius nicht da?«

»Er ist mit den Hunden unterwegs.« Sie trat von einem Fuß auf den anderen.

»Ach, das kann ja nicht so lange dauern. Ich warte auf ihn, dann kann ich ihn auch gleich fragen, was er von musikalischer Früherziehung hält.«

»Viel!« Sie war immer noch keinen Schritt von der Stelle gewichen.

»Dann lohnt es ja in jedem Fall, auf ihn zu warten«, sagte ich genüsslich und drängte mich an ihr vorbei ins Haus. »Geh du nur, ich halte hier so lange die Stellung.«

»Nein.«

»Wie – nein? Vertraust du mir nicht? Ich werde sowohl die Finger vom Silberbesteck deiner Großmutter als auch von deinem Mann lassen.«

Voller Schadenfreude beobachtete ich, wie meine Freundin Lilly sich wand. »Eigentlich bekomme ich Besuch, da kann ich dich nicht brauchen.«

»Stephanie Sanden?«, fragte ich möglichst harmlos. »Die schreckt mich nicht mehr, das weißt du doch.«

»Michaela Mohr«, murmelte sie.

»Oh.« Ich ließ mich im Wohnzimmer in einen Sessel sinken. »Die Michaela Mohr von der *Roberta?*«, hauchte ich.

Lilly nickte.

»Was will sie von dir?«

»Ein Interview.«

»Worüber?«

»Über das, was ich nachmittags tue.«

»Warum hast du dann Henriette weggeschickt, die hätte ihr doch gleich vorführen können, was sie bei dir so alles gelernt hat?«

»Weil …«, setzte sie an, als sie plötzlich begriff, was ich da gesagt hatte. »Woher weißt du das?«

»Ich könnte jetzt sagen, dass ich endlich den Blick über den Tellerrand gewagt habe, aber das stimmt leider nicht. Michaela Mohr hat mich beauftragt, ein Porträt über dich zu schreiben.« Das Grinsen auf meinem Gesicht sprang langsam auf Lilly über. »Was sie mir über deine Arbeit erzählt hat, klang sehr beeindruckend. Dass ich nicht von selbst darauf gekommen bin, ist allerdings ein Armutszeugnis.«

»Stimmt.« Endlich entspannte Lilly sich. »Wie findest du es?«

»Genial, genau das Richtige für dich.«

»Du hättest nicht versucht, es mir auszureden?«, fragte sie voller Unglauben.

»Doch – natürlich. Wie bist du nur auf diese Idee gekommen?«

»Durch Kobold. Deine Eltern wollten so gerne, dass er etwas Ausgefallenes kann, da habe ich es einfach versucht und ihm Versteckenspielen beigebracht. Er hat mir sozusagen den Meisterbrief verschafft.«

»Und ich habe ihnen bei jeder sich bietenden Gelegenheit vorgeschlagen, ihn von dir erziehen zu lassen.« Jetzt verstand ich endlich das schallende Lachen meines Vaters, von dem ich mich in Erinnerung daran nun anstecken ließ. Ich holte mein Diktaphon aus der Tasche, drückte auf die Aufnahmetaste und begann mein Interview mit Lilly. Das Porträt, das ich über sie schrieb, sollte eines meiner besten werden. Es machte sie bundesweit bekannt.

Lilly ist sich selbst und ihren Wurzeln jedoch treu geblieben: Wer nicht in einem für sie vertretbaren Umkreis wohnt, hat keine Chance auf ihre Hausbesuche. Seitdem ihr Geschäft allerdings so gut läuft, hat sie ihre Physiotherapiepraxis geschlossen und sich zu einer anderen Art von Hausbesuchen bereit erklärt: Die Vormittagsstunden sind nun auswärtigen Vierbeinern vorbehalten, die zu ihr nach Hause kommen.

Unsere Frühstücksrunden haben wir allerdings beibehalten, sie würden uns beiden fehlen. Maja zuliebe habe ich mir angewöhnt, an den Sonntagen regelmäßig zu meinen Eltern hinauszufahren. Da sie schon auf ihren Vater verzichten muss, soll sie wenigstens eine intensive Beziehung zu ihren Großeltern entwickeln. Auch ihre Schwester Stephanie ist eine feste Bezugsperson in ihrem Leben geworden. Sie geht regelmäßig mit ihr spazieren und kommt sonntags hin und wieder zu meinen Eltern. Ich habe den Verdacht, dass sie dies nicht nur Majas wegen tut, sondern auch, um selbst ein wenig an einem stinknormalen Familienleben teilzuhaben. Wobei es ernst zu nehmende Stimmen gibt, die behaupten, meine Eltern seien alles andere als normal. Aber sie haben große, verständnisvolle Herzen für leidgeprüfte Kreaturen, und das ist das Einzige, was zählt.

Maja entwickelt sich zu einem frohen Kind, so wie ich es mir gewünscht habe. Die Krabbelstube, in die ich sie nun jeden Morgen bringe, ist ein Ort, an dem sie sich offensichtlich wohl fühlt. Anfangs war ich noch etwas unsicher, ob ich das Richtige tue, aber letztlich blieb mir keine Wahl. Ich muss arbeiten, und um die Wahrheit zu sagen, will ich es auch.

Die Wahrheit hat für mich einen neuen Stellenwert bekommen, dafür haben Majas Schwestern gesorgt. Aber auch meine Freiheit sehe ich inzwischen mit anderen Augen. Viel zu lange hatte ich sie ausschließlich an den äußeren Bedingungen festgemacht, ohne zu erkennen, dass sie auch und vor allem im Kopf entsteht. Wenn dort keine Freiheit und Unvoreingenommenheit herrscht, hat die Urteilsfähigkeit keine Chance.

Ich habe Philips Satz noch in den Ohren: *Wenn Sie Ihre beschränkte Vorstellung von einem Dreiundsechzigjährigen nicht revidieren, werden Sie Philip Sanden nie finden.* Ich hatte ihn gefunden und hatte ihn verloren. Aber nicht für immer.

Danksagung

Mein gesamtes Wissen über Schwangerschaft und Geburt verdanke ich meiner Schwester Susanne Roberts – einer ebenso hervorragenden wie engagierten Hebamme, die es nie müde wurde, meine unzähligen Fragen zu beantworten.

Meinem Mann Frieder danke ich, dass er mich von Anfang an darin bestärkt hat, ein Buch zu schreiben. Seine liebevolle Rückendeckung macht alles so viel leichter.

Ich danke meiner wundervoll wagemutigen Lektorin Christine Steffen-Reimann, die ihrer Intuition gefolgt ist. Mit ihrer ersten Zusage hat sie mir einen unvergesslichen Moment beschert.

Und wenn es um unvergessliche Momente geht, darf hier auch mein Vater nicht fehlen. Von ihm habe ich das schönste Geschenk bekommen, das man einer Elfjährigen machen kann.

Last but not least danke ich meiner Freundin Ulla Steger für ihre wertvollen Anregungen.